For people who I love and support me

英 文 **4** 單 位

幫您擺脫「語言色盲」

讓您快速「學會英文」

Written by Mr. Nobody

目錄

獻給所有「看得懂中文」的台灣鄉親們

學習，沒有樂趣；學會，才有樂趣

台灣人學會英文最重要

Chapter

目錄

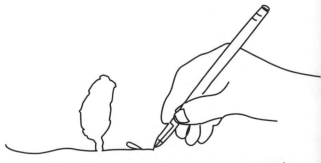

Chapter 0

獻給所有「看得懂中文」的台灣鄉親

很多人，只要看到這種書，第一個問題，通常是：這本書，適合什麼「英文程度」的人？

基本上，這是一個錯誤的觀念和方向。假設一本「中文書」的內容，真的具有**帶領您學會英文**的效果，那理應，您只要「看得懂中文」，就足以學會英文，不是嗎？相反地，同樣是一本教英文的「中文書」，但它的內容**無法**帶領您學會英文，那不管您的「英文程度」是好是壞，都不可能學會英文，不是嗎？

所以，重點是在這本書的內容，能否**帶領您學會英文**，而不是**您的英文程度**。

但問題是，您就是**沒有辦法分辨**什麼書，能夠帶領您學會英文，**才會問**這本書，適合什麼「英文程度」？我要表達的是，**如果一本書，沒有帶領您學會英文，那是那本書的問題！不是您的問題！！**

我是 Mr. Nobody，一個土生土長的台灣人，輔仁大學畢業 ...... 而已，從事金融業。35歲以前，還不會英文。35 歲開始，決定重新開始學英文。**經過了 2 個週末，大約 10 個小時的閱讀後，35 歲零 2 個禮拜**，我學會了英文，並發現自己從前、和大家目前，在學英文這件事上面，完全走在錯誤的方向上。因此，決定寫一本書，把我如何做到的關鍵，分享給所有「看得懂中文」、又「想學會英文」的台灣鄉親們。因為，我是 Nobody，連我都做得到，您肯定也做得到！

學習，沒有樂趣
學會，才有樂趣

學英文，哪有樂趣？

學會英文，才有樂趣！

10 個小時學會英文，就更有樂趣了。

There is no fun just learning English.

There is much fun to learn English well.

There is so much fun to learn English well in 10 hours.

「學會英文」的意思，應該是：

能夠將腦袋裡所有的中文，用英文表達出來。

　　既然號稱自己只花了 10 個小時，就「學會了英文」，那理應這本書裡每一句中文，都能用英文寫出來。沒什麼好說的，就用這一章的來證明一下。

　　Since I claim that I have gotten the ability to use English with only 10 hours' learning; Supposedly, I could write in English for everything in this book. Stop talking nothing. Let me prove it in this chapter.

　　嗨！我是一個無名小卒。所以我叫「諾巴迪先生」。

　　Hi！I am a Nobody. So I name Mr. Nobody.

　　30 歲以前，我是一個負債累累、沒有任何專長的失敗者。從那之後，我開始學習專業知識，希望將來能以此賴以為生。2 年之後，我考到了台灣的證券分析師執照，同時還清了所有的債務。32 歲那年，我進入了一家外商金融機構，從此我的事業開始穩定地向上發展。

　　I was a loser with many debts and no expertise until I was 30. I started to learn something professional to make a living from that time. After two years, I got the certificate of securities analyst of Taiwan and paid my debt off. Moreover, my career began rising and being stable when I joined an international financial company at 32.

「能夠說英文」是我人生中的一大目標。當我 35 歲時，生活的一切都穩定下來了，我決定重新開始學英文。經過了 2 個周末共 10 小時的學習，我發現自己已經可以像老外一樣，用英文做任何事了。換句話說，我在非常短的時間裡面，學會了英文。

Being able to speak English is one of the primary goals of my life. I decided to restart studying English at 35 when everything had settled down. Through a ten-hour studying on two weekends, I found that I had been able to use English to do whatever I wanted like an American. In other words, I learned English well in a pretty short time.

您可能會問一個問題。

There is a question you may like to ask.

在那 10 個小時中，我到底做了些什麼？

What exactly did I do in those 10 hours?

答案是，我從幾本英文文法書裡面選了一本，然後從頭到尾讀完它。就這樣！

The answer is that I chose a grammar book from several ones to read from cover to cover. That is it.

那是一本很厲害、帶有某些特異功能的書嗎？

Is that an extraordinary book with some mysterious superpower?

當然不是。它既沒有特別厲害，也沒有特殊的功能。老實說，它只是一本普通的英文文法教學書而已。實際上，相較於其他文法書，它似乎是一本更全面的書，只因為它的頁數 (600 多頁)，在我所選擇的書裡面是最多的。這就是我為何選擇它的原因，因為我不想漏掉英文文法中，任何可能的東西，即使是沒用的東西。

Of course not. It is not a particularly excellent one with any superpower. Honestly, it is just an ordinary teaching book of English grammar. However, it seems more comprehensive than others because its pages are the most in my picking. That was why I chose that one to read, as I didn't want to miss any possible pieces in English grammar, even if they might be useless.

所以，我是如何只花 **10** 個小時，單單靠讀一本書，就學會英文？

So how did I get the ability to use English by just reading a book in only 10 hours?

有 **2** 個關鍵的原因：

There were two critical reasons.

1. 我不是「語言色盲」。

   I am not color-blind to language.

2. 我非常清楚地定義了「英文的範圍」。

   I define the scope of English very clearly.

什麼是「語言色盲」？
What is color-blindness to language?

基本上，「語言色盲」是指，人們可以閱讀，但沒辦法分辨出任何語言訊息中的「單位」。地球上所有的語言，都有 4 種「單位」，中文也不例外。4 種單位可以用 4 個顏色，分別來呈現。任何一個語言訊息在您眼中，如果只有一種顏色，那就是「語言色盲」。

Fundamentally, it means people can read but can't identify every unit in a message delivered by any language. Any sentence in any language on earth has four units in it most. Chinese is not the exception for sure. These four units could represent four colors each. If any literal message in your eyes has just one color, you are color-blind to language.

以上這段話的畫面，是下面這樣：

The meaning of the paragraph above could visualize like below.

這就是「語言色盲」

中文：	沒有「語言色盲」的人，就算沒有意識，也能夠像所有的老外一樣，準確地分辨出語言中的 4 個單位。
英文：	People who aren't color-blind to language can correctly identify the 4 units in any language without any consciousness like all Americans.

這不是「語言色盲」

中文：	沒有「語言色盲」的人，就算沒有意識，也能夠像所有的老外一樣，準確地分辨出語言中的 4 個單位。
英文：	People who aren't color-blind to language can correctly identify the 4 units in any language without any consciousness like all Americans.

以上這段話的「架構」，如下：

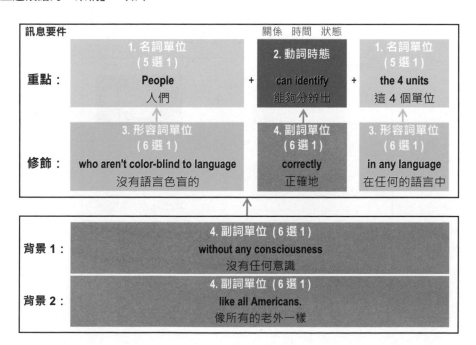

可惜的是，我們語言中文，從來沒有任何特定的系統，來區分這 4 個單位。身為一個土生土長的台客，我們如何說中文，完全取決於經驗或感覺，沒有任何規則。因此，我們從來沒有意識到，要去理解自己所說的每一句中文、每一句話裡面的「結構」是什麼？

Unfortunately, our language, Chinese, never has any specific system to distinguish those four units. As native Taiwanese, how we talk is all by intuition or experiences, with no rules to follow. Therefore, we have never had any consciousness to recognize the structure in our words.

相反地，講英文的老外們，天生就繼承了一個「語言資產」（如下圖），可以有系統地分辨和組織語言中的每一個單位。這個只有 4 種單位的「語言資產」，規定了所有的老外們，永遠只能在特定的架構之下，依循一個簡單的邏輯來講話。就算是上帝，也不例外。換個角度來說，這 4 種單位的功能和彼此之間的相互關係，就是英文文法全部的內容。

On the contrary, people natively speaking English inherit a language asset (as below) to systematically identify and organize every unit in the message. This asset, basically represented by four units, forces them to talk under a fixed frame with simple logic. No one can be the exception, including God. It is fair to say that English grammar is all about the four units' functions and co-relation.

老外們
天生所繼承的語言資產

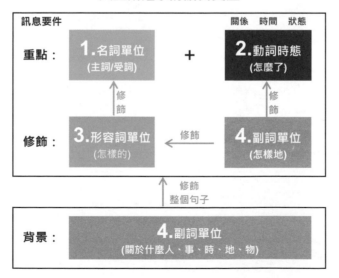

您可曾聽過有人這樣形容英文嗎？如果沒有，那是很合理的，因為這就是，您還無法像老外一樣講英文的原因。

Have you ever heard of someone describing English like this? If not, that's quite reasonable because that's why you can't speak English like an American yet.

我曾經跟很多朋友們分享，自己如何在 10 小時之內學會英文的經驗。但後來沒有人達到跟我一樣的效果，就算大家都讀了同一本書，或是其中某些人在事業上已經有所成就，結果都一樣。不過，這絕對不是因為我比大家聰明。這只是因為我能夠分辨出，語言（中文和英文）訊息中的單位而已。我花了很多年才搞清楚，這才是真正的原因。

I had shared with many friends my experience of how I learned English well in 10 hours. None of them could reach my achievement by reading the same book. Even though some have been prominent in their working field, the outcomes were the same. Nevertheless, it does not mean that I'm smarter than them. It is just because I could identify the units of a message in any language. I had spent so many years finally figuring out that the real reason was it.

所以，真正的問題是，大家都是「語言色盲」（包括我看的那本文法書的作者），就連看中文也是。一般來說，因為中文的本質是「象形文字（文字上的畫面）」的關係，所以可能有 95% 以上的台灣鄉親們，從來都不曾知道，自己嘴巴裡說出來的每句中文、每句話裡面的「結構」，到底是什麼？這就是「語言色盲」。

Therefore, the real problem is that my dear friends and the author of the book I read are all color-blind to any language, even to Chinese. As we know, the nature of Chinese originates from the picture on the word. There might be over 95% of Taiwanese fellows who are never aware of what exactly the structure is in their words. That is what the color-blindness to language is.

這本書的前 3 個章節，會將「沒有語言色盲」和「語言色盲」之間的差別呈現出來，讓您參考並驗證。因為我們這輩子要像老外們一樣說英文，最關鍵的問題就是：

The first three chapters will show you the differences between non-color-blindness and color-blindness to language for your reference and verification. If we would ever like to speak English like an American in this life, the most crucial question is:

如何擺脫「語言色盲」？
How do we get rid of color-blindness to language?

幾乎所有母語是中文的人，天生都是「語言色盲」。這不是我們的錯，這是中文本身的錯，因為中文不像英文一樣，有特定的文法規則可以遵循。這個差別在於，任何人都必須使用這 4 個單位，並依照特定的順序，來講英文。不管有沒有意識，誰都不能例外。但是，任何人都是無意識地，依照經驗或感覺，隨心所欲地講中文。

Almost all of the people natively speaking Chinese are naturally color-blind to language. It is not our fault; it is our language's fault. Chinese, not like English with grammar, lacks any specific rules to comply. The difference between those is that anyone speaking English must follow some sequences of the four units. No one can be the exception, whether do it with consciousness or not. However, anyone speaks Chinese randomly by intuition or experiences without any consciousness.

在這樣的情況之下，就算我們腦袋裡的單字量，跟老外們一樣多，我們還是沒辦法，講出跟他們一樣的「母語式英文」。總得來說，「語言色盲」也是，我們台灣人會講出「中式英文」，最根本的原因。

Under this circumstance, even if we've collected as many vocabularies in our minds as the average Americans have, we still can't speak English like them. To sum up, the color-blindness to language is the ultimate reason for any Taiwanese to speak English with Chinese style.

這本書最神聖的任務就是，讓您知道什麼是「語言色盲」，同時教會您如何去擺脫它。因為如果不這樣做，不管您花多少時間，在學英文上面，終將徒勞無功，除非到國外生活、或留學個 3 ~ 5 年以上。

The most sacred job of this book is to show you what color-blindness to language is and teach you how to eliminate it. Because without doing it, no matter how much time you spend learning English. It is impossible to obtain the expected outcome, except having over 3 to 5 years living or studying abroad.

談到時間，我之所以能在 10 個小時之內學會英文，主要是受到 2 個人的啟發。

Talking about time, I could learn English well in just 10 hours, mainly from the inspiration of two man.

1. 前總統陳水扁（以下簡稱阿扁）

   The former president Chen Shui-Bian (Abbreviated Bian below)

2. 李奧納多、狄卡皮歐

   Leonardo DiCaprio

　　小時候，我聽說過一個關於阿扁準備律師高考的故事。阿扁大三時，決定參加律師高考，但其中有一科國際法，是大四才修的課。他不想等到明年，於是跑去書店，買了 2 本國際法的書。一天看一本，2 天就把那 2 本書看完了，然後再花一天的時間複習。看完之後，他就去考試了。

　　When I was a kid, I heard of a story about Bian preparing for the lawyer bar exam. When Bian was a junior in college, he decided to take the test. There was a subject, International Law, scheduled for seniors to study. He did not want to wait for the next year, so he went to the bookstore and bought two textbooks on International Law. He spent a day studying one book out. Two books took him two days, and then he spent another day studying them again. After that, he joined the test.

　　如同大家所知，他考上了，並成為了當時有史以來最年輕的律師。他國際法的分數，我印象中是 98 分。管它的，總之很高就對了。

　　As we know, he passed the test and became the youngest lawyer ever at that time. His score for International law was about 98 in my memory. Whatever, it was very high for sure.

　　我對這個故事的理解是，國際法的範圍，原來只有 2 本中文的教科書而已。雖然我沒有他這麼聰明，但我看得懂中文。他花 3 天就搞定了，我比他笨這麼多，那我就花個 345678 個月，只要我跟他做一樣的事情，去讀懂那 2 本書，不管花多少時間，我肯定也能學會它。這是一個很簡單又很蠢的邏輯，但卻是一個很有效的方法，需要的只是帶著耐心和信念去完成而已。

　　What I got from the story was inspirational that the scope of International Law is just in two books written in Chinese. I can read Chinese even though I do not have his talent. It just took him three days to master. I am much stupider than him, so I may need to take 345678 months. Once I have done the same thing as him, I can also learn it well no matter how much time I spend. The logic is so simple and stupid, but it is a very effective way that only needs patience and faith to accomplish.

雖然我不曾投票給阿扁，但我從他的故事中學到的東西，改變了我的人生。即使他當了總統變壞了，任何人依然可以從這個故事裡，學到些東西。

Although I never voted for him, what I learned from his story has changed my life. Even if he turned into badness as the president of Taiwan, anybody could still get something from this story.

另一個讓我深受啟發、關於李奧納多的故事，是 2000 年一部真人真事改編的電影「神鬼交鋒」。李奧飾演男主角「法蘭克 · 阿巴奈爾 Jr.」，湯姆漢克斯飾演男配角 FBI 探員，花了很多年的時間，在追捕法蘭克的「卡爾 · 漢洛堤」。

The other story inspiring me so much about Leonardo DiCaprio is the true one adapted to the movie "Catch me if you can" in 2000. Leo plays Frank Abagnale Jr as the main character of this movie. Tom Hanks plays the supporting actor named Carl Hanratty, an FBI agent who had been chasing Frank for years.

60 年代，法蘭克在 16 ~ 20 歲時，是當時最年紀最小的金融罪犯。他 1969 年在巴黎被捕之前，曾經偽裝成飛機機師和小兒科醫生，非法使用大型機構的免費資源，並偽造支票成功騙取了超過 250 萬美金。儘管這樣，在這段詐騙的旅程中，法蘭克竟然能在 19 歲的時候，通過了路易斯安那州的官方考試，合法地成為了一個真正的律師。

In the 60s, Frank was the youngest financial criminal when he was between 16 ~ 20. He had once disguised as an aircraft captain and pediatrician to illegally use the free resources from prominent organizations and successfully forged checks to steal over 2.5 million before being caught by Paris police in 1969. Nonetheless, Frank had legally passed the official test at 19, then became a lawyer in the state of Louisiana during his criminal journey.

整部電影中，卡爾一有機會，就問法蘭克，他到底是怎麼作弊，通過律師的考試。電影結束之前，法蘭克終於告訴卡爾，他沒有作弊，他只是花了 2 個禮拜，瘋狂 K 書後，就考過了。（真實的法蘭克，其實是花了 2 個月。但這不重要，因為還是很短。）

In the whole movie, Carl keeps asking Frank how he cheated to pass the bar exam. Near the end, Frank finally told Carl that he had not cheated at all. This young kid had only spent two weeks crazily studying out all pieces of stuff for the test. Then, he passed it. (Actually, that Frank in the real world spent two months, but whatever, it is still very short.)

這 2 個故事非常相似，都是在說如何在「非常短的時間裡」學會一些東西。關於這 2 個故事，我做了一個我自己的版本的結論。

The very essence of the two stories is quite similar: learning something well in a super short time. Based on that, I concluded a thought of my version.

任何學問中，絕大部分的知識，通常包含在一本書裡面，不是很多書裡面。相同科目的每一本書，其實都是在講「同樣的事情」，只是可能用了「不同的方式」而已。我們需要專注的，應該是在「相同的事情」上面，而不是在「不同的方式」裡面。

Most subject knowledge is basically in a book, not in many books. Every book on the same subject almost conveys the same things, maybe in different ways. We need to focus on the same things, not the different ways.

能夠快速學習的秘訣，在於要用「科學」代替「情感」，去定義出它的範圍。一旦您所定義出的範圍，小到只有一本書而已，您就會有極大的動力去完成它。**因為很小，就能很快**。做這件事的時間表，立馬就變得非常明確好管理。

The secret to efficient learning is to define the scope of what you're going to learn by science instead of emotions. Once the range you find out is as small as only a book, you will be highly motivated to finish it. As it is small, it means fast. The timetable would immediately be so clear to manage.

根據這個結論，當年我選了 5 本書，來準備 4 個科目的證券分析師考試。如同我先前所說，我是個失敗者，所以我花了將近 2 年的時間，才完全搞清楚那 5 本書裡面，所有的知識。跟前面 2 位聰明人相比，我簡直像個白癡。不管我花了多少時間，我終究完成了我的目標、得到了我想要的東西。這樣的經驗，讓我在未來的日子裡，從輸家變成了贏家。

Based on this conclusion, I chose five books to prepare for the securities analyst test that contains four subjects. As I said that I was a loser, so it took me nearly two years to figure out all of the knowledge in those five books. Compared with the two intelligent guys mentioned before, I seemed like an idiot. But no matter how much time I had taken, I still achieved my goal and got what I wanted. This experience made me from a loser to a winner in the coming days.

經過不斷地練習，事情總是會變得更容易。用到了英文上面，我將英文的範圍定義為，英文文法所有的規則。原因簡單到爆，就像打棒球，如果不懂棒球的規則，那打個屁。因此，我就選了一本最大本、甚至不需要是本好書的英文文法書來讀。

Things are being much easier throughout relentless practices. Appling to learning English, the scope of English I define is all grammar rules. The reason is as simple as playing baseball. If we do not know the rules, how can we play? Therefore, I chose a book that is the biggest, not even a good one to read.

當我從頭到尾讀完時，我達到了我的目標，學會了英文。整個過程，只花了我 10 個小時，遠比我想像的少得多。

After reading through the book page by page, I achieved my goal, using English like using Chinese. The whole process took me only 10 hours, which is much less than I have thought.

我不是個聰明的傢伙，我只是在符合邏輯的定義之下，耐心地把事情做完而已。如果我做得到，任何人都可以做到。

I'm not a smart guy. I am just the kind of person who focuses on getting things done patiently under logical defining. That's all. If I can do it, anyone can do it.

至於 10 小時，只不過是一個時間表的單位而已，任何人都可以自行決定它的長短。前提是，您得用這個單位，去做一件有 **「明確範圍」** 的事，而不是去做一件 **「沒有範圍」** 的事。

As for 10 hours, it is just a unit of the timetable. Anybody can decide how long or short it could be. But the premise is that we need to use the time to do something with a clear scope. Never learn anything before defining the range of it.

台灣人學會英文
最重要！！

這本書的終極目標

我花了 10 小時，學會英文。但卻花了快 6 年，才完成這本書。

曾經想過裝模作樣，像某家補習班，標榜 6 個月一定學會英文。我保證 6 天學會英文，學不會退錢，就足以讓它再見了。江湖一點絕，說破不值錢，出一本書，將自己的 know-how 攤在陽光下，萬一以後，別人拿我的東西，來教英文賣錢，那我不成了冤大頭了。

某個角度來看，確實是。

但是，如果我的東西，證實能夠讓英文老師們，更快地教會大家英文。讓台灣整體的英文程度，在「最短的時間」內，顯著地提升。讓更多的台灣人，能夠有和老外溝通的能力。讓那些外商們，把亞洲的總部移到台灣來，重返上個世紀 90 年代的榮景，成為亞太經濟樞紐…。這個畫面的爽度，不是裝模作樣耍神秘，自己偷偷賺，然後忙得像條狗，可以相提並論的。況且，越多人用我的東西，代表我的經銷商越多。哪天，原廠想要開店，還怕沒生意嗎？

所以，如果有用，歡迎來用，不用客氣。**台灣人學會英文最重要！！**

Mr. Nobody

再給英文一次機會吧！

Let's do it one more time!!

Part 1

觀 念

幾乎所有自認「還不會英文」的朋友們，認為「還不會英文」的原因是：「單字量不夠」。基本上，如果您真的這樣認為，那這輩子都不可能學會英文。因為您的單字量，可能早就已經足夠學會英文了，只是您自己不知道罷了！

　　真的嗎？

　　Mr. Nobody 是一個 35 歲開始學英文，35 歲零 2 個禮拜，就學會英文的證券分析師。既然是分析師，就要證明給大家看，大家的單字量「其實」是夠的。以下有 50 個「非常普通的」英文單字，相信大家一定都認得，如下：

1	10 hours	quickly	imagine	new	the
2	a/an	effectively	progress	on	your
3	and	English	will	people	you
4	be	from	significant	program	this
5	book	get	it	read	to
6	brand	give	learn	satisfied	us
7	by	have	life	shock	vision
8	easy	how	make	may	what
9	change	massive	Mr. Nobody	effective	who
10	could	if	more	that	with

　　相信在台灣，只要國中畢業，應該都認得這 50 個「基礎的」英文單字。

來做個小小的測試，以下有 5 句中文，可以用前面那 50 個「國中程度的」英文單字，說出跟老外一樣的「母語式英文」。您做得到嗎？

1. 在「10 小時課程」中的人們，能夠更快速且有效地學習。

2. 人們對於在學英文上，取得很大的進展而感到滿意。

3. 如果您讀過這本書的話，書裡所學到的東西，可能會對您的人生帶來相當大的改變。

4. 諾巴迪先生用「10 小時課程」，帶給大家在英文學習上，一個全新的視野。

5. 讀這本書，會把「那些從來沒想到英文會如此簡單的人們」嚇到。

如果您還無法輕易做到，絕對不是因為看不懂這 50 個「連國中生的看得懂的」英文單字，而是「英文」在您的眼裡，是下面這樣：

1. 在「10 小時課程」中的人們，能夠更快速且有效地學習。
People in 10 hours program could learn more quickly and effectively.

2. 人們對於在學英文上，取得很大的進展而感到滿意。
People are satisfied with making significant progress on English learning.

3. 如果您讀過這本書的話，書裡所學到的東西，可能會對您的人生帶來相當大的改變。
What you get from this book may bring a massive change to your life if you read it.

4. 諾巴迪先生用「10 小時課程」，帶給大家在英文學習上，一個全新的視野。
Mr. Nobody gives people a brand-new vision in English learning by 10 hours program.

5. 讀這本書，會把「那些從來沒想到英文會如此簡單的人們」嚇到。
Reading this book will shock people who have never imagined how easy English is.

旁邊這樣是跟「中文的邏輯」一模一樣,「英文」在您眼中,是由一個一個的「單字」,平鋪直敘地組合而成,毫無任何的邏輯與架構。但是,在一個只花 10 小時,就學會英文的 Nobody 眼中,「英文」是下面這樣:

1. 在「10 小時課程」中的人們,能夠更快速且有效地學習。

People	in 10 hours programs	could learn	more	quickly and effectively.
人們	在十小時課程中	可以學習	更	快速並有效地

2. 人們對於在學英文上,取得很大的進展而感到滿意。

People	are	satisfied	with making significant progress	on English learning.
人們	是	滿意的	取得很大的進展	在英文學習上

3. 如果您讀過這本書的話,書裡所學到的東西,可能會對您的人生帶來相當大的改變。

What you get from this book	may bring	a massive change	to your life	if you read it.
您從這本書裡學到的東西	可能會帶來	一個巨大的改變	對您的人生	如果您讀過的話

4. 諾巴迪先生用「10 小時課程」,帶給大家在英文學習上,一個全新的視野。

Mr. Noboby	gives	people	a brand-new vision	in English learning	by 10 hours program.
諾巴迪先生	帶給	人們	一個全新的視野	在英文學習上	用十小時課程

5. 讀這本書,會把「那些從來沒想到英文會如此簡單的人們」嚇到。

Reading this book	will shock	people	who have never imagined how easy English is.
讀這本書	將會嚇到	人們	從來沒想過英文是如此地簡單

　　上面這樣是跟「中文的邏輯」完全不一樣。什麼是 **「中文的邏輯」**?

這是「中文的邏輯」

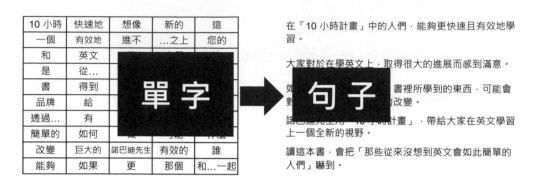

10 小時	快速地	想像	新的	這
一個	有效地	進不	…之上	您的
和	英文			
是	從…			
書	得到			
品牌	給			
透過…	有			
簡單的	如何			
改變	巨大的	諾巴迪先生	有效的	誰
能夠	如果	更	那個	和…一起

在「10 小時計畫」中的人們，能夠更快速且有效地學習。

大家對於在學英文上，取得很大的進展而感到滿意。

如果⋯⋯⋯⋯⋯⋯書裡所學到的東西，可能會對⋯⋯⋯⋯⋯⋯的改變。

諾巴迪先生用「10 小時計畫」，帶給大家在英文學習上一個全新的視野。

讀這本書，會把「那些從來沒想到英文會如此簡單的人們」嚇到。

這是我們講中文的人，看待語言的邏輯。所以，我們會用這樣的邏輯，來看待英文⋯

這是用「中文的邏輯」學英文

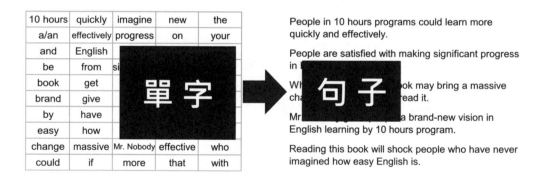

10 hours	quickly	imagine	new	the
a/an	effectively	progress	on	your
and	English			
be	from			
book	get			
brand	give			
by	have			
easy	how			
change	massive	Mr. Nobody	effective	who
could	if	more	that	with

People in 10 hours programs could learn more quickly and effectively.

People are satisfied with making significant progress in ⋯⋯

When ⋯⋯⋯ook may bring a massive cha⋯⋯⋯read it.

Mr⋯⋯⋯⋯⋯a brand-new vision in English learning by 10 hours program.

Reading this book will shock people who have never imagined how easy English is.

用「中文的邏輯」來**教**英文，是在浪費大家的生命。用「中文的邏輯」來**學**英文，是在浪費自己的生命。因為英文的表達方式，是有明確的「邏輯」和「架構」的，跟我們講中文的方式 (沒有任何方式…) 是完全不一樣的。「**英文的邏輯**」是：

這是「英文的邏輯」

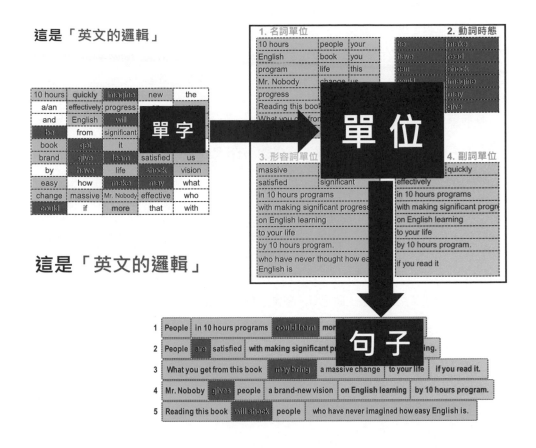

這個流程就是我們講中文的人，教不會英文和學不會英文的主要原因，因為講英文的流程是：

單字 → 單位 → 句子

如果中間漏了一個流程，鬼…才學得會英文。

但是補上中間這個流程，豬…都學得會英文。

依照「中文的邏輯」，一個英文單字，好像只要知道「中文意思」就夠了。如果真的是這樣的話，哪個白癡學不會英文。一個英文單字，除了「中文意思」之外，更重要的是，要知道它能用來組織成英文中的什麼「單位」，就像 if, that, what, who, how, with, in...，誰不知道這些單字的「中文意思」，但誰能夠像老外一樣，使用這些單字？

既然要學英文，就要搞清楚「英文的邏輯」，不要只顧著用「中文的邏輯」來學英文，只要您相信這個邏輯，就足以改變一切了。所以，接下來我們需要了解的是：

英文的「單位」是什麼？

Mr. Nobody 在上一個章節裡面，幾乎沒用到什麼厲害的「英文單字」，就能將腦袋裡面的中文，全部換成英文寫出來。最明顯的差別在於，我能夠像老外一樣，使用 if, that, what, who, how, with, in... 這些大家都認得的單字，來組織一個「單位」，然後再連結成句子，就講出跟老外們一模一樣的「母語式英文」了。

不管學任何事情，最快速的捷徑是「啟發」。
「Inspiration」is the nearest way for whatever you want to learn.

不管學任何東西，只要確認是往對的方向，便能事半功倍，快速學會，充滿樂趣，擁有自信。
No matter what you'd like to learn, make sure in the right direction first, then you'll work less, learn fast and fill with fun and confidence.

~ Mr. Nobody

由英文的 4 個單位，所組成的「訊息架構」

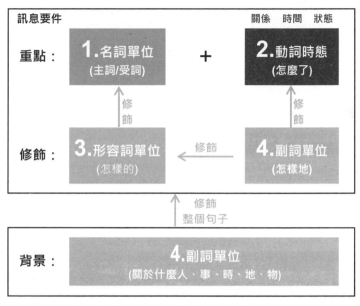

就是老外們天生所繼承的「語言資產」

　　這個世界上，任何一句「母語式英文」，不管是出自於上帝、湯姆克魯斯、阿滴葛葛、還是任何一個 Nobody⋯，不管他們自己知不知道，他們的任何一句英文，絕對都是由以上英文的 4 個單位，遵循著這個架構所組成的。不管是神、還是人，無一例外。這就是為何 Mr. Nobody 稱之為老外們「天生」所繼承的「語言資產」。**因為 95% 以上的老外，根本就不知道自己的每一句英文，都是在這個架構之下生出來的。**

如果我們用老外們天生所繼承的「語言資產」回頭來看看上一章的 5 個例句，畫面會是以下這樣：

例句 1.

中文： 在「10小時計畫」中的人們，能夠更快速且有效地學習。

英文： **People in 10 hours program could learn more quickly and effectively.**

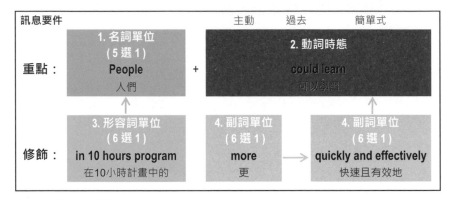

例句 2.

中文： 人們對於他們在學英文上，取得很大的進展而感到滿意。

英文： **People are satisfied with making significant progress on English learning.**

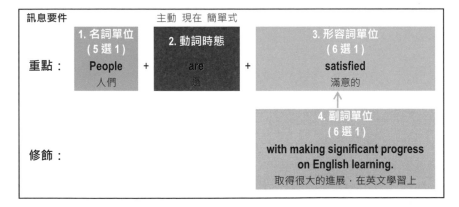

例句 3.

中文： 如果您讀過這本書的話，書裡所學到的東西，可能會對您的人生帶來相當大的改變。

英文： **What you get from this book may bring a massive change to you life if you read it.**

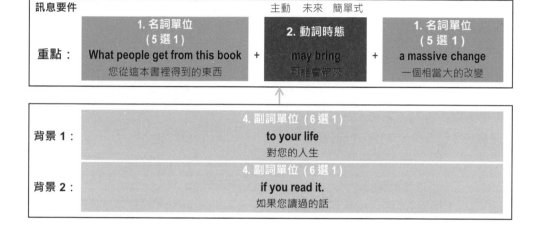

例句 4.

中文： 諾巴迪先生用「10小時課程」，帶給大家在英文學習上，一個全新的視野。

英文： **Mr. Nobody gives people a brand-new vision in English learning by 10 hours program.**

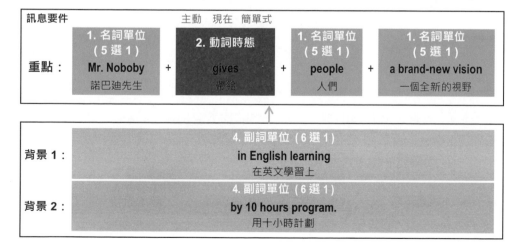

例句 5.

中文： 讀這本書，會把「那些從來沒想過英文會如此簡單的人們」嚇到。

英文： **Reading this book will shock people who have never imagined how easy English is.**

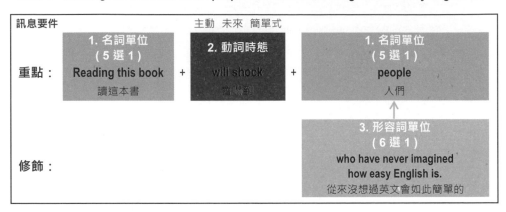

　　以上這個架構，是老外的老祖先們，在創造英文這個語言時，所設計出來的，代代相傳，老外們從出生的那一刻起，就開始練習在這樣的架構下，講任何一句英文。久而久之，就像我們講中文一樣地「理所當然」了。所以，對我們講中文的人來說，**英文**之所以**很難**的原因：

不是因為「這個架構」很難，

而是不知道「這個架構」的存在。

　　不瞞您說，英文的表達邏輯和架構，簡單到笑死人，您只是不知道而已，任何人都能在 10 分鐘之內學會，只要……**把心胸打開**，就夠了。我們先暫且拋開「學英文」這件事，回到語言最根本的目的：**傳遞訊息**。

不管任何語言，所傳遞的任何訊息，永遠只會有以下 3 個要件：

任何的語言**訊息**，永遠只會有以下 3 個**要件**

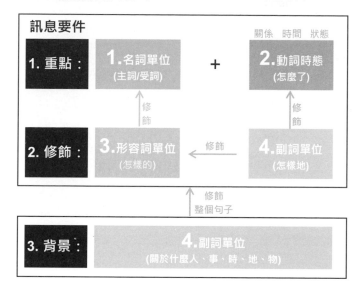

訊息的第一要件：重點

　　任何人的任何一句話，都一定會有一個「主題」，聽起來好像很籠統，但所謂的「主題」，不外乎就是「人」、「事」、「時」、「地」、「物」或是「一個畫面」。通常 70% 以上對話的「主題」是「人」，因為人最喜歡談論「人」，也就是喜歡八卦。不然就是「事」或「物」，大概佔 20%，事在人為，其實還是離不開人。我們就先用「人」和「事」來舉例，如下：

主題

我老闆

那個男人

一個計畫

如果一句話只有主題，不能算是一個完整的句子，只能算是一個名詞。如上圖，我的老闆、那個男人、這個計劃，都無法傳達一個完整的訊息。除非告訴我們「我的老闆怎麼了」、「那個男人怎麼了」、「這個計劃怎麼了」，這樣才算是一個完整的訊息。如下：

主題	+	怎麼了
我的老闆		出國了
那個男人		在講話
這個計劃		進行中

「我老闆出國了」、「那個男人在講話」或是「這個計畫進行中」，這樣才能算是一句話，一個最單純、但卻是完整的訊息。意思是，一句話最基本的架構，一定會由 **2 個單位** 來組成，如下：

重點： **1.** 主題 + **2.** 怎麼了

主題就是英文中的名詞，而怎麼了就是動詞。雖然看起來好像有點智障，但這確實是我們日常生活中，最常用、也是最基本的對話內容，像是「我來了」、「他在吃飯」、「那件事正在處理中」、「我的書出版了」、「我現在說的事情很重要」……之類。如下：

重點：	1. 主題 = 名詞單位 (主詞)	+	2. 怎麼了 = 動詞時態 (動詞)
	I 我		am coming. 來了
	He 他		is eating. 在吃飯
	The thing 這件事		is being handled. 正在處理中
	My book 我的書		has been published. 出版了
	What I'm saying 我現在說的事情		matters. 是重要的

　　訊息的「主題」，除了「可以用單字」來表達的人、事、時、地、物之外，也可能是一個「無法用單字」來表達的「畫面」。如上圖中，最後一句的主題是「我現在說的東西」。地球上並沒有「我現在說的東西」這個名詞單字，所以諾巴迪必須要用比「名詞單字」更大的「單位」來表達這個畫面，因此用了「名詞子句 What I'm saying」。

　　意思是，英文句子的主詞，不會永遠都是「名詞單字」或「代名詞單字」，也有可能是「名詞片語」或「名詞子句」。所以，所謂的「名詞單位」，就是「名詞單字」、「代名詞單字」、「名詞片語」和「名詞子句」的統稱。

　　一句話最基本的功能，也是唯一的功能，就是去傳遞一個訊息，而一個訊息的「必要條件」，就是那個訊息的「重點」。

用「語言內涵」的角度，訊息的**「重點」**，叫做 主題 ＋ 怎麼了
用「英文單位」的角度，訊息的**「重點」**，叫做 名詞單位 ＋ 動詞時態
用「英文句型」的角度，訊息的**「重點」**，叫做 主詞 ＋ 動詞
用**「中文講話」**的角度，訊息的「重點」，叫做「只要是文字，通通都是重點」

訊息的第二要件：修飾

在我們日常生活中，一句話裡面，除了訊息的必要條件：「重點」的 2 個單位之外，我們常常還會幫「重點」中的「主題」加點料，像是「怎樣的」主題 + 怎麼了，如下：

3. 怎樣的	1. 主題	+		2. 怎麼了
年輕的				
會議室裡的	那個男人			在講話
當過分析師的				

不管是「那個年輕的男人在講話」、「會議室裡的那個男人在講話」或是「當過分析師的那個男人在講話」，都還是那個男人在講話。一句話的「重點」，並不會因為多了一個「怎樣的」去修飾「主題」之後，意思就會有所改變。加了「怎樣的」修飾「主題」，只會讓這個訊息的內容更豐富，畫面更立體而已，整個句子的的「重點」，不會因此而改變。

怎樣的就是英文中的形容詞單位，用來修飾名詞單位的主題，幫「主題」增添一些畫面，所以才叫做修飾。如同「名詞單位」，「形容詞單位」就是「形容詞單字」、「形容詞片語」和「形容詞子句」的統稱。後面章節會一一說明「片語」和「子句」的種類和功能。

同樣地，既然「主題」可以用「怎樣的」來修飾，那「主題」「怎麼了」的「怎麼了」也可以被加以修飾，我們可以說怎樣的主題 + 「怎樣地」怎麼了，這也是我們平常生活中，像呼吸一樣的講話方式，如下：

3. 怎樣的	1. 主題	+	4. 怎樣地	2. 怎麼了
年輕的			大聲地	
會議室裡的	那個男人		不斷地	在講話
當過分析師的			嚴肅地	

不管是「那個年輕的男人不斷地在講話」、「會議室裡的那個男人嚴肅地在講話」或是「當過分析師的那個男人大聲地在講話」，這3句話的「重點」，都是「那個男人在講話」。加了「怎樣地」來修飾動詞「怎麼了」，只會讓這個訊息的內容更豐富，畫面更立體而已，整個訊息的「重點」，不會因為加了「修飾」而改變。

怎樣地就是英文中的副詞單位，主要用來修飾「動詞時態」的怎麼了，幫「怎麼了」增添一些畫面，所以也叫做修飾。

同樣地，如同「名詞單位」和「形容詞單位」，「副詞單位」就是「副詞單字」、「副詞片語」和「副詞子句」的統稱。後面章節會一一說明「片語」和「子句」的種類和功能。

在英文的表達邏輯和架構中，加入了修飾單位「怎樣的」來修飾訊息的「主題」，可以讓一句話的畫面更立體，再加一個修飾詞「怎樣地」來修飾「怎麼了」，句子的畫面就會立體再立體。但不管修飾詞 (形容詞單位、副詞單位) 怎麼加，有加或是沒加，整個訊息的「重點」，都不會因此而改變。

3 分鐘不到，英文的 4 個單位，最基本的定義和規則，也就是老外們天生就繼承的「語言資產」，已經講完了。英文文法中，所有的規則都是從這裡出發。如果不知道這「3 分鐘的語言資產」，不管您怎麼大膽說、勇敢說、拼命說…英文，基本上，除了可以練練膽量之外，本質上，這些所謂的練習，跟要猴戲沒什麼兩樣。

英文的表達邏輯和架構，就是如此單純簡單。所以出國唸個 3 ~ 5 年書，為了張羅生活，忙東忙西的、東聽西講的，總會有一天，總會有個 3 分鐘，英文的天靈蓋，就不小心打開來了。老外的「語言資產」，就不小心地滑進了大腦裡，然後就更不小心地，學會了英文。這就是為什麼，問那些出國留學過的人，到底怎麼學會英文的，他們永遠也說不出個所以然的原因。因為真正的原因，就只是這 3 分鐘打開天靈蓋的「語言資產」而已，如下圖：

3 分鐘不到，就打開了英文的天靈蓋

單位的功能：	**修飾**	**重點**		**修飾**	**重點**
語言的內涵：	**3. 怎樣的**	**1. 主題**	+	**4. 怎樣地**	**2. 怎麼了**
英文的單位：	形容詞單位	名詞單位 (主詞)		副詞單位	動詞時態 (動詞)
	年輕的			大聲地	
	會議室裡的	那個男人		不斷地	**在講話**
	當過分析師的			嚴肅地	

　　大概 90% 以上講中文的人，會以為「怎樣的」和「怎樣地」是一樣的東西，應該是打錯字，才會出現「怎樣地」。簡單來說，就是分不出形容詞和副詞的差別在哪？經過以上的解釋，如果再不懂，那神仙也救不了了。

　　「副詞」的功能跟「形容詞」一樣，都是用來修飾其他東西，只是修飾的東西不一樣而已。「副詞」跟「形容詞」明明就是一對兄弟，但中文名字看起來，卻一點都不像兄弟。

　　Mr. Nobody 也不知道「副詞」這個爛名字是誰取的。叫「修飾詞」不是很好嗎？至少一樣是 3 個字，跟「形容詞」像多了，看起來就是功能差不多的東西，何況這 2 個單位的用途，根本就是一樣的。如下圖：

英文名字	中文名字	中文意思	用途	舉例		
adjective	形容詞	怎樣的	修飾名詞	effective 有效的	effective way	有效的方法
adverb	副詞	怎樣地	修飾動詞	effectively 有效地	study effectively	有效地學習

「effective」和「effectively」看起來就是一對兄弟。

「形容詞」和「副詞」看起來像兄弟嗎？「副詞」這中文名字，取得真的很瞎！

不管是中文也好、英文也罷，任何的語言的用途，都是用來「傳遞訊息」的，無一例外。任何訊息的要件，都可以區分成「重點」和「修飾」，分別由「語言的 4 個單位」所組成。關鍵是，**任何訊息一定都是先有「重點」，才會有「修飾」的存在。如果訊息沒有「重點」，那要「修飾」個什麼鬼**。所以在語言的架構上，應該使用階梯狀，來表達「重點」和「修飾」之間的關係，會更貼近實際用途的畫面，如下圖：

語言的 4 個單位

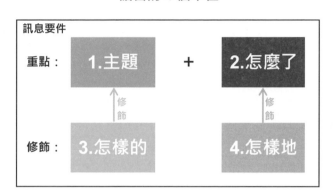

把語言的 4 個單位，套入英文的 4 個單位中，就是英文表達的基本架構，畫面如下：

英文的 4 個單位

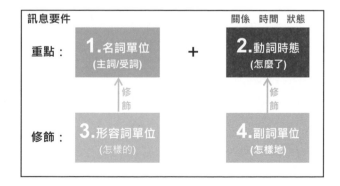

另外，英文最常見的狀況是，一個句子，通常不會只有個「1 個主題」而已，也會有「2 個主題」。用英文句型的角度來說，就是有「1 個主詞」和「1 個受詞」。如前所述，不管是主詞還是受詞**只要是句子的「主題」，都要使用**名詞單位。還有，每多一個名詞單位，**就代表可以再加一個**形容詞單位**來修飾它**。如下圖：

2 個主題的句子

(主詞 + 動詞 + 受詞) 是英文中，使用頻率最高的句子，大概佔了 70%，頻率相當高，不管有沒有加「修飾」都算是同一種句型，因為修飾詞**不是**一個句子的必要條件。換句話說，這個句型是日常生活中，使用量最高的句型。因此，以此句型，分別舉例來呈現英文在使用「修飾」功能時，「沒有加修飾」和「有加修飾」在架構上的畫面會是如何，如下：

◆ 不加 「修飾」

如果句子中「重點」的單位，全部都不加修飾，像是以下這 3 個句子：

1. 我喜歡那個人。
2. Anna 買了一本書。
3. 人們得到一些啟發。

沒有任何「修飾」的句子

我們也可以將句子中，「重點」的各個單位，**加上一些修飾**，像是：

1. 我**非常**喜歡那個人。
2. **不愛看書的** Anna，買了一本 **Mr. Nobody 寫的**書。
3. **參加十小時計劃的**人們，**意外地**得到了一些**關於學英文的**啟發。

以上 3 個加上修飾的例句，架構的畫面，分別如下：

1. 我**非常**喜歡那個人。

把每個單位連結起來，I pretty like that person. 這句話就完成了。

2. **不愛看書的** Anna，買了一本 **Mr. Nobody 寫的書。**

把以上所有單位連結起來，就是一句道地的「母語式英文」了。

● 加上修飾：**Anna,** who doesn't like to read, **bought a book** written by Mr. Nobody.
　　　不愛讀書的安娜買了一本 Mr. Nobody 寫的書。
● 不加修飾：**Anna bought a book.** 安娜買了一本書。

　　一句中文或英文，不管有沒有加上修飾詞（形容詞單位、副詞單位），整個訊息的「重點」，
完全不會改變。不管安娜是「怎樣的」安娜，那本書是「怎樣的」書。重點就是「安娜買了
一本書」。加上修飾詞，只會讓訊息的內容更豐富，畫面更立體而已。以此類推，不管是中文、
還是英文，只要是訊息的重點，所有的單位，都可以加以修飾。如以下範例：

3．**參加十小時計劃的人們，意外地**得到了一些**關於學英文的**啟發。

把所有單位連結起來，又是一句道道地地的「母語式英文」了。

● 加上修飾：**People** in 10 hours program **have** surprisingly **got some inspiration** for English learning. 10 計畫中的人們，意外地得到了一些關於學英文的啟發。

● 不加修飾：**People have got some inspirations.** 人們得到了一些啟發。

不管有沒有加上修飾詞 (形容詞單位、副詞單位)，整個訊息的「重點」，完全不會改變。不管人們是「怎樣的」人們，得到是「怎樣地」得到，啟發是「怎樣的」啟發。總之，重點就是「人們得到了啟發」。加上修飾詞，只會讓訊息的內容更豐富，畫面更立體而已。

會用修飾詞來講英文，**不代表**英文能力比較厲害。用比較冷門的單字寫英文，也**不代表**英文好棒棒。老外的邏輯，永遠把重點放在訊息的內容，和文法的規則上，沒人會鳥你用什麼「型式」或「單字」來表達。那是我們「中華文化」和「象形文字」的迷思，也是讓我們在學英文的路上走錯方向，最重要的原因。

在英文的規則裡，一個句子中，最多只會有 3 個「主題」，也就是 1 個主詞，2 個受詞。不能再多了，再多的話，鬼都不知道在講什麼了。一樣地，**不管是「主詞」、還是「受詞」，一律要使用**名詞單位。

同樣地，「重點」中的每個單位「主詞＋動詞＋受詞 1 ＋受詞 2」，全部都可以加上「修飾」單位來加以修飾。簡單來說，不管一個句子有幾個「主題」，**規則全部都是一樣的**。以下就是一句英文有「3 個主題」的架構畫面：

3 個主題的句子

舉例如下：

4. **最近出版的這本書，毫無疑問地**帶給**對學英文一直很掙扎的人們**，**一個有別於以往的畫面。**

把所有單位連結起來，就是一句看起來漏漏長、又好棒棒的「母語式英文」了。

● 加上修飾：**This book**, recently published,undoubtedly **brings people** who have been struggling with learning English **a picture** that's different from before.
最近出版的這本書，毫無疑問地帶給對學英文一直很掙扎的人們，一個有別於以往的畫面。
● 不加修飾：**This book brings people a picture.** 這本書帶給人們一個畫面。

各位看到這樣的架構後，還會覺得，會寫出或講出一句很長的英文，是一件很厲害的事嗎？

看到這裡，對於英文如何去架構一句話，已經有一個比較完整的畫面了。在正常的情況下，一個以中文為母語的人，講一句話，是很直覺的，不會有這麼明確的架構在腦海裡。但是一個以英文為母語的人，這樣的架構是他們天生就繼承的「語言資產」，從出生那一刻就開始練習。自然而然地，就像呼吸一樣地融入了每一句英文裡。

組織一句英文，除了「重點」和「修飾」這2個要件之外，還有第3個要件，那就是「背景」。

訊息的第三要件：背景

任何一句話的必要條件，就是訊息的重點。重點的單位是由**主題**（主詞和受詞）、**怎麼了**（動詞）**所組成**。比方說：**「諾巴迪先生寫了一本書」**，訊息的架構如下圖：

我們一般講話，除了去「修飾」這個「重點」中的各個單位（主題、怎麼了）之外，最常做的事情，就是告訴別人，這句話的**「背景」**有哪些，就像下面這樣：

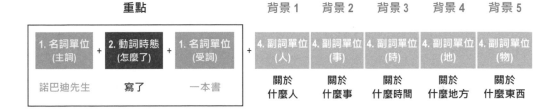

這不就是我們平常講話的方式嗎？只是我們從來不曾這樣把它們（背景）排列出來。所有的背景，跟主題一樣，不外乎是人、事、時、地、物。不管是中文還是英文，有哪一種語言，講來講去，會超過人、事、時、地、物的範圍？

最重要的是，在英文的規則裡，所有的背景，功能都是去修飾整個句子（整個訊息）。所以，背景也算是修飾詞的一種。因此，全部被歸類為副詞單位。英文中，每句話中的「背景」，都是「副詞單位」，不是「形容詞單位」。為什麼？？我也不知道，總之，老外的老祖先們就是這樣設計的。

所以，關於「副詞」的功能，必須要再往外擴充一點，「副詞」的功能有：

1. 「副詞」用來修飾**「動詞」**。換句話說，「副詞」是**「動詞」**的形容詞。
2. 「副詞」還可以用來修飾**「整個句子」**。換句話說，「副詞」是**「整個句子」**的形容詞。

因此，「副詞」和「形容詞」的差別在於，形容詞的功能只有 1 個，只能用來修飾名詞。而副詞的功能不只 1 個。

至於一個句子可以加幾個「背景」來修飾？

完全沒限制！愛加幾個就幾個，您高興就好。不過，和「修飾」一樣，一個句子的「背景」加得越多，完全**不代表**英文能力越厲害。在英文的世界裡，是不吃「數大就是美」這一套的。老外的焦點永遠是在訊息的「內容」上。「修飾」和「背景」加太多，容易模糊了訊息的「重點」，反而適得起反。因為一句英文，就算有再多的「背景」和「修飾」，「重點」永遠只有一個。延續以上的例句，將「諾巴迪先生寫了一本書」這句話所有的「背景」，一一加進去後。訊息的畫面如下：

◆ 因為想提供不一樣的觀點，諾巴迪先生 獨自 在他的公寓裡，花了好幾年寫了一本書。

重點			背景 1	背景 2	背景 3	背景 4
1. 名詞單位 (主詞)	2. 動詞時態 (怎麼了)	1. 名詞單位 (受詞)	4. 副詞單位 (人)	4. 副詞單位 (時)	4. 副詞單位 (地)	4. 副詞單位 (事)
Mr. Nobody	had written	a book	by himself	for years	at his apartment	as he'd like to privide a different perspective.
諾巴迪先生	寫了	一本書	獨自	好幾年	在他的公寓裡	因為想提供不一樣的觀點

把所有單位連起來，就是一句看起來理所當然的「英式英文」了。

以上就是英文在表達訊息時，加入「背景」來修飾「整個句子」的畫面。相較於中文，英文的表達邏輯和架構，是相當科學，而且有系統的。在英文中，所有的「背景」，都是「副詞單位」的功能，用來修飾「整個句子」，要加 1 個 2 個 3 個 ... 都可以，**要怎麼組合，隨每個人想要表達的訊息畫面為準，沒有任何標準答案。**舉例如下：

一個句子，3 個背景

中文：<u>因為想提供不一樣的觀點</u>，Mr. Nobody <u>在他的公寓裡</u>，<u>花了好多年</u>寫了一本書。

英文：Mr. Nobody had written a book <u>for years</u> <u>at his apartment</u> <u>as he'd like to provide a different perspective</u>.

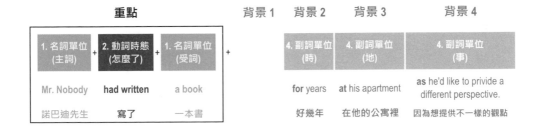

中文：Mr. Nobody <u>在他的公寓裡</u>，<u>花了好多年</u>，<u>獨自</u>寫了一本書。

英文：Mr. Nobody had written a book <u>by himself</u> <u>for years</u> <u>at his apartment</u>.

一個句子，2 個背景

中文：Mr. Nobody<u>獨自在他的公寓裡</u>寫了一本書。

英文：Mr. Nobody had written a book <u>by himself</u> <u>at his apartment</u>.

中文：<u>因為想提供不一樣的觀點</u>，Mr. Nobody<u>花了很多年</u>寫了一本書。

英文：Mr. Nobody had written a book <u>for years</u> <u>as he'd like to provide a different perspective</u>.

一個句子，1 個背景

中文：Mr. Nobody<u>花了好多年</u>寫了一本書。

英文：Mr. Nobody had written a book <u>for years</u>.

中文：<u>因為想提供不一樣的觀點</u>，Mr. Nobody 寫了一本書。

英文：Mr. Nobody had written a book <u>as he'd like to provide a different perspective</u>.

「副詞單位」是英文裡面，功能最具彈性的單位。比方說，「背景」沒有規定一定要放在「句尾」。像是「關於時間」、「關於地方」或是「關於事件」的背景，放在「句首」的機率也蠻高的。不過，在說英文的習慣上，絕大多數的情況，還是會選擇把「重點」擺在句子的最前面，因為老外習慣先說「重點」，再講「修飾」或「背景」。

一個句子，背景放在「句首」

◆ 關於<u>時間</u>的背景

中文：Mr. Nobody<u>花了好多年</u>在他的公寓裡寫了一本書。

英文：<u>For years</u>, Mr. Nobody had written a book at his apartment.

◆ 關於<u>地點</u>的背景

中文：Mr. Nobody 獨自<u>在他的公寓裡</u>寫了一本書。

英文：<u>At his apartment</u>, **Mr. Nobody had written a book** by himself.

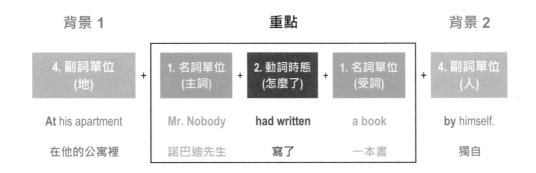

◆ 關於<u>事件</u>的背景

中文：<u>因為想提供不一樣的觀點</u>，**Mr. Nobody** 花了很多年寫了一本書。

英文：<u>As Mr. Nobody would like to provide a different perspective,</u>**he had written a book** for years.

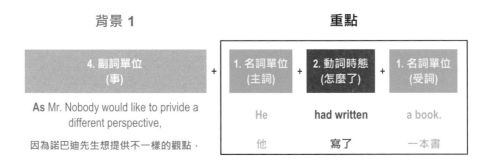

基本上，不管一個訊息有 1 個 2 個 3 個……「背景」，不管「背景」放在句首、還是放在句尾，如果用中文來說以上任何一個訊息的排列組合，10 個人，有 11 種順序也很正常。但就英文的角度來看，整句話的結構如下：

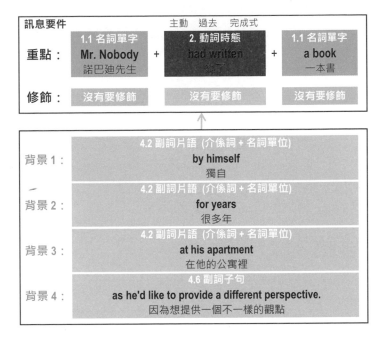

這就是大家學不會英文的根源。

　　因為說中文是很隨興的，沒有明確的架構和順序。但講英文是很規矩的，必須要確認訊息中每一個要件。一個句子一定要有一個「重點」，一個「重點」至少會有 2 個單位，分別是「名詞單位」和「動詞時態」。訊息的「重點」確認了以後，再決定需不需要「修飾」重點中的單位。如果要，「形容詞單位」負責修飾「名詞單位」，「副詞單位」修飾「動詞時態」。「修飾」的目的，是要讓訊息的內容更豐富，畫面更立體。

　　修飾完重點之後，再決定要不要幫句子加點「背景」。如果要，加 1 個 2 個 3 個……加到天荒地老都隨便你。總之，每一個「背景」都是「副詞單位」，用來修飾「整個句子」。不管是用副詞單字、副詞片語、還是副詞子句，在英文裡，都被歸類為「副詞單位」。訊息加了「背景」之後，訊息的內容，就會再更豐富，訊息的畫面，也會再更立體。

不管是「修飾」、還是「背景」，都是修飾詞。加或不加，整個句子的主要意思，也就是訊息的「重點」，都不會改變，這就是**「英文的表達邏輯和架構」**。換個角度來說，一句話，如果沒有「重點」，那要「修飾」什麼？同樣地，一句話，如果沒有「重點」，就不算一句話，不算一句話，那「背景」要用來幹嘛？依此邏輯，在語言的架構上，還是繼續使用階梯狀，來表達「重點」、「修飾」和「背景」之間的關係，最貼近實際用途的畫面，如下圖：

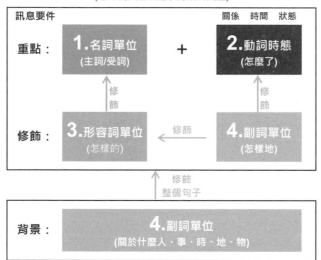

英文的表達邏輯和架構
(老外們天生所繼承的語言資產)

這張圖，就是老外的老祖先們，留給他們的**「語言資產」**。這是一個邏輯和架構。相較於我們老祖先們，留給我們的「語言資產」。那是一個又一個優美的文字。這個巨大的差距，造就了我們從一開始，就對英文產生了錯誤的觀念和認知。

不過，一旦我們把語言的觀念和架構補起來，明白一個訊息中，每個要件的意義和單位的功能後，不只學英文會突飛猛進，閱讀和表達能力都會猶如脫韁野馬，奔向一個自己從來不曾想像到的境界。

以本書「Chapter 0」的前 2 段為例，**身為一個「台客」，從小到大看待語言的畫面，是下面這樣：**

（第一段）

　　嗨！我是一個無名小卒。所以我叫「諾巴迪先生」。30 歲以前，我是一個負債累累、沒有任何專長的失敗者。從那之後，我開始學習專業知識，希望將來能以此賴以為生。2 年之後，我考到了台灣的證券分析師執照，同時還清了所有的債務。32 歲那年，我進入了一家外商金融機構，從此我的事業開始穩定地向上發展。

　　Hi! I am a Nobody. So I name Mr. Nobody. I was a loser with many debts and no expertise until I was 30. I started to learn something professional to make a living from that time. After two years, I got the certificate of securities analyst of Taiwan and paid my debt off. Moreover, my career began rising and being stable when I joined an international financial company at 32.

（第二段）

　　「能夠說英文」是我人生中的一大目標。當我 35 歲時，生活的一切都穩定下來了，我決定重新開始學英文。經過了 2 個周末和 10 小時的學習，我發現自己已經可以像老外一樣，用英文做任何事了。換句話說，我在非常短的時間裡面，學會了英文。

　　Being able to speak English is one of the primary goals of my life. I decided to restart studying English at 35 when everything had settled down. Through a ten-hour studying on two weekends, I found that I had been able to use English to do whatever I wanted like an American. In other words, I learned English well in a pretty short time.

身為一個「10 小時學會英文後」的台客，看待語言的畫面，變成下面這樣：

（第一段）

1. 嗨！我是一個無名小卒。
2. 所以我叫「諾巴廸先生」。
3. 30 歲以前，我是一個負債累累、沒有任何專長的失敗者。
4. 從那之後，我開始學習專業知識，希望將來能以此賴以為生。
5. 2 年之後，我考到了台灣的證券分析師執照，同時還清了所有的債務。
6. 32 歲那年，我進入了一家外商金融機構，從此我的事業開始穩定地向上發展。

1. Hi! I am a Nobody.
2. So I name Mr. Nobody.
3. I was a loser with many debts and no expertise until I was 30.
4. I started to learn something professional to make a living from that time.
5. After two years, I got the certificate of securities analyst of Taiwan and paid my debt off.
6. Moreover, my career began rising and being stable when I joined an international financial company at 32.

（第二段）

1. 「能夠說英文」是我人生中的一大目標。
2. 當我 35 歲時，生活的一切都穩定下來了，我決定重新開始學英文。
3. 經過了 2 個周末共 10 小時的學習，我發現自己已經可以像老外一樣，用英文做任何事了。
4. 換句話說，我在非常短的時間裡面，學會了英文。

1. Being able to speak English is one of the primary goals of my life.
2. I decided to restart studying English at 35 when everything had settled down.
3. Through a ten-hour studying on two weekends, I found that I'd been able to use English to do whatever I wanted like an American.
4. In other words, I learned English well in a pretty short time.

身為一個母語為中文的人，是無法分辨出一句話中「訊息內容」的結構，因為中文的表達邏輯和架構是下面這樣：

中文的表達邏輯和架構
(我們天生所繼承的語言資產)

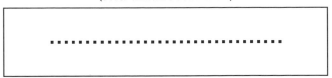

這樣是沒有任何明確的邏輯和架構，來區分出訊息的「要件」和「單位」。但這並不表示中文裡，沒有訊息的「要件」和「單位」。如果沒有，那要怎麼翻譯成英文？中文只是沒有「文法」，把它們區分出來而已。基於這個差異，幾乎所有的講中文的人，都沒有分辨訊息的「要件」和「單位」的能力。因此，**人人天生都是「語言色盲」**，不但難以理解英文的表達邏輯和架構（下圖），更難以打開心胸，去接受語言的表達是有規則（英文文法）的這個事實。

英文的表達邏輯和架構
(老外們天生所繼承的語言資產)

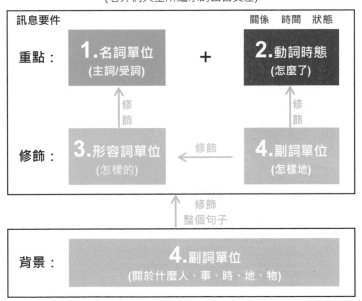

在台灣，以下有 5 種人 (除了第 5 種)，是大家普遍認為是「學會英文的人」。從他們學會的地點、有無意識地學會、學會的方式和所花費的時間，以及我們無法跟他們一樣學會英文的原因，分別列出後 (如下表)，您大概就知道，為什麼台灣人很難學會英文了。

學會英文的 5 種人
in Taiwan

	學會英文的 5 種人	學會的 地點	學會的 方式	老外繼承的語言資產		所花的 時間	無法跟他們一樣 的原因
				會不會用	知不知道		
1	老外們	國外	天生繼承	會	可能知道	從小到大	無法選擇父母
2	ABC	國外	人生經驗	會	不知道	從小到大	無法選擇父母
3	留學生	國外	人生經驗	會	不知道	3 年以上	無法選擇父母
4	台政清交成師...大 畢業生	台灣	乖乖讀書	會	可能知道	10 年左右	人生無法從來
5	Mr. Nobody	台灣	自己看書	會	知道	10 個小時	看不懂中文

相信絕大多數成年的台灣人，都跟第 1～4 種人學過英文。但卻沒幾個人，能被這 1～4 種人教會英文。最關鍵的原因在於，他們都會使用「英文的 4 個單位」，但他們都不知道、或不見得知道這 4 個單位**背後的邏輯和架構**。

為什麼他們可以不知道或不見得知道「英文的表達邏輯和架構」的存在，但卻會用「英文的 4 個單位」來講英文？

原因簡單到笑死人，**因為英文只有 4 個單位而已**，又不是 40 個單位。很多人會說，那我只想跟第 1～4 種人一樣，不用知道為什麼，只要會講英文就好了。這 Mr. Nobody 就幫不上忙了，畢竟人生無法從來，也沒辦法選擇父母，既然看不懂中文，那就期待下輩子好了。

Chapter 1.3

中英文表達順序的差別

基本上，英文的講話順序，和中文的講話順序，大概有 80% 以上的機率，是不一樣的。

理論上，如果老外不知道怎麼講中文，那麼他們就沒辦法告訴您，哪裡不一樣。

實際上，幾乎所有的英文老師（不管是台客、還是老外），都會用語言的 4 個單位來講英文，但都不知道「英文的表達邏輯和架構」（下圖）。所以，他們也沒辦法明確地告訴您，中文和英文的表達順序，到底哪裡不一樣？？

英文的表達邏輯和架構
(老外們天生所繼承的語言資產)

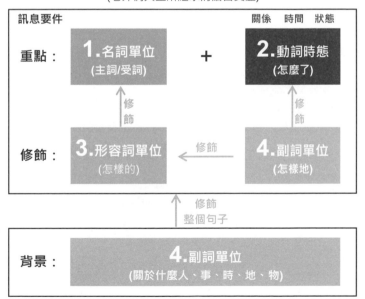

既然中英文的表達順序，有相當高的機率，是不一樣的，而我們又無法**非常明確地**知道它們不一樣的地方在哪…。在這樣的情況之下，就算我們知道了全世界**所有**英文單字的**中文意思，也是一點屁用都沒有**。這個畫面就像，您把自己履歷中的「中文自傳」，直接貼到「Google 翻譯」上，就會變成您的「英文自傳」了！？！如果您敢這樣就丟出去找工作，我也只能佩服、和祝福了。

您可能會有個疑問。為什麼連「Google 翻譯」都沒辦法透過訊息的內容，分辨出「中英文表達順序的差別」？原因有 2 個，如下：

1.「中文」沒有文法的規則。因此，無法對應到「英文」相同的訊息單位。
2. 老外無法理解「中文」的表達順序，華人難以理解「英文」的表達順序。

以上原因如果成立。基於此，不管負責「Google 翻譯」的員工是哪裡人，都無法將中文的表達順序，轉換成英文的表達順序。同樣的邏輯，換個角度來看，跟老外學英文，想要學會英文，是非常困難的。因為老外們永遠不知道，我們到底是怎麼在講中文的（我們自己也不知道）。雖然如此，我們卻可以透過**「英文的表達邏輯和架構」**，清楚且明確地知道，他們是怎樣在講英文的。所以，中文和英文的表達順序的差別，到底在哪裡？以下將一一說明：

◆ 情境一：如果訊息**只有**「重點」，那中英文的表達順序，就是**一樣**的。舉例如下：

中文： 我喜歡那個人
英文： **I like that person.**

訊息要件	主動 現在 簡單式	
	1.2 代名詞單字	2. 動詞時態	1.1 名詞單字
重點：	I 我	+ like 喜歡 +	that person. 那個人

中文： 安娜買了一本書

英文： **Anna bought a book.**

中文： 人們得到了一些啟發。

英文： **People have got some inspiration.**

如果這個世界上，所有人講話都只能講「重點」的話，大家就不會學不會英文了。

◆ 情境二：如果訊息的重點**加上「修飾」**，那中英文的表達順序，在大多數的情況下，就**不一樣**了，因為：

中文的表達順序，永遠是：先做修飾，再講重點。

英文的表達順序，通常是：先講重點，再做修飾。

中英文的表達順序，依修飾單位的大小（單字、片語、子句）而不同，舉例如下：

1. 如果要表達的「修飾詞」，有對應的「形容詞單字」時，中英文的表達順序是一樣的

中文：　那個年輕的男人最近買了一本暢銷書

英文：　**The young man recently bought a famous book.**

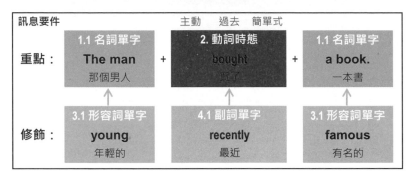

在英文中，**用「形容詞單字」來修飾「名詞單字」時**，會將「形容詞單字」整合進「名詞單字」中，**視為一個**名詞單位。這句話的畫面如下：

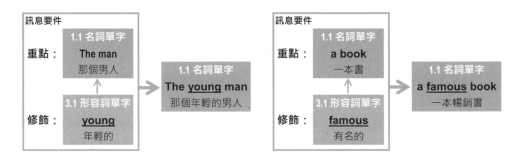

在這樣的情況下，英文的表達順序，跟中文是一模一樣的，整句話的架構，也會因此變得單純一些，如下圖：

中文：　那個(年輕的)男人 最近買了一本(暢銷)書

英文：　The young man **recently bought** a famous book.

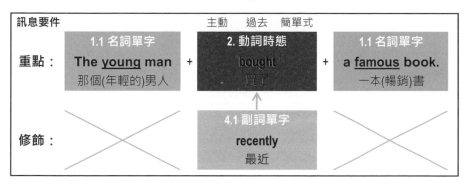

這樣的解說，看起來好像有點白癡。如果老外只會這樣有點白癡地講英文的話，那就太棒了。但事實是，怎麼可能…

2. 如果要表達的「修飾詞」，沒有對應的「形容詞單字」時，中英文的表達順序，就完全相反了

　　如果我們想要表達的「修飾詞」，沒有那個「形容詞單字」的話，就要另外獨立一個「形容詞單位」，一個比「單字」更大的單位，如「片語」或「子句」，來表達那個「修飾詞」。然後，放在要修飾的那個「名詞單字」後面。

　　例如：(會議室裡的) 那個年輕人，最近買了一本 (Mr. Nobody 寫的) 暢銷書。

　　請問，這世界上有「會議室裡的」或「Mr. Nobody 寫的」這個「形容詞單字」嗎？

如果沒有這些單字的話，我們就得用到「形容詞片語」**或**「形容詞子句」**來表達，**如下圖：

➤ 用「形容詞片語」來修飾「名詞單字」

中文： 會議室裡的那個年輕人最近買了一本Mr. Nobody 寫的暢銷書

英文： The young man in the meeting room **recently bought** a famous
book written by Mr. Nobody.

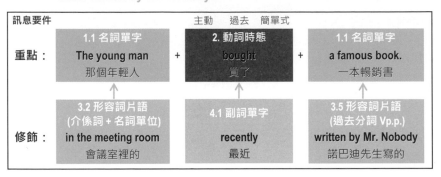

中文的表達順序：(會議室裡的)那個年輕人，最近買了一本 (Mr. Nobody 寫的)暢銷書。

先做修飾　　再講重點　　　　　　　　先做修飾　　再講重點

英文的表達順序：那個年輕人(會議室裡的)，最近買了一本暢銷書(Mr. Nobody 寫的)。

先講重點　　再做修飾　　　　　　先講重點　　再做修飾

　　那個年輕人 (會議室裡的)，最近買了一本暢銷書 (Mr. Nobody 寫的)。以中文為母語的人，有哪個白癡，會用這種順序 (先講重點，再做修飾) 來講中文，這就是英文和中文在表達順序上的差別所在。除此之外，同樣是修飾「名詞單字」，老外除了會用「形容詞單字、或片語」，還會用到「形容詞子句」。說明如下：

➤ 用「形容詞子句」來修飾「名詞單字」

　　如果我們想要表達的「修飾詞」，既沒有那個「形容詞單字」，也沒辦法用「形容詞片語」來表達的話，那就得用到比「單字」和「片語」更大的單位「形容詞子句」了。「形容詞子句」和「形容詞片語」一樣，要放在被修飾的「名詞單字」後面。

　　例如：(不愛讀書的) 諾巴迪先生，買了一本 (最近很難買到的) 暢銷書。

　　同樣地，這個世界上，沒有「不愛讀書的」、也沒有「最近很難買到的」這些「形容詞單字」。既然沒有可以對應的「形容詞單字」，就算是上帝，都得用到更大的單位，如「形容詞片語」或「形容詞子句」來講英文。以上這句話，需要用到「形容詞子句」，因為「形容詞片語」還不夠大。這句話的架構如下：

中文：　不愛讀書的諾巴迪先生買了一本最近很難買到的暢銷書

英文：　Mr. Nobody who doesn't like to read bought a famous book which has been so hard to get recently.

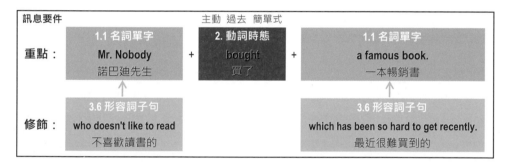

中文的表達順序：(不愛讀書的) 諾巴迪先生買了一本 (最近很難買到的) 暢銷書。

　　　　　　　　先做修飾　　再講重點　　　　　　先做修飾　　再講重點

英文的表達順序：諾巴迪先生 (不愛讀書的) 買了一本暢銷書 (最近很難買到的的)。

　　　　　　　　先講重點　　再做修飾　　　　　先講重點　　再做修飾

總結以上，講英文時，一旦遇到沒有對應的「形容詞單字」來修飾重點時，就得用更大的單位「形容詞片語」或「形容詞子句」。這時，中文和英文的表達順序，是**完全相反**的。簡單來說，想要學會英文，一定要有運用最簡單的「單字」，來組織「片語」和「子句」的能力。這個部分，後面的章節會再一一說明。關於中英文的表達順序，只剩下以下最後一種狀況了。

◆ 情境三：**如果訊息加上「背景」，那中英文的表達順序，就幾乎完全不一樣了，因為：**

> **中文**的表達順序，永遠是：先做修飾，**穿插**背景，**再講重點**。
> **英文**的表達順序，通常是：**先講重點**，再做修飾，背景**殿後**。

例如：（因為想提供不一樣的觀點），Mr. Nobody（獨自）（在他的公寓裡），（花了好幾年）寫了一本書。

■ 中文的表達順序：

因為想提供不一樣的觀點	Mr. Nobody	獨自	在他的公寓裡	花了好幾年	寫了	一本書。
背景 1 (關於事)	重點	背景 2 (關於人)	背景 3 (關於地)	背景 4 (關於時)	重點	重點

中文大概就只有這 101 種順序吧！訊息的「重點」和「背景」在**沒有**任何明確的邏輯和架構下，隨興飄移。

■ 英文的表達順序:

　　訊息的要件(重點、背景),有非常明確的邏輯和架構(重點不會分開,背景一定在句首或句尾)。在此範圍之內,可以隨意地排列組合,全部都是同一句話,用哪一個順序都行,如下:

1. **Mr. Nobody** 寫了一本書　　　　獨自　　花了好幾年　　在他的公寓裡　　因為想提供不一樣的觀點

重點	背景1 (關於人)	背景2 (關於時)	背景3 (關於地)	背景4 (關於事)
Mr. Nobody had written a book	by himself	for years	at his apartment	as he'd like to provide a different perspective.

2. **Mr. Nobody** 寫了一本書　　　花了好幾年　　獨自　　在他的公寓裡　　因為想提供不一樣的觀點

重點	背景2 (關於時)	背景1 (關於人)	背景3 (關於地)	背景4 (關於事)
Mr. Nobody had written a book	for years	by himself	at his apartment	as he'd like to provide a different perspective.

3. **Mr. Nobody** 寫了一本書　　　獨自　　在他的公寓裡　　花了好幾年　　因為想提供不一樣的觀點

重點	背景1 (關於人)	背景3 (關於地)	背景2 (關於時)	背景4 (關於事)
Mr. Nobody had written a book	by himself	at his apartment	for years	as he'd like to provide a different perspective.

4. **Mr. Nobody** 寫了一本書　　　在他的公寓裡　　獨自　　花了好幾年　　因為想提供不一樣的觀點

重點	背景3 (關於地)	背景1 (關於人)	背景2 (關於時)	背景4 (關於事)
Mr. Nobody had written a book	at his apartment	by himself	for years	as he'd like to provide a different perspective.

5.   **Mr. Nobody 寫了一本書**   花了好幾年   在他的公寓裡   獨自   因為想提供不一樣的觀點

重點	背景2 (關於時)	背景3 (關於地)	背景1 (關於人)	背景4 (關於事)
Mr. Nobody had written a book	for years	at his apartment	by himself	as he'd like to provide a different perspective.

6.   因為想提供不一樣的觀點   **Mr. Nobody 寫了一本書**   獨自   花了好幾年   在他的公寓裡

背景4 (關於事)	重點	背景1 (關於人)	背景2 (關於時)	背景3 (關於地)
As Mr. Nobody would like to provide a different perspective,	he had written a book	by himself	for years	at his apartment.

7.   在他的公寓裡   **Mr. Nobody 寫了一本書**   獨自   花了好幾年   因為想提供不一樣的觀點

背景3 (關於地)	重點	背景1 (關於人)	背景2 (關於時)	背景4 (關於事)
At his apartment,	Mr. Nobody had written a book	by himself	for years	as he'd like to provide a different perspective.

8.   花了好幾年   **Mr. Nobody 寫了一本書**   獨自   在他的公寓裡   因為想提供不一樣的觀點

背景2 (關於時)	重點	背景1 (關於人)	背景3 (關於地)	背景4 (關於事)
For years,	Mr. Nobody had written a book	by himself	at his apartment	as he'd like to provide a different perspective.

    同一句話、同樣的訊息,因為「要件＝單位」夠多,所以,隨便都能寫出 8 個不同表達順序。所有的排列組合都是同一個架構,如下:

中文：　(因為想提供不一樣的觀點)．**Mr. Nobody**(獨自) (在他的公寓裡)．(花了好幾年)**寫了一本書**。

英文：　**Mr. Nobody had written a book** <u>by himself</u> <u>for years</u> <u>at his apartment</u> <u>as he'd like to provide a different perspective</u>.

訊息要件		主動　過去　完成式	
重點：	**1.1 名詞單字** **Mr. Nobody** 諾巴迪先生	**2. 動詞時態** **had written** 寫了	**1.1 名詞單字** **a book** 一本書

↑

背景 1：	**4.2 副詞片語** (介係詞 + 名詞單位) **by himself** 獨自
背景 2：	**4.2 副詞片語** (介係詞 + 名詞單位) **for years** 很多年
背景 3：	**4.2 副詞片語** (介係詞 + 名詞單位) **at his apartment** 在他的公寓裡
背景 4：	**4.6 副詞子句** **as he'd like to provide a different perspective.** 因為想提供一個不一樣的觀點

　　中文的表達順序，既沒有架構、也沒有邏輯。所以，講中文的人，相同的一句話，通常只有一種表達順序。對一個講中文的人來說，最慘的是，以上 8 種英文的表達順序，沒有半個跟中文的順序是一樣的。死守著中文的驕傲（不鳥英文文法）學英文，花 10 輩子也不可能像老外一樣講英文。

　　不過，一旦認清這個事實後，調整了方向和認知，只要看得懂中文（這本書是用中文寫的），任何人都能以 10 小時為單位，學會英文，像老外一樣講英文。

Chapter 1.4

一句英文 ＝ 一句一動

以本書「Chapter 0」的某 2 段為例，**您分辨得出以下總共有「幾句英文」嗎？？**

（某一段）

我曾經跟很多朋友們分享，自己如何在 10 小時之內學會英文的經驗。但後來沒有人達到跟我一樣的效果，就算大家都讀了同一本書，或是其中某些人在事業上已經有所成就，結果都一樣。不過，這絕對不是因為我比大家聰明。這只是因為我能夠分辨出語言訊息（中文和英文）的單位而已。我花了很多年才搞清楚，這才是真正的原因。

I had shared with many friends my experience of how I learned English well in 10 hours. None of them could reach my achievement by reading the same book. Even though some have been prominent in their working field, the outcomes were the same. Nevertheless, it does not mean that I am smarter than them. It is just because I could identify the units of a message in any language. I had spent so many years finally figuring out that the real reason was it.

（下一段）

所以，真正的問題是，大家都是「語言色盲」（包括我看的那本文法書的作者），就連看中文也是。如同我們所知，中文的本質是「象形文字（文字**上**的畫面）」，所以可能有大約 95% 以上的台灣鄉親們，從來都不曾知道，自己說出來的每句中文、每句話**裡面**的「結構」，到底是什麼？這就是「語言色盲」。

Therefore, the real problem is that my dear friends and the author of the book I read are all color-blind to any language, even to Chinese. As we know, the nature of Chinese originates from the picture on the word. There might be over 95% of Taiwanese fellows who are never aware of the structure in their words. That is what the color-blindness to language is.

基本上，這看起來是個「沒有必要」的問題，沒有人需要去算出一篇文章有「幾句英文」。但是，想要真正學會英文，一定要知道，**怎樣算是「一句英文」？**

一個再簡單也不過的邏輯：如果我們連「一句英文」的規矩都不知道，那我們要怎麼講出和老外一樣的「一句英文」？？

站在中文的角度上，既沒有「一句中文」的定義，也沒有怎樣算是「一句中文」的規矩，一樣能夠講中文。我們幹嘛要知道「一句英文」是什麼？

確實是！不過，只要是人，一旦任性，肯定不幸。尤其是期望自己能夠學會英文，但又學不會英文的人。因為全世界所有的老外，講的每一句英文，全部都會遵守「一句英文」的定律，就連上帝，也不例外。所謂「一句英文」的定律是：

一句英文，只能有 一個「動詞時態」

Mr. Nobody 稱之為，英文的一舉一動，一定要符合「一句一動」的定律。英文的表達邏輯和架構，也就是英文文法裡所有的規則，都是為了配合這個定律，所衍生出來的。一句英文裡面，您可能會看到一個以上的「動詞單字」。但那當中，絕對**只有一個「動詞時態」**。**只是我們講中文的人，分不出來而已。**

我們可以回頭再用前面那 2 段英文來驗證一下，字型放大的都是「動詞單字」，但只有紅色字體的才是**「動詞時態」**，如下：

第一段的中文，總共 ? 句中文

1. 我**曾經**跟很多朋友們**分享**，自己如何在 10 小時之內**學**會英文的經驗。

2. 但後來沒有人**達到**跟我一樣的效果，就算大家都**讀**了同一本書

3. 即使某些人在事業上**已經是**有所成就了，結果都**是**一樣。

4. 不過（儘管這樣），這絕對**不是**因為我**是**比大家聰明。

5. 這只**是**因為我**能夠分辨**出，語言中的單位而已。

6. 我**花了**很多年才**搞清楚**，這才**是**真正的原因。

第一段的英文，總共 6 句英文

1. I **had shared** with many friends my experience of how I **could learn** English well in 10 hours.

2. None of them **could reach** my achievement by **reading** the same book.

3. Even though some **have been** prominent in their working field, the outcomes **were** the same.

4. Nevertheless, it **doesn't mean** that I **am** smarter than them.

5. It **is** just because I **could identify** the units of a message in any language.

6. I **had spent** so many years finally **figuring out** that the real reason **was** it.

第二段的中文，總共？句中文

1. 所以，真正的問題**是**，大家都**是**「語言色盲」（包括我**看**的那本文法書的作者），就連看中文也是。

2. 如同我們所**知**，中文的本質**是源自於**「象形文字（文字上的畫面）」。

3. 所以**可能有** 95% 以上的台灣鄉親們，從來都**是**不曾知道，自己說出來的每句中文、每句話裡面的「結構」，到底**是**什麼？

4. 這**就是**「語言色盲」（是）。

第二段的英文，總共 4 句英文

1. Therefore, the real problem **is** that my dear friends and the author of the book I **read are** all color-blind to any language, even Chinese.

2. As we **know**, the nature of Chinese **originates from** the picture on the word.

3. There **might be** over 95% of Taiwanese fellows who **are** never aware of what exactly the structure **is** in their words.

4. That **is** what the color-blindness to language **is**.

　　站在中文的角度，您絕對無法定義出、或算出這 2 段文章，到底有「幾句中文」？但是，站在英文的角度，根據「**一句一動**」的定律，這 2 段文章，很明確地用了「**10 句英文**」，表達出「**10 個完整的訊息**」。

換言之，英文最根本的設計原理是：**一句英文**（話），**表達 1 個完整的訊息**（重點 + 修 + 背景）。重點是必要條件，修飾和背景，可加可不加。

另外，您一定會看到一句英文裡面，**有不只一個的「動詞單字」**。但是，您卻不見得分得出來哪一個，才是**「一句英文」**的**「動詞時態」**。以上面第二段的其中 2 句英文為例：

中文： 如我們所知，中文的本質是(源自於)「象形文字(文字上的畫面)」。

英文： As we <u>**know**</u>, the nature of Chinese <u>**originates from**</u> the picture on the word.

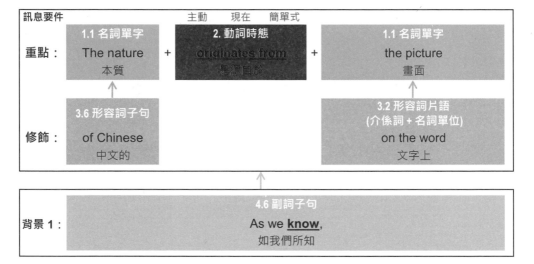

告訴您一個秘密，英文從頭到腳在學的、這本書從頭到尾在做的，就是這件事而已。再告訴您一個秘密，老外絕對不可能教會您做這件事。因為，他們永遠不知道我們腦袋裡的中文，是怎麼在運作的？？

中文： 這裡可能有 95% 以上的台灣鄉親們，從來都是不曾知道，自己的每句話裡面的「結構」，到底是什麼？

英文： There **might be** over 95% of Taiwanese fellows who **are** never aware of what exactly the structure **is** in their words.

> 有哪個外籍英文老師**教過**我們，什麼是講英文時，非得遵守的定律？
>
> **Has** any American English teacher ever **taught** us what the law of English is?

> 講英文的時候，所有人都得遵守英文的定律，沒人可以 **(是)** 例外。
>
> When speaking English, there **is** no exception that everyone must comply with the law of English.

> 如果不知道這個定律，我們怎麼可能**能夠**正確且自信地講英文？
>
> If we don't know the law, how **could** it **be** possible to speak English correctly and confidently?

英文的一舉一動，**一定要**符合「一句一動」的定律。

Every move of English expression must be under the law, which only allows one verb tense in a sentence.

~ Mr. Nobody

身為一個母語是中文的台灣人，我從來沒去想過、或是從來就不確定、甚至是從來就不知道，到底怎樣才算是「一句中文」？

「一句英文」的定義和規則，是非常明確且固定的。那**一句中文 = 一句英文**嗎？如果「等於」，那就好辦了。但如果**一句中文 ≠ 一句英文**的話，那不就麻煩了！所以，到底怎樣算是「一句中文」呢？究竟是：

1. 一個「逗點，」，就算「一句中文」？
2. 還是一個「句點。」，才算「一句中文」？
3. 還是只要遇到「標點符號、，；…」，就算「一句中文」？

不瞞各位，小弟我一直到大三前都以為，一個「段落」，才會有一個「句點。」。一篇文章的架構，如果是「起、承、轉、合」的話，那就只有 4 個「句點。」。我相信，絕大多數的台灣鄉親們的認知，應該都跟我以前差不了太多。搞不清楚、或是從來沒想過，到底怎樣算是「一句中文」？所以，**「一句中文」**跟**「學會英文」**，到底有什麼關係？以下來做一個簡單的測試：

1. 我有被討厭的勇氣。
2. 當我必須要去做對的、但不討喜的事情時，我有被討厭的勇氣。
3. 無論情勢如何發展，有被討厭的勇氣的人，總是能夠做正確的、但眼前不見得是討喜的事情。

以上是「3 段話」？還是「3 句英文」？是「1 句中文和 2 段中文」？還是「1 句話、3 句話或 4 句話」？

我們先就英文的定義和規則來看的話，以上是「3 句英文」。一行一句，一句一動（動詞時態），這 3 句英文的結構，分別如下：

1. 中文：我有被討厭的勇氣。
1. 英文：**I own the courage to be hated.**

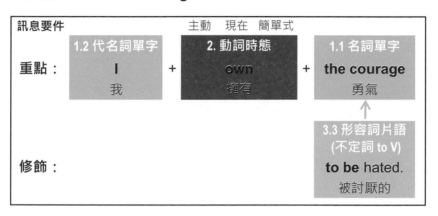

2. 中文：當我必須要去做對的、但不討喜的事情時，我有被討厭的勇氣。
2. 英文：**I own the courage to be hated** when I need to do something right but unfavorable.

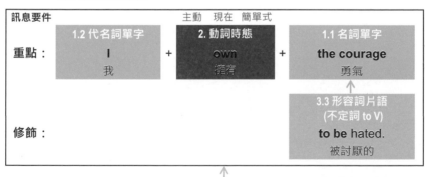

3. 中文： 無論情勢如何發展，有被討厭的勇氣的人，總是能夠做正確的、但眼前不見得是討喜的事情。

3. 英文： No matter how the situation goes, **people** with the courage to be hated **can** always **do the right things** that may not be favorable at the moment.

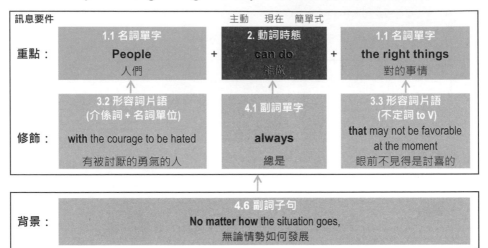

「一句英文」的定義和規則，是相當明確的。「一句英文」裡面的訊息，不管由什麼「訊息要件 (重點、修飾、背景)」、或是由幾個「單位 (名詞、動詞時態、形容詞、副詞)」所組成。「一句英文」一定要有訊息的「重點」。「重點」中一定要有一個、且只能有一個「動詞時態」。其他的「修飾」和「背景」，可加可不加，加了只是讓訊息的內容更豐富、畫面更立體而已。

所以，這 3 個例句 (如下)，不管是長是短，全部都是「一句英文」。

1. 我有被討厭的勇氣。
   I own the courage to be hated.

2. 當我必須要去做對的、但不討喜的事情時，我有被討厭的勇氣。
   I own the courage to be hated when I need to do something right but unfavorable.

3. 無論世界如何變化，有被討厭的勇氣的人，總是能夠做正確的、但眼前不見得是討喜的事情。
   No matter how the situation goes, people with the courage to be hated can always do the right things that may not be favorable at the moment.

那這 3 句英文，也算是「3 句中文」嗎？

　　關於這個問題，問 10 個台灣人，有 18 個答案也說不定。既然這樣，就 Goolge 吧！於是 Mr. Nobody 就 Google 了「標點符號 定義」。網頁上出現的第一個連結，就是「教育部」上傳的 PDF 檔，總共有 21 頁 (https://language.moe.gov.tw/001/upload/files/site_content/m0001/hau/haushou.htm)。基本上，這個檔案只要看了第 2 頁 (句號) 和第 3 頁 (逗號)，就可以知道「一句中文」究竟等不等於「一句英文」了。如下：

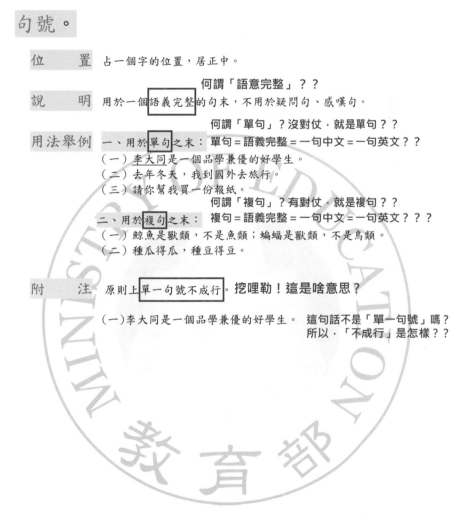

身為一位母語為中文的人，所謂的「語義完整」的定義是什麼？？關於這個問題，問 10 個台灣人，有 88 種答案也不奇怪。簡單來說，**中文沒有任何明確的規則**，來定義怎樣算是「一句中文」。這麼快就下這樣的結論，或許有失公允。我們再來看看「逗號」的定義是如何（如下），看看能否幫助我們分辨出怎樣算是「一句中文」？

逗號，

位　　置 占一個字的位置，居正中。

說　　明 用於<u>隔開複句內各分句</u>，或<u>標示句子內語氣的停頓</u>。

用法舉例

Q1:「複句」是一句中文＝一句英文？
Q2:「分句」是一句中文＝一句英文？

一、用於隔開複句內各分句：
（一）臺灣有美味的水果，還有秀麗的風景和多元的文化。
（二）他洗了臉，穿好了衣服，吃了早飯，就上學去。
（三）因為孔子有教無類，所以門生有三千多人。
（四）如果颱風不來，我們就出國旅行。

二、用於標示句子內語氣的停頓：原來這樣就可以加個「逗號」！
（一）現在的電腦，真是無所不能。逗號下在「名詞」後面
（二）他深深體悟，一個人必須努力才會成功。下在「動詞」後面
（三）在異國留學的日子，每天充滿了驚喜。下在「背景」後面
（四）總而言之，天下沒有白吃的午餐。下在「背景」後面
（五）我最欣賞他個性直率，談吐風趣。下在「名詞」後面
（六）老李這個人哪，老是我行我素。想下哪裡，就下哪裡
（七）他熱心公益，所以，大家都很喜歡他。
（八）保持身體健康，首先，要作息正常；其次，要飲食均衡；最後，要常常運動。想下哪裡，就下哪裡
（九）張同學，請幫我一點忙。下在「名詞」後面

　　Mr. Nobody 看了以上的說明後，寫起這本書來，就放心多了。原來寫中文，遇到「語氣的停頓」，也可以下個「逗號」。意思應該是，我想下在哪裡，就下哪裡，我高興就好⋯。

由前面教育部的官方說明看來，不管是「句號」或「逗號」，都無助於我們了解怎樣算是「一句中文」？不過，當中的 18 個中文例句，按照「語言」的定義來說（不是中文的定義），「應該」都是「一個完整的訊息」，「應該」也都算是「一句中文」…吧！這就是中文的角度，完全沒有任何明確的定義和規則，能夠分辨得出來，怎樣算是「一句話、一個完整的訊息」。因此，看待文字或語言，在講中文的人眼裡，永遠只會有一種顏色。如下：

1. 李同學是一個品學兼優的好學生。
   Li is a good student with good study performance and character.

2. 去年冬天，我到國外去旅行。
   I took a trip abroad last winter.

3. 請你幫我買份報紙。
   Would you please buy me a newspaper?

4. 鯨魚是獸類，不是魚類；蝙蝠是獸類，不是鳥類。
   Whales are mammals, not fish; Bats are mammals, not birds.

5. **種瓜得瓜；種豆得豆**
   You'll get what you want if you keep working on it.

6. 臺灣有美味的水果，還有秀麗的風景和多元的文化。
   There are many delicious fruits, beautiful see sights, and diversified cultures in Taiwan.

7. 他洗了臉，穿好了衣服，吃了早飯，就上學去。
   He washed his face, got dressed, ate breakfast, and then went to school.

8. 因為孔子**有教無類**，所以門生有三千多人。
   Confucius taught over 3000 students as he had never selectively rejected teaching anyone.

9. 如果颱風不來，我們就去出國旅行。
   We will go abroad for a vacation if the typhoon doesn't come.

10. 現在的電腦，真是無所不能。
    Computers in the modern world can do anything.

11. 他深深體悟，一個人必須努力才會成功。
   He deeply realizes that people have to work hard to get success.

12. 在異國留學的日子，每天充滿了驚喜。
   It was filled with surprises ev ery day in the days of studying abroad.

13. 總而言之，天下沒有白吃的午餐。
   All in all, there is no reward without any effort.

14. 我最欣賞他個性直率，談吐風趣。
   I admire his humor and straightforwardness most.

15. 老李這個人哪，老是**我行我素**。
   Old Li is always to do what he wants to do.

16. 他熱心公益，所以，大家都很喜歡他。
   He serves the community with much passion so that everybody loves him.

17. 保持身體健康，首先，要作息正常；其次，要飲食均衡；最後，要常常運動。
   To keep healthy, first, you need to have a regular life, a balanced eating second,
   and doing exercise frequently last.

18. 張同學，請幫我一點忙。
   Hey! Chang, please do me a little favor.

　　但是在講英文的老外們眼裡，因為他們天生就繼承了一個能夠分辨訊息要件和單位的「語言資產」。

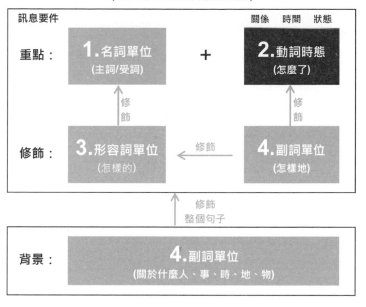

英文的表達邏輯和架構
(老外們天生所繼承的語言資產)

訊息要件

關係　時間　狀態

重點：
1.名詞單位
(主詞/受詞)

＋

2.動詞時態
(怎麼了)

修飾

修飾

修飾：
3.形容詞單位
(怎樣的)

修飾

4.副詞單位
(怎樣地)

修飾
整個句子

背景：
4.副詞單位
(關於什麼人、事、時、地、物)

所以，同樣的「一句話」，在他們的眼裡，很自然地，一定會有 2 種以上的顏色，如下：

1. 李同學是一個品學兼優的好學生。
   Li is a good student with good study performance and character.

2. 去年冬天，我到國外去旅行。
   I took a trip abroad last winter.

3. 請你幫我買份報紙。
   Would you please buy me a newspaper ?

4. 鯨魚是獸類，不是魚類；蝙蝠是獸類，不是鳥類。
   Whales are mammals, not fish; Bats are mammals, not birds.

5. 您會得到您想要的東西，如果您持續奮鬥的話 ＝ 種瓜得瓜、種豆得豆。
   You'll get what you want if you keep working on it.

6. 臺灣有美味的水果，還有秀麗的風景和多元的文化。
   There are many delicious fruits, beautiful see sights, and diversified cultures in Taiwan.

7. 他洗了臉，穿好了衣服，吃了早飯，就上學去。
   He **washed** his face, **got** dressed, **ate** breakfast, **and** then **went** to school.

8. 孔子**教過**三千多個學生，因為他不曾有條件地拒絕教導任何人＝有教無類。
   Confucius **taught** over 3000 students as he had never selectively rejected teaching anyone.

9. 如果颱風不來，我們**就去**出國旅行。
   We **will go** abroad for a vacation if the typhoon doesn't come.

10. 現在的電腦，能做任何事＝無所不能。
    Computers in the modern world **can do** anything.

11. 他深深**體悟**，一個人必須努力才會成功。
    He deeply **realizes** that people have to work hard to get success.

12. 在異國留學的日子，每天**充滿了**驚喜。
    It **was filled with** surprises every day in studying abroad.

13. 總而言之，沒有不用努力的回報＝天下沒有白吃的午餐。
    All in all, there **is** no reward without any effort.

14. 我最**欣賞**他個性直率，談吐風趣。
    I **admire** his humor and straightforwardness most.

15. 老李這個人哪，老是做他想做的事＝我行我素。
    Old Li **is** always to do what he wants to do.

16. 他熱心地**服務**社群＝熱心公益，所以大家都很喜歡他。
    He **serves** the community with much passion so that everybody loves him.

17. 保持身體健康，首先**要**作息正常；其次，要飲食均衡；最後，要常常運動。
    To keep healthy, first, you **need** to have a regular life, a balanced eating second, and doing exercise frequently last.

18. 張同學，請**幫**我一點忙。
    Hey! Chang, please **do** me a little favor.

既然是「繼承」來的語言資產，您認為老外們，**真的知道**他們是這樣在講話的嗎？這就是老外教我們英文時，永遠都是 2 條平行線的原因。因為我們天生就是「語言色盲」，看待文字，眼裡只有 1 種顏色；而他們天生就不是「語言色盲」，看待語言，眼裡總有 4 種顏色。2 條「理所當然」的平行線，怎麼可能交會（教會）！

基本上，以上的 18 個例句，都符合英文**「一句英文」＝「一句一動」**的定律，但當中 2 句比較特別，分別是：

4. 鯨魚是獸類，不是魚類；蝙蝠是獸類，不是鳥類。
   Whales **are** mammals, not fish; Bats **are** mammals, not birds.

這個訊息裡有 2 個**動詞時態**，所以您要說它是「2 句英文」，也不能說不對。但因為這 2 句話，如同中文的「複句」，有「對仗」，中間又夾了一個「分號；」，目的顯然是在表達「一個完整的訊息」。因此，把它們當作是「一句話」，也無所謂。畢竟，在日常生活中，這樣的講話方式（用到分號）是極少數，要記不記，都無所謂。語言的重點，是在「訊息的內容」，不是在「表達的形式」。另一句是：

7. 他洗了臉，穿好了衣服，吃了早飯，就上學去。
   He washed his face, got dressed, ate breakfast, and then went to school.

這句話就容易解釋多了，雖然有 4 個「動詞時態」，但「主詞」全部都是「他 He」，所以可以連結成一句話。不然的話，會很好笑。像下面這樣：

He washed his face. He got dressed. He ate breakfast.Then he went to school.

世界上任何的語言，永遠只有一種用途：那就是「傳遞訊息」。**對講中文的人來說，學英文最大的瓶頸，不是技術**（英文單字、英文文法），**而是觀念**（語言的用途、訊息的要件）。換句話說，中文是一個「語言觀念：傳遞訊息」相當薄弱的語言，因為精力都放在了**「文字表面的字面」**上，而不是「訊息內容的畫面」裡。以致於就算看到一樣的文字訊息，也很難分辨出「訊息的要件」和「語言的單位」，如下：

1. 李同學是一個品學兼優的好學生。
   李同學是一個品學兼優的好學生。

2. 去年冬天，我到國外去旅行。
   去年冬天，我到國外去旅行。

3. 請你幫我買份報紙。
   請你幫我買份報紙。

4. 鯨魚是獸類，不是魚類；蝙蝠是獸類，不是鳥類。
   鯨魚是獸類，不是魚類；蝙蝠是獸類，不是鳥類。

5. **種瓜得瓜；種豆得豆**
   您會得到您想要的東西，如果您持續奮鬥的話 = 種瓜得瓜、種豆得豆。

6. 臺灣有美味的水果，還有秀麗的風景和多元的文化。
   臺灣有美味的水果，還有秀麗的風景和多元的文化。

7. 他洗了臉，穿好了衣服，吃了早飯，就上學去。
   他洗了臉，穿好了衣服，吃了早飯，就上學去。

8. 因為孔子有教無類，所以門生有三千多人。
   孔子教過三千多個學生，因為他不曾有條件地拒絕教導任何人 = 有教無類。

9. 如果颱風不來，我們就去出國旅行。
   如果颱風不來，我們就去出國旅行。

10. 現在的電腦，真是無所不能。
    現在的電腦，能做任何事 = 無所不能。

11. 他深深體悟，一個人必須努力才會成功。
    他深深體悟，一個人必須努力才會成功。

12. 在異國留學的日子，每天充滿了驚喜。
    在異國留學的日子，每天充滿了驚喜。

13. 總而言之，天下沒有白吃的午餐。
    總而言之，沒有不用努力的回報 = 天下沒有白吃的午餐。

14. 我最欣賞他個性直率，談吐風趣。
　　　我最**欣賞**他個性直率，談吐風趣。

15. 老李這個人哪，老是我行我素。
　　　老李這個人哪，老是做他想做的事＝我行我素。

16. 他熱心公益，所以，大家都很喜歡他。
　　　他熱心地服務社群＝熱心公益，所以大家都很喜歡他。

17. 保持身體健康，首先，要作息正常；其次，要飲食均衡；最後，要常常運動。
　　　保持身體健康，首先，要作息正常；其次，要飲食均衡；最後，要常常運動。

18. 張同學，請幫我一點忙。
　　　張同學，請幫我一點忙。

　　看到以上的「中文對照」，您應該能夠理解一個事實，**我們其實不是「英文不好」，而是「中文不好」**。應該說，以中文為母語的人，「語言能力」普遍不好，因為大家都是「語言色盲」，分不出「訊息的要件」和「語言的單位」。

　　對於講中文的人來說，學會英文的關鍵是：能夠將腦袋裡的中文 (不是英文)，區分出語言的 4 個單位 (名詞單位、動詞時態、形容詞單位、複詞單位)，然後再套入對應的英文的單字、片語、或是子句，就搞定了。但可惜的是，中文沒有任何明確的「文法規則」，可以讓我們做到這件事。所以，想要做到這件事，最快的路徑，只能靠「英文文法」了。很妙的是，Mr. Nobody 竟然是透過「英文文法」，學會如何有層次、有畫面地講「中文」！進而分辨出每句「中文」裡面的「訊息要件」和「語言單位」。當我透過英文文法，了解了如何去拆解和架構一個訊息時 (中英文都一樣)，表達能力瞬間大幅提升，達到了一個前所未有的境界。所以，站在科學的角度，老外的表達能力，不論是大人、還是小孩，普遍電爆我們的原因，就是拜「英文文法」所賜，也就是「英文的表達邏輯和架構」，又或是「老外們天生所繼承的語言資產」。

　　說了這麼多，**到底怎樣算是「一句中文」？**有點感傷的是，這永遠沒有標準答案。以 Mr. Nobody 自身的經驗，是用老外的語言資產反推回去，來架構「一個完整的訊息」。要講中文時，就用中文的順序來講。要說英文時，就換英文的順序來說。不管是中文、還是英文，總之都是一樣的訊息。**語言的最終目的，是用來「傳遞訊息」的**，不是用來「裝模作樣」的。

下面有 2 個畫面（一個中文、一個英文），把它們放進腦袋裡，任何一個以中文為母語的人，都能以「10 小時」為單位，學會英文。

中文單位的大小
(由小到大)

中文只有字的大小、**筆劃多少**，沒有單位之分

任何一個講中文的人，腦袋裡對語言和文字的概念，大概就是這樣，沒辦法再多了。所以，表達能力的好壞，完全取決於「天份」、「經驗」、「人格特質」、「膽識」……這些難以重新培養、或改變的「人生經歷」。這就是為什麼有一本書，在台灣默默地賣到快炸掉了的原因。這本書叫做**「92 招：跟任何人都可以聊得來」**。原來有這麼多人，試圖想要透過一本書，來提升自己的「表達能力」。

多年前，Mr. Nobody 從人生的臭水溝裡爬出來之後，但還沒學會英文之前，在既沒表達天份、加上一缸子丟臉失敗的經驗、以及孤傲的人格特質、和沒太大膽識的情況之下，就做到了**「跟任何人都可以聊得來」**。關鍵其實很簡單，不外乎就是「真心地去聽別人在講什麼」和「引導別人去講更多」這 2 招，自然就能「跟任何人都聊得來」了。

當我自修學會了英文之後，畫出了以下這張表，小弟「跟任何人都能聊得來」的功力，又進化到了一個更精準、更有效率的境界了。因為我聆聽（接收訊息）、和表達（傳遞訊息）的能力，都大幅的提升。

英文單位的大小
(由小到大)

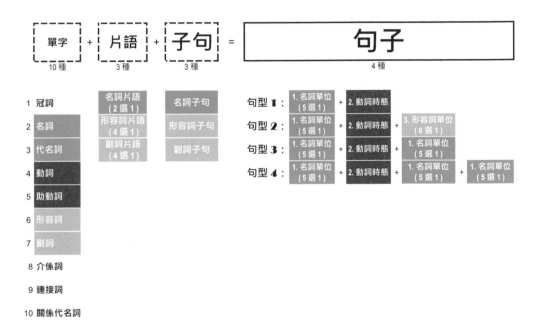

相較於中文，英文是一個非常「科學」的語言。所有的範圍，由小至大，就是這樣。世界上所有的英文，都是由這「10 種單字」、「3 種片語」和「3 種子句」，組合成「4 種句型」，無一例外。

乍看之下，好像很複雜，但稍微加工一下，看起來「或許」會單純一點。如下：

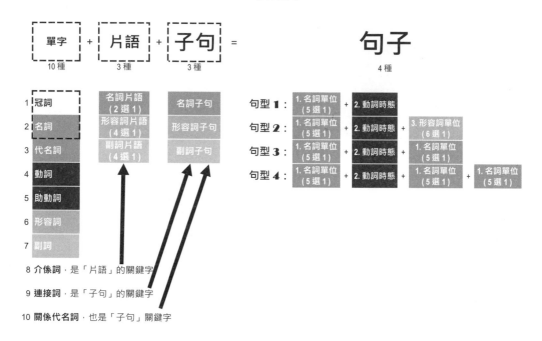

英文中，所有單字的存在，只有一個目的，就是去組成英文的 4 個單位。身為這 4 個單位的「單字」：2. 名詞、3. 代名詞、4. 動詞、5. 助動詞、6. 形容詞、7. 副詞，毫無疑問地，它們本身就能夠獨立成為句子中的「一個單位」。

但英文中，還有另外 4 種單字，無法獨立成為句子中的「一個單位」。換句話說，這 4 種單字，是英文中「無法獨立存在」的單字，它們分別是 1. 冠詞、8. 介係詞、9. 連接詞、和 10. 關係代名詞。**這 4 種單字，必須要和「其他的單字」組合後 (如下圖)，才能成為英文句子中的一個「單位」。**

簡單來說，我們學英文，**如果您把這 4 種單字，真的當作「單字」來看的話，那就 GG 了。**因為它們存在的意義，是用來組成除了「動詞時態」以外的其他 3 個單位 (名詞、形容詞、副詞單位)。這 4 種「無法獨立存在」的單字的用法，分別如下：

1. **冠詞**，是「名詞單字」的關鍵字。英文句子中，一看到「冠詞」，就知道後面一定是接「名詞單字」。英文中的「冠詞」，只有 a, an, the，3 個單字「而已」。

【冠詞 + 名詞單字】 ＝名詞單字組合＝**一個單位**

8. **介係詞**，是組織「片語」的關鍵字。英文句子中，一看到「介係詞」，就知道後面一定是接「名詞單位」，單位一定是「片語」。英文中的「介係詞」單字，如：at, above, about, in, on, with, without, of, by, behind......，總共只有 60 個「而已」。

【介係詞 + 名詞單位】 ＝介係詞片語＝就是片語＝**一個單位**

9. **連接詞**，是組織「子句」的關鍵字。英文句子中，一看到「連接詞」，就知道後面一定是接一個完整的「句子」，單位一定是「子句」。英文中的「連接詞」單字，如：that, if, whether, as, after, before, since, once, until……，總共只有 25 個「而已」。

【連接詞 + 句子】 ＝子句＝**一個單位**

10. **關係代名詞**，也是組織「子句」的關鍵字。英文句子中，一看到「關係代名詞」，就知道後面一定是接一個完整的「句子」，單位一定是「子句」。英文中的「關係代名詞」單字，如：which, who, whom, what, how, where……，總共只有 15 個「而已」。

【關係代名詞 + 句子】 ＝子句＝**一個單位**

以上這 4 種「無法獨立存在」的單字，總共 (3 + 60 + 25 + 15) = 103 個「平凡到大家不會多看一眼」的單字，是英文中，**最最最最最最最……重要的「關鍵字」**。如何關鍵？

關鍵在於，這 4 種 (103 個) 單字，一定是那個「單位」的**「第 1 個單字」**。意思是，只要看到這 4 種 (103 個) 單字，就能分辨出「那一串單字組何」是句子中的那個**「單位」**。舉例如下：

➤ 我幫媽媽買了一支哀鳳。

I bought **an** iPhone **for** mom.

➤ 桌上的蘋果新鮮可食用。

The apples **on** the table are fresh to eat.

➤ 我們的團隊（由一些才華洋溢的年輕人所組成），現在正在設計一個瘋狂到足以撼動市場的計畫。

Our team, **which** consists of some brilliant youngsters, has developed **a** plan **that** may be crazy enough to shake the market.

➤ 大部份的人不在意我說的話。

Most people don't care **about** what I say.

➤ 有趣的是，大部份講中文的人，無法接受語言是有規則的這個事實。

It's funny **that** most people speaking Chinese couldn't accept that there are rules in a language.

➤ 一旦你了解了它的規則，你就能自信說英文。

You will speak English **with** confidence **once** you understand its rules.

➤ 你相信與否很重要。

Whether you believe it or not matters.

➤ 當你看著這些規則時，如果毫無感覺，那你永遠不可能有自信地講英文。

If you feel nothing when you look at these rules, it will be impossible **for** you to speak English confidently.

➤ 您或許不認同我，但我並不後悔跟您說出我的想法。

You may be **against** me, but I am not sorry **for** telling you what I thought.

➤ 你知道我是愛你的。

You know **(that)** I love you.

以上例句中，由這 4 種「關鍵字」所組成的「單位」，整理如下表：

英文的 4 種 (103個) 「關鍵字」

無法獨立存在的單字	每個單位的「第 1 個單字」 就是組織和分辨「單位」的關鍵字	單位 大小	單位 種類
1. 冠詞 + 名詞單字	**an** i-phone **the** apples **a** plan	**單字**	名詞單字
8. 介係詞 + 名詞單位*	**on** the table **by** our team **about** what I say **with** confidence **for** you **against** me **for** telling you what I thought *名詞、代名詞、名詞片語(動名詞 Ving)、名詞子句	**片語**	形容詞片語 or 副詞片語
9. 連接詞 + 句子	**once** you understand its rules **whether** you believe it or not **If** you feel nothing when you look at these rules	**子句**	名詞子句 or 副詞子句
10. 關係代名詞 + 句子	**which** consists of some brilliant youngsters **that** may be crazy enough to shake the market **what** I said **that** most people speaking Chinese couldn't accept that there are rules in a language **that** I love you	**子句**	名詞子句 or 形容詞子句 or 副詞子句

　　由此可見，英文中這 4 種「無法獨立存在」的單字，它們的用途和意義，是結合其他單字，組合成「動詞時態」以外的其他「3 個單位」後，來表達一句話中，不同的訊息要件。這句話的「畫面」如下：

冠詞、介係詞、連接詞、關係代名詞

是用來組織「名詞單位」、「形容詞單位」或「副詞單位」的單字

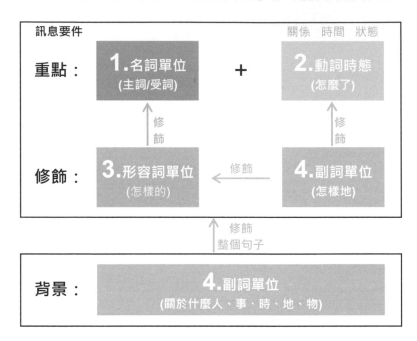

　　這就是英文和中文最大的差別。**中文**「應該、或許」是用**「國字的數量」**來**區分單位**，所以有人會去計算別人寫了「多少國字」。**英文**則是用**「訊息的要件」**來**區分單位**，所以不會有人去計算別人寫了多少個「單字」。

　　這就是為何 Mr. Nobody 能夠在 10 小時之內學會英文的原因。因為有太多的時候，英文根本無法單用一個又一個「跟中文意思完全對應的單字」，來表達出訊息的要件。這時就必須用到比「單字」更大的單位，如「片語」來表達。 如果連「片語」也無法表達出來時，就得要用再更大一點的單位，如「子句」來表達。而以上**這 4 種** (103 個簡單到吐) **無法獨立存在的單字，就是英文用來組織「片語」和「子句」的關鍵字。**「英文文法」背後的設計邏輯就是這樣。

關於跟老外一樣地說英文，最關鍵的「技術」就是，**使用比「單字」更大的「單位」來講英文**。換句話說，關於英文，最重要的「能力」就是，**組織「片語」和「子句」的能力**。而「片語」和「子句」的定義和功能，如下：

單位大小	定義與功能
片語	由2個以上的單字，所組成的「單字組合」，**叫做「片語」**，成為句子中比「單字」**再高一級的「單位」**。「片語」的組成方式，有以下2種：
	1. 由「動詞變型」組成：依據英文「一句一動」的定律，「片語」不能有「動詞時態」，不然就是一個「句子」。所以使用「動詞單字」來組織一個片語，就必須將「動詞」變型成「動名詞 Ving」、「不定詞 to V」、「現在分詞 Ving」或「過去分詞 Vp.p.」。由動詞「變型」而成的片語，主要用來是表達一個「畫面」。依照該片語在句子中的用途(重點、修飾、背景)的不同，可以分別作為「名詞片語」、「形容詞片語」或「副詞片語」3種單位。
	2. 由「介係詞」所組成：介係詞是英文中無法單獨存在的單字，**「介係詞 + 名詞單位」**組成「介係詞片語」。在英文句子中，「介係詞片語」只能用來作為「修飾」和「背景」的用途，不能當作句子的「重點」。因此，「介係詞片語」跟「動詞變型的片語」的差別在於，「介係詞片語」只能當作「形容詞片語」和「副詞片語」來使用，不能當作「名詞片語」。雖然如此，「介係詞片語」一直是英文中，使用量最大的「修飾單位」。

單位大小	定義與功能
子句	「句子」的前面加上「連接詞」或「關係代名詞」後，**「句子」就往下降一級**，變成**「子句」**，**成為句子中最大的「單位」**。「子句」的組成方式，有以下2種：
	1. 連接詞 + 句子 = 子句：依照「子句」在「句子」中的用途的不同(重點、修飾、背景)，可以分別作為「名詞子句」、「形容詞子句」或「副詞子句」3種單位。
	2. 關係代名詞 + 句子 = 子句：關係代名詞的內涵 = 連接詞 + 代名詞。因此，在功能上，「關係代名詞」算是「連接詞」中的一種。同樣地，依照「子句」在「句子」中的用途的不同(重點、修飾、背景)，可以分別作為「名詞子句」、「形容詞子句」或「副詞子句」3種單位。

單位 大小	定義與功能

句子

英文句子是由「單位」所組成，句子中的「單位」由小至大，為「單字」、「片語」、「子句」。

英文的單位有 4 種，分別如下：

動詞時態：包含 3 個象限的畫面，分別為「關係」、「時間」、「狀態」，如下：

1. 關係：主動、被動

2. 時間：現在、過去、未來

3. 狀態：簡單、進行、完成、完成進行

名詞單位：有「名詞單字」、「名詞片語」、「名詞子句」3 種型態，可當作句子的「主詞」或「受詞」，為訊息的「重點」。

形容詞單位：有「形容詞單字」、「形容詞片語」、「形容詞子句」3種型態。在英文句子中，為「修飾」用途的單位，用來修飾「名詞」。

副詞單位：有「副詞單字」、「副詞片語」、「副詞子句」3種型態。在英文句子中，為「修飾」或「背景」用途的單位，用來修飾「動詞」、「形容詞」、「副詞」、或修飾「整個句子」，當作句子的「背景」。

關於英文句子，您一定要知道的 3 件事，如下：

1. 所有的英文句子，表面上，是由「單字」組成；但實際上，是由以上「4 種單位」所組成。

2. 所有的英文句子，一定要遵循「一句一動」的定律。訊息的「重點」，一定是由「名詞單位」和「動詞時態」所組成。

3. 「形容詞單位」和「副詞單位」是屬於「修飾」和「背景」功能的單位，不是句子的必要條件，可加可不加，加了只是讓訊息的內容更豐富、畫面更立體。

　　任何東西的「定義和說明」，都是最重要的根本，通常應該放在一本書的第一個章節。但在台灣，每次 Mr. Nobody 跟大家講解「定義和說明」有多重要時，通常沒人會鳥我。所以，還是放在後面一點好了。

　　任何台客，只要像 Mr. Nobody 一樣，擁有用「中文」來組織英文的「片語」和「子句」的能力時，都能輕鬆地像老外一樣地說英文。

世界上所有的英文，表面上，是由很多「單字」所組成。但實際上，英文是由 4 個「單位」所組成。英文 4 單位「簡略的」清單，如下表：

英 文 4 單 位

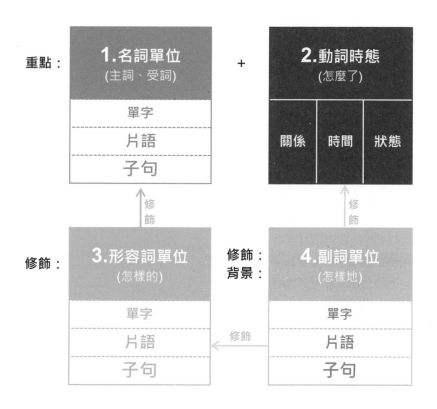

一旦您的大腦中，有了前面那張「簡略的」清單後，再看到以下那張英文 4 單位「完整的」清單，應該就比較不會 OOXX 了。

英文 4 單位

以上的章節，已經一再地證明，任何一句英文，絕對都是出自於這張清單裡，無一例外。任何「講中文的人」，只要完全掌握了這個清單中的每個項目，就能將「腦袋裡所有的中文」，轉換成「母語式的英文」，然後像老外一樣地講英文。意思是，只要您能夠，把您自己腦袋裡所有的英文單字，對應到這張清單裡的話，您就學會英文了。

以下簡單說明這張清單：

重點：

1.名詞單位 (主詞、受詞)
1.1 名詞單字
1.2 代名詞單字
1.3 名詞片語 (不定詞 to V)
1.4 名詞片語 (動名詞 Ving)
1.5 名詞子句

名詞單位，用來表達訊息的「重點」。依「名詞單位」的大小，總共有 5 種型態可供選擇，分別是 2 種單字 (名詞、代名詞)、2 種片語 (不定詞、動名詞)、和 1 種子句 (名詞子句)。老外會依照想要表達的訊息，來決定使用哪一種大小的單位。例如：如果訊息沒有對應的「單字」時，就用到「片語」或「子句」。如果連「片語」都難以表達時，才會 用到「子句」。

重點：

2.動詞時態 (怎麼了)		
關係	時間	狀態
主動	現在	簡單式
被動	過去	進行式
	未來	完成式
		完成進行式

動詞時態，也是用來表達訊息的「重點」。所謂時態，就是 **「時間」 + 「狀態」** ，再加上 **「主被動關係」** ，一個動詞時態，可以表達 **「3 個象限」** 的訊息畫面。

因此，理論上，英文一共有 (關係 2) X (時間 3) X (狀態 4) = 24 種「動詞時態」。看起來好像很複雜，其實關鍵只在於，我們想要表達的訊息是 **「時間點」** 、還是 **「時間軸」** 的畫面，決定了「動詞時態」的選擇。Chapter 6 會再詳細說明。

修飾：

<table>
<tr><td colspan="1">**3.形容詞單位**
(怎樣的)</td></tr>
<tr><td>3.1 形容詞單字</td></tr>
<tr><td>3.2 形容詞片語 (介係詞 + 名詞單位)</td></tr>
<tr><td>3.3 形容詞片語 (不定詞 to V)</td></tr>
<tr><td>3.4 形容詞片語 (現在分詞 Ving)</td></tr>
<tr><td>3.5 形容詞片語 (過去分詞 Vp.p.)</td></tr>
<tr><td>3.6 形容詞子句</td></tr>
</table>

　　形容詞單位，只有 1 個功能，就是用來修飾名詞單位的單字 (名詞、代名詞)。 所以，「形容詞單位」永遠貼在「名詞、代名詞單字」的前後。依「形容詞單位」的大小，總共有 6 種型態可供選擇，分別是 1 種單字 (形容詞單字)、4 種片語 (介係詞片語、不定詞 to V、現在分詞片語 Ving、過去分詞片語 Vp.p.)、和 1 種子句 (形容詞子句)。

　　老外會依照想要表達的訊息，來決定使用哪一種大小的單位。例如：如果訊息沒有對應的「單字」時，就會用到「片語」或「子句」。如果連「片語」都難以表達出來時，就只能用「子句」了。

　　如果用到「片語」或「子句」來修飾「名詞單字」時，英文的表達順序是，先講重點 (名詞單字)，再作修飾 (形容詞單位)。而中文的表達順序是，先作修飾，再講重點。舉例如下：

◆ 3.3 形容詞片語：不定詞 to V，用來修飾「名詞單字」

英文：I need **the courage** to face the problem.
中文：我需要面對這個問題的勇氣。

英文：What you need is **the patience** to learn all rules.
中文：您需要的是要有學會所有規則的耐心。

◆ 3.4 形容詞片語：<u>現在分詞 Ving</u>，通常用來修飾「人」，表達「主動」關係

英文：The man <u>standing there</u> is my boss.
中文：站在那裡的那個男人是我老闆。

英文：People <u>speaking Chinese</u> are so hard to learn English well if they don't figure it out.
中文：如果不把這搞清楚的話，講中文的人是很難把英文學好地。

◆ 3.5 形容詞片語：<u>過去分詞 Vp.p.</u>，通常用來修飾「事」或「物」，表達「被動」關係

英文：The project <u>handled by John</u> is going well.
中文：約翰負責的那個專案進行得很順利。

英文：The book <u>written by Mr. Nobody</u> claims that anyone can learn English well in 10 hours.
中文：諾巴迪先生寫的這本書，聲稱任何人都能在 10 小時之內學會英文。

◆ 3.6 形容詞子句，用來修飾「名詞單字」

英文：I will start a company <u>that provides some exceptional service for customers</u>.
中文：我將成立一家提供客戶前所未有的服務的公司。

英文：I have to persuade people <u>who don't believe that speaking English has some rules to follow</u>.
中文：我得去說服那些不相信講英文是有規則可循的人。

修飾：	**4.副詞單位**		
背景：	(怎樣地)		
	4.1 副詞單字		
	4.2 副詞片語 (介係詞 + 名詞單位)		
	4.3 副詞片語 (不定詞 to V)		
	4.4 副詞片語 (現在分詞 Ving)		
	4.5 副詞片語 (過去分詞 Vp.p.)		
	4.6 副詞子句		

　　副詞單位，總共有 4 個功能。是英文中，功能最多的單位。雖然如此，說穿了，「副詞單位」跟「形容詞單位」一樣，都是屬於英文中「可有可無」的**修飾詞**。差別在於，「形容詞單位」只能修飾「名詞單位」而已。但「副詞單位」可以修飾英文中「除了名詞單位以外」的所有單位。

副詞單位的 4 個功能：

1. 修飾「動詞」
2. 修飾「形容詞」
3. 修飾「副詞」
4. 修飾「整個句子」，當作句子的「背景」

　　「副詞單位」和「形容詞單位」的型態和數量，是完全一樣的。依「副詞單位」的大小，總共有 6 種型態可供選擇，分別是 **1 種單字** (形容詞單字)、**4 種片語** (介係詞片語、不定詞 to V、現在分詞片語 Ving、過去分詞片語 Vp.p.)、和 **1 種子句** (形容詞子句)。同樣地，老外會依照想要表達的訊息，來決定使用哪一種大小的單位。例如：如果訊息沒有對應的「單字」時，就會用到「片語」或「子句」。如果連「片語」都難以表達出來時，就只能用「子句」了。舉例如下：

◆ **4.3 副詞片語：不定詞 to V，修飾** 「形容詞」

英文：I am **hardly** able <u>**to speak English.**</u>
中文：我不太能夠說英文。
英文的中文：我 / 是 / 幾乎無法 / 能夠的 / 說英文。

　　副詞單字 (hardly 幾乎不)、副詞片語 (to speak English 說英文)，都是用來修飾形容詞單字 (able 能夠的)。這句話的架構如下：

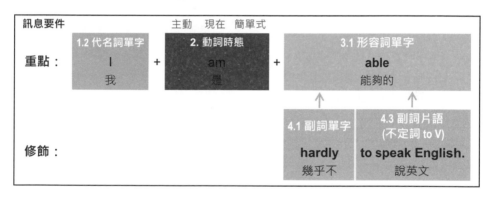

◆ **4.3 副詞片語：不定詞 to V，修飾** 「整個句子」 **，當作一句話的** 「背景」

英文：<u>**To speak English like an American**</u>, **you need** to conquer the color-blindness of language first.
中文：要像老外一樣說英文，您必須要先克服「語言色盲」。

　　這句話的架構如下：

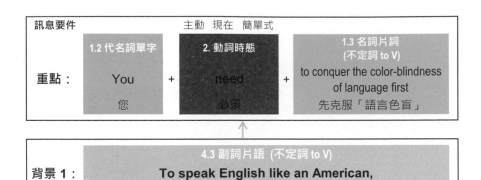

　　一樣都是「不定詞 to V」，「to conquer the…」用來表達訊息的「重點」，所以是「名詞片語」。「to speak English like an American」用來當作「背景」，修飾整個句子，就變成了「副詞片語」。但如果像之前的例句，「to face the problem」是用來修飾「名詞 the courage」的話，「不定詞 to V」又變成了「形容詞片語」。

　　這就是英文的表達方式和規則。同樣的「不定詞片語 (to V)」，依照它在句子中的用途 (重點、修飾、背景)，決定它是「名詞片語」、還是「形容詞片語」、或是「副詞片語」。同理可證，用在「現在分詞片語 Ving」和「過去分詞片語 Vp.p.」，也是一樣的規則，舉例如下：

◆ 4.4 副詞片語：現在分詞 Ving，**修飾**「形容詞」

英文：I am happy **doing this job.**
中文：做這份工作，我是開心的。
英文的中文：我 / 是 / 開心的 / 做這份工作。

　　我是開心的，我是 (怎樣地) 開心的。英文中，一旦「修飾單位」用到了「片語」或「子句」時，表達順序通常是：**先講重點**，再作修飾。如下：

片語：I am happy **assigned to do this job.** 被指派這份工作，我是開心的。
子句：I am happy **that I got a chance to do this job.** 得到了從事這份工作的機會，我是開心的。

相反地，如果「修飾單位」用的是「單字」的話，英文的表達順序，就會跟中文一樣：先作修飾，**再講重點**。如下：

I am <u>so</u> happy. 好開心的

I am <u>too</u> happy. 太開心的

I am <u>very</u> happy. 非常開心的

I am <u>pretty</u> happy. 很開心的

I am <u>extremely</u> happy. 極度開心的

I am <u>absolutely</u> happy. 絕對開心的

I am <u>supposedly</u> happy. 應該開心的

I am <u>definitely</u> happy. 肯定開心的

I am <u>hardly</u> happy. 很難開心的

I am <u>barely</u> happy. 不太開心的

◆ 4.4 副詞片語：現在分詞 Ving，修飾「整個句子」，當作一句話的「背景」

英文：<u>Writing this book</u>, I had been exhausted.

中文：寫這本書，我超累的。

英文的中文：寫這本書，我 / 是 / 精疲力盡的。

「我超累的」這句話的「背景」，是「關於什麼事」？是「關於寫這本書」。英文的規則裡，總共有 6 個「副詞單位」的選項，可以拿來當作「背景」，修飾一個句子。使用「4.4 現在分詞片語 Ving」只是其中之一而已。如果 6 個選項（如下）都會用，不就是「像老外一樣地講英文」嗎？

英文

4.1 副詞單字：<u>Honestly</u>, I had been exhausted.

4.2 副詞片語（介係詞 + 名詞單位）：I had been exhausted <u>in the journey.</u>

4.3 副詞片語（不定詞 to V）：<u>To keep revising what I wrote</u>, I had been exhausted.

4.4 副詞片語 (現在分詞 Ving) ：<u>**Writing this book**</u>, I had been exhausted.

4.5 副詞片語 (過去分詞 Vp.p.) ：<u>**Taught to be conservative since I was a kid**</u>, I had been exhausted.

4.6 副詞子句：I had been exhausted <u>until I finished this book.</u>

中文

4.1 副詞單字：<u>老實說</u>，我超累的。

4.2 副詞片語 (介係詞 + 名詞單位)：<u>這趟旅程中</u>，我超累的。

4.3 副詞片語 (不定詞 to V)：<u>一直修改自己寫過的東西</u>，我超累的。

4.4 副詞片語 (現在分詞 Ving)：<u>寫這本書</u>，我超累的。

4.5 副詞片語 (過去分詞 Vp.p.)：<u>從小一直被灌輸要保守行事</u>，我超累的。

4.6 副詞子句：我超累的，<u>一直到完成了這本書</u>。

　　以上 6 種「副詞單位」，都是在修飾同一個句子 I had been exhausted.。對老外來說，並沒有哪一種型式比較屬害，完全依我們要表達的訊息內容而定。不管選哪一個當背景，整個訊息的架構完全一樣，如下：

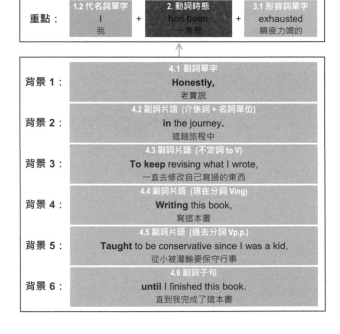

這就是英文的表達邏輯和架構，是所有老外天生就繼承的語言資產。再舉 2 個跟前面「形容詞片語」一模一樣的「過去分詞片語」，拿來當作句子的「背景」，修飾「整個句子」的例子。

◆ 4.5 副詞片語：過去分詞 Vp.p.，**修飾「整個句子」，當作一句話的「背景」**

英文：The project is going well.

　　　Handled by John, that makes us feel comfortable.

中文：這專案進行得很順利。<u>由約翰來處理</u>，這讓我們很放心。

英文：The book seems productive.

　　　Wildly used by people in Taiwan, that's good.

中文：這本書似乎是有用的。在台灣被大家廣泛的利用，還不賴。

以上 2 個例子，都是一樣的邏輯和架構，只是分別用了 2 句話，組合成上下文。如此用上這 2 個「背景」，訊息才算完整。英文中，用動詞變型 (to V, Ving, Vp.p.) 組成「片語」來講話的頻率，像呼吸一樣。

如果我們只用「單字」和「中文意思」的角度來看英文的話，英文程度肯定爛到爆！但如果我們改用「單位」和「訊息架構」的角度來看，英文程度絕對屌到爆！英文會設計這樣的變化，全部都是為了配合英文**「一句一動」**的定律。「子句」的設計原理，跟「片語」是完全一樣的，也是為了配合英文**「一句一動」**的定律。

所以，在進入後面一連串**「單字」**的章節前，Mr. Nobody 要傳達的訊息是，我們得 **「先」**知道英文的表達邏輯和架構，才不會像過去一樣，用中文的角度 (看單字、中文意思)，來看待英文單字。只要我們改用英文的角度 (看單位、訊息架構)，您將會發現，**「學會英文」**所需要的英文單字，將**「遠少於」**自己的想像。

所有以中文為母語的人，都對文字的數量相當關心。既然如此，那就來盤點一下，英文到底有多少個「單字」吧！上網 Google 一下，第一個連結，就有了答案，如下：

How many words are there in the English language?

There is no single sensible answer to this question. It's impossible to count the number of words in a language, because it's so hard to decide what actually counts as a word. Is *dog* one word, or two (a noun meaning 'a kind of animal', and a verb meaning 'to follow persistently')? If we count it as two, then do we count inflections separately too (e.g. *dogs* = plural noun, *dogs* = present tense of the verb). Is *dog-tired* a word, or just two other words joined together? Is *hot dog* really two words, since it might also be written as *hot-dog* or even *hotdog*?

It's also difficult to decide what counts as 'English'. What about medical and scientific terms? Latin words used in law, French words used in cooking, German words used in academic writing, Japanese words used in martial arts? Do you count Scots dialect? Teenage slang? Abbreviations?

The Second Edition of the 20-volume *Oxford English Dictionary*, published in 1989, contains full entries for 171,476 words in current use, and 47,156 obsolete words. To this may be added around 9,500 derivative words included as subentries. Over half of these words are nouns, about a quarter adjectives, and about a seventh verbs; the rest is made up of exclamations, conjunctions, prepositions, suffixes, etc. And these figures don't take account of entries with senses for different word classes (such as noun and adjective).

This suggests that there are, at the very least, a quarter of a million distinct English words, excluding inflections, and words from technical and regional vocabulary not covered by the *OED*, or words not yet added to the published dictionary, of which perhaps 20 per cent are no longer in current use. If distinct senses were counted, the total would probably approach three quarters of a million.

Article from https://www.lexico.com/explore/how-many-words-are-there-in-the-english-language

根據這篇文章，開頭第一句就告訴大家，這個世界上，很難去定義究竟有多少個英文單字。原因有：dog 可以當「名詞：狗」，也可以當「動詞：一直跟著」，這要算 1 個單字，還是算 2 個？單複數的名詞，要算 1 個單字，還是 2 個？同一個「動詞」，不同的「動詞時態」，要算幾個？組合字 hot dog 要獨立算 1 個字，還是算 2 個個別的單字，組合在一起而已……。

不管如何，1989 年出版的牛津字典，用相對嚴格的標準 (1 個單字，有 3 種詞性，算 1 個單字…之類)，統計出「現代通用」的英文單字「大概」為 171,476 個，四捨五入，算「17 萬個」好了。超過 1/2 是「名詞」、大約 1/4 是「形容詞」、1/7 是「動詞」，剩下的就是其他種類的單字，如副詞、連接詞、介係詞…。依照以上的訊息，可以得出以下分佈：

			通用英文單字量 **170,000**
1 冠詞			
2 名詞	1/2	50.0%	85,000
3 代名詞			
4 動詞	1/7	14.3%	24,286
5 助動詞			
6 形容詞	1/4	25.0%	42,500
7 副詞			
8 介係詞			
9 連接詞			
10 關係代名詞			
		89.3%	151,786

腰瘦吶！光是名詞、動詞和形容詞，這3大種類的單字，就佔了英文將近90%的比例...。把上一章所提到的4種(103個)「無法獨立存在」的單字加進去，數據上看起來，有加等於沒加，如下：

		通用英文單字量 **170,000**
1 冠詞	0.0018%	3
2 名詞	50.0%	85,000
3 代名詞		
4 動詞	14.3%	24,286
5 助動詞		
6 形容詞	25.0%	42,500
7 副詞		
8 介係詞	0.0353%	60
9 連接詞	0.0141%	24
10 關係代名詞	0.0094%	16
	89.3%	151,889

加了等於沒加之後，剩下的 3 種單字 (代名詞、助動詞和副詞)，大概還有 (1 萬 8 千多 – 103，還是 1 萬 8 千多) 個單字。上網再 Google 一下「英文的代名詞有哪些？」和「英文的助動詞有哪些？」。您會發現，英文的「代名詞」和「助動詞」單字，數量也是少得可憐，分別是 60 個和 15 個。又是有加等於沒加，如下：

			通用英文單字量 170,000
1	冠詞	0.0018%	3
2	名詞	50.0%	85,000
3	代名詞	0.0353%	60
4	動詞	14.3%	24,286
5	助動詞	0.0088%	15
6	形容詞	25.0%	42,500
7	副詞	???	???
8	介係詞	0.0353%	60
9	連接詞	0.0141%	24
10	關係代名詞	0.0094%	16
		89.4%	151,964

到這裡，只剩下一個「副詞」了。所以，現代通用的「副詞」單字，大概是 (1 萬 8 千多 – 103 – 60 – 15) 個，那就是大約有 1 萬 8 千多個副詞。總結以上，英文現代通用的、所有的單字，大致分佈如下：

		通用英文單字量 **170,000**
1 冠詞	0.0018%	3
2 名詞	50.0%	85,000
3 代名詞	0.0353%	60
4 動詞	14.3%	24,286
5 助動詞	0.0088%	15
6 形容詞	25.0%	42,500
7 副詞	10.6%	18,036
8 介係詞	0.0353%	60
9 連接詞	0.0141%	24
10 關係代名詞	0.0094%	16
	100.0%	170,000

這就是英文所有的單字，大致上的分類和分佈。

我們台灣人，英文爛歸爛，數理能力可是舉世聞名。如果我們把這張表的排列組合，稍微調整一下，將會出現一個既白癡、又驚人的對比，如下：

原來，「像老外一樣講英文」的**「關鍵字」**，只有 **0.1%**

單字種類	比例(%)	單字數量		單字種類	比例(%)	單字數量	關鍵字
2 名詞	50.0%	85,000		3 代名詞	0.0353%	60	
4 動詞	14.3%	24,286		5 助動詞	0.0088%	15	
6 形容詞	25.0%	42,500		1 冠詞	0.0018%	3	名詞
7 副詞	10.6%	18,037		8 介係詞	0.0353%	60	片語
	99.9%	169,823		9 連接詞	0.0141%	24	子句
				10 關係代名詞	0.0094%	16	子句
					0.1%	103	

這張表充分地證明了一件事，只要「看得懂中文」，任何人都能在 10 小時之內學會英文、像老外一樣講英文。只要了解英文是用「單位」在表達，並「真正地擁有」右邊這 0.1% 的關鍵字，就有組織「片語」和「子句」的能力，就具備了比左邊那 99.9% 的「單字」，更巨大的能力。

Mr. Nobody 把 99.9% 的精力，放在英文 0.1%「真正的關鍵字」上面，就能像老外一樣，隨興地用比「單字」更大的單位：「片語」和「子句」，來代替任何不存在、或不會的「單字」，講出所謂的「母語式英文」。相反地，幾乎所有的老師和網紅滴滴們，讓大家把 99.9% 的精力，放在英文 99.9% 永遠都「學不完的單字」上面，像學中文一樣，永遠只會用最小的「單位」來學英文，當然講不出「老外的英文」。

其實，**「10 小時學會英文」**和**「10 輩子都學不會英文」**之間的距離，就在這 0.1% 之間。

Amazon 的 Kindle 電子書（如下），不管是硬體，還是軟體，都是全世界最大的電子書平台。

Amazon Kindle
書籍
★★★★★ 2,570

打開

Kindle 有多大、老外有多愛用它…這些歌功頌德的話就省了。對我們講中文的人來說，它有一個功能，相當實用，就是它的「即時翻譯」功能。遇到不會的單字，想要它翻成什麼語言，都行。如下圖：

CHAPTER 1

The Essentialist

—*Lin Yutang*

Sam Elliot* is a capable executive in Silicon Valley who found himself stretched too thin after his company was acquired by a larger, bureaucratic business.

　　就像這樣。那個人名，我不認識，長按著它，就會出現它的翻譯或說明。這本老外寫的暢銷書「Essentialism 本質主義」，劈頭第一句話，就引用了「林語堂」先生的話。老實說，我只聽過他的名字，根本不知道他寫過些什麼。看了下面的維基百科，才知道他是現代人，來自福建的知名作家。不過，林語堂不是重點，重點是林語堂上面的 **4 個圈圈**。4 個不同顏色的圈圈，分別是紅色、藍色、黃色、和橘色。它們的用處是讓讀者來標註「不認得的單字」。

意思是，只要看到任何不認識的單字，就可以用以上 4 個顏色其中一種，將它標註起來。以後看到，只要點一下，就可以看到它的翻譯或說明了。畫面如下：

CHAPTER 1

The Essentialist

THE WISDOM OF LIFE CONSISTS IN THE ELIMINATION OF NON-ESSENTIALS.

—*Lin Yutang*

Sam Elliot* is a capable executive in Silicon Valley who found himself stretched too thin after his company was acquired by a larger, bureaucratic business.

He was in earnest about being a good citizen in his new role so he said *yes* to many requests without really thinking about it. But as a result he

重點來了，為什麼是 **4 種顏色**？不是 2 種？ 3 種？也不是 56789 種顏色？全世界最大的電子書 Kindle，為什麼提供讀者 **4 種顏色**，來標註「不認得的單字」？

因為**就算是老外，也不可能認得左邊**（下圖）**所有的單字。**

原來，「像老外一樣講英文」的 **「關鍵字」**，只有 **0.1%**

單字種類	比例(%)	單字數量		單字種類	比例(%)	單字數量	關鍵字
2 名詞	50.0%	85,000		3 代名詞	0.0353%	60	
4 動詞	14.3%	24,286		5 助動詞	0.0088%	15	
6 形容詞	25.0%	42,500		1 冠詞	0.0018%	3	名詞
7 副詞	10.6%	18,037		8 介係詞	0.0353%	60	片語
	99.9%	169,823		9 連接詞	0.0141%	24	子句
				10 關係代名詞	0.0094%	16	子句
					0.1%	**103**	

所以，Amazon 的 Kindle，使用 4 個顏色，來標註「生字」的意義是：

◆ **認證英文的 4 個單位**

◆ 只有左邊這 4 大單位的單字，**老外也會不認得。**

◆ 右邊的 6 種單字，老外會**假設**所有人**都認得**，而且**都會用來組織「片語」和「子句」**。
這個假設，對我們講中文的人來說，誤會可就大了。

以 Mr. Nobody 個人為例，遇到不認識的單字時，會像下面這樣標註：

1.「動詞」用「紅色」
2.「名詞」用「藍色」
3.「形容詞」用「黃色」
4.「副詞」用「橘色」

這是個人喜好，愛怎麼用都行。如果你是國民黨，所有的生字都標註藍色，也可以，你高興就好。如果你是共產黨或是台灣基進黨，所有的生字都標註紅色，也可以，你開心就好。

總之，Kindle 這 4 個顏色的設計邏輯，是用來區分英文 4 大單位的單字。

英 文 4 單 位

英文的表達邏輯與架構

訊息要件

關係　時間　狀態

重點：
1. 名詞單位
(主詞/受詞)

+

2. 動詞時態
(怎麼了)

修飾 ↑

修飾 ↑

修飾：
3. 形容詞單位
(怎樣的)

← 修飾

4. 副詞單位
(怎樣地)

↑ 修飾
整個句子

背景：
4. 副詞單位
(關於什麼人、事、時、地、物)

老外們天生所繼承的語言資產

任何研究的**目的**，**是去縮短達到目的的時間**。

The purpose of any research **is** to shorten the time to achieve the goals.

~ Mr. Nobody

研究的結論，永遠只有 2 個：「值得做」和「不值得做」。研究了之後，看到了縮短時間的方法，就值得做。看不到，就不值得做。隨便看一眼前面這個研究的結果，白癡都知道，去背左邊那 4 大單位的單字，是不值得花太多時間和精力去做的事。

老外的老祖先們也想到了這一點，所以很貼心地設計了 **4 大單位的「單字字尾」**，讓人**可以一眼就看出**單字的「詞性」。只要知道單字的詞性，就能夠分辨出這個單字，是屬於一句英文中的**「重點（名詞、動詞）」**、**「修飾（形容詞、副詞）」**，還是**「背景（副詞）」**。目的肯定是，希望大家不要花太多時間和精力去背單字。

因此，我們可以說，英文是一個規則非常嚴謹的語言，透過「單字和單位」的「詞性」，來表達一個訊息的架構，只要講話符合規則，幾乎不可能出現**「斷章取義」**的情況，訊息的傳達落差就會小，效率就會高。這點是我們的中文，難以做到的地方，也是我們難以理解英文如何表達的原因。

以下是分別是英文 4 大詞性單字的**「常用字尾」**（是常用的字尾，不是所有的字尾）：

	名詞字尾	範例
1	～ al	arrival 到達、refusal 拒絕、denial 否認、approval 贊成...
2	～ ance	acceptance 接受、ignorance 無知、appearance 外表...
3	～ age	usage 使用、package 包裹、marriage 婚姻...
4	～ ence	difference 不同、patience 耐心、reference 參考...
5	～ ency	emergency 緊急事件、efficiency 效率、tendency 趨向...
6	～ ure	departure 出發、disclosure 揭露、failure 失敗、exposure 暴露...
7	～ ion	discussion 討論、suggestion 建議、conversation 會話...
8	～ ment	development 發展、achievement 成就、management 管理...
9	～ ity	ability 能力、activity 活動、reality 真實、generosity 慷慨...
10	～ ness	happiness 幸福、kindness 親切、friendliness 友善...
11	～ th	warmth 溫暖、strength 力量、length 長度...
12	～ ty	honesty 誠實、specialty 專長、safety 安全、cruelty 殘酷...
13	～ ics	politics 政治學、physics 物理、economics 經濟學...
14	～ ism	nationalism 國家主義、realism 現實主義、optimism 樂觀主義..
15	～ ory	factory 工廠、territory 領土、laboratory 實驗室...

16	~ hood	childhood 童年、neighborhood 鄰居、botherhood 兄弟情誼...
17	~ aire	millionaire 百萬富翁、billionaire 億萬富翁...
18	~ ant	assistant 助手、servant 僕人、inhabitant 居民...
19	~ ard	steward 男服務生、coward 懦夫、wizard 巫師...
20	~ ee	employee 員工、refugee 難民、nominee 被提名者...
21	~ eer	engineer 工程師、volunteer 志願者、pioneer 先鋒...
22	~ ent	agent 代理者、patient 病人、president 總統...
23	~ er	driver 司機、explorer 探險家、waiter 服務生...
24	~ ese	Taiwanese 台灣人、Japanese 日本人、Chinese 中國人...
25	~ ess	actress 女演員、waitress 女服務生、princess 公主...
26	~ ian	politician 政客、Christian 基督徒、physician 內科醫生...
27	~ ic	critic 批評者、mechanic 技工、Arabic 阿拉伯人...
28	~ ist	scientist 科學家、artist 藝術家、Buddhist 佛教徒...
29	~ or	editor 編者、visitor 訪客、survivor 生還者、warrior 戰士...
30	~ sman	statesman 政治家、spokesman 發言人、salesman 推銷員...

　　「名詞」單字是英文中，數量最多的單字（約 8 萬 5 千個單字）。所以，名詞字尾的數量也最多。簡單來說，「名詞」就是人、事、時、地、物的名稱，可以用來當作一個訊息的「主題」，也就是句子中的「主詞」和「受詞」。

　　英文的「名詞字尾」當然不只 30 個，但最多應該也不會超過 50 個。不管是 30 個，還是 50 個，**單字字尾的意義，是希望使用英文的人，能夠透過它，分辨出單字的詞性，進而能夠區分出訊息的要件**（重點、修飾、背景），**讓訊息的內容，能夠準確、有效地傳遞。**

　　這 30 個「常用」的字尾，所謂「常用」，意思就是擴充性相對較高。只要認得這 30 個常用的「名詞字尾」，至少可以擴充 50 倍以上的單字量。如此對於「可以像老外一樣講英文」來說，絕對綽綽有餘了。下面是動詞的字尾：

	動詞字尾	範例
1	~ ate	celebrate 慶祝、congratulate 祝賀、graduate 畢業...
2	~ en	broaden 擴大、shorten 縮短、lengthen 加長、 lessen 減少、soften 軟化...
3	~ fy	satisfy 美化、simplify 簡化、classify 分類、identify 辨認...
4	~ ish	establish 建立、publish 出版、punish 處罰、diminish 減少...
5	~ ize	symbolize 象徵、specialize 專攻、customize 客制化、sympathize 同情、organize 組織、memorize 記憶...

　　不要懷疑，您沒有看錯，英文有大約 2.4 萬個動詞單字，但就只有這 5 個常用字尾。這個比例，少到讓人好像沒有什麼安全感。不是 Mr. Nobody 沒有認真找，而是找來找去，真的就只有這 5 個。

　　主要的原因是：動詞有**「動詞時態」**之分。透過動詞單字的「變型」（原形、現在式、過去式、過去分詞、現在分詞），或是在動詞的前面，加上「be 動詞」或「助動詞」(have, will, could…) 後，**就能讓人一眼就看出，那是句子中「動詞時態」的單位**。所以，動詞的「常用字尾」才這麼少。我個人覺得，這是一個相當科學又周全的設計。數量越少，不是越好嗎？接下來是，形容詞字尾：

	形容詞字尾	範例
1	~ able	valuable 有價值的、considerable 相當多的、doable 可行的...
2	~ al	national 國家的、formal 正式的、logical 邏輯的、global 全球的...
3	~ ant	pleasant 愉快的、significant 重要的、ignorant 無知的...
4	~ ary	necessary 必要的、elementary 初等的、voluntary 自動的...
5	~ ate	considerate 體貼的、fortunate 幸運的、passionate 熱情的...
6	~ ent	different 不同的、sufficient 充足的、consistent 一致的...
7	~ ful	useful 有用的、thoughtful 體貼的、helpful 有幫助的、careful 小心的...
8	~ ial	industrial 工業的、essential 必要的、official 官方的...
9	~ ible	comfortable 舒服的、responsible 負責的、visible 可看見的...
10	~ ic	economic 經濟的、scientific 科學的、heroic 英雄的...

11	~ ical	practical 實際的、classical 古典的、economical 節省的...
12	~ ious	anxious 焦慮的、various 不同的、gracious 優雅的...
13	~ ish	foolish 愚笨的、selfish 自私的、childish 孩子氣的...
14	~ ive	protective 保護的、attractive 吸引的、explosive 爆炸性的...
15	~ less	homeless 無家的、useless 無用的、endless 無盡的、careless 粗心的...
16	~ ous	famous 有名的、nervous 緊張的、notorious 惡名昭彰的、jealous 忌妒的...
17	~ some	troublesome 麻煩的、quarrelsome 愛爭吵的、lonesome 寂寞的...
18	~ ual	actual 事實上的、spiritual 精神上的、sexsual 性別上的...
19	~ y	sunny 晴朗的、cloudy 多雲的、windy 多風的、breezy 微風的...
20	名詞 ~ ly	lovely 可愛的、friendly 友善的、timely 適時的、daily 每日的...

「形容詞」單字是英文中，排名第 2 多的單字，所以「常用字尾」的數量也是排名第 2 多。跟「名詞」和「動詞」不同的是，「形容詞」在英文中的功能是「修飾」，用來修飾「名詞」。**「修飾」**的意義，在於**「可有可無」**。加了「修飾」，只是讓訊息的內容更豐富、畫面更立體而已，「修飾」加或不加，都不會改變訊息的主要意思。

所以，基本上，只要看到以上 20 個字尾的單字，就可以鬆口氣、吃個餅乾、喝個咖啡…之類。因為只要是「形容詞單位」，就不會是訊息的「重點」，就算跳過不看，也不會怎樣。

絕大多數的時候 (99% 以上)，英文的常用字尾，可以幫助我們一眼就看出單字的詞性，進而分辨出訊息的要件。只有極少數的狀況下 (1% 以下)，會有些例外，例如：

➢ 「augment 巨大的」，雖然是名詞字尾，但卻是「形容詞」，不是「名詞」。
➢ 「narrative 敘述」、「perspective 觀點」、「representative 代表」，雖然是形容詞字尾，但都是「名詞」，不是「形容詞」。

Mr. Nobody so far 只想到這幾個。如果將來您遇到了類似的情況，再記起來就好了。因為認得多少例外的單字，完全不是「學會英文」該去留意的事。最後一種字尾是，副詞字尾：

副詞字尾		範例
1	形容詞 ~ ly	happily 快樂地、carefully 小心地、honestly 誠實地、absolutely 絕對地、completely 完全地、definitely 肯定地、quickly 快地、...
2	~ wise	likewise 同樣地、otherwise 否則
3	~ ward(s)	forward(s) 向前地、backward(s) 向後地

「副詞」和「形容詞」在英文中的功能是一致的，都是作為「修飾」用途，只是修飾的東西不一樣而已。差別如下：

➤ 副詞：可用來修飾 1. 動詞、2. 形容詞、3. 副詞，和 4. 整個句子，共 4 樣東西。
➤ 形容詞：只能用來修飾 1. 名詞 1 樣東西。

相較之下，「副詞」的工作，比「形容詞」多得多。但「副詞」的字尾，卻比「形容詞」少得多。副詞應該只有以上 3 種字尾，其中的一種：形容詞 ~ **ly**，大概就佔了所有副詞的 99.99% 了。所以，副詞有幾種字尾，重要嗎？

同樣地，只要看到以上 3 個字尾的單字，也可以鬆口氣、吃塊蛋糕、喝個紅茶…之類。因為只要是「副詞單位」，就不會是訊息的「重點」，就算跳過不看，也不會怎樣。

以上就是英文 4 大單位的單字，常用的 58 個單字字尾 (30+5+20+3=58)。

就算是老外，也不可能認得所有的英文單字。
就算是老外，也需要透過單字字尾，來分辨單字的詞性、句子的單位、和訊息的要件，來接收或傳遞訊息。

語言的唯一目的，是用來「傳遞訊息」的，不是拿來比長短大小的，更不是拿來裝模作樣的。

不思而學，永遠是白費力氣。

You will always get nothing if you don't understand the meaning of what you are learning.

Part 2

技　術

Mr. Nobody 做出以下這個分類，也是千百個的不願意。畢竟這有違我們自古以來、從小到大對語言和文字的觀念。但很現實的是，**老外天生就把這個分類裝在腦袋裡了**，而我們天生就排斥這種分類，所以我們很難真正學會英文的表達方式。我們讚揚自己老祖先造字的智慧，卻不打開心胸接受別人老祖先設計的邏輯，但又期望自己或自己的下一代，能夠擁有使用英文的能力，這叫做「幻想」。

　　「幻想」無法達成任何的目的，「科學」才能達到所有的目的。

「可以獨立」成為單位的「單字」

單字種類	比例(%)	單字數量	常用字尾
2 名詞	50.0%	85,000	30
3 代名詞	0.0353%	60	
4 動詞	14.3%	24,286	5
5 助動詞	0.0088%	15	
6 形容詞	25.0%	42,500	20
7 副詞	10.6%	18,037	3
	99.9%	169,898	58

「無法獨立」成為單位的「單字」

單字種類	比例(%)	單字數量	關鍵字
1 冠詞	0.0018%	3	名詞
8 介係詞	0.0353%	60	片語
9 連接詞	0.0141%	24	子句
10 關係代名詞	0.0094%	16	子句
	0.1%	103	

　　站在「科學」的角度，世界上沒有任何人，能夠認得所有上圖「左邊」的單字，連老外的不例外。很多人會認為，我們跟老外的差別，是「數量」上的差別。如果您看過前面的章節，還是這樣認為的話，那您的腦袋，應該是有洞⋯。

我們跟老外的差別，絕對不是「數量」上的差別，而是「單位」上的差別。英文是由 4 個單位，來組成訊息的要件（重點、修飾、背景）。所有的英文單字，都是為了成為一個「單位」而存在。意思是，就算我們知道一個單字的「中文意思」，但不知道它的單字「詞性」，那就不知道要如何利用這個單字，去組成一句英文裡面的「單位」，就代表沒有使用這個單字的能力。

相反地，如果我們知道一個「單字詞性」（總共只有 10 個）的「所有用法」。理應，我們就有使用那個詞性「所有單字」的能力。

簡單來說，我只要學會一個「名詞 book」所有的用法後，理應就會使用所有 85,000 個名詞。前提是，我得要知道那個單字是「名詞」，加上「中文意思」後，我就有使用這個單字的能力了。例如，有一天 Mr. Nobody 去醫院看「骨科」，看到門診的牌子上寫了一個好像很難的單字：Orthopedics。不用想也知道，這一定是「骨科」。隨便用個翻譯 APP 查查看還有什麼「單字字尾」，就看到 Orthopedist 是「骨科醫生」。然後我就能像老外一樣地，使用這些單字了。

英文：I'm seeing an orthopedist recommended by a friend.
中文：我正在看一個朋友介紹的的骨科醫生。

英文：John, who is studying at medical school, specializes in orthopedics.
中文：念醫學院的約翰專攻骨科。

對講**中文的人**來說，一個「字」的難易度，通常取決於它的**長短和長相**。但對老外來說，任何的單字，只要是同一個詞性，全部都是一樣的。

站在「單位」的角度，只要會一個名詞「所有的用法」，就會用所有 85,000 個名詞。只要會用一個動詞「所有的用法」，就會用所有 24,286 個動詞⋯⋯。站在「中文」的角度，就算知道 10,000 個形容詞的「中文意思」，但不知道一個形容詞「所有的用法」，那就是連一個形容詞，都不曾真正擁有過⋯⋯。

因為 Mr. Nobody 學會了英文 10 種單字詞性「所有的用法」，所以能夠在任何時候、任何地點、任何場合⋯，不管是看新聞、看電影、看到醫院的門牌⋯，都在累積新的單字，像呼吸一樣自然。

接下來的章節裡，我們只要用「單位」的角度，學會英文 10 種單字詞性「所有的用法」後，就能像呼吸一樣地累積英文單字，擁有使用 170,000 個英文單字的能力。這樣，不就學會英文了嗎？

Chapter 3.1

名詞

　　如前一章所說，「名詞」是英文中數量最多的單字。就算是老外，也不可能認得所有的名詞單字。但是，只要完全了解了「名詞」的定義和用法，會用 1 個名詞「所有的用法」，等於會用「所有的名詞」。相反地，如果只知道「名詞」的中文意思，會用 1 個名詞的「中文意思」，等於只會 1 個「名詞單字」。

「可以獨立」成為單位的「單字」
老外也不可能全部都認得的單字

	單字種類	比例(%)	單字數量	常用字尾
2	名詞	50.0%	85,000	30
3	代名詞	0.0353%	60	
4	動詞	14.3%	24,286	5
5	助動詞	0.0088%	15	
6	形容詞	25.0%	42,500	20
7	副詞	10.6%	18,037	3
		99.9%	169,898	58

「無法獨立」成為單位的「單字」
像老外一樣講英文的關鍵字

	單字種類	比例(%)	單字數量	關鍵字
1	冠詞	0.0018%	3	名詞
8	介係詞	0.0353%	60	片語
9	連接詞	0.0141%	24	子句
10	關係代名詞	0.0094%	16	子句
		0.1%	103	

「名詞」的定義和用法如下：

	單字種類	定　義
2	名詞	人、事、時、地、物的「名稱」。「名詞」在語言中的內涵，是用來表達訊息的「主題」。

	單字種類	用　法
2	名詞	「名詞單位」之一，用來當作「句子」的「主詞」和「受詞」，也可用來當作「片語」的「受詞」。

就這樣，各 2 行字，就是「名詞」的定義和用法。這就是英文最簡單、也是最困難的地方。簡單的地方在於，「名詞」的用法，就只有 2 行字。困難的地方在於，這 2 行字，幾乎包括了所有的英文文法，也就是這本書所有的內容。以下將一一說明。

名詞，可以用來當作「句子」的「主詞」和「受詞」。意思是，也可以當作「子句」的「主詞」和「受詞」。因為「子句」＝「連接詞＋句子」。例如：people 和 book 都是名詞 ...

中文：人們喜歡這本書。
英文：People like the book.

講中文，沒有任何邏輯和架構，是完全沒問題的。但講英文，沒有邏輯和架構的話，就有很大的問題了。看看下面這個例子：

中文：我不確定人們喜歡這本書。
英文的中文：我 / 是不 / 確定的 / 人們喜歡這本書。
英文：I'm not sure **that people like the book**.

這時候的 people 和 book，就是「子句」中的「主詞」和「受詞」了。這個「子句 that people like the book」(連接詞 that + 句子 people like the book)，是用來修飾「形容詞 sure」，所以是「副詞子句」。這句英文的架構如下：

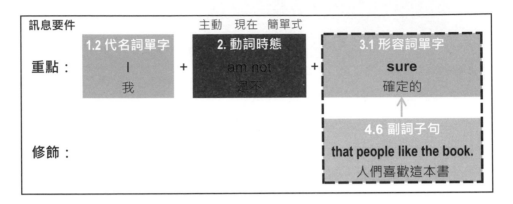

副詞單位 (副詞單字、副詞片語、副詞子句) 的功能，是用來修飾動詞、形容詞、副詞、和整個句子。這就是規則。規則就是規則，沒有簡單和困難之分，只有知道和不知道、記得和不記得、有放在心上和沒放在心上之分。同樣的道理，關於「子句」的定義和功能，也只有知道和不知道……之分。

單位大小	定義與功能
子句	「句子」的前面加上「連接詞」或「關係代名詞」後，**「句子」就往下降一級**，變成「子句」，成為句子中**最大的「單位」**。「子句」的組成方式，有以下 2 種： **1. 連接詞 + 句子 = 子句**：依照「子句」在「句子」中的用途的不同(重點、修飾、背景)，可以分別作為「名詞子句」、「形容詞子句」或「副詞子句」3 種單位。 **2. 關係代名詞 + 句子 = 子句**：關係代名詞的內涵 = 連接詞 + 代名詞。因此，在功能上，「關係代名詞」算是「連接詞」中的一種。同樣地，依照「子句」在「句子」中的用途的不同(重點、修飾、背景)，可以分別作為「名詞子句」、「形容詞子句」或「副詞子句」3 種單位。

另外，依照子句的定義和功能，同樣的子句，也可以拿來當作句子的「重點（主詞或受詞）」。這時，that people like the book 就變成了「名詞子句」了。如下：

中文：我知道<u>人們喜歡這本書</u>。

英文：I know **that people like the book**.

或是用來當作「形容詞子句」，修飾「名詞」，如：

中文：滴滴**不能接受**<u>人們喜歡這本書的</u>衝擊。

英文：Didi **can't accept** the impact **that people like the book**.

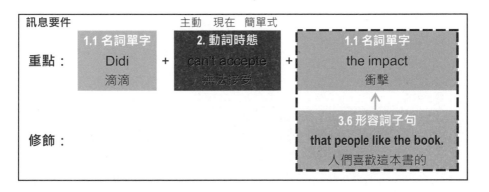

以上就是：名詞，**可以用來當作「句子」的「主詞」和「受詞」。意思是，也可以當作「子句」的「主詞」和「受詞」**這段話的畫面。

除此之外，名詞，可以用來當作「片語」的「受詞」。因為「片語」是「2 個單字以上的單字組合」，不是「句子」，所以不會有「主詞」。舉例如下：

中文：我從這本書裡，學到了一些東西。(語言色盲)

英文的中文：我 / 學到了 / 一些東西 / 從這本書裡。(非語言色盲)

英文：I have learned something **from the book**.

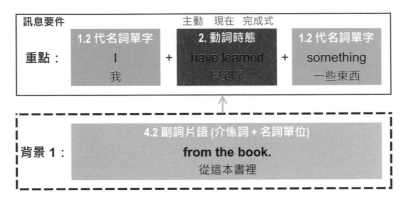

中文：言論自由是人們基本的權利。(語言色盲)

英文的中文：言論自由 / 是 / 基本權利 / 人們的。(非語言色盲)

英文：Free speech is the fundamental right **of people**.

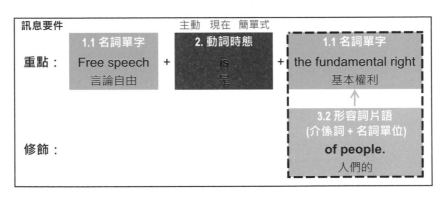

中文：人們的觀點可能會因這本書而改變。(語言色盲)

英文的中文：觀點 / 人們的 / 可能改變 / 被這本書。(非語言色盲)

英文：The perspectives **of people** may change **by the book**.

這個例句中，**of** people 和 **by** the book 都是「**介係詞片語**」。因為修飾的單位不一樣，所以單位就不一樣。把 people 和 book 對調一下也行，只是訊息的內容就完全改變了。如下：

英文：The perspectives **of the book** would never change **by people**.
中文：這本書的觀點，永遠不可能被人們改變。(語言色盲)
英文的中文：觀點 / 這本書 / 永遠不會改變 / 被人們。(非語言色盲)

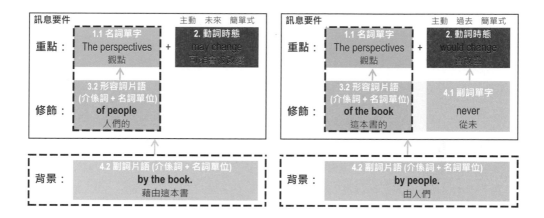

任何的語言，在內容上，永遠不會有標準答案 (如果有人口是心非的話，天也不曉得答案會是什麼…)。不過，在表達的邏輯和架構上，英文就會有標準答案了，但中文還是沒有。英文所謂的標準答案，就是英文文法。老外天生就繼承了，Mr. Nobody 花 10 小時就搞定了，但花了 5 年多，才寫出這本書出來給您看英文到底有多簡單。因此，理應只要您「看得懂中文」，沒有道理搞不定英文。

以上就是：名詞，**可以用來當作「片語」的「受詞」**的畫面。所以，回頭再去看看「名詞的用法」那 2 句話，不用真的回頭，就在下面：

1. 名詞，可以用來當作「句子」的「主詞」和「受詞」。意思是，也可以當作「子句」的「主詞」和「受詞」。

2. 名詞，可以用來當作「片語」的「受詞」。

我們可以發現，英文是一個**所有文法規則，全部環環相扣**的語言。您必須知道英文**所有單位** (單字、片語、子句、以及「動詞時態」) **的用法**，才能夠像講中文一樣地講英文。缺一個都會卡卡的，卡卡的就不會有自信。

看起來好像很難。但科學一點來分析，因為環環相扣，所以您只要學會 **10 種單字**的用法（老外們天生就繼承的東西），就學會了所有單字、片語、子句、以及「動詞時態」的用法。比起去背 10,000 個英文單字的「中文意思」，但不知道單字詞性的定義和用法，肯定背了又忘，忘了又背，就算沒忘，還是不會。學會 10 種單字詞性的用法，大概容易 1,000 萬倍以上。

其實每一種單字詞性的用法，除了「動詞」以外，頂多就 1～2 句話而已，就像「名詞」這樣。問題只在於，沒人告訴您，**這件事的重要性和簡單度**，以致於您**沒去做這件事**而已。一旦您狠下心來，一次把 Chapter 3、4 的章節全部看完，您肯定會變成一隻脫韁的野馬，英文能力瞬間突飛猛進。不信可以試試看！

當您跟 Mr. Nobody 一樣，成為了一隻「連呼吸都能累積單字」的野馬時，看到任何單字，不管認得不認得，只要一知道單字的詞性和意思，就能像老外一樣，使用那個單字來講英文。Mr. Nobody 特別喜歡用「醫學」相關的名詞來舉例。因為用中文的角度（看長相），看起來都很難。但用單位的角度（看詞性），其實全部都跟 people 和 book 一樣。例如：

1. Physic**ian** 內科醫生
2. Surgeon 外科醫生
3. Pediatric**ian** 小兒科醫生
4. Obstetric**ian** 產科醫生
5. Gynecolog**ist** 婦科醫生
6. Orthoped**ist** 骨科醫生、整形外科醫生
7. Neurolo**gy** 神經內科
8. Neurolog**ist** 神經內科醫生
9. Neurosurge**ry** 神經外科
10. Neurosurgeon 神經外科醫生

基本上，雖然英文有 85,000 個通用的名詞單字，但 80% 以上的名詞單字，可以透過「名詞字尾」，一眼就看出是屬於哪一種類型的名詞單字。例如：

▲「~ian, ~ist, ~er, ~or...」大都是屬於「人」的「名詞字尾」，
▲「~ry, ~ment, ~ion, ~ness, ~ity, ~ce...」幾乎都是屬於跟「事」相關的「名詞字尾」。

光這 10 個「名詞字尾」的單字，大概就佔了所有名詞單字的一半以上。重點是，只要是名詞，不管是什麼名詞，用法都跟 people 和 book 一樣。例如：

中文：我認識一位小兒科醫生，他是我客戶的兒子。
英文的中文：我認識**一位小兒科醫生**，他是我客戶的兒子。
好棒棒的英文：I know **a pediatrician** who is the son of my customer.
好平庸的英文：I know **a doctor** who is the son of my customer.

中文：如果您有過一些異常的頭痛，您應該到神經內科做一些檢查。
英文的中文：如果您有過一些異常的頭痛／，您／應該來／做一些檢查／**在神經內科部門**。
好棒棒的英文：If you have had some unusual headaches, **you should come** to do some examinations **in the neurology department**.
好普通的英文：If you had have some unusual headaches, **you should come** to do some tests **in the hospital**.

　　語言的最終目的，是用來傳遞訊息的，不是用來裝模作樣的。如果我們不知道 pediatrician 這個名詞，那用 doctor 就好了。訊息的內容和畫面是完全一樣的。同樣地，我們可以用 tests 來取代 examinations，也可以用 hospital 來代替 neurology department，訊息的內容和畫面也是完全一樣的。

　　老外不會因為您用了我們講中文的人，以為比較厲害的單字，就覺得我們的英文好棒棒！老外只會因為您用了跟他們講英文的人，一樣的表達邏輯和架構（如下），才覺得我們的英文好棒棒！

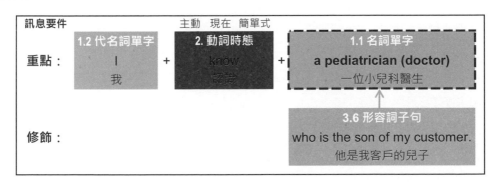

訊息要件		主動　現在　簡單式	
重點：	**1.2 代名詞單字** You 您	**2. 動詞時態** should come 應該來	**1.3 名詞片詞** **(不定詞 to V)** to do some **examinations** (tests) 做一些檢查

背景 1：	**4.2 副詞片語 (介係詞 + 名詞單位)** in **the neurology department** (hospital). 在神經內科門診
背景 2：	**4.6 副詞子句** If you had had some unusual headaches, 如果您有過一些異常的頭痛

　　很奇怪的是，沒有人會覺得用「小兒科醫生」講中文，會比直接講「醫生」厲害。那老外為什麼會覺得我們用「neurology department」講英文，會比用「hospital」厲害？？

　　象形文字最大的問題就是，太過迷戀表面的長相。語言該做的事，是「傳遞訊息」，不是「爭奇鬥艷」。這個壞習慣，加上沒有規則，導致講中文的人，幾乎都是「無意識」的「語言色盲」。「無意識」的意思是，「沒有」去分辨訊息的要件，不是「不會」分辨訊息的要件。

　　我們回頭用「中文」，再看看 people 和 book 的例句。

➢ 「人們喜歡這本書。」是一個**句子**。
➢ 我知道**「人們喜歡這本書」**。「人們喜歡這本書」變成了一個名詞單位。
➢ 我不確定**「人們喜歡這本書」**。「人們喜歡這本書」就變成了一個副詞單位，
　　用來修飾形容詞「確定的」。
➢ 滴滴無法接受**「人們喜歡這本書」**的衝擊。「人們喜歡這本書」就變成了一個
　　形容詞單位，用來修飾名詞「衝擊」。

訊息的要件和單位，畫面如下：

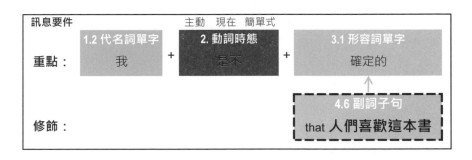

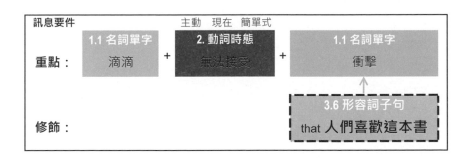

　　我們在講話的時候，一句話可能很單純地，只有訊息的「重點」。但我們也可能會把「一句話」拿來當作修飾詞 (形容詞、副詞)，用來修飾名詞、形容詞…等其他單位。如下：

英文 4 單位

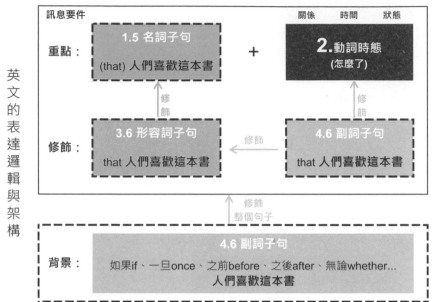

這個邏輯和架構決定了我們講中文的人,「天生的」表達能力,肯定會輸給老外的原因。因為我們從來不曾意識到自己是怎樣在講話,但老外天生就是這樣在講話。不過,我們只要「後天」補上這個語言資產,表達能力自然能立馬追上老外。

同樣的規則,不論是用在「子句」、或是「介係詞片語」上面,是完全一樣的。例如:「書」是名詞,「從 from + 這本書 the book」、「在裡面 in + 這本書 the book」⋯都是「介係詞 + 名詞」,等於「介係詞片語」。片語的定義是,2 個單字以上的單字組合,連結成一個「單位」。

一個再簡單也不過的邏輯：「書 book」是「名詞單位」。「從這本書 **from** the book」或「在這本書裡 **in** the book」，還會是「名詞單位」嗎？

1. <u>這本書</u>**是我的**。「這本書」是名詞單位，當作句子的「主詞」。

2. **我買了**<u>一本書</u>。「一本書」是名詞單位，當作句子的「受詞」。

3. <u>這本書裡的</u>**一些東西，讓我很驚訝**。句子的「重點」是「一些東西讓我很驚訝」。「這本書裡的」是用來修飾「一些東西」的「形容詞片語」。

4. <u>這本書讓我印象深刻</u>。英文的中文是：我 / 是 / 印象深刻的 / 對這本書。句子的「重點」是「我是印象深刻的」。「怎樣地 (副詞單位)」「印象深刻的」。英文的表達順序是：先講重點，再作修飾，所以是「印象深刻的 / 對這本書 (副詞片語)」

5. <u>我</u>從這本書裡，**學到了一些東西**。句子的「重點」是「我學到了一些東西」，「背景」是「關於什麼東西：從這本書裡」，所以是「副詞片語」。

這 5 句話的架構，分別如下：

1. The book is mine.

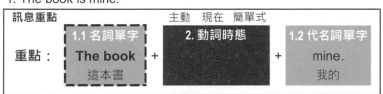

2. I bought a book.

這個世界上，沒有人會這麼單純，只用「單字」在講話。只要是人，大多都是用「單位」在講話。

3. Something in the book surprised me.

4. I am impressed with this book.

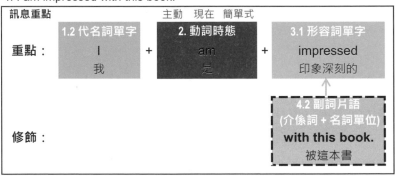

5. I have learned something from the book.

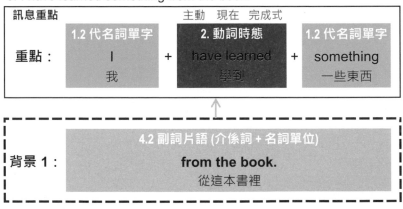

以上 3 句都用到了介係詞片語 (介係詞 + book) 來當作「修飾詞」，用來修飾名詞、形容詞和整個句子。在英文中，「修飾詞」的意義是：可有可無。加了「修飾詞」(不管是用來修飾重點中的單位，還是當作背景，修飾整個句子)，只是讓訊息的內容更豐富、畫面更立體而已。不加「修飾詞」，整句話的「重點」，也不會因此而改變。如下：

加上修飾：Something <u>in the book</u> surprises me.
不加修飾：Something surprises me.

加上修飾：I am impressed <u>with this book</u>.
不加修飾：I am impressed.

加上修飾：I have learned something <u>from the book</u>.
不加修飾：I have learned something.

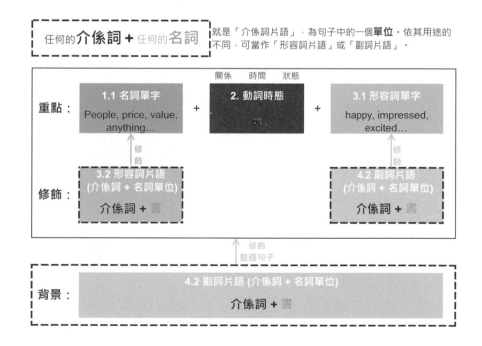

同樣是語言，同一句話，傳達同樣的訊息。英文的在單字的使用上，有非常明確簡單的邏輯和架構。透過「關鍵字」，一眼就能看出訊息的要件 (重點、修飾、背景)。

只要看到「介係詞片語 (介係詞 + 名詞)**」，就知道「是」「修飾詞」，**
只要看到「介係詞片語 (介係詞 + 名詞)**」，就知道「不是」「重點」。**

英文有 60 個介係詞、85,000 個名詞。理論上，英文可以組合出 60 X 85,000 = 510 萬組，由 60 個介係詞為首的「介係詞片語」。

感性上 (中文的角度)，哪一種單字 (介係詞、名詞)，是英文的關鍵字？
理性上 (英文的角度)，哪一種單字 (介係詞、名詞)，才是英文的關鍵字。

Mr. Nobody 從來就不知道，85,000 個名詞單字，自己到底認得多少？大概 1,000 多個吧！
Mr. Nobody 一直清楚知道，60 個介係詞單字，自己到底會用幾個？不用大概，全部都會！

所以，理論上，Mr. Nobody 的腦袋裡，至少有 60 X 1,000 = 60,000 組的「介係詞片語」可以靈活運用…(這樣會不夠用嗎？)。這個數量，足以讓我輕鬆考到多益測驗的金色證書、和隨心所欲地像老外一樣說英文，只是一口台客腔，加上不怎麼流利而已。再則，因為 Mr. Nobody 沒有「語言色盲」，所以那 1,000 多個名詞的單字量，隨著生活和呼吸，依然在穩定地成長中…。

對 Mr. Nobody 來說，這一章是這本書裡面，

最難寫的一個章節

不是因為「最重要」，而是因為「最不重要」。 要用怎樣的方式來呈現，才能有效並有效率地，導正大家錯誤的觀念？我花了 5 年多的時間，寫了 10 個以上的版本，最後才決定，用現在這樣的方式來呈現。希望能夠藉此帶給讀者一些衝擊和改變，進而把時間和心力，放在真正「能夠學會英文」的地方。

「學會英文」真正的關鍵在於**「單位」**。雖然名詞單字有 85,000 多個，是英文中，為數最多的單字種類。但在英文的表達邏輯和架構中，這 85,000 多個名詞單字，也只算 1 個單位而已。由介係詞 (60 個單字)、連接詞 (24 個單字)、和關係代名詞 (16 個單字) 這區區 100 個單字，所組成的「片語」和「子句」，反而佔據了 5 個單位，如下圖：

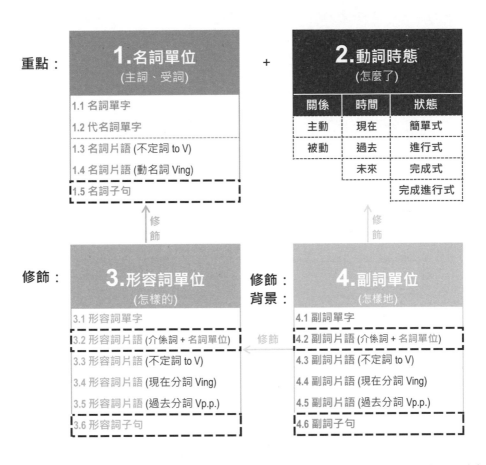

兩者之間 (沒頭沒腦地背單字、有系統地學會組織片語和子句) CP 值的差距，大概是 4,250 倍 (5/100 除以 1/85,000)。**這個差距，證明了「10 小時學會英文」，絕對不是在唬爛的。** 以下附上一些名詞單字的常見的分類。隨便看一看，了解一下就好。看待英文單字，除了知道單字的意思之外，最重要的是，要能夠分辨出單字的**「詞性」**，如此才會有**「使用單字的能力」**。

1. 普通名詞		2. 集合名詞		3. 物質名詞	
book	書	family	家庭	coffee	咖啡
table	桌子	class	班級	tea	茶
chair	椅子	team	隊伍	saugar	糖
house	房子	people	人們	milk	牛奶
car	車子	crowd	群眾	gold	黃金
city	城市	crew	全體人員	air	空氣
passenger	旅客	staff	所有員工	rain	雨
customer	客人	group	團體	rock	岩石
museum	博物館	audience	聽眾	wine	紅酒
zoo	動物園	public	大眾	stone	石頭

4. 抽象名詞				5. 專有名詞	
joy	歡樂	invention	發明	New York	紐約
love	愛情	information	資訊	London	倫敦
anger	生氣	awareness	知覺	Tokyo	東京
peace	和平	illness	疾病	John	約翰
advice	建議	kindness	和善	Mary	瑪麗
slience	沉默	happiness	快樂	Mr. Brown	布朗先生
importance	重要	development	發展	Sunday	星期天
beauty	美麗	management	管理	Monday	星期一
ability	能力	requirement	請求	January	一月
curiosity	好奇	friendship	友誼	September	九月

何謂「使用單字的能力」？例如講中文，一樣都是「好奇」。講英文，也是一樣的嗎？

中文：好奇是一切的開始。

英文：Curiosity is what everything begins.

中文：我很好奇，這本書所說的一些觀點是否正確。

英文：I'm curious whether some perspectives in this book are correct or not.

　　講中文，一樣都是「高興和快樂」，講英文，也是一樣的嗎？

中文：能夠說英文的快樂，是難以言喻的。

英文：The happiness of being able to speak English is so hard to explain.

中文：我很高興我終於會講英文了。

英文：I'm so happy that I could speak English, finally.

Mr. Nobody 最怕的一件事，就是聽到，有人看到這 2 句話後會說：happiness 是**快樂**，happy 是**高興**啊………。「象形文字」對我們最大的影響，就是對訊息的內容和要件（重點、修飾、背景）無感，只對**文字的表面**有感。

相反地，英文則是對文字的表面無感。對訊息的內容和要件，不只有感，還會透過單字字尾、或關鍵字（介係詞 in, of…、連接詞 whether, that…、關係代名詞 what…），讓人一眼就能看出訊息的結構，來確保訊息的內容能夠精確並有效地傳遞。

英文一切的規則，包含 10 種單字、3 種片語、3 種子句、和 24 種動詞時態，夯不嘲噹加起來 40 個定義和用法，全部環環相扣。每個都很簡單，難的是，您懷抱著中華文化 5,000 年的驕傲，沒有意圖、或沒有耐心去湊齊它們。Mr. Nobody 是 Nobody，只有帳單，沒有驕傲，心一橫，花個 10 小時就湊齊了。連 Nobody 都做得到，您會做不到？I don't believe it.

關於名詞的一些細節，包括單複數、可數、不可數名詞…這些東西，大家從小聽到大，這裡就不贅述了。最後附上幾個「複合名詞」的範例。所謂「複合名詞」，就是「訊息的意思」是由 2 個以上的名詞單字組合起來的。雖然如此，「複合名詞」依然只算一個「名詞單位」，如下：

複合名詞 (名詞 + 名詞)	
business plan	事業計畫
flight attendant	空服員
attendance record	出席紀錄
marketing strategy	行銷策略
financial industry	金融業
customer complaint	客訴
room service	客房服務
expiration date	截止日
application form	申請書
neurology department	神經內科
雖然是 2 個「名詞單字」的單字組合，但依然只是 1 個「名詞單位」	

Chapter 3.2

代名詞

英文中的「代名詞」，只有 60 個單字。就算是小學生，也不可能**不**認得所有的代名詞單字。但是，就算是大人，也不見得完全了解「代名詞」的**定義**和**用法**。如果只知道「代名詞」的**中文意思**，會用 1 個代名詞的「中文意思」，等於只會「1 個代名詞單字」。相反地，如果會用 1 個代名詞「所有的用法」，等於會用「所有的代名詞」。

「可以獨立」成為單位的「單字」 老外也不可能全部都認得的單字				「無法獨立」成為單位的「單字」 像老外一樣講英文的關鍵字			
單字種類	比例(%)	單字數量	常用字尾	單字種類	比例(%)	單字數量	關鍵字
2 名詞	50.0%	85,000	30	1 冠詞	0.0018%	3	名詞
3 代名詞	0.0353%	60		8 介係詞	0.0353%	60	片語
4 動詞	14.3%	24,286	5	9 連接詞	0.0141%	24	子句
5 助動詞	0.0088%	15		10 關係代名詞	0.0094%	16	子句
6 形容詞	25.0%	42,500	20		0.1%	103	
7 副詞	10.6%	18,037	3				
	99.9%	169,898	58				

「代名詞」的定義和用法如下：

	單字種類	定　義
3	代名詞	代替「名詞」，功能和用法，都等於「名詞」

	單字種類	用　法
3	代名詞	「名詞單位」之一，用來當作「句子」或「子句」的「主詞」或「受詞」，也可用來當作「片語」的「受詞」。

其實，「代名詞」的定義和用法，跟上一章的「名詞」，是完全一樣的，不然怎麼會叫作「代」名詞。既然「代名詞」只有 60 個單字，那就一字排開，看看到底是哪 60 個單字。如下：

人稱代名詞
(1~31)

		主格	受格	所有格	所有格代名詞	反身代名詞	中文	單字數量
單數	第一人稱	I	me	my	mine	myself	我(的、自己)	5
	第二人稱	you	you	your	yours	yourself	你(的、自己)	4
	第三人稱	he	him	his	his	himself	他(的、自己)	4
		she	her	her	hers	herself	她(的、自己)	4
		it	it	its	-	itself	它(的、自己)	3
複數	第一人稱	we	us	our	ours	ourselves	我們(的、自己)	5
	第二人稱	you	you	your	yours	yourselves	你們(的、自己)	1
	第三人稱	they	them	their	theirs	themselves	他們(的、自己)	5

31

指示代名詞
(32~35)

	主格	受格	所有格	中文	單字數量
單數	this	this	this	這個	32
	that	that	that	那個	33
複數	these	these	these	這些	34
	those	those	those	那些	35

不定代名詞
(36~47)

單 / 複數	主格	受格	所有格	中文	單字數量
單數	-	either	either	兩者之一	36
	-	neither	neither	兩者都不	37
	none	none	no	一個也沒有	38
複數	few	few	few	少	39
	all	all	all	所有	40
	any	any	any	任何	41
	some	some	some	一些	42
	most	most	most	大部份	43
	many	many	many	很多(可數)	44
	much	much	much	很多(不可數)	45
	several	several	several	幾個	46
	both	both	both	兩個	47

不定代名詞
(48~60)

單 / 複數	主格	受格	中文	單字數量
單數	anyone	anyone	任何人	48
	anybody	anybody	任何人	49
	anything	anything	任何事	50
	someone	someone	某人	51
	somebody	somebody	某人	52
	something	something	某事	53
	everyone	everyone	每個人	54
	everybody	everybody	每個人	55
	everything	everything	每件事	56
	nobody	nobody	沒有人	57
	nothing	nothing	沒有事、物	58
	one	one	代替前一個單數名詞	59
複數	ones	ones	代替前一個複數名詞	60

　　以上這 60 個「代名詞」，相信台灣所有的年輕人，沒有人不認得。以下有 10 個句子，充分地運用了這 60 個，所有台灣人都認得的「代名詞」。

1. I will join the party with **you**.

   我會跟妳一起,參加這個派對。

2. **He** is the leader among **them**.

   他是他們裡面的領導者。

3. **I**'m looking forward to seeing you.

   我很期待能夠見到你。

4. Being **yourself** with courage isn't easy.

   勇於做自己,並不容易。

5. **I** would like to tell **you something** about learning English.

   我想要跟你說一些關於學英文的事。

6. **Everyone** would possibly be the **one** replaced by **anyone**.

   每個人都有可能被任何人取代

7. Some books have changed **my** perspectives in many fields.

   一些書籍改變了我在很多領域的觀點。

8. People should do **something** useful for **someone** else so that life would be meaningful.

   人應該要為別人付出,這樣人生才會有意義

9. If **someone** cares just about **himself**, **he** would never be the **one** who is respected as **he** wants to be.

   如果一個人只在乎自己,那他永遠無法成為那個如他想像,受人尊敬的人。

10. People who do things with science could create much more powerful influences than **others** with intuition.

    比起憑直覺做事的人,用科學的方法做事的人,可以創造更大的影響力。

　　Mr. Nobody 又要開始鬼打牆了⋯。**語言的目的,是傳遞訊息**。如果我們只知道英文單字的中文意思,但沒有分辨訊息要件的能力 (語言色盲)。就算「代名詞」再怎麼簡單,我們依然沒有充分使用它們的能力。像老外一樣說英文的關鍵,絕對不只是認得單字的「中文意思」而已,而是能否分辨出「訊息的要件」。難道中文沒有顏色 (訊息的要件) 嗎???

1. I **will join** the party with you.

   我會跟妳一起，參加這個派對。

2. He **is** the leader among them.

   他是他們裡面的領導者。

3. I'm **looking forward to** seeing you.

   我很期待能夠見到你。

4. Being yourself with courage **isn't** easy.

   勇於做自己，並不容易（的）。

5. I **would like** to tell you something about learning English.

   我想要跟你說一些關於學英文的事。

6. Everyone **would** possibly **be** the one replaced by anyone.

   每個人都有可能成為被取代的那個人。

7. Some books **have changed** my perspectives in many fields.

   一些書籍改變了我在很多領域的觀點。

8. People **should do** something useful <u>for someone else</u> <u>so that life would be</u> <u>meaningful</u>.

   人應該要為別人付出（做一些有幫助的事），這樣人生才會有意義。

9. If someone cares just about himself, he **would** never **be** the one who is respected as he wants to be.

   如果一個人只在乎自己，他永遠無法成為那個如他想像，受人尊敬的人。

10. People who do things with science **could create** much more powerful influences <u>anywhere</u> <u>than others with intuition</u>.

    比起憑直覺做事的人，用科學的方法做事的人，可以創造更大的影響力。

　　只要是語言，都是用來傳遞「訊息」的。只要是「訊息」，一定有其組成的「要件」。只是我們的中文，沒在鳥什麼要件不要件而已。因為中文的精神，全都花在「文字的表面」上了。

既然「代名詞」所有的定義和用法，都等於「名詞」。如同前一章所言，在英文表達的邏輯與架構中，所有文法的規則，全部「環環相扣」。所以，要像講中文一樣地，運用每一個英文單字，我們必須要先完成以下 3 件事：

1. 了解**「片語」**（動詞的變型、介係詞）和**「子句」**（連接詞、關係代名詞）的定義和用法，才會有充分利用每個「單字」的能力。

2. 了解**「訊息的要件」**（重點、修飾、背景）是什麼？才會用充分運用「片語」和「子句」的能力。

3. 了解**「中文和英文的差別」**，才知道區分「訊息的要件」的意義和重要性。

完成以上這 3 件事，就能夠隨心所欲的運用腦袋裡所有的單字，像老外一樣地講英文，如下圖：

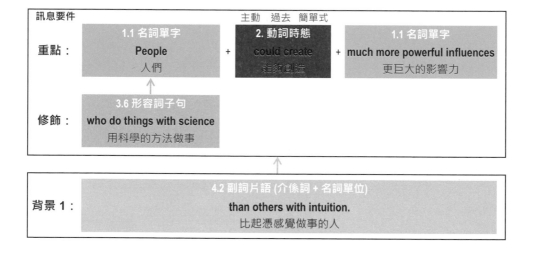

基本上，您必須要看完 Chapter 3 系列、Chapter 4 系列、和 Chapter 3+4 所有的章節，學會了 10 種單字的定義和用法後**（最基本的就夠了）**，才會有組織「片語」和「子句」的能力。

有了這個能力，就能像老外一樣聽得懂、說得出、讀得懂、寫得出以上那 10 個句子了。

Chapter 3.3

形容詞

英文中，大概有 4 萬多個「形容詞」單字。就算是老外，也不可能認得所有的形容詞單字。但是，只要完全了解了「形容詞」的定義和用法，會用 1 個形容詞「所有的用法」，等於會用「所有的形容詞」。相反地，如果只知道「形容詞」的中文意思，會用 1 個形容詞的「中文意思」，等於只會「1 個形容詞單字」。

「可以獨立」成為單位的「單字」

老外也不可能全部都認得的單字

	單字種類	比例(%)	單字數量	常用字尾
2	名詞	50.0%	85,000	**30**
3	代名詞	0.0353%	60	
4	動詞	14.3%	24,286	**5**
5	助動詞	0.0088%	15	
6	形容詞	25.0%	42,500	**20**
7	副詞	10.6%	18,037	**3**
		99.9%	169,898	**58**

「無法獨立」成為單位的「單字」

像老外一樣講英文的關鍵字

	單字種類	比例(%)	單字數量	**關鍵字**
1	冠詞	0.0018%	**3**	名詞
8	介係詞	0.0353%	**60**	片語
9	連接詞	0.0141%	**24**	子句
10	關係代名詞	0.0094%	**16**	子句
		0.1%	**103**	

「形容詞」的定義和用法如下：

單字種類	定　義
6　形容詞	英文的「修飾詞」之一，用途是「修飾」名詞。只要是「修飾」，就**不是**「重點」。所以，「形容詞」不是句子的必要條件。

單字種類	用　法
6　形容詞	用來「修飾」名詞，是「怎樣的」名詞。

這 2 段話 (定義和用法) 的畫面，如下：

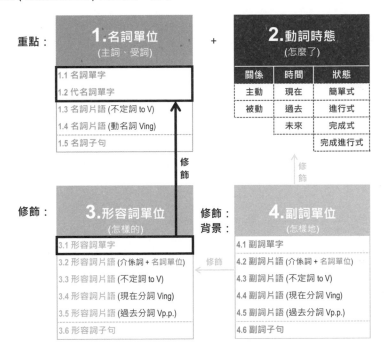

簡單來說，一句話、一個訊息，**一定要有名詞，才會有形容詞。沒有名詞，形容詞要修飾什麼鬼？**這是一個很簡單、又很重要的觀念，也是我們講中文，絕對不會注意到的事。一個表達能力好的人，肯定會知道自己話中的結構，重點 (名詞) 是什麼？修飾 (形容詞) 是什麼？絕對不會只知道單字的「中文意思」是什麼⋯而已。這就是為什麼老外的表達能力，普遍電爆我們的原因，因為他們天生就被迫要「有結構 (裡面)」地講話，而我們從小只需要「有禮貌 (表面)」地講話。

形容詞的種類

形容詞的種類，大致可分為以下 3 種：

1. 一般形容詞

2. 數量形容詞

3. 分詞形容詞（動詞的變型）

如右 / 如下：

1. 一般形容詞

		好像比較簡單的形容詞		
1	able	能夠(的)	honest	誠實(的)
2	afraid	害怕(的)	long	長(的)
3	aware	知道(的)	low	低(的)
4	bad	壞(的)	new	新(的)
5	beautiful	美麗(的)	old	老(的)
6	best	最好(的)	perfect	完美(的)
7	better	更好(的)	poor	貧乏(的)
8	big	大(的)	pretty	漂亮(的)
9	blue	藍色(的)	proud	驕傲(的)
10	careful	小心(的)	ready	準備好(的)
11	clear	清楚(的)	recent	最近(的)
12	cold	冷(的)	red	紅色(的)
13	cute	可愛(的)	sad	悲傷(的)
14	deep	深(的)	serious	嚴肅(的)
15	easy	輕鬆(的)	short	短(的)
16	fair	公平(的)	small	小(的)
17	famous	有名(的)	smart	聰明(的)
18	good	好(的)	strong	強壯(的)
19	happy	高興(的)	stupid	笨(的)
20	hard	困難(的)	sure	確定(的)
21	healthy	健康(的)	unfair	不公平(的)
22	helpful	有幫助(的)	useful	有用(的)
23	high	高興(的)	weak	軟弱(的)
24	hot	熱(的)	yellow	黃色(的)
25	huge	巨大(的)	young	年輕(的)

1. 一般形容詞

	好像厲害一點的形容詞				好像比較厲害的形容詞		
1	actual	真實(的)	logical	邏輯(的)	accurate	準確(的)	generous	大方(的)
2	additional	額外(的)	medical	醫學(的)	administrative	行政(的)	immediate	立即(的)
3	angry	生氣(的)	mental	心理(的)	aggressive	積極(的)	impressive	印象深刻(的)
4	annual	每年(的)	numerous	數量多(的)	beneficial	受惠(的)	intelligent	有智慧(的)
5	anxious	焦慮(的)	popular	受歡迎(的)	capable	有能力(的)	magnificent	壯觀(的)
6	automatic	自動(的)	positive	正面(的)	compatible	可並存(的)	negative	負面(的)
7	available	可獲得(的)	possible	可能(的)	competitive	有競爭力(的)	neutral	中性(的)
8	dangerous	危險(的)	powerful	有力(的)	comprehensive	廣泛(的)	obvious	明顯(的)
9	different	不同(的)	professional	專業(的)	conscious	有意識(的)	passionate	熱情(的)
10	difficult	困難(的)	pure	純(的)	considerable	可觀(的)	persuasive	有說服力(的)
11	eager	熱切(的)	reliable	可依靠(的)	considerate	體貼(的)	proficient	卓越(的)
12	educational	教育(的)	respectful	受尊敬(的)	consistent	一致(的)	profitable	可獲利(的)
13	emotional	情緒(的)	serious	嚴肅(的)	conventional	慣例(的)	psychological	心理(的)
14	familiar	熟悉(的)	similar	相似(的)	critical	批判(的)	reasonable	合理(的)
15	favorate	最喜歡(的)	strict	嚴屬(的)	crucial	關鍵(的)	relevant	有關(的)
16	financial	財務(的)	successful	成功(的)	environmental	環境(的)	reluctant	不情願(的)
17	former	前任(的)	suitable	合適(的)	dramatic	戲劇性(的)	responsible	負責(的)
18	global	全球(的)	traditional	傳統(的)	effective	有效(的)	significant	顯著(的)
19	historcial	歷史上(的)	unusual	不尋常(的)	efficient	有效率(的)	sufficient	充足(的)
20	illegal	不合法(的)	used	用過(的)	electronic	電子(的)	technical	技術上(的)
21	important	重要(的)	usual	常常(的)	eligible	有義務(的)	tremendous	可觀(的)
22	impossible	不可能(的)	wide	寬(的)	entire	全部(的)	ture	事實(的)
23	keen	敏稅(的)	wild	狂野(的)	excellent	優秀(的)	typical	典型(的)
24	legal	合法(的)	willing	有意願(的)	favorable	有利(的)	unfavorable	不利(的)
25	likely	可能(的)	wonderful	美好(的)	fragile	易碎(的)	various	各種(的)

2. 數量形容詞

中文	修飾	可數名詞	修飾	不可數名詞
很多(的)	many	jobs	much	food
不多(的)	a few	children	a little	tea
很少(的)	few	words	little	coffee
更少(的)	fewer	books	less	money
幾個(的)	several	people		information
非常多(的)	numerous	things	an amout of	water
		problems	a great deal of	rain

1 book，2,3…1,000,000…books，數字也是「形容詞」。

1 cup of coffee，2,3…1,000,000…cups of coffee，數字也是「形容詞」。

2. 數量形容詞

中文	修飾	可數名詞	修飾	不可數名詞
所有(的)	all	jobs	all	food
一些(的)	some	children	some	tea
任何(的)	any	words	any	coffee
更多(的)	more	books	more	money
大部分(的)	most	people	most	information
很多(的)	a lot of	things	a lot of	water
很多(的)	lots of	problems	lots of	rain
大量(的)	plenty of	videos	plenty of	time

3. 分詞形容詞

動詞 V	修飾「人」過去分詞 Vp.p.	修飾「事物」現在分詞 Ving	中文
interest	interested	interesting	有趣(的)
excite	excited	exciting	興奮(的)
tough	touched	touching	感動(的)
surprise	surprised	surprising	驚訝(的)
confuse	confused	confusing	疑惑(的)
embarrass	embarrassed	embarrassing	尷尬(的)
disappoint	disappointed	disappointing	失望(的)
frustrate	frustrated	frustating	挫折(的)
encourage	encouraged	encouraging	鼓勵(的)
bore	bored	boring	無聊(的)
tire	tired		疲憊(的)
satisfy	satisfied		滿意(的)
exhaust	exhausted		精疲力盡(的)
experience	experienced		有經驗(的)
sophiscate	sophiscated		世故的
fascinate		fascinating	引人入勝(的)
last		lasting	持久(的)
demand		demanding	要求很高(的)
exist		existing	既有(的)
challenge		challenging	挑戰(的)

學英文，最悽慘的悲劇，就是用「字母多寡」或「中文意思」的角度，來看待一個單字。在老外的眼裡，以上的「形容詞」都是一樣的，都是用來修飾「名詞」的。在老外的眼裡，以上的形容詞「之外」的 4 萬多個形容詞，也是一樣的，都是用來修飾「名詞」的。

老外不會因為我們用了一個「字母比較多」的形容詞，就覺得我們的英文好棒棒。老外只會因為我們用了跟他們一樣的「講話方式」，覺得我們有跟他們溝通的能力。老外的講話方式，是用「單位」來堆疊訊息的內容和畫面，達到準確傳遞訊息的目的。

所以，我們只要知道一個「形容詞」在英文「單位」中的用途和位置，我們就能一次擁有英文中所有的「形容詞」單字。

■ 形容詞的呈現方式，有 3 種：

1. 冠詞 + 形容詞 + 名詞 整合成一個名詞單位。舉例如下：

英文：Mr. Nobody is not a smart person.
中文：諾巴迪先生不是一個聰明的人。

英文：A huge change is happening.
中文：一個巨大的改變正在發生。

這是形容詞最典型的用法，表達的順序跟中文一模一樣。所以，在台灣，沒有人會因為講出這樣的英文句子，感到開心、或有自信。但是，如果變成下面這樣…

英文：Mr. Nobody is not a smart person who had taken 6 years to graduate from college eventually.
中文：諾巴迪不是一個聰明的人，他花了 6 年才大學畢業。

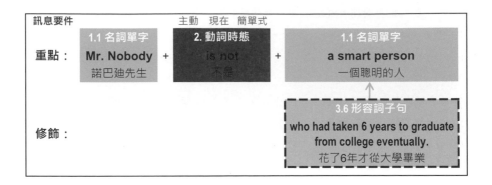

英文：<u>A huge change</u> about English learning is happening in Taiwan.

中文：<u>一個</u>關於學英文的<u>巨大改變</u>，正在台灣發生。

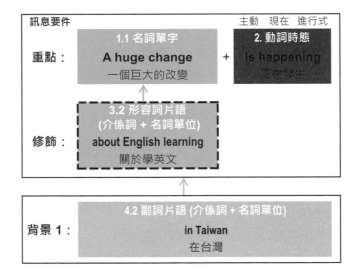

　　同樣的 2 句話，加了「修飾」或「背景」的單位之後，就是跟老外一模一樣的講話方式了。**英文能力的好壞，跟「用什麼單字」，一點關係都沒有，跟「怎麼用單字」，才有很大的關係。**另外，形容詞和副詞，都是英文的「修飾詞」。只要是「修飾」，就代表「可有可無」，加了「形容詞」，只是讓訊息的內容更豐富、畫面更立體而已。所以，就算把「形容詞」刪掉，句子的主要意思（重點），也不會改變。如下：

英文：Mr. Nobody is **a person** who had eventually taken 6 years to graduate from college .

中文：諾巴迪先生是一個花了 6 年才從大學畢業的人。(把 **not** smart 刪掉)

英文：**A change** about English learning is happening **in Taiwan**.

中文：一個關於學英文的改變，正在台灣發生。(把 huge 刪掉)

　　這就是前面形容詞的定義所說的畫面：只要是「修飾」，就不是「重點」，那就不是一個句子的「必要條件」。意思是，如果您對**不是「必要條件」的單字**太認真，像看待中文一樣的話，那就 GG 了⋯。以下用了 8 個好像比較難、和明顯很簡單的形容詞，來修飾名詞 change。

1. A significant change about English learning is happening in Taiwan. (顯著的)
2. A tremendous change about English learning is happening in Taiwan. (可觀的)
3. A considerable change about English learning is happening in Taiwan. (可觀的)
4. A meaningful change about English learning is happening in Taiwan. (有意義的)
5. A positive change about English learning is happening in Taiwan. (正面的)
6. An obvious change about English learning is happening in Taiwan. (明顯的)
7. A good change about English learning is happening in Taiwan. (好的)
8. A big change about English learning is happening in Taiwan. (大的)

　　這 8 個句子，就算用了不一樣的形容詞，但傳遞了幾乎完全一樣的訊息畫面。同樣的邏輯，在英文中的每個角落，都是一樣的。所以，沒有半個老外，會覺得我們用 tremendous 來修飾 change，比用 big 來得屬害。只有我們講中文的人，會自以為比較屬害⋯><

　　語言的最終目的，是用來「傳遞訊息」的，不是用來「裝模作樣」低。使用不同的單字，傳遞一樣的訊息 (像下面這 3 個例句)，在所有老外的眼裡，都是一樣「屬害」的。

➤ I follow unconventional ways to do things. 我遵循非正統的方式來做事。

➤ I follow the existing rules to do things. 我遵循既有的規則來做事。

➤ I follow the rules to do things. 我遵循規則來做事。

■ 形容詞的呈現方式

2. 名詞 + 形容詞 「形容詞」獨立成一個單位，修飾前方的「名詞」。 舉例如下：

英文：I found something interesting.
中文：我發現一些有趣的事情。

英文：I have been trying something new.
中文：我一直在嘗試新的東西。

如同「Chapter 1.3 中英文表達順序的不同」所說，用到「修飾詞」，

中文只有「**先作**修飾（新的），**再講**重點（東西）」，這唯一的表達順序。

但**英文**既可以「**先作**修飾 (huge)，**再講**重點 (change)」，

也可以「**先講**重點 (something)，**再作**修飾 (new)」。

所以，有的時候，中英文的表達順序，會是一樣的。如下：

英文：The book makes people surprised.
中文：這本書讓人們驚訝。

英文：Mr. Nobody may make his hometown fellows unhappy.
中文：諾巴迪先生可能會讓他的家鄉父老們不開心。

同樣地，不管是哪一種順序，只要單字不夠長，或用得不夠多，講中文的人都會把它們當塑膠。殊不知，一個句子要寫得長一點，訊息多一點，畫面炫一點，都得要用這些塑膠，來當作一句話的地基（重點），然後再往上堆疊更多的內容（**修飾**、或**背景**）。如下：

➤ I found something interesting in this book.
➤ I have been trying something new for a better life.
➤ The book makes people surprised that what they thought about language is wrong.
➤ Mr. Nobody may make his hometown fellows unhappy because he keeps challenging their understandings about language.

同樣的 4 句話，加了「修飾」或「背景」的單位之後，就是跟老外一模一樣的講話方式了。**英文能力的好壞，跟「用什麼單字」，一點關係都沒有，跟「怎麼用單字」，才有大量的關係。**這 4 句話的結構分別如下：

英文：I found something interesting in this book.
中文：我在這本書裡，發現一些有趣的東西。

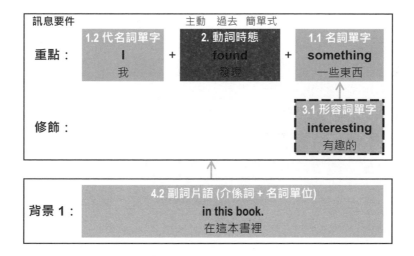

英文：I have been trying **something new** <u>for a better life</u>.

中文：<u>為了更好的生活</u>，我一直在嘗試新的東西。

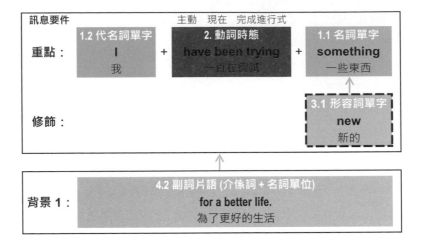

英文：The book makes **people surprised** <u>that what they thought about language is wrong</u>.

中文：這本書讓人們感到驚訝，<u>原來他們對語言的看法是錯的</u>。

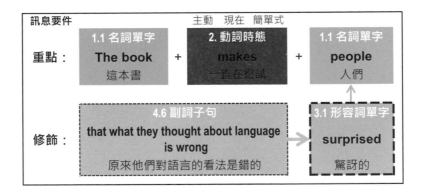

英文：Mr. Nobody may make **his hometown fellows unhappy** because he keeps challenging their understandings about language.

中文：諾巴迪先生可能會讓他的鄉親們不開心，**因為他一直挑戰他們對語言的認知**。

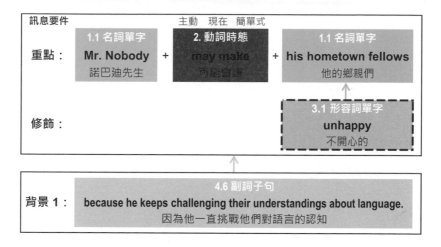

對中文來說，以上 2 個例句，看起來「也許」都是 2 句話。**但是對英文來說，以上 2 個例句，都是「一句英文」，因為英文「一句一動」的定律。**

以中文為母語的人，對一個訊息的架構和表達，基本上，是完全沒有任何「觀念」可言的。這就是為何 Mr. Nobody 的英文能力，一路爛到快中年的原因。

所謂的「觀念」，是要先「百分之一百」地學會最基本的規則後，才有往上堆疊變化、增強實力的可能。

所謂的「百分之一百」…，以下面 2 個句子為例：

➢ I will do something new.
我會做一些新的事情。

➢ I shouldn't follow any rules to do something new.
我不應該遵循任何規則，來做一些新的事情。

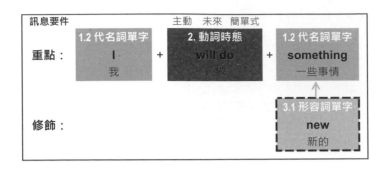

「I will do something new.」是一句話，「new」在這句話裡面，是一個獨立的「單位」。但是「to do something new」是一個「不定詞片語」的「單位」，「new」只是「不定詞片語」裡面的一部分而已。如下：

其實，不只是學英文，學任何東西，都要把最基本的架構搞清楚，才有變厲害的本錢。沒有半個台灣人，會覺得用「new」或「any」來講英文，可以很厲害，因為沒有半個台灣人懂得用「形容詞」來講英文，是很厲害的。不管是 new, old, any, all, some, much, significant, tremendous, good, bad, positive, negative…，或是下面例句裡面，看起來好像比較專業、道地、假掰…的「unprecedented 沒有先例的」。只要能夠像老外一樣，用「單位」來講英文，管它用了什麼形容詞，都一樣厲害。

➤ I did something <u>unprecedented.</u> 我做過一些<u>沒有先例的</u>事情。
➤ I always follow <u>conventional ways</u> to do things. 我總是遵循<u>正統的方法</u>做事情。
➤ I never follow <u>conventional ways</u> to do something unprecedented.
　 我從不遵循<u>正統的方法</u>，<u>去做一些沒有先例的事情</u>。

總結以上，不管是修飾在前、還是修飾在後，「形容詞」肯定是用來修飾「名詞」的，**並且緊貼在「名詞」的前後**。除了以下的第 3 種的呈現方式：

■ 形容詞的呈現方式

3. 名詞 + 動詞 + 形容詞 「形容詞」獨立成一個單位，修飾前方的「主詞」。

I am happy. 這是所有語言中，最基本的表達方式和順序，人人都會，一點也不特別。但就是因為它不夠特別，讓我們容易對它掉以輕心，視為理所當然。以下的說明，可以讓您來判斷，我們用中文理所當然的講話方式和順序。換成用英文來講話，會不會像我們講中文一樣地理所當然。

【主詞 (名詞單位) + 動詞 (時態) + 主詞補語 (形容詞單位)】是英文的 4 大句型之一 (如下圖)。這個句型，或者說，**這樣的表達方式，是由「形容詞」來架構一個訊息**。用這個句型的唯一目的是：要來修飾「主詞」，表達訊息的重點是【主詞 **+ 是 +** 怎樣的】。看起來像一段屁話，看圖和例句應該會好一點。

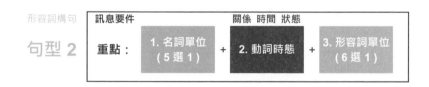

形容詞構句
句型 2

訊息要件		關係 時間 狀態	
重點：	1. 名詞單位 (5 選 1)	+ 2. 動詞時態 +	3. 形容詞單位 (6 選 1)

將「英文 4 單位」的清單套入以上的「英文句型」中，會呈現以下這個畫面：

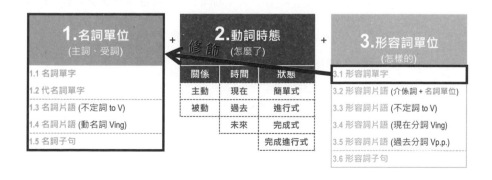

在句型 2 中，「形容詞單字」可以修飾所有的名詞單位 (單字、片語、子句)。舉例如下：

◆ 一般形容詞**修飾**名詞單位

1. The final result is **positive**. 最後的結果是正面的。 修飾名詞單字。

2. Most feedback is **negative**. 大部分的回饋是負面的。 修飾名詞單字。

3. The marketing strategy is **aggressive**. 這個行銷策略是激進的。 修飾名詞單字。

4. My reputation is **notorious**. 我的風評是惡名昭彰的。 修飾名詞單字。

5. I feel **good**. 我感覺很好。 修飾代名詞單字。

6. It sounds **great**. (它) 聽起來很棒。 修飾代名詞單字。

7. I am **honest**. 我是誠實的。 修飾代名詞單字。

8. Being honest isn't **easy**. 做到誠實是不容易的。 修飾 1.4 名詞片語。

9. To do something right is **hard**. 做對的事是困難的。 修飾 1.3 名詞片語。

10. What I said is **essential**. 我說的事是重要的。 修飾 1.5 名詞子句。

◆ 過去分詞形容詞 Vp.p. **只能用來修飾**人

1. People are **excited**. 人們感到興奮 (的)。 修飾人。

2. I am not **interested**. 我沒有興趣 (的)。 修飾人。

3. The boss is **satisfied**. 老闆感到滿意 (的)。 修飾人。

4. I felt **embarrassed**. 我覺得尷尬 (的)。 修飾人。

5. I have been **frustrated**. 我一直感到挫折 (的)。 修飾人。

◆ 現在分詞形容詞 Ving **只能用來修飾**事物

1. The game was **exciting**. 這場比賽是令人興奮 (的)。 修飾事物。

2. The movie is **interesting**. 這部電影是有趣的。 修飾事物。

3. The story is **fascinating**. 這個故事是引人入勝的。 修飾事物。

4. The job is **challenging**. 這個工作是具挑戰的。 修飾事物。

5. Steve Job's speech was **encouraging**. 賈伯斯的演講是激勵人心的。 修飾事物。

為什麼英文要規定，用「過去分詞 Vp.p.」修飾「人」、「現在分詞 Ving」修飾「事物」。老實說，我也不知道。總之，英文就是這樣規定，老外就是這樣講話。所以，一樣的「中文字眼」，會用不一樣的「英文單字」。用對，老外就會覺得我們好棒棒！用錯，老外也覺得很正常。這就是「英文文法」，哪個白癡，可以不鳥它？只有白癡，才會叫您不要鳥它。

　　以上 20 個例句，全部都是同一種句型。訊息的結構是最單純的。只有「重點」，沒有多餘的「修飾」和「背景」。不過，在台灣，講話如果只講重點，不講多些五四三，看起來好像就不夠厲害。但事實上，語言的本質，不是這樣子的。語言的本質，是下面這樣：

I **feel** good.

I **feel** so good.

I **have felt** so good since I started doing exercise.

I **have** always **felt** so good since I started doing exercise regularly.

I **have** always **felt** good since I started doing exercise.

I **have felt** good since I started doing exercise.

自從我開始規律地運動以後，我總是**感覺**很好。

　　英文，是一種「堆疊」的語言。任何的「修飾」和「背景」，都是以「重點 I feel good.」為根基去堆疊的。要怎麼堆，要堆什麼，要堆幾個，完全依照我們要表達的訊息畫面而定，只要符合文法的規則，英文根本不會有標準答案。天曉得每個人的心裡，究竟想要表達什麼？

其實不只是英文，任何的語言，在架構一個訊息、一句話時，都是這樣「堆疊」起來的。英文只是將這個堆疊的邏輯和架構，用「文法」將其定義和分類出明確的「規則」。讓使用這個語言的人，能夠有所依循而已。如果我們沒有這個觀念，定義「句子寫得比較長…」、「單字字母用的比較多…」，代表英文能力比較強的話，那就永遠只能講中文囉！同樣的觀念和規則，用在任何句子上，都是一樣的。如下：

The boss is satisfied.

The boss is so satisfied.

The boss is so satisfied with her performance.

The boss is so satisfied with her performance on the new assignment.

The boss is satisfied with her performance on the new assignment.

The boss is satisfied with her performance.

老闆對她在新工作上的表現 (是) 非常地滿意。

The story is fascinating.

The story is quite fascinating.

The story about him is pretty fascinating that brings me some inspiration.

The story about him fighting for life is quite fascinating that brings me some inspiration.

The story about him fighting for life is fascinating that brings me some inspiration.

The story about him is fascinating.

關於他為生命而奮鬥的故事，(是) 相當神奇 (引人入勝的)，帶給了我一些啟發。

My reputation is probably notorious.

My reputation in the English teaching field is notorious.

My reputation in the English teaching field is probably notorious.

My reputation in the English teaching field is probably notorious for my lack of any relatively academic background.

In public opinion, my reputation in the English teaching field is probably notorious for my lack of any relatively academic background.

In public opinion, my reputation is notorious for my lack of any relatively academic background.

在大眾的觀念裡，我在英語教學領域的風評，大概是惡名昭彰的，因為我沒有任何相關的學術背景。

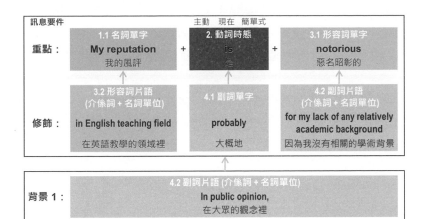

由以上的例句，我們可以很明顯地看出來，講英文，使用「副詞單位」來修飾的頻率，一定遠高於「形容詞單位」。原因很簡單，因為

➢ **形容詞單位只有 1 個功能，就是修飾名詞單位。**
➢ **副詞單位有 4 個功能，可以用來修飾動詞、形容詞、副詞或「整個句子」。**

4 個肉粽，當然比 1 個肉粽多，3 歲小孩都知道。更明顯地是，如果不會用「副詞單位」來講英文，基本上，跟拿筷子上戰場沒什麼兩樣。如果只用「單字」的角度來學英文，實際上，效果大概跟用叉子來喝湯差不多。只要是同一個「單位」，代表它們的定義和用法是一樣的，所以

➢ 名詞單字＝代名詞單字＝名詞片語＝名詞子句，通通都是「名詞單位」。
➢ 形容詞單字＝形容詞片語＝形容詞子句，通通都是「形容詞單位」。
➢ 副詞單字＝副詞片語＝副詞子句，通通都是「副詞單位」。

我們只要將「名詞單字」、「形容詞單字」和「副詞單字」的定義和用法都搞清楚了。再學會如何用「介係詞」、「連接詞」和「關係代名詞」，來組織「片語」和「子句」後，理應就能運用最簡單的單字，表達腦袋裡的中文訊息，像老外一樣講英文了。

老實跟您說，老外根本就不知道英文文法有多重要，因為他們天生就繼承了這個語言資產。小弟 35 歲認清了這個事實後，35 歲又 10 個小時，就學會英文了！講一萬遍都不膩，連我都做得到，您肯定也做得到！！

I am **honest**.
我誠實。

I am **honest** with myself.
我對自己誠實。

I am **honest** with myself after 40.
40 歲之後，我對自己誠實。

Being honest isn't easy.
為人誠實不容易。

Being honest isn't as easy as we say.
為人誠實不像我們說的這麼容易。

To be honest, we can't speak English like an American without grammar.
Honestly, we can't speak English like an American without grammar.
老實說（誠實地），沒有英文文法，我們沒辦法像老外一樣講英文。

Honesty is a virtue.
誠實是美德。

Chapter 3.4

副詞

英文中，大概有接近 2 萬個「副詞」單字。就算是老外，也不可能認得所有的副詞單字。但是，只要完全了解了「副詞」的定義和用法，會用 1 個副詞「所有的用法」，等於會用「所有的副詞」。相反地，如果只知道「副詞」的中文意思，會用 1 個副詞的「中文意思」，等於只會「1 個副詞單字」。

「可以獨立」成為單位的「單字」

老外也不可能全部都認得的單字

	單字種類	比例(%)	單字數量	常用字尾
2	名詞	50.0%	85,000	30
3	代名詞	0.0353%	60	
4	動詞	14.3%	24,286	5
5	助動詞	0.0088%	15	
6	形容詞	25.0%	42,500	20
7	副詞	10.6%	18,037	3
		99.9%	169,898	58

「無法獨立」成為單位的「單字」

像老外一樣講英文的關鍵字

	單字種類	比例(%)	單字數量	關鍵字
1	冠詞	0.0018%	3	名詞
8	介係詞	0.0353%	60	片語
9	連接詞	0.0141%	24	子句
10	關係代名詞	0.0094%	16	子句
		0.1%	103	

「副詞」的定義和用法如下：

單字種類	定 義
7 副詞	英文的「修飾詞」之二。簡單來說，「副詞」就是另一種形容詞，用途是「修飾」**名詞以外**所有的東西(包括動詞、形容詞、副詞、或整個句子)。只要是「修飾詞」，就**不是**句子的必要條件。

單字種類	用 法
7 副詞	副詞有 4 個功能，可用來「修飾」動詞、形容詞、副詞或整個句子。 一、修飾「**動詞**」：形容「動詞」是「怎樣地」怎麼了 二、修飾「**形容詞**」：形容「形容詞」是「如何地」怎樣的 三、修飾「**一般副詞**」：形容「一般副詞」是「如何地」怎樣地 四、修飾「**整個句子**」：放在句子的前後，表達態度、或話鋒轉折…

用「中文」的角度，「副詞」的定義和用法，就是上面這樣。但是用「語言」的角度、或是用「像老外一樣講話」的角度，「副詞」的定義和用法，有 2 個重點：

1. 副詞是修飾詞，不是句子的必要條件。
2. 一樣是修飾詞，副詞出現的頻率，遠高於形容詞。因為副詞可以修飾 4 種單位 (動詞、形容詞、副詞、和句子)，形容詞只能修飾名詞單位。

基本上，講中文的人只要學會「副詞」，等於學會「像老外一樣地講英文」。「副詞」不是句子的必要條件，但卻常常出現。「必要條件」這 4 個國字的「字面」，人人都看得懂。但是，「必要條件」這 4 個國字的「畫面」，卻很少人看得到。例如：

➤ I feel good. 我**感覺**好的。

這是再普通也不過的一句話，依照「副詞」的定義和用法，我們可以使用「副詞」來修飾：

☆ 修飾「動詞 feel」
☆ 修飾「形容詞 good」
☆ 修飾「整個句子 I feel good」，如下：

1. I feel <u>so</u> good. 我很好。

2. I feel <u>pretty</u> good <u>too</u>. 我也很好。

3. <u>Sometimes</u> I feel good. 有時候，我心情很好。

4. I <u>always</u> feel good. 我一直很好。

5. I feel good <u>finally</u>. 後來我沒事了。

6. I <u>occasionally</u> feel good. 我偶爾還不錯。

7. <u>Mentally</u>, I feel good <u>now</u>. 我現在心情不錯。

8. I feel good <u>physically</u>. 我的身體沒事。

9. <u>Yes</u>, I feel good. 對啊！我很好。

10. <u>Honestly</u>, I feel good about myself. 老實說，我覺得自己還不賴。

　　以上 10 個例句，不管用了多少個「副詞」來修飾動詞、形容詞、或整個句子，整句話的重點，永遠都還是 I feel good.，不會因為加上了修飾詞 (副詞、修飾詞) 而改變。除非是「反向」的修飾詞，如：

➤ **I don't feel** good. **我感覺不好的。**

1. I <u>never</u> feel good. **我不曾好過。**
2. I <u>hardly</u> feel good. **我幾乎沒好過。**
3. I feel <u>not</u> good. **我不好。**

　　不管是「正向」、還是「反向」的副詞，只要是修飾詞 (形容詞和副詞)，都不是句子的必要條件。把副詞全部都刪掉，整句話的重點完全不會改變。依然是 I feel good 或 I don't feel good.。

　　不過，同樣是「修飾詞」，相較於「形容詞」，「副詞」既簡單又複雜的地方在於：

1. 口語上「理所當然」。
2. 長相上「認不出來」。因為嚴格來說，副詞字尾只有一個，就是「形容詞 + ly」
3. **「副詞」還可以修飾「副詞」**。舉例如下：

➢ **I can do it. 我可以做到（它）。**

➢ I can do it <u>well</u>. 我可以做好。
I can do it **very** <u>well</u>. 我可以做得非常好。
I can do it **pretty** <u>well</u>. 我可以做得很好。

➢ I can do it <u>quickly</u>. 我可以很快地做到。
I can do it **more** <u>quickly</u>. 我可以更快地做到。
I can do it **as** <u>quickly as you</u>. 我可以做得像你一樣快。

➢ I can do it <u>now</u>. 我現在做。
I can do it **right** <u>now</u>. 我現在就做。

就以上的例句來說，「副詞」既簡單又複雜的地方是：

1. 口語上，我們講中文的人，幾乎不會意識到「副詞」的存在，一切都像是「理所當然」。
2. 長相上，除了 quickly 之外，as, well, very, pretty, more, now, right，全部都長得不像「副詞」。
3. 「副詞 very, pretty」 **修飾** 「副詞 well」
「副詞 more, as」 **修飾** 「副詞 quickly」
「副詞 right(就是、就在)」 **修飾** 「副詞 now」

任何的語言訊息，都是由訊息的要件（重點、修飾、背景），所「堆疊」起來的。英文的好處是，它把這些堆疊的邏輯和架構，用「英文文法」定義得清清楚楚。在「英文文法」的規則下，人們可以更有效率、且更有層次地將「腦袋裡的訊息」表達或傳遞出去。訊息堆疊的過程，就像下面這樣：

第 一 層

第 二 層

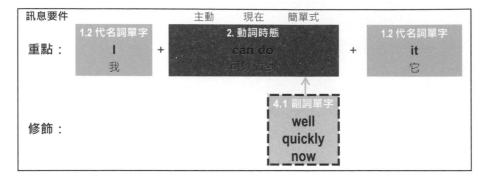

第 三 層

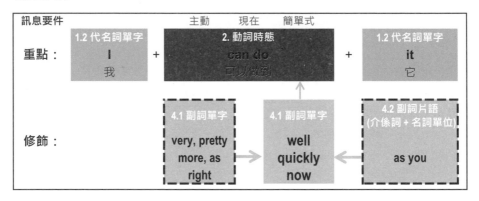

　　中文的文化，向來只重視「表面（字面）」。所以，寫中文的人，幾乎不可能去拆解這些簡單到不值得多看兩眼的訊息。殊不知，任何「表面」上看起來比較厲害（字比較難或多）的英文，在架構上，和那些不值得多看的英文，其實是一樣的。

　　如果我們只知道「不屑一顧的英文如：I can do it very well.」的中文。但不知道「不值一提的英文如：I can do it right now.」的架構。我們就沒辦法像老外一樣，用最簡單的單字，講出跟老外一樣的英文：

I can do it <u>on my own</u>. 我可以靠自己做到。
I can do it <u>totally</u> <u>on my own</u>. 我完全可以靠自己做到。

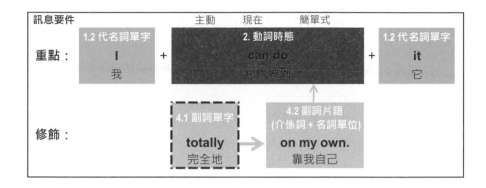

「副詞」可以修飾「副詞」。 代表副詞單位可以修飾副詞單位。

　　英文是一個非常科學、結構非常嚴謹、且所有規則環環相扣的語言。如果我們「完全掌握」了英文每一「種」單字，最基本的定義和用法，自然能夠像老外一樣講英文。既然「副詞單字」，可以修飾「副詞單字」，而副詞單位 = 副詞單字、副詞片語、副詞子句。那「副詞單字」當然可以用來修飾「副詞片語」和「副詞子句」。相反地，同樣的道理，「副詞片語」和「副詞子句」，絕對也可用來修飾「副詞單字」。如下：

I can do it more quickly than you. 我可以比您更快地做到。

I can do it more quickly than people think. 我可以比大家想像得，更輕鬆地做到。

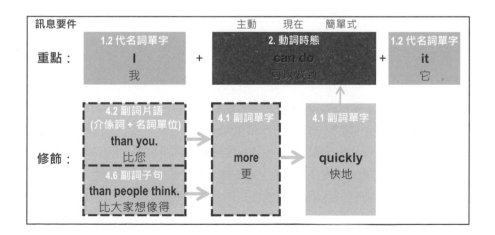

以上的例句中，「副詞片語 than you」和「副詞子句 than people think」，都是用來修飾「副詞單字 more」。如何組織「片語」和「子句」，是後面「介係詞」、「連接詞」和「關係代名詞」的事。

這裡的目的，是要呈現出英文的規則是如何**環環相扣**的。如果我們只看得上「字母比較多的單字」表面的長相和身高，卻看不起「理所當然的任何單字」背後的定義和用法，那英文當然、絕對、肯定很難。相反地，如果能夠完全掌握英文 10 種單字的定義和用法（都嘛是短短的幾句話），英文絕對、肯定、保證很簡單。

總結以上，副詞的功能，不外乎就是要讓一句話多了些修飾、程度、頻率、時間、地點、強調、語氣轉換…的細節。因此，副詞的種類，大概可分類如下：

副詞的種類

A. 一般副詞	B. 程度副詞
1.「形容詞 + ly」，99.9% 的副詞都長這樣	C. 頻率副詞
2.「形容詞」和「副詞」，長得不一樣	D. 時間副詞
3.「形容詞」和「副詞」，長得一樣	E. 空間副詞
4.「形容詞」和「副詞」，長得一樣又不一樣	F. 接續副詞（同向）
5.「形容詞」和「副詞」，意思不一樣	接續副詞（反向）
6. 知道「中文意思」，不知道是「副詞」	

學一個東西，只要把它的「範圍」，盡可能地、且確實地畫出來後。剩下的，只是去把它做完而已。「學得會」和「學不會」、或「學得快」和「學得慢」的差別，其實都是在「範圍」，不是在「天份」。意思是，如果一本書把「範圍」畫錯、畫小、畫大、甚至不畫，而我們又沒有分辨能力的話，當然什麼都不可能學得會。既然「學不會」，就沒有「快」和「慢」的差別了。所以，真正有效的「範圍」，必須具備**全面性**和**代表性**。以下副詞單字的分類和舉例，Mr. Nobody 盡可能地用最少的篇幅，來兼具「全面性」和「代表性」，讓您可以一次看清副詞單字的全貌。講中文的人，一旦完全掌握了英文的副詞單字，等於完全掌握了英文的「副詞單位」；只要掌握了「副詞單位」，就能像老外一樣，頻繁且大量地使用「副詞單位」，來堆疊訊息的內容和畫面。

A. 一般副詞

1. 形容詞 + ly
(99.9%的副詞，都是長這樣)

	形容詞	副詞	中文		形容詞	副詞	中文
1	easy	easily	簡單的(地)	26	approximate	approximately	接近的(地)
2	heavy	heavily	重的(地)	27	abrupt	abruptly	突然的(地)
3	quick	quickly	快的(地)	28	sharp	sharply	劇烈的(地)
4	slow	slowly	漫的(地)	29	dramatical	dramatically	戲劇性的(地)
5	smooth	smoothly	順的(地)	30	substaintial	substaintially	實在的(地)
6	current	currently	現在的(地)	31	significant	significantly	有意義的(地)
7	previous	previously	先前的(地)	32	remarkable	remarkably	值得注意的(地)
8	initial	initially	最初的(地)	33	slight	slightly	稍微的(地)
9	final	finally	最終的(地)	34	moderate	moderately	適度的(地)
10	accurate	accurately	精準的(地)	35	rapid	rapidly	快速地(地)
11	precise	precisely	準確的(地)	36	steady	steadily	穩定的(地)
12	perfect	perfectly	完美的(地)	37	gradual	gradually	漸漸的(地)
13	immediate	immediately	立刻的(地)	38	extreme	extremely	極度的(地)
14	exact	exactly	確切的(地)	39	fortunate	fortunately	幸運的(地)
15	definite	definitely	肯定的(地)	40	unfortunate	unfortunately	不幸運的(地)
16	absolute	absolutely	絕對的(地)	41	quiet	quietly	安靜的(地)
17	complete	completely	完全的(地)	42	calm	calmly	平靜的(地)
18	total	totally	完全的(地)	43	clear	clearly	清楚的(地)
19	obvious	obviously	明顯的(地)	44	honest	honestly	誠實的(地)
20	apparent	apparently	明顯的(地)	45	voluntary	voluntarily	自願的(地)
21	consequent	consequently	後果的(地)	46	technical	technically	技術性的(地)
22	sequential	sequentially	連續的(地)	47	generous	generously	大方的(地)
23	subsequent	subsequently	後續的(地)	48	frugal	frugally	節省的(地)
24	effective	effectively	有效的(地)	49	strict	strictly	嚴厲的(地)
25	efficient	efficiently	有效率的(地)	50	loose	loosely	鬆散的(地)

　　理論上，所有的副詞，都有 4 種用法，可以修飾動詞、形容詞、副詞、和句子。但**實際上**，依照單字本身的意思，每個副詞有它各自適合修飾的東西。有的副詞，幾乎只用來修飾動詞，很難用來修飾形容詞、副詞和句子，如 easily, heavily, quickly…。有的副詞，只會用來修飾形容詞、副詞和句子，根本無法修飾動詞，如 absolutely, completely, definitely, extremely…。

　　不管如何，只要是「副詞」，不管它們各自可以用來修飾什麼，它們可以修飾的範圍，就是動詞、形容詞、副詞、和句子。至於「各別」的副詞，能夠拿來修飾什麼？我們需要特別去記起來嗎？

當然不需要！只要知道副詞的定義和用法，剩下的，用常理判斷就好了。當然，如果不知道副詞的定義和用法，可能就需要記住每個副詞，分別可以用來幹什麼了…。相較之下，「形容詞」就單純親民多了，只能用來修飾「名詞」，根本不需要判斷，也用不到常理。以下為「一般副詞」的範例說明：

■ 一般副詞修飾動詞

➢ He **drives** <u>slowly</u>. 他 / 開車 / 很慢地＝他開車很慢。

➢ I **fell** <u>heavily</u>. 我 / 摔下 / 重地＝我重重地摔下來。

➢ The car **runs** <u>smoothly</u>. 這台車 / 跑 / 順地＝這台車跑得蠻順地。

➢ I <u>finally</u> **accepted** the deal. 我 / 最終地 / 接受了 / 這個條件＝我最終接受了這個條件。

➢ I <u>rapidly</u> **accepted** the deal. 我 / 很快地 / 接受了 / 這個條件＝我立馬接受了這個條件。

■ 一般副詞修飾形容詞

➢ That is <u>an incredibly brilliant idea</u>. 那 / 是 / 一個 / 不可思議地 / 聰明的點子。

➢ He is <u>slightly</u> happy. 他 / 是 / 稍微地 / 快樂的＝他有一點點開心。

➢ He is <u>moderately</u> happy. 他 / 是 / 適度地 / 快樂的＝他一般般開心。

➢ It looks <u>significantly</u> beautiful. 它 / 看起來 / 極度地 / 漂亮。

➢ I am <u>absolutely</u> fine. 我 / 是 / 絕對地 / 好的＝我好極了。

■ 一般副詞修飾副詞

➢ She performed <u>dramatically</u> well. 她 / 表現 / 戲劇性地 / 好地＝她表現得太好了。

➢ She performed <u>remarkably</u> well. 她 / 表現 / 值得注意地 / 好地＝她表現得太好了。

➢ He drives <u>ridiculously</u> slowly. 他 / 開車 / 可笑地 / 慢地＝他開車超極慢。

➢ The sales went <u>sharply</u> up. 業績 / 往 / 劇烈地 / 上地＝業績爆衝了。

➢ My liver index is going <u>steadily</u> down.
我的肝指數 / 正在往 / 穩定地 / 下地＝我的肝指數穩定下降中。

訊息的畫面，是透過修飾詞 (副詞、形容詞) 堆疊出來的，把「一般副詞」全部抽掉，句子的意思，完全不會改變，只是畫面少了一點層次，語氣少一點張力而已。

➢ She **performed** well. 她 / 表現 / 好地＝她表現得很好。

➢ He **drives** slowly. 他 / 開車 / 慢地＝他開車很慢。

➢ The sales **went** up. 業績 / 往 / 上地＝業績往上了。

➢ My liver index **is going** down.

　我的肝指數 / 正在往 / 下地＝我的肝指數正在下降中。

■ 一般副詞修飾「整個句子」

➢ Yes, **this is important**. 是地 / 這是重要的＝是的，這是重要的。

➢ Exactly, **this is very important**. 確切地 / 這是非常重要的＝完全正確，這非常重要。

➢ Undoubtedly, **you are right**. 毫無疑問地 / 您是對的。

➢ **I made progress** consequently. 我得到進步 / 結果地＝結果我有進步。

➢ **I've got some productive feedback** subsequently.

　我收到一些有建設性的回饋 / 後續地＝後續我收到一些有建設性的回饋。

➢ Technically, **it may work**. 技術上地 / 它可能可行＝技術上來說，它可能有用。

➢ Fortunately, **it works**. 幸運地 / 它可行＝還好它有用。

➢ Unfortunately, **it doesn't work**. 不幸運地 / 它不可行＝可惜它沒用。

Yes or no 是所有講中文的人，理所當然認得的單字。但很少人知道 Yes 是副詞，或是根本沒人會鳥 Yes 是什麼「詞」。基本上，用「一般副詞」來修飾整個「句子」時，exactly, absolutely, definitely 和 yes，所表達出來的畫面，是一模一樣的。

語言的唯一目的，是用來傳遞訊息的。以上所有的用字遣詞、或是中文翻譯，在符合英文文法的前提下，全部都可以隨意變化。很多英文單字，雖然字面上不一樣，但畫面上，幾乎沒什麼差別，像是 dramatically, remarkably, substantially, significantly, impressively...，這些副詞的中文翻譯「好像」都不一樣。但本質上，這些副詞全部都是表達「好棒！好棒！好棒棒！」的畫面。如果您要表達「好棒！好強！好厲害！」的畫面，愛用哪一個都隨便您。因為，對老外來說，這些單字在他們腦袋裡的畫面，都是「好棒！好棒！好棒棒！」，怎麼可能會是「戲劇性地、值得注意地、實質地、有意義地、印象深刻地」。

A. 一般副詞

2. 副詞和形容詞，長得不一樣

形容詞	副詞	中文
1 good	well	好的(地)

3. 副詞和形容詞，長得一樣

形容詞	副詞	中文
1 fast	fast	快的(地)
2 far	far	遠的(地)
3 long	long	長的(地)
4 right	right	對的(地)
5 first	first	第一的(首先)
6 second	second	第二的(其次)
7 daily	daily	每日的(地)
8 weekly	weekly	每週的(地)
9 monthly	monthly	每月的(地)
10 yearly	yearly	每年的(地)
11 early	early	早的(地)

4. 副詞和形容詞，長得一樣，或不一樣

形容詞	副詞	中文
12 hard	hard	難的(努力地)
	hardly	幾乎不
13 late	late	晚的(地)
	lately	最近地
14 high	high	高的(地)
	higly	高度地

所以，用「中文」的角度來教英文，跟學生們說，用 <u>significantly</u> big 來講英文，會比用 <u>so</u> big 或 <u>very</u> big 屬害，那就是不太好的老師。

左邊這些「副詞」，在大部分的人眼裡，應該算是比較簡單的單字（都認得，而且字母比較少）。但在 Mr. Nobody 的標準裡，左邊這些單字，算是**比較難的副詞**。因為就長相，分不出詞性。如果腦袋裡沒有老外的語言資產的話，我們講中文的人，很難能充分利用這些的大家都認得的副詞單字，像老外一樣地講英文。

還好這種「形容詞」和「副詞」，不管是單字的數量、還是字母的數量，都「相當地」少。所以，我們只要用「單位」的角度，來練習一下，就可以用這些簡單到理所當然的副詞單字，像老外一樣地講英文了。

「形容詞」修飾「名詞」
「一般副詞」修飾「動詞」

➢ I am a <u>good</u> student. 我 / 是 / 一個好的學生 ＝ 我是一個好學生。
　 I've learned it <u>well</u>. 我 / 已經學 / 它 / 好地 ＝ 我已經學會了。

➢ I am a <u>fast</u> runner. 我 / 是 / 一個快的跑者 ＝ 我跑得很快。
　 I run <u>fast</u>. 我 / 跑得 / 快地 ＝ 我跑得很快。

> That is a <u>far</u> distance. 那 / 是 / 一個遠的距離＝那距離很遠。
>
> You **think** too <u>far</u>. 那 / 是 / 一個遠的距離＝那距離很遠。
>
> I booked a <u>late</u> flight. 那 / 是 / 一個遠的距離＝那距離很遠。
>
> He **came** <u>late</u>. 那 / 是 / 一個遠的距離＝那距離很遠。
>
> This is <u>hard</u> work. 那 / 是 / 困難的工作＝那工作很難。
>
> I **work** <u>hard</u>. 我 / 工作 / 努力地＝我努力工作。
>
> I <u>hardly</u> **work**. 我 / 幾乎不 / 工作＝我幾乎沒在上班。
>
> I hardly have a <u>high</u> expectation. 我 / 幾乎不 / 有 / 一個高的期望＝我的期望不高。
>
> The number **is going** <u>high</u>. 這個數字 / 正在往 / 高地＝數字正在攀升。

「形容詞」 修飾 「名詞」
「一般副詞」 修飾 「形容詞」

> It has been a <u>long</u> time. 它 / 已經 / 一段長的時間＝已經很久了。
>
> It has been a <u>long,</u> long time. 它 / 已經 / 一段長地長的時間＝已經很久很久了。
>
> My expectation isn't <u>high</u>. 我的期望 / 是不 / 高的＝我的期望不高。
>
> That is a <u>highly</u> automated factory. 那 / 是 / 一個高度地自動化的 / 工廠

「形容詞」 修飾 「名詞」
「一般副詞」 修飾 「副詞」

> That is the <u>right</u> choice. 那 / 是 / 正確的選擇。
>
> I am <u>right</u> here. 我 / 是 / 就在 / 這裡＝我就在這兒。
>
> He was <u>right</u> there. 他 / 剛是 / 就在 / 那裡＝他剛剛就在那裡。
>
> Do it <u>right</u> now. 做 / 它 / 就是 / 現在＝現在就做。

「形容詞」修飾「名詞」
「一般副詞」修飾「整個句子」

➤ That is my first option. 那 / 是 / 我的第一的選擇 = 那是我的首選。

  First, you have to know this. 首先 / 您 / 要 / 去知道這個 = 首先,您得先知道這個。

➤ I don't have a second option. 我 / 沒有 / 一個第二的選擇 = 我沒有備案。

  Second, you have to practice. 其次 / 您 / 要 / 去練習 = 其次,您得要練習。

➤ I'm going to do my daily practice. 我 / 正要去 / 去做我每天的練習 = 我正要做每天的練習。

  I practice it daily. 我 / 練習 / 它 / 每天地 = 我每天練習。

➤ A weekly check is necessary.. 一個每週的檢查 / 是 / 必要的 = 每週的檢查是必要的。

  I check it weekly. 我 / 檢查 / 它 / 每週地 = 我每週檢查。

➤ I will monitor the monthly test. 我 / 將會監控 / 這個每月的測試 = 我會監控每個月的測試。

  I test it monthly. 我 / 測試 / 它 / 每月地 = 我每月測試。

➤ Late success is always better than nothing.

  晚的成功 / 是 / 總是 / 更好 / 比沒有東西 = 遲來的成功總比什麼都沒有好。

  He has been okay lately. 他 / 一直是 / 好的 / 最近地 = 他最近很好。

➤ That is a good option. 那 / 是 / 一個好的選擇 = 那是一個好選擇。

  Well, you are right. 好吧!您是對的 = 好吧!您是對的。

A. 一般副詞

5. 副詞和形容詞,意思不一樣

	形容詞	中文	副詞	中文
1	near	近的	nearly	幾乎
2	wide	寬的	widely	廣泛地
3	short	短的	shortly	很快地
4	hard	高的	hardly	幾乎不
5	late	晚的	lately	最近地
6	high	高的	highly	高度地

基本上,絕大多數「相同字首」的形容詞和副詞的「意思」,是一模一樣的,只是用途(修飾的東西)不一樣而已。但有極少數的副詞和形容詞,雖然「字首相同」,但「意思」卻完全不同,如左邊這 6 組單字。

很妙地是,這 6 個副詞單字,在日常生活中出現的頻率,卻相當地高。建議最好全部記起來。會用這幾個副詞單字,老外會覺得我們的英文能力好棒棒喔!這是真的!!

➤ **Our homes** were very <u>near</u>. 以前我們家很近。

I <u>nearly</u> **finish** it. 我 / 幾乎 / 完成 / 它 = 我快完成了。

It is <u>nearly</u> impossible. 它 / 是 / 幾乎 / 不可能的 = 這幾乎不可能。

➤ **My reading range** is <u>wide</u>. 我廣泛閱讀。

I **read** <u>widely</u>. 我廣泛閱讀。

People in Taiwan <u>widely</u> **think** that grammar isn't necessary for learning English.

人們 / 在台灣的 / 寬廣地 / 認為 / 對學英文來說，文法不是必要的

➤ She will be <u>shortly</u> available to see me.

她 / 將會 / 很快地 / 可取得的 / 來見我 = 她很快就有空見我了。

<u>Shortly</u>, **we met each other.** 很快地，我們 / 見面了 = 沒多久，我們就見面了。

A. 一般副詞

6.	知道「中文意思」不知道是「副詞」	
	副詞	中文
1	yes	是地
2	no (not)	不是地
3	yet	還沒
4	already	已經
5	still	仍然
6	just	只
7	indeed	的確
8	**that**	**那樣地**
9	well	好地
10	as	一樣地

	「副詞」修飾「副、形容詞」一副理所當然的單字組合	
11	as well	也
12	as much	一樣多
13	not really	不一定
14	not exactly	不全然是
15	that good	那麼好的
16	that well	那麼好地
17	that bad	那麼壞的
18	that badly	那麼壞地
19	that much	那麼多
20	that little	那麼少

　　Mr. Nobody 個人認為，上面這些理所當然的英文單字，應該算是我們台灣鄉親們，在學英文上的大魔王。因為實在太理所當然了，理所當然到，絕對知道它們的「中文意思」，但肯定沒辦法像講中文一樣地，用它們來講英文。舉例如下：

「一般副詞」修飾「動詞」

➤ I still **love** you. 我依然愛妳。
➤ I yet **give up**. 我還沒放棄。
➤ I already **give up**. 我已經放棄。
➤ They indeed **don't care** about what I said. 他們的確不在意我說過什麼。
➤ They indeed **don't know** what you're thinking. 他們確實不知道您在想什麼。

「一般副詞」修飾「形容詞」

➤ I am not that bad indeed. 我 / 是不 / 那樣地 / 壞的 / 的確 = 我的確沒這麼差。
➤ They aren't that good as well. 我 / 是不 / 那樣地 / 好的 / 也 = 他們也沒那麼好。
➤ I will get there as soon as possible. 我會盡快趕到。

「一般副詞」修飾「副詞」

➤ I didn't do it that well. 我 / 沒有做 / 它 / 那樣地 / 好地 = 我做得沒那麼好。
➤ They didn't treat me that badly. 他們 / 沒有對待 / 我 / 那樣地 / 壞地 = 他們對我沒那麼差。
➤ I ate as much as a pig. 我 / 以前吃 / 一樣地 / 多地 / 像一隻豬 = 我以前吃得跟豬一樣多。
➤ I will think as little as possible. 我 / 會想 / 一樣地少地 / 盡可能的 = 我會盡量不要多想。
➤ You have to do it as accurately as you can. 您一定得做到盡可能地精準。

「一般副詞」 修飾 「整個句子」

➢ <u>No</u>, **I don't believe it.** 不，我不相信。

➢ <u>Not really</u>, **I might not believe it** <u>as well</u>. 不一定，搞不好我也不相信。

➢ **I don't trust him** <u>yet</u>. 我 / 不信任 / 他 / 還沒＝我還不信任他。

➢ <u>Indeed</u>, **I don't trust him** <u>yet</u>. 沒錯！我還不信任他。

➢ **People see grammar as shit** <u>indeed</u>. 的確，大家看到文法就像看到屎一樣。

➢ <u>Not exactly</u>, **they just don't know how important it is** <u>yet</u>.
   不盡然啦！他們只是還不知道它多重要。

B. 程度副詞

知道「中文意思」 不知道是「副詞」	
副詞	中文
1 so	如此
2 too	太
3 very	非常
4 pretty	很
5 really	真地
6 quite	相當
7 more	更
8 much	多
9 most	最多
10 almost	幾乎
11 enough	足夠
12 less	少
13 least	最少
14 barely	勉強
15 hardly	幾乎不
「副詞」修飾「副、形容詞」 一副理所當然的單字組合	
16 so much	非常多
17 too much	太多
18 much enough	夠多
19 very well	非常好地
20 very good	非常好的

　　「程度」副詞，顧名思義，就是用來強調「動詞」、「形容詞」、「副詞」的程度。按照「常理」，既然我們已經在句子裡面表達程度的高低了，就沒有必要再用「程度副詞」來修飾「整個句子了」。舉例如下：

「程度副詞」 修飾 「動詞」

➢ **I** <u>so</u> **appreciate you.** 我很感激妳。

➢ **I** <u>almost</u> **did it.** 我幾乎做到了。

➢ **I** <u>barely</u> **passed** the test. 我低空飛過。

➢ **I ate** <u>enough</u>. 我 / 吃得 / 足夠地＝我吃飽了。

➢ **I like** to eat fish <u>most</u>. 我最喜歡吃魚。

「程度副詞」修飾「形容詞」

➤ His mind is <u>very</u> strong. 他的心智非常強悍。

➤ I am not good <u>enough</u>. 我不夠好。

➤ Her burden has been <u>much</u> enough. 她的負擔已經夠多了。

➤ The view is <u>quite</u> spectacular. 這風景實在很壯觀。

➤ The way is <u>more</u> effective than that.

這個方法 / 是 / 更 / 有效的 / 比那個方法＝這方法比那個更有效。

➤ You are <u>much</u> better than you think.

您 / 是 / 多地 / 更好的 / 比您想的＝您比您想像的好得多。

「程度副詞」修飾「副詞」

➤ Thank you <u>so</u> much. 太感謝您了。

➤ I ate <u>too</u> much. 我吃太多了。

➤ I did <u>too</u> less. 我做太少了。

➤ They treat me <u>very</u> well. 他們對我很好。

➤ I should drive <u>more</u> carefully. 我 / 應該開車 / 更 / 小心地＝我開車應該更小心。

➤ You can study <u>more</u> efficiently. 您 / 能讀書 / 更 / 有效率地＝您能更有效率地讀書。

「程度副詞」修飾「整個句子」

➤ <u>The more</u> you know, <u>the more</u> you save. 知道越多，省時省力。

➤ <u>The less</u> you know, <u>the more</u> you waste. 知道越少，費時費力。

➤ **I like to eat fish** <u>the most</u>. 我喜歡吃魚 / 最多地＝我最喜歡吃魚。

➤ **I like to eat fish** <u>the least</u>. 我喜歡吃魚 / 最少地＝我最不喜歡吃魚。

「程度副詞」大概只有在「比較級」的時候，才會用來修飾「整個句子」。原則上，the more, the less, the most, the least... 在老外的眼裡，跟 much, less, more, least, so much, too less... 是完全一樣的。因為都是「副詞單位」，定義和用法都一樣，只是長得不一樣而已 (型態)。這點對我們以「象形文字」為母語的人來說，是很難跨越的障礙。因為「象形」，所以長得不一樣 (型態)，就一定不一樣 ...。要改掉這個習慣，其實很容易。既然知道了原因，那障礙就不存在了，不就改掉了。

不只是英文，全世界的語言都一樣。只有修飾單位 (形容詞、副詞)，才會有「比較級」。「動詞」要怎麼「比較」？「更」開車、「最」吃飯 ...，有人這樣講話嗎？

C. 頻率副詞

知道「中文意思」不知道是「副詞」	
副詞	中文
1 always	總是
2 usually	通常
3 often	時常
4 frequently	頻繁
5 sometimes	有時
6 seldom	不常
7 occasionally	偶爾
8 never	從不
9 ever	曾經
10 rarely	很少
11 once	一次
12 twice	兩次
關於頻率的「名詞單字組合」(副詞) + 形容詞 + 名詞	
13 there times	三次
14 many times	多次
15 so many times	很多次
可直接當作「副詞單位」	

「頻率」副詞，是用來強調「動詞」、「句子 (一件事)」的發生的頻率。按照「常理」，很少會用「頻率副詞」來修飾「修飾詞 (形容詞、副詞)」的。雖然，就中文的字面上，好像有。像是：總是美美的、偶爾醜醜的…之類。如下：

➤ I **am** always so beautiful.
 我 / 是 / 總是 / 如此 / 美麗的 = 我總是美美的。

➤ I **am** occasionally a little ugly.
 我 / 是 / 偶爾地 / 一點點地 / 醜的 = 我偶爾醜醜的。

「頻率副詞 always, occasionally」是用來修飾「**動詞 be**」，表達「是」是「always 是」、還是「偶爾是」的頻率。而「程度副詞 so, a little」才是用來修飾「形容詞 (美醜)」的。

「頻率副詞」修飾「動詞」

➢ I <u>usually</u> **drive** to work. 我通常開車上班。

➢ I <u>often</u> **drive** too little. 我常常睡得太少。

➢ I <u>never</u> **say** that. 我從沒這樣說過。

➢ I <u>ever</u> **don't care** with him. 我曾經跟他談過。

➢ People <u>rarely</u> **ask** it. 人們很少問到這件事。

➢ I <u>seldom</u> **take** a nap in the afternoon. 我不常午睡。

「頻率副詞」修飾「整個句子」

➢ **I did it** <u>once</u>. 我做到過一次。

➢ **I called him** <u>twice</u>. 我打給他兩次。

➢ **I asked it** <u>so many times</u>. 我問過很多次。

➢ **I was there** <u>ever</u>. 我問過很多次。

➢ <u>Sometimes</u> **I think about it**. 有時候，我會想到它。

➢ **I thought about it** <u>occasionally</u>. 我偶爾會想到它。

designed by ✦ freepik

D. 時間副詞

知道「中文意思」 不知道是「副詞」	
副詞	中文
1　now	現在
2　today	今天
3　yesterday	昨天
4　tomorrow	明天
5　soon	馬上
6　before	之前
7　after	之後
8　afterward(s)	之後
9　then	那時
10　lately	最近地
11　recently	最近地
12　shortly	不久地
13　simultaneously	同時地
關於時間的「名詞單字組合」 形容詞 + 名詞	
14　every day	每一天
15　last night	昨晚
16　next morning	明早
關於時間的「介係詞片語」 介係詞 + 名詞單位	
1　in the morning	在早上
2　on Friday	星期五
3　at the same time	同時地
都可直接當作「修飾單位」 (形容詞、或副詞單位)	

「時間」副詞，是用來表達「動詞」、「句子 (一件事)」的發生的時間。「時間副詞」通常是用來修飾「整個句子」，當作句子的「背景」，表達這句話的內容是在「關於什麼時間」發生的。

跟以上的「頻率副詞」一樣，按照「常理」，「時間副詞」是沒有辦法用來修飾「修飾詞 (形容詞、副詞)」的。「時間副詞」的舉例，如下：

「時間副詞」修飾「動詞」

➤ I <u>shortly</u> **felt** better.
　我 / 不久地 / 就感覺 / 更好的 = 我很快就感覺好多了。

➤ I <u>recently</u> **changed** my thought.
　我 / 最近地 / 改變了 / 我的想法 = 我最近改變了我的想法。

➤ The book **is coming** <u>soon</u>.
　這本書 / 正在來 / 馬上地 = 這本書快出版了。

~~「時間副詞」 修飾 「形容詞」~~ doesn't work.

~~「時間副詞」 修飾 「副詞」~~ doesn't work too.

「時間副詞」修飾「整個句子」

➤ I was too stupid <u>then</u>.
　我 / 是 / 太 / 笨的 / 那時 = 當時我太傻了。

➤ The book has been published <u>recently</u>.
　這本書 / 出版了 / 最近地 = 這本書最近出版了。

➤ I read something about the book <u>yesterday</u>.
　我 / 讀到 / 一些東西 / 關於這本書 / 昨天 = 我昨天讀到一些關於這本書的東西。

➢　**I barely write** <u>in the morning</u>.

　　我 / 難得 / 寫 / 在早上＝我很少在早上寫作。

➢　**I will join the election** <u>next year</u>.

　　我 / 將參加 / 選舉 / 明年＝我明年會參選。

➢　**I ate as much as a pig** <u>before</u>.

　　我 / 以前吃 / 一樣多地 / 像支豬 / 之前＝我之前吃得跟豬一樣多。

➢　**I will eat as moderately as I can** <u>after</u>.

　　我 / 將吃 / 一樣適當地 / 盡可能 / 之後＝我之後會盡可能的適度飲食。

➢　**I started to eat less. I shortly felt much better** <u>afterward</u>.

　　我開始少吃了。我 / 不久地 / 感覺 / 多地 / 更好 / 之後＝之後我很快就感覺好多了。

➢　**I was doing two jobs** <u>simultaneously</u>.

　　我 / 以前正在做 / 兩份工作 / 同時地＝我以前同時兼兩份差。

➢　<u>At the same time</u>, **I was doing two jobs**.

　　在那同時 / 我 / 以前正在做 / 兩份工作＝我以前同時兼兩份差。

　　語言的唯一目的，是用來傳遞訊息的，不是用來搞東搞西低。這裡有一個「應該」有點難念的「時間副詞 simultaneously(同時地)」。這個單字，偶爾看美劇時會看到，就順便記下來，拿來矯正一下國人們的觀念。

　　Simultaneously 副詞單字＝At the same time 副詞片語，在老外的眼裡，它們是完全一樣的東西，代表同樣的訊息畫面。所以，不管我們用哪一個來講英文，除了對我們中華民族的自尊心有差之外，對老外來說，完全沒差。意思是，當我要用英文，講到「同時」在幹嘛的時候，我絕對不會假掰地去用 simultaneously，我肯定是說 ...... at the same time。

　　另外，after 和 afterward(s)，中文翻譯都是「之後」。但這 2 個單字的「之後」，「畫面」上有一點點不一樣。After 算是比較單純的「之後」，不一定要有什麼「因果關係」。Afterward(s) 的「之後」，帶有一點「因果關係」的畫面。所以，afterward(s) 的例句中**會有 2 句話**，目的就是要表達**一個因果關係**。同樣地，語言的最終目的，是用來傳遞訊息的，不是用來裝模作樣滴。就算 Mr. Nobody 想展現自己的偉大的民族自信心，用了 afterward 這個單字，但只講了「一句話」(不可能有因果關係)。老外會因此覺得本人的英文程度有點遜嗎？

當然不會！老外只會聽我說「之後怎麼了…」，來決定我的「程度」（不包括英文）。如果我說，我之後戰勝了懶惰，寫完了這本書。那他們可能會覺得，我還蠻厲害的！但如果我說，我之後被懶惰給擊敗了，放棄了，不寫了。這樣……就比較尷尬一點了。

結論是，老外誰他媽在管我用什麼單字啊！重點是「內容」、「規則」和「架構」，就是大家最不愛聽到的「文法」。

E. 空間副詞

知道「中文意思」不知道是「副詞」	
副詞	**中文**
1 here	這裡
2 there	那裡
3 abroad	國外
4 home	家裡
5 in	內
6 out	外
7 inside	裡面
8 outside	外面
9 indoors	室內
10 outdoors	室外
11 up	上
12 down	下
13 upstairs	樓上
14 downstairs	樓下
15 away	離
關於空間的「介係詞片語」介係詞 + 名詞單位	
1 over here	在這邊
2 over there	在那邊
都可直接當作「修飾單位」(形容詞、或副詞單位)	

「空間」副詞，是用來表達「動詞」、或「句子（一件事）」的發生的地點。「空間副詞」通常是用來修飾「整個句子」，當作句子的「背景」。表達這句話的內容是在「關於什麼地點」發生的，或是用來修飾任何有形、或無形的「空間畫面」。跟以上的「頻率、時間」副詞一樣，按照「常理」，「空間副詞」也是沒有辦法用來修飾「修飾詞（形容詞、副詞）」的。「空間副詞」的舉例，如下：

「空間副詞」修飾「動詞」

➤ I am <u>here</u> . 我在這裡。

➤ He is <u>over there</u>. 他就在那兒。

➤ I am <u>in</u>. 我 / 是 / 內＝我加入（算我一份）。

➤ He is <u>out</u>. 他 / 是 / 外＝他退出。

➤ I'm going <u>downstairs</u>. 我正下樓。

➤ I will stay <u>inside</u>. 我會留在裡面。

➤ I will go <u>abroad</u> to go to college.
　 我 / 將去 / 國外地 / 去上大學＝我會出國留學。

➤ The kids **should play** <u>outdoors</u>.

小朋友們 / 應該玩 / 室外 = 小朋友應該在室外遊玩。

➤ House price **is going** <u>up</u>. 房價 / 正在往 / 上 = 房價還在漲。

➤ **I've put** the bias <u>away</u>. 我 / 已經把 / 偏見 / 離 = 我拋開偏見了。

~~「空間副詞」~~ **修飾** ~~「形容詞」~~ doesn't work.

~~「空間副詞」~~ **修飾** ~~「副詞」~~ doesn't work too.

「空間副詞」 **修飾** 「整個句子」

➤ **I've never learned English** <u>abroad</u>.

我 / 從未學過 / 英文 / 國外地 = 我從未在國外學過英文。

➤ **I like playing basketball** <u>indoors</u>.

我 / 喜歡 / 打籃球 / 室內地 = 我喜歡在室內打籃球。

➤ **It's too noisy** <u>upstairs</u>.

它 / 是 / 太 / 吵雜的 / 樓上地 = 樓上太吵了。

E. 接續副詞(同向)　　　E. 接續副詞(反向)

很像「連接詞」但是是「副詞」	
副詞	中文
1　likewise	同樣地
2　besides	而且、還
3　therefore	因此、所以
4　furthermore	更重要地
5　moreover	更重要地

很像「連接詞」但是是「副詞」	
副詞	中文
1　otherwise	如果不這樣、否則
2　however	然而、但是
3　nonetheless	儘管如此、但是
4　nervertheless	儘管如此、但是

　　「接續」副詞，會夾在 2 句有 **「正負關係」** 的句子中間，表達 2 句話之間的語氣轉折，所以會有「同向」和「反向」接續副詞之分。依此定義，「接續副詞」只會用來修飾「整個句子」，無法拿來修飾「動詞」、「形容詞」和「副詞」。

　　老外們不管在講話、或是書寫上，非常非常非常…常用到「接續副詞」，來表達 2 個訊息之間的「正負關係」。英文中的「接續副詞」，大概就只有這 9 個。

~~「接續副詞」~~ **修飾** ~~「動詞」~~ doesn't work.

~~「接續副詞」~~ **修飾** ~~「形容詞」~~ doesn't work.

~~「接續副詞」~~ **修飾** ~~「副詞」~~ doesn't work.

「同向」接續副詞**修飾「整個句子」**

➤ We work hard. 我們認真工作。

    Likewise**, we play hard.**（同向）同樣地**，我們認真玩樂。**

➤ I started to eat less. 我開始少吃。

    Besides**, I'm trying to quit smoking**.（同向）而且**，我還試著戒菸。**

➤ We do every basic stuff perfectly. 我們把每一樣基本的事情做到完美。

    Therefore**, we earn the most**.（同向）所以**，我們賺得最多。**

➤ Sue performed well. 蘇表現得很好。

    Furthermore**, she could get things done**.（同向）更重要的是**，她能把事情搞定。**

    Moreover**, she could get things done**.（同向）更重要的是**，她能把事情搞定。**

    「同向」接續副詞，是用來串聯 2 個意思是「相同」方向的句子。英文中，**一旦聽到或看到**同向的接續副詞，**就知道**下一句話，跟前一句的訊息內容，一定、肯定、絕對是相同的方向。**表達出一樣程度** (therefore, besides, likewise) **或更高程度** (furthermore, moreover) **的訊息。**因此，「接續副詞」是「後面」那個句子的「背景」。

「反向」接續副詞**修飾「整個句子」**

➤ We must work hard. 我們一定要努力工作。
  Otherwise, **people have no reason to respect us.（反向）**
  不然（否則），**別人沒有理由尊敬我們。**

➤ We work as hard as we can. 我們盡可能地努力工作。
  However, **that doesn't mean we will get success for sure.（同向）**
  但是（然而），**這不代表我們一定會成功。**

➤ I like you. 我喜歡你。
  Nonetheless, **I won't do anything that you have to do.（反向）**
  Nevertheless, **I won't do anything that you have to do.（反向）**
  儘管如此（不過），**我不會幫你做任何你該做的事情。**

　　「反向」接續副詞，是用來串聯 2 個意思是「相反」方向的句子。英文中，一旦聽到或看到反向的接續副詞 (however, otherwise, nonetheless, nevertheless)，馬上就知道接下來這句話，跟前一句的訊息內容，是相反的方向，**表達出話鋒「轉折」的畫面**。因此，「接續副詞」是「後面」那個句子的「背景」。

　　基本上，老外使用「接續副詞」的目的，是為了「強調關聯」和「加重程度」，前後訊息的內容就顯得層次分明，讓人一看一聽到「接續副詞」，就知道下一句話要表達的意向。2 個原因，讓 Mr. Nobody 對這 9 個「接續副詞」，印象特別深刻。

1. 幾乎每天都會在華爾街日報裡面看到。意思是，每個記者都會用這個方式表達。
   換句話說，這是老外們很稀鬆平常的表達方式。

2. 考試很愛考「接續副詞」。

現實中，不管在網路上、還是實體的書本上，大概有一半以上，教英文的人或書，會把這 9 個「接續副詞」，跟「連接詞」搞混。以下來比較一下，同樣的訊息，用「接續副詞」和「連接詞」的差別：

接續副詞： We work hard. Likewise, **we play hard.** (2 個句點，這是 2 句話)
連接詞： We work hard, **and** we play hard. (1 個句點，這是 1 句話)

接續副詞： I started to eat less. Besides, **I'm trying to quit smoking.**
連接詞： I started to eat less, **and** I'm trying to quit smoking.

接續副詞： We do every basic stuff perfectly. Therefore, **we earn the most.**
連接詞： We do every basic stuff perfectly, **so** we earn the most.

接續副詞： Sue performed well. Moreover, **she could get things done.**
連接詞： Sue performed well, **and** most importantly, she could get things done.

接續副詞： We must work hard. Otherwise, **people have no reason to respect us.**
連接詞： We must work hard, **or** people have no reason to respect us otherwise.

接續副詞： We work as hard as we can.
However, **that doesn't mean we will get success for sure.**
連接詞： We work as hard as we can, **but** that doesn't mean we will get success for sure.

接續副詞： I like you. Nevertheless, **I won't do anything that you have to do.**
連接詞： I like you, **but** I won't do anything that you have to do.

其實，差別不大。同樣的訊息，使用「連接詞」來串聯，訊息畫面比較平，語氣比較沒有抑揚頓挫。而使用「接續副詞」表達，會比較有層次，訊息傳遞也比較快，因為只要一聽到「接續副詞」，就知道對方下一句話的意思了。分辨「接續副詞」和「連接詞」的關鍵，在**「標點符號」**。舉例如下：

● 講英文時：......... 反面的訊息 ....｡However,......... 正面的訊息 ....。

講完「接續副詞 however」時，語氣會停頓，**所以後面加「逗號」**。一聽到 however, 就知道下一句話跟前一句話一訂是反向關係了。2個訊息，用「接續副詞＋逗號」明確地切開，所以前後是 2 句話，有 2 個「句點」。

● 說英文時：......... 反面的訊息 ....,but .... 正面的訊息 ....。

講到「連接詞 but」，語氣通常不會停頓，所以後面不會加「逗號」。一樣知道後面的訊息跟前面的是反向關係。但 2 個訊息，用「對等連接詞 but, and, or」串聯成 1 個「很長」的訊息，所以是 1 句話，只有 1 個「句點」。很妙的是，大大小小的考試，特別愛出這種一看「標點符號」，連內容都不用看，只要能分辨「接續副詞」和「連接詞」，就知道答案的「送分題」。大概像下面這樣

( ) She eats so much as a pig. ---------, she still has a perfect shape.

(A) And

(B) But

(C) Nonertheless

(D) Absolutely

她吃得跟豬一樣多。即使是這樣，她的身材還是很好。

( ) She eats so much as a pig, --------- she still has a perfect shape.

(A) And

(B) But

(C) Nonertheless

(D) Absolutely

她吃得跟豬一樣多，但是她的身材還是很好。

以上就是英文中，最最最 ... 重要的修飾詞 ─「副詞單字」的介紹與說明。

Chapter 3.5

動詞

　　英文中，大概有 2 萬 4 千多個「動詞」單字。就算是老外，也不可能認得所有的動詞單字。但是，只要完全了解了「動詞」的定義和用法，會用 1 個動詞「所有的用法」，等於會用「所有的動詞」。相反地，如果只知道「動詞」的中文意思，會用 1 個動詞的「中文意思」，等於只會「1 個動詞單字」。

　　動詞，是英文的軸心。既然是「軸心」，代表它的定義和用法，是 10 種單字裡面，最多、也最重要的。但就算再多、再重要，整理一下列出來，還是跟其他 9 種單字一樣，「一頁之內」就搞定了，只是比較多一點而已。

「可以獨立」成為單位的「單字」 老外也不可能全部都認得的單字				「無法獨立」成為單位的「單字」 像老外一樣講英文的關鍵字			
單字種類	比例(%)	單字數量	常用字尾	單字種類	比例(%)	單字數量	關鍵字
2 名詞	50.0%	85,000	30	1 冠詞	0.0018%	3	名詞
3 代名詞	0.0353%	60		8 介係詞	0.0353%	60	片語
4 動詞	14.3%	24,286	5	9 連接詞	0.0141%	24	子句
5 助動詞	0.0088%	15		10 關係代名詞	0.0094%	16	子句
6 形容詞	25.0%	42,500	20		0.1%	103	
7 副詞	10.6%	18,037	3				
	99.9%	169,898	58				

「動詞」的定義和用法如下：

單字種類	定　義
4 動詞	動詞，是英文的軸心。**所有的動詞單字，都有 5 種型態**，分別是：1. 動詞原型(V)、2. 現在式(Vs)、3. 過去式(Ved)、4. 現在分詞(Ving)、5. 過去分詞(Vp.p.)。動詞在英文中，有兩個用途： **一、組成句子的「動詞時態」**。為「一句英文」的必要單位。在語言中的內涵，是表達訊息的主題「怎麼了」。 **二、將「動詞」變型成「片語」**。動詞變型的片語，一共有 4 種，分別是：1. 不定詞片語(to V)、2. 動名詞片語(Ving)、3. 現在分詞片語(Ving)、4. 過去分詞片語(Vp.p.)。 　一句英文，一定要有一個「動詞時態」，也只能有一個「動詞時態」。**Mr Nobody** 稱之為：英文的「一舉一動」，一定要符合「一句一動」。根據英文「一句一動」的定律，動詞可以透過「變型」，將其「動詞時態」的單位，轉換成其他 3 種單位的「片語」。動詞變型後，不再具有「動詞時態」的功能。

單字種類	用　法
4 動詞	**一、動詞時態，包含時間、狀態和關係，這 3 個象限的畫面**，分別如下： **1. 關係：**主動、被動 **2. 時間：**現在、過去、未來 **3. 狀態：**簡單、進行、完成、完成進行 　理論上，任何一個動詞，皆可組合出 24 種「動詞時態」的畫面 (2*3*4=24)。但實際上，並非所有的動詞，都有 24 種「動詞時態」的畫面，用中文的常理判斷即可。 **二、動詞變型**，可將「動詞時態」的單位，轉換成其他 3 個單位的「片語」。相同的片語，依照該片語在句子中的用途(重點、修飾、背景)，決定它成為名詞片語、形容詞片語、或副詞片語。由動詞變型而成的「片語」，共有以下 4 種： **1. 動名詞片語(Ving)**，只能作為名詞片語，用來當作主詞、或受詞。 **2. 不定詞片語(to V)**，依其在句子中的用途，可作為名詞片語、形容詞片語、或副詞片語。 **3. 現在分詞片語(Ving)**，依其在句子中的用途，可作為形容詞片語、或副詞片語。 **4. 過去分詞片語(Vp.p.)**，依其在句子中的用途，可作為形容詞片語、或副詞片語。

　　對我們講中文的人來說，越基本的東西，通常越看不下去…。簡單來說，以上「動詞」的定義和用法，只有 3 個重點，分別是：

◆ 動詞有 5 種「型態」

◆ 動詞有 24 種「時態」

◆ 動詞有 4 種「變型」

◆ 動詞有 5 種「型態」

大家念書的時候，都有背過「動詞三態表」。大概像下面這樣：

動詞三態表

原型 V	過去式 V(ed)	過去分詞 Vp.p.	中文
be	was/were	been	是、在
have	had	had	有
do	did	done	做
get	got	got	得到
talk	talked	talked	交談
make	made	made	做
teach	taught	taught	教

但動詞其實不只 3 種型態，總共有 5 種型態。如下：

動詞，其實有 5 種型態

原型 V	現在式 V(s)	過去式 V(ed)	過去分詞 Vp.p.	現在分詞 Ving	中文
be	am / are / is	was/were	been	being	是、在
have	have / has	had	had	having	有
do	do/does	did	done	doing	做
get	get(s)	got	got	getting	得到
talk	talk(s)	talked	talked	talking	交談
make	make(s)	made	made	making	做
teach	teach(es)	taught	taught	teaching	教

英文 2 萬 4 千多個「動詞」，每一個動詞，都會有以上這 5 種型態，無一例外。將「動詞」區分成 5 種型態的目的有 2 個。

目的 1：用來**組織**一句英文的必要條件**「動詞時態」**。
目的 2：將**「動詞時態」變型**成其他單位的「片語」。

◆ 動詞有 24 種「時態」

對於我們講中文的人來說，英文的「動詞」，不管是 3 態、還是 5 態，我們都沒興趣知道。因為身為一個龍的傳人，我們所繼承的語言資產，跟老外們所繼承的語言資產之間最大的差別，就在「動詞時態」，如下圖：

中文　　　　　英文

教 ＝ teach

我們繼承的
語言資產

老外們繼承的
語言資產

主動關係		時間	狀態
1	教書	現在	簡單
2	正在教		進行
3	教到現在		完成
4	教到現在，強調進行中		完成進行
5	以前教	過去	簡單
6	過去某個時間點，正在教		進行
7	過去(前)教到過去(後)		完成
8	過去(前)教到過去(後)，強調進行中		完成進行
9	將會教	未來	簡單
10	未來某個時間點，正在教		進行
11	教到未來某個時間點		完成
12	教到未來某個時間點，強調進行中		完成進行

被動關係		時間	狀態
13	被教	現在	簡單
14	正在被教		進行
15	被教到現在		完成
16	被教到現在，強調進行中		完成進行
17	以前被教	過去	簡單
18	過去某個時間點，正在被教		進行
19	過去(前)被教到過去(後)		完成
20	過去(前)被教到過去(後)，強調進行中		完成進行
21	將會被教	未來	簡單
22	未來某個時間點，正在被教		進行
23	被教到未來某個時間點		完成
24	被教到未來某個時間點，強調進行中		完成進行

「教」這個單字，不管是中文、還是英文，都算是「動詞」，沒錯吧！因為中文是「象形文字」，所有的「字」，永遠只會有 1 種型態。所以，龍的傳人們，很難去接受，一個「字」會有 5 種型態這種鬼話。以中文的角度，「教」就是「教」，頂多只有「繁體」和「簡體」的差別而已。但英文是「拼音文字」，所有的「動詞單字」，都會有 5 種型態。搭配上 be 動詞、或助動詞 have、will 後，可以表達出一個訊息中，3 個不同「象限」的畫面，分別是：

▲ **關係：主動、被動**
▲ **時間：現在、過去、未來**
▲ **狀態：簡單、進行、完成、完成進行**

英文的「一舉一動」，都要符合「一句一動」的定律。一句英文，一定要有一個，<u>也只能有一個「動詞時態」</u>。世界上，<u>每一句英文的「動詞時態」中，一定都要在這 3 個象限的選擇中，各自選出一個選項後，組合成一句話的「動詞時態」</u>，例如「主動 / 過去 / 完成式」、「被動 / 現在 / 進行式」………。

因此，任何一個「動詞單字」，理論上，都會有「(關係 2) x (時間 3) x (狀態 4)」，共 24 種訊息畫面的「動詞時態」。

以上圖的「動詞 teach」為例，不同的「動詞時態」翻成中文後，可以是「教書」、「被教」、「正在教」、「正在被教」、「以前教」、「以前被教」、「之前某個時間點正在教」、「將會教」、「之後那個時間點，會正在教」、「從某個時間點教到現在」、「從過去 A 時間點，教到過去 B 時間點」…………。

英文，可以有 24 種「教」。英文的每一種「教」裡面，都包含了關係、時間、和狀態這 3 個象限的訊息畫面。中文，有幾種「教」？包含什麼「象限」？

既然英文有 24 種「教」，總不能每一種「教」，都長得一樣吧！所以才需要用到動詞的 5 種型態，搭配上 be 動詞、助動詞 have 或 will，組合成各種「動詞時態的公式」才有辦法做到。如下：

動詞時態的公式

主動關係

狀態 / 時間	現在	過去	未來
簡單	現在式 V(s)	過去式 V(ed)	will + 原型 V
進行	be + 現在分詞 Ving		
完成	have + 過去分詞 Vp.p.		
完成進行	have been + 現在分詞 Ving		

被動關係

狀態 / 時間	現在	過去	未來
簡單	be + 過去分詞 Vp.p.		
進行	be + being + 過去分詞 Vp.p.		
完成	have been + 過去分詞 Vp.p.		
完成進行	have been being + 過去分詞 Vp.p.		

不管您相不相信，所有的老外，天生就繼承了這些「動詞時態的公式」。雖然，在現實生活中，常用的「動詞時態」大概就是那幾種，但不代表老外就只記得那幾種的公式而已。

基本上，所有的老外，不管是小學生、還是流浪漢，「動詞時態的公式」對他們來說，理所當然的程度，甚至比「99 乘法表」對我們來說，還要理所當然個 99 倍吧！因為他們根本不用背，生下來就在腦袋裡了。「99 乘法表」，我們還得背過，才裝得進腦袋裡咧！

所以，意思是，您如果不把「動詞時態的公式」全部記起來。不要說阿滴葛葛⋯，連上帝也沒辦法教會您英文。有趣的是，「動詞時態的公式」明明就比「99 乘法表」簡單很多。用點心，智商超過 100 以上，應該都能在 15 分鐘之內搞定。

我實在搞不懂，百萬訂閱的網紅們拍了拿魔多的視頻，怎麼沒半個人靠北一下觀眾們。沒有這些公式，連上帝都不會講英文。您認為網紅們的腦袋裡，有沒有這些公式嗎？還是他們的「語言添冀」高於一般人？如果有，他們幹嘛不叫我們先背起來再說？難道，他們不想我們太快學會英文⋯⋯

Whatever，鄉親喔！花個 15 分鐘，先背起來再說吧！

以下就用 teach 來呈現，英文所有「動詞時態」的畫面。隨便看看就好，這裡只是要先給您一個畫面，讓您明白動詞的型態和時態，在英文中的意義和重要性。「動詞時態」的完整內容，會在「Part 2：技術」裡面，做詳盡的說明。這裡是「Part 1：觀念」，我們先把觀念釐清，再精進技術，才能事半功倍。

➤ 主動關係的 12 個動詞時態

主動	時間	狀態	主詞	動詞時態	受詞		副詞單位(背景)
1	現在	簡單式	He	teaches		English.	
2	現在	進行式	He	is teaching	John	English.	
3	現在	完成式	He	has taught	John	English	for years.
4	現在	完成進行式	He	has been teaching	John	English	for over 2 hours.
5	過去	簡單式	He	taught	John	English	before.
6	過去	進行式	He	was teaching	John	English	when I came back.
7	過去	完成式	He	had taught	John	English	until he moved to LA.
8	過去	完成進行式	He	had been teaching	John	English	before I came back.
9	未來	簡單式	He	will teach	John	English.	
10	未來	進行式	He	will be teaching	John	English	if you come at 17.
11	未來	完成式	He	will have taught	John	English	for 1 years by tomorrow.
12	未來	完成進行式	He	will have been teaching	John	English	for over 2 hours by 11.

主動	時間	狀態	難道中文沒有「時態」嗎？
1	現在	簡單式	他**教**英文。
2	現在	進行式	他**正在教**John英文。
3	現在	完成式	他**教**John英文很多年了。
4	現在	完成進行式	他**教**John英文超過2個小時了。
5	過去	簡單式	他**之前教**John英文。
6	過去	進行式	我回來的時候，他**正在教**John英文。
7	過去	完成式	他**之前教**John英文，直到他搬去LA。
8	過去	完成進行式	我回來之前，他**一直在教**John英文。
9	未來	簡單式	他**會教**John英文。
10	未來	進行式	你如果5點過來，他**正在教**John英文。
11	未來	完成式	到明天，他**教**John英文就滿一年了。
12	未來	完成進行式	到11點，他**教**John英文就超過2個小時了。

➤ 被動關係的 12 個動詞時態

被動	時間	狀態	主詞	動詞時態	受詞		副詞單位(背景)
1	現在	簡單式	John	is taught	English	by him.	
2	現在	進行式	John	is being taught	English	by him.	
3	現在	完成式	John	has been taught	English	by him	for years.
4	現在	完成進行式	John	has been being taught	English	by him	for over 2 hours.
5	過去	簡單式	John	was taught	English	by him	before.
6	過去	進行式	John	was being taught	English	by him	when I came back.
7	過去	完成式	John	had been taught	English	by him	until John moved to LA.
8	過去	完成進行式	John	had been being taught	English	by him	before I came back.
9	未來	簡單式	John	will be taught	English	by him.	
10	未來	進行式	John	will be being taught	English	by him	if you come at 17.
11	未來	完成式	John	will have been taught	English	by him	for 1 years by tomorrow.
12	未來	完成進行式	John	will have been being taught	English	by him	for over 2 hours by 11.

被動	時間	狀態	如果中文沒有「時態」，怎麼中翻英？
1	現在	簡單式	John給他教英文。(給＝被)
2	現在	進行式	John正在給他教英文。
3	現在	完成式	John給他教英文很多年了。
4	現在	完成進行式	John給他教英文超過2個小時。
5	過去	簡單式	John之前給他教英文。
6	過去	進行式	我回來的時候，John正在給他教英文。
7	過去	完成式	John之前給他教英文，一直到John搬去LA。
8	過去	完成進行式	我回來之前，John一直在給他教英文。
9	未來	簡單式	John會給他教英文。
10	未來	進行式	如果你5點過來，John正在給他教英文。
11	未來	完成式	到明天，John給他教英文，就滿一年了。
12	未來	完成進行式	到11點，John給他教英文，就超過2個小時了。

老實說，正常人一看到 24 個時態，這麼多！不翻白眼真的很難。搞得好像講一句英文，非得要從 24 個選項裡面，選出一個才行…，白眼都翻到後腦勺了。

不過，事實並非如此。講一句英文，不是要去 24 選 1，而是要**做 3 個選擇**（關係、時間、狀態）而已。但就算「只」要做 3 個選擇，對我們講中文的人來說，還是難以理解。難道老外每講一句話，都會做這 3 個選擇嗎？

實不相瞞，是的。只是老外們天生就繼承了英文的「語言資產」，所以可以在萬分之 8 秒內，就做出這 3 個選擇。換個角度想，如果這 3 個選擇真的這麼難的話，英文怎麼可能成為世界通用的語言？？？

還是，我們只是不知道這 3 個選擇的「關鍵」在哪裡？既然 Mr. Nobody 是個分析師，就得要「分析」給您看，選擇「動詞時態」的關鍵是什麼？

首先，冷靜地分析一下，前 2 個選擇（主 / 被動關係、時間），不管用任何語言，白癡都能在十萬分之 8 秒之內完成。如下：

動詞時態的 3 個選擇

➢ **選擇 1：關係**

選擇 1

關係	例句
主動	滴滴騙我。
被動	我被滴滴騙。

➤ **選擇 2：時間**

	選擇 1	選擇 2	
	關係	時間	例句
	主動	現在	滴滴騙我。
		過去	滴滴之前騙我。
		未來	滴滴會騙我。
	被動	現在	我被滴滴騙。
		過去	我之前被滴滴騙。
		未來	我會被滴滴騙。

　　是不是！有誰沒辦法在十萬分之 8 秒內，做完這 2 個選擇？所以，「動詞時態」的選擇，「關鍵」是在第 3 個選擇：狀態。

➤ **選擇 3：狀態**

	選擇 1	選擇 2	選擇 3	
	關係	時間	狀態	例句
	主動	現在	簡單	滴滴騙我。
			進行	
			完成	滴滴一直騙我。
			完成進行	
	被動	現在	簡單	我被滴滴騙。
			進行	
			完成	我一直被滴滴騙。
			完成進行	

「動詞時態」中，「狀態」的選擇，其實就是「時間點」和「時間軸」這 2 種畫面之間的選擇。

「簡單式」代表的是「時間點」的畫面。
「完成式」代表的是「時間軸」的畫面。

「現在完成式」在一般書上的定義，大概是這樣寫的：從過去持續到現在的畫面。很多人看不懂「這句中文」到底在講什麼？其實就是一個 **「時間軸」** 的畫面。

以此類推，「過去完成式」就是，從過去 (前) 持續到過去 (後) 的畫面。「未來完成式」就是，從過去持續到未來的畫面。不管是現在、過去、未來完成式，全部都在表達一個「時間軸」的畫面。所以，「簡單式」和「完成式」的差別，就在於「時間點」和「時間軸」的選擇，如下：

選擇 1　選擇 2　　　選擇 3

關係	時間	狀態		例句
主動	現在	時間點	簡單	滴滴騙我。
			進行	
		時間軸	完成	滴滴一直騙我。
			完成進行	
被動	現在	時間點	簡單	我被滴滴騙。
			進行	
		時間軸	完成	我一直被滴滴騙。
			完成進行	

決定了要表達的是「時間點」、還是「時間軸」的訊息後，如果還想要強調是「進行中」的畫面的話，那就把「簡單式」換成「進行式」、「完成式」換成「完成進行式」，這樣就搞定了。如下：

➤ 選擇 4：是否強調進行中？（非必要）

選擇 1 關係	選擇 2 時間	選擇 3 狀態	選擇 4 是否強調進行中	例句
主動	現在	時間點	簡單	滴滴騙我。
			進行	滴滴在騙我。
		時間軸	完成	滴滴一直騙我。
			完成進行	滴滴一直在騙我。
被動	現在	時間點	簡單	我被滴滴騙。
			進行	我在被滴滴騙。
		時間軸	完成	我一直被滴滴騙。
			完成進行	我一直在被滴滴騙。

如果沒有要強調「進行中」的畫面，完成「選擇 3」，對應到「動詞時態的公式」後，就可以說出口了。「過去式」和「未來式」的流程，跟「現在式」完全一樣，以此類推即可。

請問，**您花了幾分鐘**，看懂、並學會如何選擇英文的 24 種「動詞時態」？

應該不到 10 分鐘吧！所以，就算英文有 24 種「動詞時態」又如何。只要知道它的**「設計原理」**，任何人都能像老外一樣講英文。只怕您學會了如何選擇每句英文的「動詞時態」，但卻沒背「動詞時態的公式」，那就好笑了 ...。

動詞的 5 種型態

型態	原型 V	現在式 V(s)	過去式 V(ed)	過去分詞 Vp.p.	現在分詞 Ving
單字	cheat	cheat(s)	cheated	cheated	cheating
適用時態	未來	現在	過去	被動	進行
				完成	完成進行

動詞時態的公式
(cheat 欺騙)

狀態／時間	現在	過去	未來
簡單	cheat(s)	cheated	will cheat
進行	is cheating	was cheating	will be cheating
完成	has cheated	had cheated	will have cheated
完成進行	has been cheating	had been cheating	will have been cheating

主動關係

狀態／時間	現在	過去	未來
簡單	is cheated	was cheated	will be cheated
進行	is being cheated	was being cheated	will be being cheated
完成	has been cheated	had been cheated	will have been cheated
完成進行	has been being cheated	had been being cheated	will have been being cheated

被動關係

以上，就是英文的「動詞」為何要分成 5 種「型態」，**最主要的目的是：組織「動詞時態」，表達包含 3 個象限（關係、時間、狀態）的訊息畫面。**

英文的「一舉一動」，都要符合「一句一動」的定律。任何一句英文，一定要有一個，也只能有一個「動詞時態」，無一例外。意思是，如果您沒有遵循這個定律來學英文的話，您的「一舉一動」，肯定是「完全沒在動」。

台灣賊磨…多的英語名師、名人們，好像都不太清楚英文「一句一動」的定律。Otherwise, 阿滴兄妹…們拍了那麼多「教英文、玩英文、耍英文、秀英文、消費英文…」的視頻，怎麼沒有半個，叫大家一定要把「動詞時態的公式」當「99 乘法表」背起來？為什麼？因為大家學會了，就沒生意了…… 嗎？應該沒那麼壞啦！他們應該只是不知道，這樣可以教會大家英文而已。

言歸正傳，英文將「動詞」分成 5 種「型態」的**第 2 個目的是：將動詞「變型」成 4 種「片語」**…

◆ 動詞有 4 種「變型」

動詞變型成「片語」

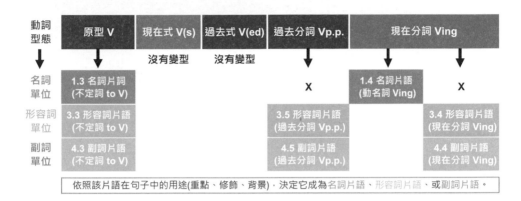

動詞 型態 ↓	原型 V ↓	現在式 V(s) 沒有變型	過去式 V(ed) 沒有變型	過去分詞 Vp.p. ↓	現在分詞 Ving ↓	
名詞 單位	1.3 名詞片詞 (不定詞 to V)			X	1.4 名詞片語 (動名詞 Ving)	X
形容詞 單位	3.3 形容詞片語 (不定詞 to V)			3.5 形容詞片語 (過去分詞 Vp.p.)	3.4 形容詞片語 (現在分詞 Ving)	
副詞 單位	4.3 副詞片語 (不定詞 to V)			4.5 副詞片語 (過去分詞 Vp.p.)	4.4 副詞片語 (現在分詞 Ving)	

依照該片語在句子中的用途(重點、修飾、背景)，決定它成為名詞片語、形容詞片語、或副詞片語。

如同本章開頭，動詞的定義和用法所述。相同型態的「片語」(如：不定詞 to V)，依照該片語在句子中的用途 (重點、修飾、背景)，決定它成為「名詞片語」、「形容詞片語」、或「副詞片語」。下一章，將繼續說明，將「動詞」變型成「片語」的原理和邏輯，和不同型態的片語，有什麼差別，以及所有片語的用法。

這一章，拜託！把**「英文的 99 乘法表」**背起來先，感恩！

designed by 🎨 freepik

英文的「動詞」，分成 5 種「型態」的**第 2 個目的是：將動詞轉換成其 3 種單位的「片語」。**
如下圖：

動詞變型成其他 3 種單位的「片語」

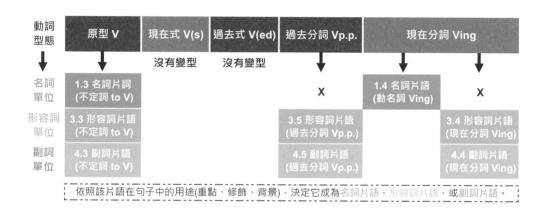

由動詞變型而成的「片語」，一共有 4 種，分別為：

1. **不定詞 to V，**依其在句子中的用途，可作為名詞片語、形容詞片語、或副詞片語。

2. **動名詞片語 Ving，**只能作為名詞片語，用來當作主詞、或受詞。

3. **現在分詞片語 Ving，**依其在句子中的用途，可作為形容詞片語、或副詞片語。

4. **過去分詞片語 Vp.p.，**依其在句子中的用途，可作為形容詞片語、或副詞片語。

相同型態的「片語」（如：不定詞 to V），依照該片語在句子中的用途（重點、修飾、背景），決定它成為「名詞片語」、「形容詞片語」、或「副詞片語」。一個很簡單的問題：

為什麼動詞要變型成其他的單位？？

因為英文的「一舉一動」，都要符合**「一句一動」**的定律。但任何人講話的「一舉一動」，不管是講中文、還是英文，絕對不可能，只侷限在 1 個「動詞」的範圍而已。例如：

1. 我在**寫**這本書。...（1 個動詞）
2. 我為台灣人**寫**這本書。...（1 個動詞）
3. **寫**這本書就像 (**是**) 一個旅程。...（2 個動詞）
4. 我**決定** **寫**這本書。............................（2 個動詞，決定寫，不是 1 個動詞）
5. 我**一直有** **寫**這本書的念頭。.............（2 個動詞⋯一直有寫，也不是 1 個動詞）
6. **寫**這本書的人，今天會**參加**這個會議。...........................（2 個動詞）
7. Mr. Nobody **寫**的這本書快**出版**了。...................................（2 個動詞）
8. **寫**這本書，我的目的**是**要去**導正**人們對語言的誤解。..........（3 個動詞）

站在中文的角度，這幾個句子這麼簡單，管它幾個動詞，直接翻譯就好啦！哪來那麼多廢話！也是！那就直接翻譯吧！

1. I'm writing this book.
2. I wrote this book for my fellows.
3. Writing this book is like a journey.
4. I decided to write this book.
5. I've had a thought to write this book.
6. The man writing this book will join the meeting today.
7. The book written by Mr. Nobody is coming soon.
8. To write this book, my goal is to correct people about their misunderstanding of language.

站在英文的角度，以上 8 個句子中，都有寫到「write」。一下是用「write」，一下是用「writing」，一下又用「written」。但中文全部都是「寫」，到底何時該用哪一個？

不管站在哪一種語言的角度，這 8 個理所當然的句子，其實都是用**「寫這本書」**來構句的。站在「語言色盲」的角度，「寫這本書」就是「4 個國字」。但是**站在老外的角度，「寫這本書」可以是：**

1. 一個句子：我**在寫**這本書。

2. 一個名詞片語：寫這本書像**是**一個旅程。(當作主詞)
   一個名詞片語：我**決定**寫這本書。(當作受詞)

3. 一個形容詞片語：我**一直有**寫這本書的念頭。(修飾名詞：念頭)
   一個形容詞片語：寫這本書的人，今天**會參加**這個會議。(修飾名詞：人)
   一個形容詞片語：Mr. Nobody 寫的這本書快**出版**了。(修飾名詞：這本書)

4. 一個副詞片語：寫這本書，我的目的**是**要去導正人們對於語言的誤解。
   (修飾句子：我的目的是 ......。當作句子的「背景」)

再切回中文的角度，「寫這本書」當然是「4 個國字」。但「寫這本書」也可以像英文一樣，當作「1 句話」、或是 1 句話中的「1 個單位」。

其實**不是「中文也可以像英文一樣」，是「任何語言根本都是一樣」**。中文只是像色盲一樣，沒有把 1 句話的結構 (4 個單位)，像英文一樣區隔出來而已。但不代表中文裡面，沒有這 4 個選項。

小結以上，「動詞變型」的原理，是為了配合英文的**「一句一動」**的定律，如下圖：

「動詞變型」的原理

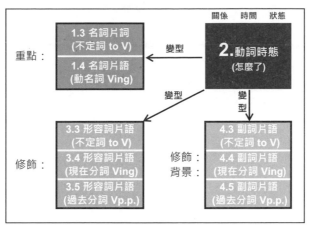

「動詞變型」是為了配合英文「一句一動」的定律。

任何一個**動詞**單字、或是包含**動詞**的訊息，都可以像「**寫這本書**」一樣，變型成其他 3 種單位的「片語」。再依照該片語在句子中的用途 (重點、修飾、背景)，決定它成為「名詞片語」、「形容詞片語」、或「副詞片語」，然後講出各式各樣的訊息內容。不只是英文，中文當然也一樣。以下分別就 4 種由動詞變型而成的「片語」，一一列出並加以說明。

■ **動詞**的變型 1：不定詞 to V

動詞變型成「不定詞 to V」

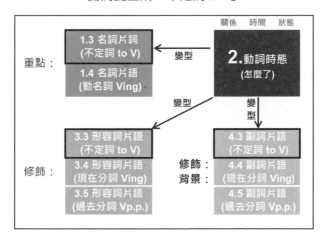

「不定詞 to V」依照在句子中的用途（重點、修飾、背景），可作為「名詞片語」、「形容詞片語」、或「副詞片語」。是英文中，最廣泛使用、也是最好用的片語。

● **不定詞 to V 的用途 1：當作名詞片語，**

「名詞片語」的用法，跟「名詞單字」完全一樣，可作為句子的「主詞」和「受詞」。舉例如下：

A.「不定詞 to V」當「主詞」

1. <u>To do</u> is much louder than to say.
   做比說實際多了 = <u>去做</u> / 是 / 更 / 大聲的 / 比去說。

2. <u>To be a good man</u> is not easy.
   做一個好人不容易 = <u>去做一個好人</u> / 是不 / 容易的。

3. <u>To prepare as well as possible</u> is necessary.
   盡可能地準備好是必要的 = <u>去準備盡可能地好</u> / 是 / 必要的。

4. <u>To write something important down in the meeting</u> will be helpful.
   在會議中，把重要的東西記下來，是有幫助的
   = <u>去把重要的東西寫下來在會議中</u> / 將會 / 有幫助的。

5. <u>To be assigned to do the project</u> is my honor.（被動式的「不定詞 to be Vp.p.」）
   <u>被指派去做這個專案</u> / 是 / 我的榮幸。

B. 「不定詞 to V」當「受詞」

1. I want <u>to take out</u>.
   我 / 想要 / <u>外帶</u>。

2. I asked him <u>to do me a favor</u>.
   我 / 請 / 他 / <u>幫我一個忙</u>。

3. People have <u>to do some exercise regularly to keep healthy</u>.
   人們 / 需要 / <u>做一些規律的運動</u> / <u>來維持健康</u>。

4. He seems <u>to have finished the project</u>. (完成式的「不定詞 to have Vp.p.」)
   他 / 好像 / <u>已經完成了這個專案</u>。

5. A fundamental principle to achieve a goal is <u>to set a reasonable one</u>.
   達成目標的基本原則，是設定一個合理的目標
   = 一個基本的原則 / 去達成目標 / 是 / <u>去設定一個合理的目標</u>。

● 不定詞 to V 的用途 2：當作形容詞片語

「形容詞片語」的用法，跟「形容詞單字」一模一樣，只能用來修飾「名詞單字」。
舉例如下：

C. 「不定詞 to V」修飾「名詞單字」

1. <u>A fundamental principle</u> <u>to achieve a goal</u> is to set a reasonable one.
   達成目標的基本原則，是設定一個合理的目標
   = 一個原則 / <u>去達成目標</u> / 是 / 去設定一個合理的目標。

2. <u>The ability</u> <u>to speak English</u> is necessary for this job.
   英文能力對這個工作來說，是必要的 = 這個能力 / <u>講英文的</u> / 是 / 必要的 / 對這個工作。

3. I have <u>a wish</u> <u>to be able to speak English</u>.
   我希望能夠講英文 = 我 / 有 / 一個願望 / <u>能夠講英文的</u>。

4. I don't have something to do today.

　我今天沒事做 ＝ 我 / 沒有 / 事情 / 要做的 / 今天。

5. I have nothing to say.

　我無話可說 ＝ 我 / 有 / 沒事 / 要說的

　英文和中文的表達順序，最大的不同就是，英文如果用到「形容詞片語」或「形容詞子句」來修飾「名詞」時，是「**先講重點，再作**修飾」。而中文的表達順序，永遠是「先作修飾，再講重點」。

● **不定詞 to V 的用途 3：當作副詞片語**

　「副詞片語」的用法，跟「副詞單字」一模一樣，可以用來修飾「動詞」、「形容詞」、「副詞」、或「整個句子」。舉例如下：

D.「不定詞 to V」當作「副詞片語」，無法修飾「動詞」

　理論上，所有的「副詞單位」，都可以修飾「動詞」。但實際上，只有「副詞單字」可以用來修飾「動詞」，「副詞片語」和「副詞子句」無法修飾「動詞」。因為會跟「名詞片語」、和「名詞子句」相衝突。

1. I decided to be a good man.

　我 / 決定 / 做個好人。

　I finally decided to be a good man.

　我最後決定做個好人 ＝ 我 / 最後地 / 決定 / 做個好人。

2. The PC needs to upgrade.

　這台電腦 / 需要 / 去升級。

　The PC probably needs to upgrade.

　這台電腦 / 可能（地）/ 需要 / 升級。

如果「**動詞時態**」後面接「不定詞 to V」，那就一定是「受詞：名詞片語」，沒辦法成為「副詞片語」，來修飾「動詞」。這根本不用特別記起來，只要了解各種單字詞性的「定義和用法」，用「常理」判斷就好。

E.「不定詞 to V」**當作**「副詞片語」，**可以**修飾「形容詞」

1. I am honored **to take this job**.
   我很榮幸接下這個工作 = 我 / 是 / 光榮的 / **接下這個工作**。

2. I will be happy **to be told the truth**.（被動式的「不定詞 to be Vp.p.」）
   我樂意被告知實話 = 我 / 將會 / 高興的 / **被告知實話**。

3. I had been hesitant **to write this book** for a long time.
   我猶豫要不要寫這本書好一段時間 = 我 / 一直是 / 猶豫的 / **去寫這本書** / 一段很長的時間。

　　要像老外這樣講英文的關鍵，是在**知道** honored、happy、和 hesitant 是「形容詞」，才會有意識地用「副詞單位（單字、片語、子句）」來修飾它們。

✓　I am **very** grateful **that you tell me the truth**.（用副詞單字和子句，修飾 grateful）
　　你告訴我實話，我非常感激 = 我 / 是 / **非常地** / 感激的 / **你告訴我實話**。

✓　I will be **highly** grateful **if you tell me the truth**.（換個副詞單字，修飾 grateful）
　　如果你告訴我實話，我會非常非常感激 = 我 / 將會 / **高度地** / 感激的 / **如果你告訴我實話**。

　　在講英文的人眼裡，雖然是不同的文字「字面」，但是表達了相同的訊息「畫面」，那**就是**「同一句話」。相反地，在講中文的人眼裡，只要是不同的文字「字面」，就算表達了相同的訊息「畫面」，那依舊**不是**「同一句話」。所以，用**「中文意思」**的角度來學英文，肯定是場「悲劇」。但改用**「訊息單位」**的角度來學英文，「悲劇」立馬變「喜劇」。另外，英文不管是用「形容詞單位」來修飾「名詞」，還是用「副詞單位」來修飾「名詞以外」的其他東西，只要用到的修飾單位是「片語」和「子句」，一定是「先講重點，再作修飾」。而中文的表達順序，永遠是「先作修飾，再講重點」。

1. I am <u>here</u> **to fix the problem**.
   我 / 在 / 這裡 / <u>處理這個問題</u>。

乍看之下，to fix the problem 好像是在修飾「副詞 here」。但按照「常理」，有人會用「處理問題」來修飾一個「地點」嗎？但換個叫度來看，如果用 to fix the problem，來當作「我在這裡 (幹嘛)」的「背景 (關於什麼事)」，應該很正常吧！

所以，這句話的「副詞片語 to fix the problem」，是用來修飾**「整個句子 I am here.」**，不是用來修飾「副詞單字 here」。如此結論一樣符合「副詞單位」的定義和用法：「副詞」可以用來修飾「動詞」、「形容詞」、「副詞」、或**「整個句子」**。以下這個例句也是一樣的情形，「不定詞 to V」是整句話的「背景」。

2. He went <u>there</u> <u>yesterday</u> **to monitor the control system**.
   他 / 去 / 那裡 / 昨天 / <u>監控控制系統</u>。

不管做任何事，不要看到黑影就開槍，要保持基本的「常理」。千萬不要像某些人一樣，學會規則，然後濫用規則，再硬ㄠ些小變化來裝模作樣。當您因此學會了英文之後，就有分辨這些人和書的能力了。

「不定詞 to V」放在**句尾**，當作句子的「背景」。

1. I am here <u>to fix the problem</u>.
   我 / 在 / 這裡 / <u>處理這個問題</u>。

2. He went there yesterday <u>to monitor the control system</u>.
   他 / 去 / 那裡 / 昨天 / <u>監控控制系統</u>。

「不定詞 to V」放在放在**句首**，也是當作句子的「背景」。

3. <u>To be honest</u>, I don't enjoy writing pretty much.
老實說，我很不喜歡寫作 = <u>是誠實的</u>，我 / 不喜歡 / 寫作 / 有點 / 多地。

4. <u>To take the job</u>, I feel a little stressed.
接這個工作，我感到有點壓力 = <u>接這個工作</u>，我 / 感到 / 一點 / 壓力的。

對於我們講中文的人來說，要習慣這樣的規則、架構、講話方式，絕對有一定的難度。因為我們天生就不清楚「一句話」的定義是什麼？更不可能去分類什麼是訊息的要件 ...。相反地，老外的老祖先們，把「一句話」的條件定義得非常明確。一句英文，一定要符合「**一句一動**」的定律，連上帝也不能例外。任何人講的任何一句英文，都得根據這個定律來組織一句話的「重點」，然後再視情況加入「修飾」或「背景」，讓訊息的畫面更加豐富立體。這樣的流程，像下面這樣：

重點：I don't enjoy writing.
修飾：I don't enjoy writing **pretty much**. 「副詞」修飾「動詞」。
背景：<u>To be honest</u>, I don't enjoy writing pretty much. 「副詞片語」放在句首，修飾「句子」。

或是：<u>Honestly</u>, I don't enjoy writing pretty much. 改用「副詞單字」放在句首，修飾「句子」。
或是：I don't enjoy writing pretty much, **honestly**. 改用「副詞單字」放在句尾，修飾「句子」。

不管「字面」上如何變動，訊息的「畫面」完全一樣。總之，這句話的重點就是：I don't enjoy writing.。修飾和背景，可加可不加。在**符合文法規則**的情況下，愛怎麼加，就怎麼加，隨您要表達的「畫面」為準，「字面」完全不是重點。

這個流程，就是英文的表達邏輯和架構 (老外們繼承的語言資產)，表達的工具，是英文的 4 種單位 (名詞單位、動詞時態、形容詞單位、和副詞單位)。「不定詞片語 to V」、「動詞時態」、「副詞單字」…都只是其中的 1 種單位，用來表達不同的訊息要件 (重點、修飾、或背景)。

「不定詞片語 to V」依照在句子中的用途 (重點、修飾、背景)，可分別作為「名詞片語」、「形容詞片語」或「副詞片語」。相較之下，**不定詞片語 to V 算是英文中，功能最多的「單位」**。

■ 動詞的變型 2：動名詞 Ving

動詞變型成「動名詞 Ving」

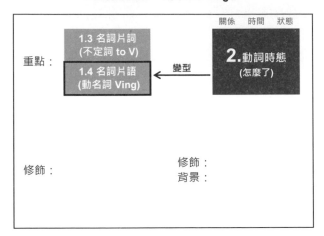

　　「動名詞 Ving」的意思是：把「**動詞單字**」名詞化。用白話文來說，就是把「動詞單字」變成「名詞單字」，所以叫它「動名詞」，由「現在分詞 Ving」來變型成「動名詞 Ving」。既然變成了「名詞單位」了，就可以用來當作句子的「主詞」和「受詞」。

➢ 不定詞 to V 和動名詞 Ving 的差別

不定詞 **to V**：To write a book is my goal. 寫一本書 / 是 / 我的目標。
動名詞 **Ving**：Writing a book is so tired. 寫一本書 / 是 / 很 / 累的。

　　同樣的中文「字面」，不管是「寫一本書」、「開車」、「認真工作」、「打籃球」…，使用這兩種動詞的變型的差別在於：

不定詞 **to V**：表達「去做」的畫面。
動詞 **Ving**：表達「在做 (進行中)」的畫面，所以使用「現在分詞 **Ving**」。

● 動名詞 Ving 唯一的用途：當作名詞片語

「名詞片語」的用法，跟「名詞單字」完全一樣，可作為句子的「主詞」和「受詞」。舉例如下：

A.「動名詞 Ving」當作「主詞」

1. Giving up isn't an option for me.
   放棄不是我的選項 = 放棄 / 不是 / 一個選項 / 對我來說。

2. Running a business is not easy.
   經營一個事業不容易 = 經營一個事業 / 不是 / 容易的。

3. Reading is what I like to do most.
   閱讀才是我最喜歡的事 = 閱讀 / 是 / 我最喜歡做的事。

4. Pretending a good man must be very tired.
   裝好人一定很累 = 裝好人 / 一定是 / 很 / 累的。

5. Setting a reasonable goal is a fundamental principle to achieve it.
   設定一個合理的目標，是達到目標的基本原則
   = 設定一個合理的目標 / 是 / 一個基本原則 / 去達到它的。

6. Being told the truth by him was a little shocking for me.
   (被動式的「動名詞 Being Vp.p.」)
   被他告知實情讓我有點驚訝 = 被告知實情 / 由他 / 是 / 一點點 / 驚訝的 / 對我。

■ 任何由動詞變型的片語，都可以包含不同的時態（完成、被動…）在裡面，表達訊息不同的畫面細節

1. 進行（動名詞 Ving）：<u>Finishing the book</u> will be a huge relief.

完成這本書（名詞化而已，finish 不會有進行中的畫面）

2. 完成（動名詞 Ving）：<u>Having finished the book</u> will be a huge relief.

完成這本書 📢 正在做 ...)

3. 簡單（不定詞 to V）：<u>To finish the book</u> will be a huge relief.

去完成這本書（可能還沒開始）

4. 完成（不定詞 to V）：<u>To have finished the book</u> will be a huge relief.

去完成這本書完成（可能還沒開始）

這 4 句話，就中文的「字面」上，幾乎一模一樣，就英文的「規則」上，也都完全正確。如果 Mr. Nobody 想要表達的畫面是：我寫完這本書，就解脫了。（我已經在寫 ...)

該講哪一句，比較合適？

應該是 2.，比較符合我的心意。**在「文法規則」的範圍裡面…**

英文<u>永遠沒有</u>標準答案

真正的標準答案，是在我們自己的腦袋裡。如果我們沒有使用「英文語言資產」的能力，那沒有人會知道，我們真正想要表達的意思是什麼？

B.「動名詞 Ving」當作「受詞」

1. I enjoy <u>doing my job</u>.
   我享受我的工作 = 我 / 享受 / <u>做我的工作</u>。

2. I don't enjoy <u>writing</u>, honestly.
   老實說，我不喜歡寫作 = 我 / 不喜歡 / <u>寫作</u> / 老實地。

3. We should avoid <u>driving too fast</u> at night.
   我們晚上最好不要開太快 = 我們 / 應該避免 / <u>開車 / 太快</u> / 晚上。

4. Due to the current situation, I suggest <u>working from home</u>.
   由於現在的狀況，我建議在家上班 = 由於現在的狀況 / 我 / 建議 / <u>上班 / 從家裡</u>。

5. I'm considering <u>having a meeting with him</u> to close the deal.
   我正在考慮跟他開個會，來搞定這筆交易
   = 我 / 正在考慮 / <u>開一個會 / 和他</u> / 來完成這個交易。

   以上是「動詞的變型 2：動名詞 Ving」的說明。後面只剩 2 個「動詞的變型」，就搞定了。

■ 動詞變型 3：現在分詞片語 Ving

動詞變型成「現在分詞片語 Ving」

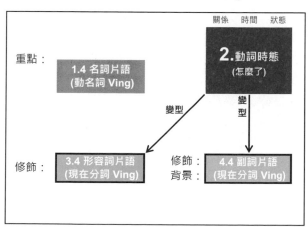

「現在分詞片語 Ving」和「動名詞 Ving」長得一模一樣，都是由動詞的「現在分詞 Ving」，所變型而成的片語。差別在於，「現在分詞片語 Ving」在英文句子中，是用來作為「修飾」用途的「形容詞片語」或「副詞片語」。先看說明和例句，然後再比較它們的差別。

● 現在分詞片語 Ving 的用途 1：當作形容詞片語

用來修飾「名詞單字」，表達「主動」的狀態。舉例如下：

1. The man sitting there is my client.
   坐在那邊的那個男人，是我的客戶 = 那個男人 / 坐在那邊 / 是 / 我的客戶。

2. The boss running this restaurant is my friend.
   經營這家餐廳的老闆，是我的朋友 = 老闆 / 經營這家餐廳 / 是 / 我的朋友。

3. People protesting outside are primarily students.
   外面抗議的民眾，主要是學生 = 人們 / 抗議 / 在外面 / 是 / 主要地 / 學生。

4. People having the same experience will be hired in the first place.
   有相同經驗的人將優先被錄用 = 人們 / 有相同經驗 / 將被錄用 / 優先。

5. The problem coming from the brake must take very seriously.
   剎車引起的問題必須非常重視 = 問題 / 來自剎車 / 一定要注意 / 非常地 / 嚴肅地。

　　因為「現在分詞片語 Ving」表達的是「主動」的狀態，所以通常是用來修飾「人」。不代表不能修飾「事物」，如上面例句 5.。英文沒有標準答案，只要「規則正確」，看得到「訊息畫面」，那就不會是錯的。不過，如果「規則正確」，但看不到「訊息畫面」，那就是「幹話」，有講等於沒講。但是，就算是幹話，只要「規則正確」，我們也不能說它是錯的。

● 現在分詞片語 Ving 的用途 2：當作副詞片語

理論上，所有的「副詞片語」都可以用來修飾「**動詞**」、「形容詞」、「副詞」、或「**整個句子**」。但實際上 ...

A.「現在分詞片語 Ving」當作「副詞片語」，**無法修飾**「動詞」

I stop <u>thinking too far</u>. (X) 「想太多」不是用來修飾「停止」的。
I stop <u>thinking too far</u>. (O) 「想太多」是用來當作句子的「受詞」。
我 / 停止 / <u>想太多</u>。

B.「現在分詞片語 Ving」當作「副詞片語」，**通常不會直接修飾**「形容詞」

I have been exhausted <u>writing this book</u>. 規則上是對的，但通常不會這樣講英文。
I have been exhausted **by writing this book**.
「介係詞 + 動名詞」，一樣是「副詞片語」，我們通常會這樣講英文。
我 / 已經是 / 筋疲力盡的 / <u>因為寫這本書</u>。

如果不了解規則，就只能就「字面上」或用「中文意思」的角度，去死背所謂的「句型」。用這種方式來學英文，就是活到老，學到老，到老也學不會英文。

C.「現在分詞片語 Ving」當作「副詞片語」，**不是在修飾**「副詞」，是在修飾「整個句子」

He is <u>there</u> <u>waiting for you</u>. (X) 沒有人會用「等妳」，來修飾「那裡」。
He is there <u>waiting for you</u>. (O) 「等妳」是「他在那裡」的「背景」。

這樣的說明，看起來有點多餘，也有點白癡。管它「什麼」修飾「什麼」，寫得順，講得溜就好了。老實說，確實是！

不過，大部分的人，問題都出在這。當真的面對老外時，或是開會要用到英文回答時，這種現在看起來理所當然的英文，通常是一句都噴不出來。因為我們看不起「老外天生就繼承的語言資產」，所以我們不可能會知道一句英文，真正的結構是什麼？因此，再單純的句子，我們也很難「有自信地」說出口。例如下面這個句子：

他氣沖沖地跑來找我。

He came angrily **looking for me**. (X)「找我」既不是用來修飾副詞「氣沖沖地」。

He came **angrily** **looking for me**. (O)「找我」是用來當作句子「背景」。

He came angrily **looking for me**. (X)「找我」不是句子的「受詞」，這樣很怪。

He came **looking for me**. 把「氣沖沖地」抽掉，「找我」是「背影」，就很明顯了。

He came **angrily**. 他氣沖沖地跑來。也是一句話，不管他跑來幹嘛。

He came. 他跑來。就算是一個完整的訊息（一句一動），管他是高興地來、還是生氣地來。

D.「現在分詞片語 Ving」當作「副詞片語」，**當然可以拿來修飾「整個句子」**

放在句首，當作句子的「背景」。

1. **Regarding this issue**, we need to have further discussion.
   關於這個議題，我們 / 需要 / 做更進一步的討論。

2. **Considering the current situation**, I suggest working from home.
   考量到現在的狀況，我 / 建議 / 在家工作。

3. **Following the opening speech**, the fundraising party will officially begin.
   開幕致詞之後，募款餐會 / 將正式開始。

放在句尾，當作句子的「背景」。

1. The fundraising party will officially begin **following the opening speech**.
   募款餐會 / 將正式開始 / **緊接著開幕致詞**。

2. He came to our office **presenting the latest marketing strategy** yesterday.
   他 / 來 / 我們辦公室 / **介紹最新的行銷策略** / 昨天。

➤ 現在分詞片語 Ving 和動名詞 Ving 的差別

動名詞 Ving (當作受詞)：

I hate <u>writing</u>.

動名詞 Ving (當作主詞)：

<u>Writing this book</u> had taken me a lot of time.

現在分詞片語 Ving (當形容詞片語)：

<u>The man</u> <u>sitting there</u> is my client.

現在分詞片語 Ving (當形容詞片語)：

<u>People</u> <u>having the same experience</u> will be hired in the first place.

　　同樣都是用「現在分詞 Ving」變型的片語，為什麼一個叫「動名詞 Ving」，另一個叫「現在分詞片語 Ving」、或是有的書上叫「分詞片語」？

　　因為「片語」的定義是：**2 個單字以上**的單字組合，成為 1 個「單位」。不及物動詞 (後面可以不用加受詞)，像是 write, read, teach, cook...，它們的現在分詞 writing, reading, teaching, cooking...，**1 個單字**就可以成為 1 個「單位」，這樣就不符合了「片語」的定義。所以，才另外生出「動名詞 Ving」這個名字，來作為區隔。

　　基本上，老外講英文，90% 以上的「現在分詞片語 Ving」，都是用來修飾「名詞」。所以，只要看到「名詞 the man 男人」的**後面**是「**動詞 Ving**」時，就知道它們是「形容詞片語 walking in the rain 在雨中漫步的」了。The man walking in the rain 翻成中文，就是「在雨中漫步的男人」，以此類推。

　　這樣的表達順序 (先講重點，再作修飾)，跟中文是完全相反的，也是我們講中文的人，英文學得很掙扎的主要原因之一。順序顛倒，單字都看得懂，意思大概都懂，蓋起來重寫或重講一遍，就不懂不懂了，這樣當然掙扎啊！35 歲前的 Mr. Nobody，就是這樣反覆地掙扎著 ...。

　　剩下最後 1 個動詞變型的片語了，學會它們，就不掙扎了。

■ 動詞的變型 4：過去分詞片語 Vp.p.

動詞變型成「動名詞 Ving」

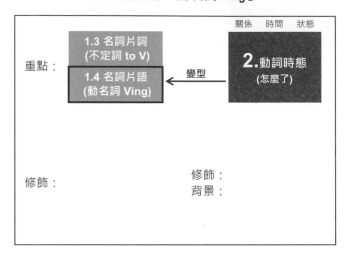

「過去分詞片語 Vp.p.」和「現在分詞片語 Ving」的用法完全一樣。在英文句子中，都只能作為「修飾」用途的「形容詞片語」或「副詞片語」。它們的差別只在於：

「現在分詞片語 Ving」表達的是**「主動」**的狀態，所以**通常**是用來**修飾「人」**。
「過去分詞片語 Vp.p.」表達的是**「被動」**的狀態，所以**通常**是用來**修飾「事物」**。

● 過去分詞片語 Vp.p. **的用途 1：當作**形容詞片語

用來修飾「名詞單字」，表達**「被動」**的狀態。舉例如下：

1. The book **published last month** is hot now.
   上個月出版的這本書現在很熱門＝這本書 / 被出版 / 上個月 / 是 / 熱門的 / 現在。

2. The book **written by Mr. Nobody** was published last week.
   諾巴迪先生寫的書上週出版＝這本書 / 被諾巴迪先生寫的 / 被出版 / 上個禮拜。

3. The system **designed by us** is running smoothly.
   我們設計的系統，運作地很順利 = 這個系統 / 被我們設計的 / 正在跑 / 流暢地。

4. The restaurant **recommended by Michelin** will naturally **become** a famous one.
   被米其林推薦的餐廳，肯定會出名
   = 這個餐廳 / 被米其林推薦的 / 會（自然地）變成 / 一家有名的餐廳。

5. The new man **hired last week** was my classmate at college.
   上禮拜被雇用的新人，是我的大學同學 = 新人 / 被雇用 / 最近地 / 是 / 我同學 / 在大學。

● 過去分詞片語 Vp.p. 的用途 2：當作副詞片語

理論上，「副詞片語」可以用來修飾「動詞」、「形容詞」、「副詞」、或「整個句子」。但實際上，幾乎都是用來修飾「整個句子」。

放在句首，當作句子的「背景」。

1. **Based on my research**, most people in Taiwan **study** English in the wrong direction.
   根據我的研究，大部分的台灣人，學英文的方向是錯的
   = **根據我的研究**，大部分的人 / 在台灣 / 學習 / 英文 / 在錯誤的方向。

2. **Given the current situation**, I **suggest** working from home.
   鑑於當前的狀況，我 / 建議 / 在家上班。

3. **Compared with others**, I am not particularly smart.
   跟別人比起來，我 / 不是 / 特別地 / 聰明。

放在句尾，當作句子的「背景」。

1. The city **will start** lockdown <u>from 6 pm</u> <u>today</u>, **caused by the Covid-19 outbreak**.
   因為新冠肺炎疫情擴散，這座城市將在今天晚上 6 點開始封城
   = 這座城市 / 將開始 / 封城 / 從晚上 6 點 / 今天 / <u>**因為新冠肺炎疫情的擴散**</u>。

以上就是 4 種由動詞變型而成的「片語」，所有的說明與比較。

英文的「一舉一動」，都要符合「一句一動」的定律。

英文所有的規則、文法，老外天生所繼承的語言資產，全部都是由這句話出發的。

designed by freepik

從小到大，總是聽老師說，要多背單字，還有**片語**，英文才會進步。老師所謂的片語，像下面表格裡那些…，Mr. Nobody 念書的時候倒是背了不少。倒不是因為 Mr. Nobody 乖巧又聽話，而是這些所謂的片語，通常都很簡單，意思和組合憑常理就能記住了，何需要背？不過，我們的文化和教育，通常只重視分數和標準答案，忽視常理，搞得整個社會的英文能力都爛到爆…

老師所說的「片語」
phrasal verb

動詞 + 副詞 (可以拆開來)		動詞 + 介係詞 (不可以拆開來)		動詞 + 副詞 + 介係詞 (不可以拆開來)	
figure out	搞清楚	account for	說明	come up with	突然想到
get up	起床	apply to	應用	look forward to	期待
give up	放棄	apply for	申請	get along with	相處
find out	發現	comply with	遵守	get over with	熬過
pick up	接送	depend on	依靠	go in for	投入
pay off	付清	deal with	處理	put up with	忍受
turn on	打開	get through	克服		
turn off	關掉	look into	調查		
wake up	喚醒	look for	尋找		
write down	寫下	refer to	參考		

在台灣，看到英文字，所謂「會」或「不會」的定義就是：**知道中文意思**，就算**會**。所以，以上那些「老師們所說的片語」，Mr. Nobody 國中還沒畢業，就全部都會了，沒有一個不會。只是 ... **不會用**而已。意思是：

知道「片語」的中文意思 = 會，但 ≠ 會用

所以，這到底算「會」、還是「不會」？？？應該算「不會」吧！所以，這個公式的真實面貌，應該是：

知道「片語」的中文意思 ≠ 會 ≠ 會用

所以，就算知道「片語」中文意思，既不算「會」，也「不會用」，那我們到底在幹嘛？問題出在哪？問題出在「中文意思」上嗎？？？問題 ... 當然不是出在「中文意思」上。問題是出在「語言色盲」！

真正的「片語」，英文名字叫做「phrase」，是「名詞」單字。「片語」的定義是：

由 2 個以上的單字，組合而成的一個「單位」。依照「片語」在句子中的用途（重點、修飾、背景），決定該「片語」為「名詞片語」、「形容詞片語」、或「副詞片語」。Chapter 2 有列出 4 個詞性的單字字尾給大家 ...

「phrase 片語」，這個「名詞」單字的形容詞字尾是「~ al」，把它變成形容詞後，就是…「phrasal 片語的」，意思是：2 個以上單字的。是「形容詞」單字。

我以前當學生時所認知的「片語」，像是「figure out 搞清楚」、「get up 起床」…。它們的英文名字叫做「phrasal verb 片語的動詞」。請問，它們究竟是**片語？**還是**動詞？？**可以參考看看下面這張圖：

我們所認知的片語...
究竟是「片語」？還是「動詞」？？

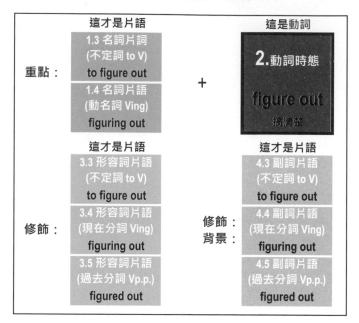

後來 Mr. Nobody 自己學會了英文，把「動詞的變型」搞清楚之後，畫出了上面這張圖。第一個反應是，「figure out」是應該是「動詞」啊！「**to** figure out」、「figur**ing** out」、「figur**ed** out」才是「片語」。所以，「get up」也是「動詞」，「**to** get up」、「get**ting** up」、「**gotton** up」才是「片語」。

那麼，「wake up」也是「動詞」，「**to** wake up」、「wak**ing** up」、「wak**ed** up」才是「片語」。原來從小到大，我所認知的「片語」，如 figure out, give up, depend on, deal with, come up with, look forward to......，全部都還是「動詞」。不管是 1 個字的「一般的動詞」，如 give, come, teach, write…，還是 2 個字以上的「片語的動詞」，如 give up, come up with...

都要「變型」後，才會變成「片語」

然後，依照該片語在句子中的用途（重點、修飾、背景），決定其為「名詞片語」、「形容詞片語」或「副詞片語」。

恍然大悟的當下，Mr. Nobody 想到了國高中時期的那本「狄克生英文片語」。該不會裡面的每個「片語」，都是**不定詞 to V** 吧！狄克森正好就在我身旁的書架上，擺了超過 20 年。上次翻開它，已經是上個世紀的事了。

事隔 20 多年，再把它抽出來的當下，一看到如此復古的封面，內心突然有些複雜。一方面感慨當年，看著它一點感覺都沒有。另一方面展望未來，既期待又怕受傷害。期待它會跟我想的一樣（都是不定詞 to V？），但又有點怕，事實是我自己想太多。稍微調整了一下心情後，睽違了 20 幾年，我再度翻開了「狄克森片語」。結果，真的全部都是**不定詞 to V**！！

狄克生英文片語

to figure out	搞清楚	**to** account for	說明	**to** come up with	突然想到
to get up	起床	to apply to	應用	to look forward to	期待
to give up	放棄	to apply for	申請	to get along with	相處
to find out	發現	to comply with	遵守	to get over with	熬過
to pick up	接送	to depend on	依靠	to go in for	投入
to pay off	付清	to deal with	處理	to put up with	忍受
to turn on	打開	to get through	克服		
to turn off	關掉	to look into	調查		
to wake up	喚醒	to look for	尋找		
to write down	寫下	to refer to	參考		

所以，以前老師說：請把「figure out 搞清楚」這個**「片語」**背起來，因為英文很常用到這個**「片語」**。我的認知，是下面這樣：

關係	時間	狀態	例句	中文
主動	過去	簡單	I **figured out** how to talk in English.	我之前就搞清楚怎麼講英文了。
主動	現在	完成	I **have figured out** how to talk in English.	我已經搞清楚怎麼講英文了。
主動	現在	完成進行	I **have been figuring out** how to talk in English.	我一直在搞清楚怎麼講英文。
主動	未來	簡單	I **will figure out** how to talk in English.	我會搞清楚怎麼講英文。
主動	現在	進行	I **am figuring out** how to talk in English.	我正在搞清楚怎麼講英文。

這樣很好啊！每句話都對啊！只是這 5 個句子裡，沒有半個**「片語」**！「figure out」在這裡，全部都是句子的**「動詞時態」**，**不是「片語」**。看到這，對講中文的人來說，通常只會有一個反應，就是**「有差嗎？」**

如果「沒差」的話，照理講，我只要把我以為的**片語**「figure out 搞清楚」背起來之後，就可以把下面這些句子翻譯成英文了 ……

1. 把事情**搞清楚**，需要耐性。
2. 先把事情**搞清楚**，遠比先做事情重要。
3. **搞清楚**英語如何運作的這件事，讓我跟人講話變得更加精準聰明。
4. **搞清楚**中英文差異的人，是 Mr. Nobody。
5. 我們團隊找到 **(搞清楚)** 的解決方案奏效了。
6. 要把事情**搞清楚**，你需要的是邏輯性的思考。
7. 把事情**搞清楚**時，除了邏輯思考，還需要些耐性。

如果您以為的「片語」，跟「以前的 Mr. Nobody 以為的」一樣的話，那肯定搞了半天，也翻不出來。但如果您知道了「片語」，跟「現在的 Mr. Nobody 教您的」一樣的話，那鐵定輕輕鬆鬆，就翻出來了。就像下面這樣：

	英文	單位	英文的中文
1	Figuring something out needs patience.	名詞 片語	把事情搞清楚/需要/耐性。
2	To figure out things first is much more important than doing something first.	名詞 片語	先把事情搞清楚/是/很多地/更/重要的/比先做事情重要。

	英文	單位	英文的中文
3	The thing to figure out how English operates helps me talk with people more precisely and intelligently.	形容詞 片語	這件事/搞清楚英語如何運作的/幫助/我/跟別人講話更加精準聰明。
4	The person figuring out the differences between English and Chinese is Mr. Nobody.	形容詞 片語	人/搞清楚中英文差異的/是/諾巴廸先生。
5	The solution figured out by our team works.	形容詞 片語	解決方案/我們團隊找到的/奏效了。

英文	單位	英文的中文
6 <u>To figure out things</u>, you need logical thinking.	副詞 片語	要把清楚事情，您/**需要**/邏輯性的思考。
7 <u>Figuring things out</u>, you also need some patience besides logical thinking.	副詞 片語	把事情搞清楚時，您/也/**需要**/一些耐性/除了邏輯思考。

這樣才是老外在用的**片語**！！！這就是為什麼 Mr. Nobody 對**世俗所說的片語**，相當有意見的原因。這個錯誤的認知，耽誤了我 20 幾年的人生，能沒有意見嗎？

如果搞不清楚「動詞時態」和「片語」的差別，我們就永遠沒辦法像**老外天生的那樣（不是語言色盲）**，擁有組織「訊息單位」的能力。如果沒有組織「訊息單位」的能力，就算集滿 2.4 萬個動詞單字，再加 2,400 個「老師說的片語」，**終究還是個「語言色盲」**，沒辦法像老外一樣，完成拆解和組合一句話的流程，說出以上這 7 句英文。

以樓上的第 2 個例句為例，用「語言色盲」的方式，把它直接翻譯成英文，再畫個線、圈個自以為的關鍵字，大概就是 Mr. Nobody 以前學英文的方式（如下）。

中文：

先把事情<u>搞清楚</u>，遠比先做事情重要。

英文：

To **<u>figure out</u>** things first is much more **<u>important</u>** than doing something first.

永遠只有「單字」和「中文」，是我們自古以來，英語學習的唯一方式。如果再多問老師、或網紅們一句，這句話是怎麼寫出來 / 講出來的？

他們可能會說：「用片語寫出來的啊！」、「用 figure out 和 important 寫出來的啊！」、「就是這樣寫出來的啊！」、「多背單字和片語，就會像我們這樣講出來了啊！」、「多開口講英文，隨便亂說也好，久了就有可能跟我們一樣啊！」…類似這樣的回答。搞得會講幾句英文，就像有特異功能一樣。

相反地，台客 Mr. Nobody 不但不會給您這種沒有建設性、有講等於沒講的答案，還會馬上告訴您，如何像老外一樣地，講出這樣的英文。同時讓您看到自己在不久的將來，也能跟 Mr. Nobody 一樣做到的景象，如下！

步驟一（確認重點）：先把事情搞清楚 / 是 / 重要的。
英文：**To figure out things first is important**.

步驟二（修飾形容詞）：先把事情搞清楚 / 是 / 重要的 / 比先做事情重要。
英文：To figure out things first is important **than doing something first**.

步驟三（再修飾形容詞）：先把事情搞清楚 / 是 / 更 / 重要的 / 比先做事情重要。
英文：To figure out things first is **more important** than doing something first.

步驟四（再修飾一下副詞）：
先把事情搞清楚 / 是 / 很多地 / 更 / 重要的 / 比先做事情重要。…表達中文「遠比…」的畫面。
英文：To figure out things first is **much more** important than doing something first.

這樣就跟「先把事情**搞清楚**，遠比先做事情重要。」的訊息內容完全一樣，那就是同一句話了，也就是完成了「中翻英」。如果還嫌不夠的話，再加個「背景」也行。

步驟五（加個**背景**吧）：
就我個人的想法，先把事情搞清楚 / 是 / 很多地 / 更 / 重要的 / 比先做事情重要。
英文：**In my opinion**, to figure out things first is much more important than doing something first.

整句話的架構，如下圖：

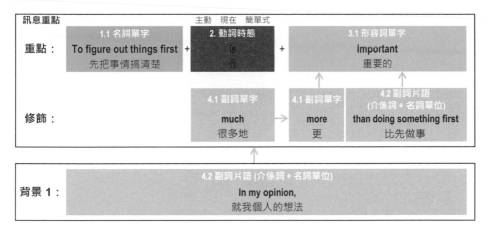

前面靠北了這麼多「片語的動詞」和「真正的片語」…，目的就是要讓您了解，**「先把事情搞清楚」**可以用**「片語的動詞 figure out 搞清楚」**變型成一個的「名詞片語 to figure out things 把事情搞清楚」。因為中文的訊息是「先搞清楚」，所以片語的尾巴再加一個「副詞 first」，來修飾**「片語的動詞 figure out」**，整個「名詞片語 to figure out things first 先把事情搞清楚」就完成了。整句話的「重點」，也完成了一大半了。

如果我們搞不清楚「動詞」和「片語」的差別，我們就沒有能力去完成，像老外一樣講英文的**第一步：確認訊息的「重點」**。連第一步的做不到，後面就不用提了。

所有「單字詞性」和「單位大小」的定義和用法，就是拆解和組合一個訊息（不管是中文、還是英文）的規則，也是這本書從頭到尾，在教大家的東西，更是 10 小時學會英文的關鍵。講中文，可能是憑感覺。但講英文，根本就不需要憑感覺，規則就是這些，寫得清清楚楚，幹嘛要憑感覺，嫌時間太多，還是嫌命太長嗎？

總結以上，關於我們台灣人對**「片語」和 2 個字以上的「片語（的）動詞」**可能存在的「錯誤認知」，大概可歸納成以下這 2 張表：

中文的角度、語言色盲的角度				英文的角度、組織訊息的角度			
英文	中文	名稱	**用法**	英文	中文	名稱	**單位**
look	看	單字	講英文	look	看	動詞	
look into	調查	片語	寫英文	look into	調查	片語動詞	動詞時態
look forward to	期待	片語	聽英文	look forward to	期待	片語動詞	
to look	看	2個單字	玩英文	**to** look	看		名詞片語 or
to look into	調查	3個單字	落英文	**to** look into	調查	**片語**	副詞片語 or
to look forward to	期待	4個單字	耍英文	**to** look forward to	期待		形容詞片語

學不會、也教不會英文的原因　　　　　　　　**10小時學會英文的原因**

　　我們看待英文的角度，決定了我們這輩子，能否真正的學會英文。只要您開始**有意識地**，去學習如何辨別和組織訊息的 3 個要件（重點、修飾、背景）、和 4 個單位（顏色），自然能夠跟 Mr. Nobody 一樣，快速地**擺脫我們天生的「語言色盲」**，掌握老外天生的「語言資產」，進而能像老外一樣地講英文。

　　曾經有個人問我，台灣到底有誰不是「語言色盲」？這個問題，我想了好一陣子，想著想著，不禁**又**浮現了幾個問題：

1.　難道英文老師…（泛指「會講英文的人」）也是「語言色盲」嗎？
2.　如果英文老師…不是「語言色盲」的話，那為什麼把我們當「語言色盲」在教？
3.　如果英文老師…真的是「語言色盲」的話，為什麼他們還可以學會英文？

我想 10 個台灣人，有 11 個 (包括問我的那個人)，只會對第 3 個問題有興趣。這是很正常的，英文老師到底是不是「語言色盲」，關我個屁事啊！重點是，如果我是「語言色盲」，可以學會英文嗎？

老實說，我很肯定，英文老師們**絕對**不是「語言色盲」。因為英文搞來搞去，永遠只有**4 個單位**而已 (如下圖)，又不是 40 個單位。一直搞、天天搞、搞個 10 年 8 年，總會搞出個所以然，只是不知道為什麼而已。

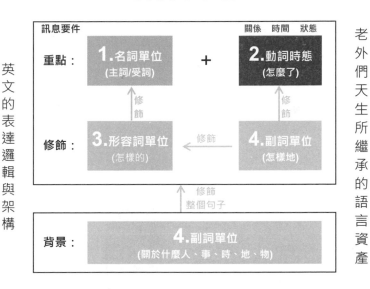

所以，關於在台灣，會講英文的人到底是不是「語言色盲」，我的答案是：

那些會講英文的人，絕對不是「語言色盲」。

他們只是不知道，自己不是「語言色盲」而已。

所以，他們才會跟我們說：文法不重要、沒學過英文文法…之類的幹話。然後轉身之後，說出來的每句英文，都乖乖地在用文法，沒有一句例外，也沒種例外，更沒那個腦袋例外。

Chapter 3.6
助動詞

依牛津字典的統計，雖然「現代通用」的英文單字約有 170,000 個左右，但「永恆不變」的英文單字只有 **10 種**。「助動詞」是其中之一，而且只有 15 個單字。

學會英文，需要多少「個」單字？我不知道。我只知道，學會英文，只需要 10「種」單字。

「可以獨立」成為單位的「單字」
老外也不可能全部都認得的單字

	單字種類	比例(%)	單字數量	常用字尾
2	名詞	50.0%	85,000	30
3	代名詞	0.0353%	60	
4	動詞	14.3%	24,286	5
5	助動詞	0.0088%	15	
6	形容詞	25.0%	42,500	20
7	副詞	10.6%	18,037	3
		99.9%	169,898	58

「無法獨立」成為單位的「單字」
像老外一樣講英文的關鍵字

	單字種類	比例(%)	單字數量	關鍵字
1	冠詞	0.0018%	3	名詞
8	介係詞	0.0353%	60	片語
9	連接詞	0.0141%	24	子句
10	關係代名詞	0.0094%	16	子句
		0.1%	103	

「助動詞」的定義和用法，如下：

單字種類	定　義
5 助動詞	幫助「動詞」，強調(將、可以、可能、必須...)的畫面。

單字種類	用　法
5 助動詞	1. 主要用途，用在「疑問句」、「否定句」、和「簡答句」。 2. 次要用途，用在幫助、或強調「動詞時態」的畫面 (助動詞 + V)。

「助動詞」的清單，如下：

	助動詞	中文	備註
1	**can**	能夠、可以	
2	**could**	能夠、可以	**can** 的「過去式」。
3	**dare**	膽敢	
4	**do**	沒有中文意思	「現在、過去簡單式」疑問句、否定句、強調句的助動詞。
5	**have**	沒有中文意思	「完成式」的助動詞。
6	**(had) better**	最好	可簡略為 **better**。
7	**may**	可能	機率高。
8	**might**	可能	機率低，或 may 的「過去式」。
9	**must**	必須	
10	**need**	需要	用在疑問句和否定句。
11	**ought to**	應該	
12	**shall**	**= will**	通常用在「主詞」是 I 或 we 時。
13	**should**	應該	
14	**will**	將	「未來式」的助動詞。
15	**would**	將	**will** 的「過去式」。

■ 助動詞的用途 1：用在「疑問句」、「否定句」、和「簡答句」

➤ **Do** you **want** to speak English like an American?
您想要像老外一樣講英文嗎？
Yes, I **do**.
No, I **don't want** it.

➤ **Did** you **have** any bad experience in learning English?
您過去在學英文上，有過不好的經驗嗎？
Sometimes.
Yes, I **did**.
Absolutely not.
Probably not.
No, I **didn't**.
No, I **didn't have** one.
No, I **didn't have** any bad experience in learning English.

➤ **Will** you **recommend** this book to others if it works for you?
如果這本書對您有用，您會推薦給別人嗎？
Absolutely.
Definitely.
Of course.
Yes.
Yes, I **will**.
Maybe.
No, it **doesn't work** for me. 笨蛋
No, I **won't** even if it works. 混蛋
Absolutely not, I **won't**. 大混蛋

designed by 🗹 freepik

加上「助動詞」
幫助「動詞」，呈現出不同的**畫面細節**

主詞	動詞時態	副詞	中文
I	eat	less.	我吃得少。
I	can eat	less.	我可以少吃。
I	could eat	more.	我可以吃更多。(沒有吃很多)
I	dare try	hard.	我**敢**努力嘗試。
I	do eat	less.	我**真的**吃得不多。(強調)
I	have eaten	less.	我**已經**少吃了。(完成式)
I	(had) better eat	less.	我最好少吃點。(未來)
I	may eat	less.	我可能會少吃點。(機率高)
I	might eat	less.	我可能會少吃點。(機率低)
I	must eat	less.	我一定要少吃。
I	needn't eat	much.	我不需要吃太多。
We	ought to eat	less.	我們應該少吃。(未來)
We	shall eat	less.	我們應該少吃。(未來)
We	should eat	less.	我們應該少吃。(以前吃太多)
I	will eat	less.	我會少吃。(未來)
I	would eat	less.	我會少吃點。(已經吃多了)

　　使用不同的「助動詞」來幫助「動詞」，可以表達出不同的畫面細節。英文全部就這 15 個「助動詞」，老外講來講去，也只有這 15 個「助動詞」。這樣還不夠簡單嗎？

　　英文，是一個所有規則環環相扣的語言，沿著訊息的架構（重點），可隨意再推疊訊息的內容（修飾、背景）。意思是，以上所有的句子，如果再加個「背景」，訊息的內容就會更豐富，畫面也會更立體。

再加個「背景」
· 訊息的內容會更豐富、畫面更立體

主詞	動詞時態	副詞	背景(副詞單位)	中文的表達順序，是很隨興的！	
I	eat	less	sometimes.	我吃得少	有時候
I	can eat	less	for my health.	為了我的健康，	我可以少吃。
I	could eat	more	if I didn't control myself.	如果我不控制自己，	我可以吃更多。
I	dare try	hard	under huge pressure.	在巨大的壓力之下，	我敢努力嘗試。
I	do eat	less	than I was.	跟以前比，	我真的吃得不多。
I	have eaten	less	than before.	跟以前比，	我已經少吃了。
I	better eat	less	to keep my shape.	我最好少吃點，	來維持我的身材。
I	may eat	less	because I'm not hungry.	我可能會少吃點，	因為我不餓。
I	might eat	less	because I'm not hungry.	我可能會少吃點，	因為我不餓。
I	must eat	less	for controlling my weight.	為了控制我的體重，	我一定要少吃。
I	needn't eat	much	despite no charge.	就算不用錢，	我不需要吃太多。
We	ought to eat	less	to cut my weight.	我們應該少吃	來減肥。
We	shall eat	less	for keeping healthy.	為了維持健康，	我們應該少吃。
We	should eat	less	for health.	為了健康，	我們應該少吃。
I	will eat	less	once I get fat.	一旦我變胖了，	我就會少吃。
I	would eat	less	if I knew that's bad.	如果知道這樣不好，	我會少吃點。

　　基本上，「助動詞」大家都會用，但用「副詞單位」當句子的「背景」，來堆疊訊息的內容，就沒幾個人（在台灣），能夠用得跟老外一樣。

　　組織「背景」的關鍵，在於運用**「不能獨立存在」的 24 個「連接詞」、15 個「關係代名詞」、和 60 個「介係詞」**的能力。因為「介係詞」是用來組織「副詞片語」的關鍵字，而「連接詞」和「關係代名詞」則是用來組織「副詞子句」的關鍵字。

不過，一切的前提都是，我們得先知道什麼是一句話、一句英文、一個訊息？什麼是組成一句話、一句英文、一個訊息的「要件（重點、修飾、背景）」？沒有這些老外天生就繼承的「語言資產」，背光 17 萬個英文單字，也沒屁用。

英文 4 單位

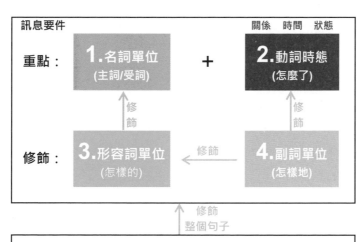

英文的表達邏輯與架構

老外們天生所繼承的語言資產

中文，只有 1 種單位，叫做「國字」。中文，只有 2 個種類，叫做「繁體」和「簡體」。

英文，依「訊息的功能」來區分，有 4 種單位，分別是「名詞單位」、「動詞時態」、「形容詞單位」、「副詞單位」。依「單位的大小」來區分，有 3 種 Size，分別是「單字」、「片語」、「子句」。依「單字的種類」來區分，可分成 6 種「可以」獨立成為單位的單字、和 4 種「無法」獨立成為單位的單字。

「可以獨立」成為單位的「單字」				「無法獨立」成為單位的「單字」			
老外也不可能全部都認得的單字				像老外一樣講英文的關鍵字			
單字種類	比例(%)	單字數量	常用字尾	單字種類	比例(%)	單字數量	關鍵字
2 名詞	50.0%	85,000	30	1 冠詞	0.0018%	3	名詞
3 代名詞	0.0353%	60		8 介係詞	0.0353%	60	片語
4 動詞	14.3%	24,286	5	9 連接詞	0.0141%	24	子句
5 助動詞	0.0088%	15		10 關係代名詞	0.0094%	16	子句
6 形容詞	25.0%	42,500	20		0.1%	103	
7 副詞	10.6%	18,037	3				
	99.9%	169,898	58				

4 種「無法」獨立成為單位的單字中,其中的 3 種,是用來組成「比單字更大的單位」,「片語」和「子句」的關鍵字。

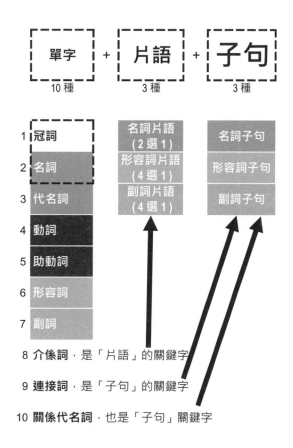

8 **介係詞**,是「片語」的關鍵字

9 **連接詞**,是「子句」的關鍵字

10 **關係代名詞**,也是「子句」關鍵字

所以,Mr. Nobody 才會一直不斷地強調,「英文」是一個所有規則,全部環環相扣的語言,少了一環,就很難像老外一樣講英文。

相反地，英文所有的規則，都非常地簡單明確，全部都由英文「一句一動」的定律出發，且永遠圍繞在 4 個單位上打轉。**只要是同一個「單位」，不論大小，它們的定義和用法，是完全一樣的**。如下：

「單位」的定義和用法

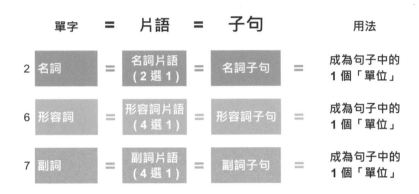

意思是，如果我們沒有完全掌握「名詞單字」、「形容詞單字」、和「副詞單字」的定義和所有的用法，就不可能知道由「介係詞」、「連接詞」、和「關係代名詞」所組成的「片語」和「子句」的意義和功能。不知道意義和功能，就沒辦法有效利用區區的 103 個單字（冠詞＋介係詞＋連接詞＋關係代名詞），講出一口「母語式的英文」。

所以，重點是，英文是一個由**「數量很少、但又簡單明確」**的規則，所組成的語言。所有規則環環相扣，集滿了，就能像老外一樣講英文。

而這 **103 個**「無法」單獨存在的單字，就是其中關鍵中的關鍵。

Chapter 4.1

冠詞：「名詞」的關鍵字

「冠詞」只有 3 個單字而已，分別是 a, an, the，就這樣，沒人會鳥的 3 個單字。

中華民族，是一個對「文字的外表」相當迷戀的民族。
中華民族，同時也是一個對「文字的內在」完全忽視的民族。

因此，導致整個中華民族的表達能力，在世界上，位在相對落後的一個族群。千萬不要小看「冠詞」的威力，這區區的 3 個單字，完全凸顯了「英文」和「中文」，在表達文化上、和效率上的**最……巨大的差異。**

「可以獨立」成為單位的「單字」
老外也不可能全部都認得的單字

	單字種類	比例(%)	單字數量	常用字尾
2	名詞	50.0%	85,000	30
3	代名詞	0.0353%	60	
4	動詞	14.3%	24,286	5
5	助動詞	0.0088%	15	
6	形容詞	25.0%	42,500	20
7	副詞	10.6%	18,037	3
		99.9%	169,898	58

「無法獨立」成為單位的「單字」
像老外一樣講英文的關鍵字

	單字種類	比例(%)	單字數量	關鍵字
1	冠詞	0.0018%	3	名詞
8	介係詞	0.0353%	60	片語
9	連接詞	0.0141%	24	子句
10	關係代名詞	0.0094%	16	子句
		0.1%	103	

「冠詞」的定義和用法，如下：

單字種類	定　義
1 冠詞	冠詞，只有 3 個單字(a, an, the)，放在名詞前面，用來表達「一般/普通名詞」的狀態。例如： 1. a plan：泛指「任何的」一個計劃。 2. the plan：指定「這個」計劃。 3. the plans：指定「這些」計劃。 專有名詞，例如人名、地名、學術名稱…，按照「常理」，前面不會、也不能加「冠詞」。

單字種類	用　法
1 冠詞	冠詞，只有 1 種用法，就是「冠詞 + 名詞」，在英文的單位中，視為 1 個「名詞單字」。 不管冠詞和名詞之間，加了多少個形容詞，來修飾名詞後，又加了多少個副詞，來修飾「修飾名詞」的形容詞，如下： 「冠詞 + 副詞+副詞+形容詞... + 名詞」，在英文中的單位，永遠只是 1 個「名詞單字」而已。

　　以上的定義和用法，簡單來說，就是看到「冠詞」，就知道是「1 個名詞單字」。不管這個「冠詞 + …… + 名詞」，中間夾了多少修飾詞 (形容詞、副詞)、或是由 2 個、3 個名詞單字組合而成的「複合名詞」，只要一看到「冠詞」，就知道那只是「1 個名詞單字」的「單位」而已。

冠詞，是我個人的最愛。因為它們，節省了我許多寶貴的時間和精力。因為它們，讓我看英文的速度，比看中文快 10 倍以上。冠詞就像是英文的「照妖鏡」，一看到知道它們，就知道誰在寫幹話。舉個例子：

➢ The exceptionally highly confidential marketing business plan finally failed.
這個極其機密的行銷商業計畫最終失敗了。

這句話，就是一句標準的幹話，也是一句幹話的基本樣板。「幹話」的基本條件：就是加了一堆有的沒的「修飾詞」。

1 個的名詞單字的「單位」，可能的樣貌...

名詞	這個極其機密的行銷商業計畫
冠詞 + 副詞 + 副詞 + 形容詞 + 名詞 + 名詞 + 名詞	The **exceptionally highly** confidential marketing business plan
冠詞 + 副詞 + 形容詞 + 名詞 + 名詞 + 名詞	The **highly** confidential marketing business plan
冠詞 + 形容詞 + 名詞 + 名詞 + 名詞	The confidential marketing business plan
冠詞 + 名詞 + 名詞 + 名詞	The marketing business plan
冠詞 + 名詞 + 名詞	The business plan
冠詞 + 名詞	**The plan**
冠詞 + 形容詞 + 名詞	The confidential plan
冠詞 + 副詞 + 形容詞 + 名詞	The **exceptionally** confidential plan
冠詞 + 副詞 + 形容詞 + 名詞	The **highly** confidential business plan
冠詞 + 副詞 + 副詞 + 形容詞 + 名詞 + 名詞	The **exceptionally highly** confidential marketing plan

➢ The exceptionally highly confidential marketing business plan finally **failed**.
這個極其機密的行銷商業計畫最終**失敗了**。

這句話加了一大堆的「修飾詞」，也就是中文的「贅詞」，結果「重點」只有 3 個字 The plan failed.，這個計劃，管它到底有多極度、多高度、多機密、多行銷、多商業…，總之就是失敗了。

如果我們用中華民族看待文字的角度（非常尊敬文字長相和長度），來看待這一句英文的話，那不是蠢到了極點。老外的老祖先們把單字依照功能，分出了「詞性」，然後又很貼心地設計了一堆「字尾」，讓我們一眼就可以看出「詞性」，最後還設計了一個**「冠詞」**，怕我們看不出「名詞」。看到 **a, an, the** 這 3 個單字，就知道後面的整串肉粽只是一個「名詞**單字**」的**單位**而已。

「冠詞」＋…修飾詞…＋ 名詞」中間的東西都是「修飾詞」，就算看不懂、或是不想看、還是趕時間…，不管什麼原因，不看也不會影響到接收訊息的準確度。

很妙地是，講中文的人，因為太過尊敬文字，常常對那些不太需要認真的修飾詞，太過認真，例如：exceptionally 特殊地、confidential 機密的。結果反客為主，一個訊息的重點沒畫出來，反而在一個不是重點的單字下面畫條線。只因為這個單字，生得最長，看起來應該最厲害，以後用了這個單字講英文，老外就會覺得我好棒棒…。

◆ 老外的重點：

The exceptionally highly confidential marketing business plan finally **failed**.

◆ 我們的重點：

The exceptionally highly confidential marketing business plan finally failed.

基本上，我們看待語言和文字的觀念，先天上就走在一個錯誤的方向。不過，就算是這樣，也沒什麼大不了的，調整過來就好了。Mr. Nobody 理解了這個道理之後，大概花了 0.88 秒就轉彎了。

一旦調整了方向，我們閱讀的速度和準度，就會開始顯著上升。進而能夠快速地看到一句話的「重點」，分辨得出什麼樣的文字組合等於「幹話」，不管是中文、還是英文。一旦分辨得出「幹話」，就能看出什麼是「幹話中的幹話」。像以下這個例句，就是「幹話中的幹話」，讓您感受一下，什麼叫做接收和傳遞訊息的「效率」。

➤ Unfortunately, the highly expected business operation plan developed by the most intellectual people in my company finally failed.

這個備受期待，由我們公司最聰明的人們所研發的商業營運計畫，最後不幸失敗了。

這句話的「重點」，還是 The plan failed.。只是換了個形容詞、和複合名詞的字眼，再多加一個「形容詞片語」來修飾「主詞 The plan」，最後再加上個表達語氣的「背景」。總之就是加了一堆可有可無的東西，但整句話的「重點」完全沒變。

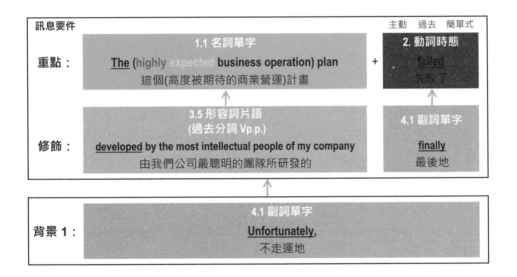

只要您能夠分辨出**每個單位的「關鍵字」**，就是**「每個單位的第一個單字」**，您就能夠快速地掌握一句話的訊息要件（重點、修飾、背景）。趕時間的話，看「重點」就好。不敢時間的話，「修飾」和「背景」也不需要太認真，掃過去就好了。

以上這句屁話中，「重點」的關鍵字是「主詞：The + 名詞」和「動詞時態：**failed**」。「修飾」和「背景」的「關鍵字」是：「過去分詞片語：developed ...」和「副詞字尾：~ly」。老外一看或一聽到這些「關鍵字」，就知道整句話的結構了（它們的語言資產）。反之…

➤ 這個備受期待，由我們公司最聰明的人們所研發的商業營運計畫，最後不幸失敗了。

這句中文的「關鍵字」是什麼？在哪？能夠一眼就看出來嗎？

這就是 Mr. Nobody 所說的「傳遞訊息的效率」。這個差距，注定了中國就算人再多、再有錢，中文也很難成為世界通用的語言。所以，千萬別再小看 a, an, the 這 3 個 low 到不行的「冠詞」了。絕大多數的時候，它們都代表著一句英文中，最重要的「關鍵字」(主詞、受詞)。

另外，英文中，除了這 3 個「冠詞」之外，代名詞的「所有格」(如下圖)，在定義和用法上，跟「冠詞」完全一樣。

所以，想要像老外一樣講英文的話，千萬別再 **「以貌取字」** 了。

人稱代名詞
(1~31)

		主格	受格	所有格	所有格代名詞	反身代名詞
單數	第一人稱	I	me	**my**	mine	myself
	第二人稱	you	you	**your**	yours	yourself
	第三人稱	he	him	**his**	his	himself
		she	her	**her**	hers	herself
		it	it	**its**	-	itself
複數	第一人稱	we	us	**our**	ours	ourselves
	第二人稱	you	you	**your**	yours	yourselves
	第三人稱	they	them	**their**	theirs	themselves

指示代名詞
(32~35)

	主格	受格	所有格
單數	this	this	**this**
	that	that	**that**
複數	these	these	**these**
	those	those	**those**

Chapter 4.2

連接詞：「子句」的關鍵字

◆ 我會用子句講英文。...... 這是一個完整的「句子」。但如果是 ...

1. **如果 if** 我會用子句講英文 ...... 是一個完整的「句子」嗎？
2. **一旦 once** 我會用子句講英文 ...... 是一個完整的「句子」嗎？
3. **因為 because** 我會用子句講英文 ...... 是一個完整的「句子」嗎？
4. **不管 whether** 我會用子句講英文 **or not**...... 是一個完整的「句子」嗎？

「可以獨立」成為單位的「單字」
老外也不可能全部都認得的單字

	單字種類	比例(%)	單字數量	常用字尾
2	名詞	50.0%	85,000	30
3	代名詞	0.0353%	60	
4	動詞	14.3%	24,286	5
5	助動詞	0.0088%	15	
6	形容詞	25.0%	42,500	20
7	副詞	10.6%	18,037	3
		99.9%	169,898	58

「無法獨立」成為單位的「單字」
像老外一樣講英文的關鍵字

	單字種類	比例(%)	單字數量	關鍵字
1	冠詞	0.0018%	3	名詞
8	介係詞	0.0353%	60	片語
9	連接詞	0.0141%	24	子句
10	關係代名詞	0.0094%	16	子句
		0.1%	103	

5. **雖然 Although** 我會用子句講英文 ......，然後勒？

6. **除非 unless** 我會用子句講英文 ......，然後勒？

7. **自從 since** 我會用子句講英文 ......，然後勒？

8. **After** 我會用子句講英文之後 ......，然後勒？

　　英文的世界裡，只有 24 個連接詞，隨便舉個例子，就用掉 8 個了。「if, once, because, whether…or not, although, unless, since, after……」全部都是「一般連接詞」。

　　一個完整的句子（中英文都一樣），加上了「一般連接詞」之後，原本「句子」的單位，就往下降了一級，變成了一個「子句」。然後，再把這個「子句」拿來修飾「主要句子」，當作「背景」，「背景 + 主要句子」合起來，才是算是一個完整的訊息。……這是在教英文嗎？

　　「一般連接詞 + 句子」=「子句」，用來修飾「主要句子」，當作「背景」。依照單字的定義和用法，「副詞」修飾「句子」。所以，「一般連接詞 + 句子」是「副詞子句」。

【背景 + 主要句子】= 1 個完整的訊息 = 1 句英文 = 幾句中文？

【主要句子 + 背景】= 1 個完整的訊息 = 1 句英文 = 幾句中文？

　　弄得好像再繞口令，舉個例子來看看 (如下)。「子句」的英文是「clause」。

中文：**我會用「子句」講英文之後**，我開始可以像老外一樣地講英文了。

英文：**After** I could use clauses to speak English, I started speaking English like an American.

　　　~「背景」放在句首，或是，

英文：I started speaking English like an American **after** I could use clauses to speak English.

　　　~「背景」放在句尾。

這句話的架構如下：

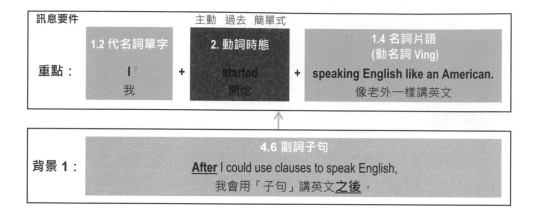

　　所有的「一般連接詞 after, if, once, because...」，就是主要句子的「背景：副詞子句」的「關鍵字」。同時也是所有的老外們在日常生活中，用來分辨訊息要件 (重點、修飾、背景) 的關鍵字。

　　英文的「連接詞」有 2 種，分別是大家一般所熟知的「對等連接詞 and, but...」，和上面舉例的「一般連接詞」。現實生活中，用到「後者」來講英文的機率，大概超過 90%。台灣社會中，能後像老外一樣使用「一般連接詞」來講英文的人，大概不到 1%。

　　關鍵的原因在於，以「象形文字」為母語的人，先天上就忽視了，語言最基本的定義和用法。往往在完全不知道一句話的結構是如何的情況下，只用單字的「高矮胖瘦」和「中文意思」在學英文。結果繞來繞去、搞東搞西，始終停留在原點。因此，重點是 ...

「連接詞」的定義和用法如下：

單字種類	定義
9 連接詞	連接詞的主要用途，是用來組織比「單字」和「片語」**更大的單位：子句**。次要用途，才是用來連接 2 個「相同詞性和大小」的單位(單字、片語、子句)。 依其主要用途的定義，「連接詞」本身無法單獨存在，後面一定要連接「句子」，組成「子句」，才會有意義。相反地，一個句子，前面加上「連接詞」後，「句子」的單位，就往下降一級，變成了「子句」。 子句是英文句子中，最大的單位(子句 > 片語 > 單字)。相同的「子句」，依照它在句子中的用途(重點、修飾、背景)，決定它是「名詞子句」、「形容詞子句」、或「副詞子句」。

單字種類	用法
9 連接詞	連接詞有 2 種，分別是： **1. 對等連接詞：**用來連接 2 個「相同詞性和大小」的單位(單字、片語、子句)，或是用來連接 2 個句子。**不是**用來組織「子句」。英文的「對等連接詞」，只有 5 個，分別是 and, but, or (nor), either, neither。 **2. 一般連接詞：**是用來組織「子句」，**一般連接詞 + 句子 = 子句**。任何的「子句」，依照它在句子中的用途(重點、修飾、背景)，決定它是「名詞子句」或「副詞子句」。英文中，所有的「一般連接詞」，應該不到 30 個，如 if, whether, because, since...。 英文單位的大小，子句 > 片語 > 單字，相同詞性的單位，不論大小，用法完全一樣。

英文總共只有 **24 個**「連接詞」。既然這麼少，就一一舉例說明一下。

1. 對等連接詞

1	**and**	和…
2	**but**	但是…
3	**or , nor**	或…
4	**either**	兩者之一…
5	**neither**	兩者皆不…

左邊這 5 個對等連接詞，前面 2.5 個是大家耳熟能詳的「連接詞」單字，後面 2 個半是大家耳熟不太詳的「單字」。不管詳不詳，它們 5 個都是「對等連接詞」，用法完全一樣，都是用來**連接 2 個「相同詞性」**的單字，或是用來**連接 2 個句子**，不是用來組織「子句」的，所以叫做「對等」連接詞。

and

連中文都分不出「詞性」
那就GG了喔！

名詞 代名詞	I will talk to John and Tom separately.	我會分別跟 John和 Tom談。
動詞	He drinks and smokes.	他喝酒又抽菸。
形容詞	I felt happy and surprised.	我既開心又驚訝。
副詞	He works carefully and efficiently.	他做事細心又有效率。
句子	He works so hard and often gets home late.	他工作很辛苦，而且常常很晚才到家。

對等連接
相同詞性

but

要用英文「詞性」
來看中文「意思」

名詞 代名詞	I can trust nobody but you.	除了妳，我不信任任何人。
動詞	He doesn't drink but smokes.	他不喝酒，但抽菸。
形容詞	I'm not angry but surprised.	我不生氣，但很驚訝。
副詞	He works carefully but inefficiently.	他做事細心，但沒有效率。
句子	He works so hard but ignores his health.	他工作很拼，但忽視自己的健康。

對等連接
相同詞性

either … or

要用英文「詞性」
來看中文「意思」

名詞 代名詞	Either John or I will pick you up tomorrow.	不是John，就是我，明天會去接你。
動詞	He will be either fired or suspended.	他不是被開除，就是被停職。
形容詞	I will be either happy or surprised if someone does it for me.	如果有人為我這樣做，我可能會開心或是驚訝。
副詞	He works either reluctantly or thoroughly.	他做事要嘛不甘願，要嘛就很徹底。
句子	You either tell me now or get out of my sight.	你要嘛現在告訴我，要嘛就在我眼前消失。

對等連接 相同詞性	**neither … nor**	要用英文「詞性」 來看中文「意思」
名詞 代名詞	Neither John nor I won't say that.	John和我都不會那樣說。
動詞	He **neither drinks nor smokes**.	他既不喝酒，也不抽菸。
形容詞	He looks neither excited nor surprised.	他看起來既不興奮，也不驚訝。
副詞	He works neither efficiently nor professionally.	他做事既沒效率，又不專業
句子	He **neither does it nor hands it over**.	他既不做，也不交出來。

實際上，either, neither 的用法，和 and, but 是完全一樣的。如果我們拋開中文的制約（文字的外表），沒有道理只跟 and 和 but 很熟，然後**以為** either 和 neither 比較難。它們只是長相和意思不一樣，其他都一樣。

這不是一模一樣嗎？

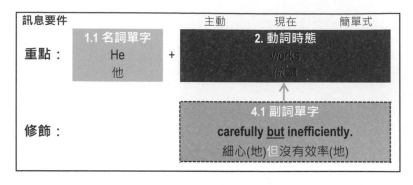

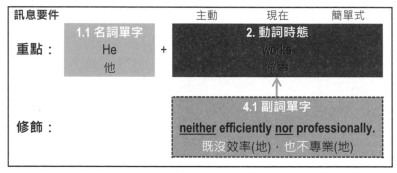

這不是完全一樣嗎？我們要用老外的眼睛來看英文，不要用古人的眼光來看單字。

扣掉以上 **5 個「對等連接詞」**。接下來是老外們，隨時隨地都會用到的 **19 個「一般連接詞」**。

2. 一般連接詞
(子句用連接詞)

一、假設相關

1	**whether... or not**	無論...
2	**if**	如果...

可為 名詞子句，當作句子的「重點」
可為 副詞子句，當作句子的「背景」

在英文 19 個的「一般連接詞」中，**whether 和 if** 是唯二 2 個，可以用來組織「名詞子句」和「副詞子句」的「一般連接詞」。舉例如下：

其他 17 個「一般連接詞」，全部都只能用來組織「副詞子句」，當作句子的「背景」。

➤ **Whether you'll study the rules or not** is not my business. 「名詞子句」當「主詞」
<u>不管您要不要學這些規則</u> / 不是 / 我的事＝不管您要不要學這些規則，都不關我的事。

➤ I don't know <u>whether you'll study the rules or not</u>. 「名詞子句」當「受詞」
我 / 不知道 / <u>您到底要不要學這些規則</u>。

➤ **Whether you love me or not**, I will not change my love for you. 「副詞子句」當「背景」
<u>不管你是否愛我</u> / 我 / 將不會改變 / 我的愛 / 對你＝不管你是否愛我，我都不會改變對你的愛。

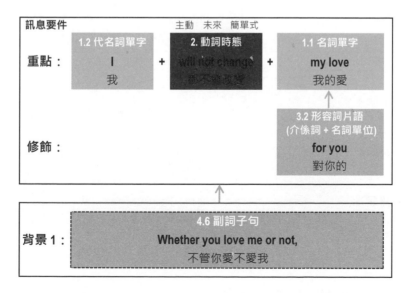

➤ I don't know if he will join this meeting. 「名詞子句」當「受詞」
我 / 不知道 / 他（是否）會參加這個會議。

　　【if 子句】為「名詞子句」時，只能當作句子的「受詞」，不能當作「主詞」，而且意思是【是否 ...】，跟【whether ... or not 子句】的意思完全一樣。所以，這句話改成 I don't know whether he will join the meeting (or not).，是完全一樣的訊息畫面。

➤ **If I were you,** I would focus on studying the rules first instead of those useless listening practices.
如果我是您，我 / 會專注在 / 學習規則 / 先 / 代替那些沒有用的聽力練習
如果我是您，我會先專注在學習規則上，而不是那些沒有用的聽力練習。

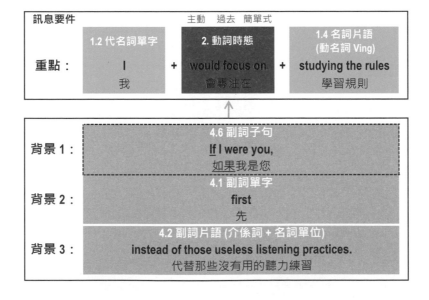

在符合文法規則的前提下，英文沒有任何標準答案，完全依照您要表達的訊息畫面而決定。**在訊息的「重點」確定了後，要不要加「背景」，要加哪個「背景」，要加幾個「背景」，一切隨您高興**。像下面這樣，不管背景怎麼加，都是同一個訊息畫面。

- ✓　I would focus on studying the rules.
- ✓　I would focus on studying the rules <u>first</u>.
- ✓　I would focus on studying the rules <u>instead of those useless listening practices</u>.
- ✓　<u>If I were you</u>, I would focus on studying the rules.
- ✓　<u>If I were you</u>, I would focus on studying the rules <u>instead of those useless listening practices</u>.

再舉 2 個例子：

➤　<u>**If I had known these things when I was a student**</u>, I might've had a different life.
　　<u>**如果我以前知道這些東西 / 在我是學生的時候**</u>，我 / 可能會有 / 一個不一樣的人生
　　如果我在學生時代就知道這些東西的話，我的人生可能因此而不同。

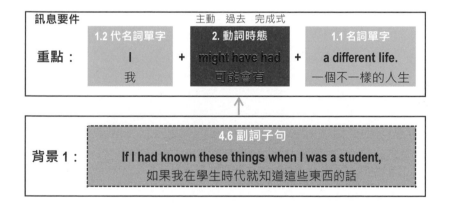

➤ I will be very happy **if this book can effectively help my people learn English well**.
我 / 將會 / 非常地 / 開心的，<u>如果這本書能夠有效地幫助我的鄉親們學會英文。</u>

如果這本書能夠有效地幫助我的鄉親們學會英文，我會非常開心

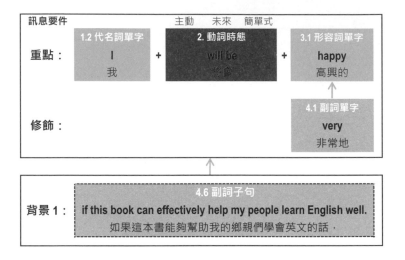

在以上 3 個【if 子句】= 副詞子句 = 背景，就是英文教科書上所說的**「假設句」**。Mr. Nobody 當學生的時候，一直搞不懂「假設句」到底在幹嘛，考試常常考，逢考就必錯。自己學會了之後，覺得我們的教育很白癡。不管是教書、還是讀書的目的，都不是拿來用的，是拿來考試、拿來裝模作樣的。

<u>就老外正常講話的角度，「假設句」永遠都不是一句話的「重點」，它只是一個可有可無的「背景」而已。</u>學校只把重心放在「重點」和「背景」中「動詞時態」的差異上 (Chapter 9++ 會說明)，完全沒教能夠開口說英文的關鍵，是在分辨一句話的「重點」和「背景」上。Come on, baby!

接下來，只剩下 18 個「比較單純」的一般連接詞…

分別為「時間相關」、「因果相關」和「比較相關」三大類，相關整理與說明如下：

2. 一般連接詞
(子句用連接詞)

二、時間相關		三、因果相關		四、比較相關	
1 after	在…之後	1 because	因為…	1 as	像…
2 before	在…之前	2 so	所以…	2 than	比…
3 once	一旦…	3 lest	以免…		
4 since	自從…	4 although	雖然…		
5 until	直到…	5 though	雖然…		
6 while	同時…	6 unless	除非…		
		7 except	除了…		
		8 plus	加…		
		9 whereas	卻…		
		10 as	因為、當…		

四、比較相關
永遠都是副詞子句

二、時間相關
永遠都是副詞子句，
當作句子的「背景」

三、因果相關
永遠都是副詞子句，
當作句子的「背景」

二、【時間相關】的一般連接詞

1. After 在…之後

I began being confident to speak English <u>after</u> I'd studied all the rules of English out.

I began being confident to speak English <u>after</u> I'd studied all the rules of English out.

我/開始/是/有自信的/去說英文，<u>之後</u>/我/已經學了/所有的規則/英文的/全部。

學會了英文所有的規則之後，我開始可以有自信地說英文了。

2 . Before 在…之前

I could hardly speak English from my mouth <u>before</u> I've learned the rules.

I could hardly speak English from my mouth <u>before</u> I've learned the rules.

我/幾乎不/能說/ 英文/從我的嘴巴，<u>之前</u>/我/學了/這些規則。

在學這些規則之前，我幾乎沒辦法開口說英文。

3. Once 一旦…

<u>**Once**</u> **you've learned the rules, you can also speak English like an American.**

<u>Once</u> you've learned the rules, you can also speak English like an American.

<u>一旦</u>/您/學了/所有的規則，您/也/能說/英文/像一個美國人。。

一旦您學了所有的規則，您也能老外一樣地講英文。

4. Since 自從…

I could speak English comfortably <u>since</u> I'd figured all the rules out.

I could speak English comfortably <u>since</u> I'd figured all the rules out.

我/可以講/英文/自在地，<u>自從</u>/我/搞清楚了/所有的規則。

自從我搞清楚所有的規則之後，我可以自在地講英文了。

5. Until 直到…

People in Taiwan had traditionally used Chinese thinking to teach or learn English <u>until</u> this book came out.

People in Taiwan had traditionally used Chinese thinking to teach or learn English <u>until</u> this book came out.

人們/在台灣/傳統上/一直使用/中文的思維/去教或學英文，<u>直到</u>/這本書/跑出來。

直到這本書問世之前，台灣人傳統上還是用中文的思維在教、或學英文。

6. While 同時…

While people were aimlessly doing those stupid listening practices, I focused on studying the rules.

While people were aimlessly doing those stupid listening practices, **I focused on** studying the rules.

當/人們/漫無目的地/在做/那些白癡的聽力練習時，我/專注在/研究規則。

當人們在漫無目的地做那些白癡的聽力練習時，我專注在研究規則上面。

中文的思維…

　　中文的思維，是用「文字表象」的方式，來看待「語言」，沒有意識到要去區分訊息的要件 (重點、修飾、背景)。因此，講中文的人普遍都有「語言色盲」的問題。如下：

➤　直到這本書問世之前，台灣人傳統上還是用中文的思維在教、或學英文。
　　People in Taiwan had traditionally used Chinese thinking to teach or learn English <u>until</u> this book came out.

反客為主…

　　用中文的思維來教英文、或學英文，最容易發生的就是「反客為主」的情況。訊息的「重點」和「背景」傻傻分不清。如下：

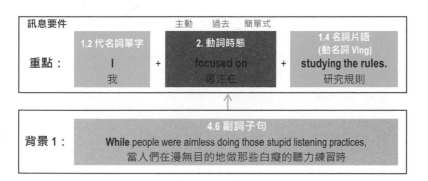

英文是一個極度有效率的語言，只要一看到 while, once, after, before, since, until 時，就知道後面一定是「副詞子句」，當作句子的「背景」，不是「重點」。大概看過去，如果沒什麼特別的，直接抓「重點」看看就好了。就像這個例句的「重點」是「我專注在研究規則」，While…的「副詞子句」，只是我用來靠北一下的「背景」而已。

以上這些**一般連接詞**，在英文中，只能用來組織「副詞子句」，當作句子的「背景」。換句話說，它們就是英文**用來判斷訊息「背景」的「關鍵字」**。一看到 while, once, after, before, since, until，就知道後面那一串，絕對不會是訊息的「重點」。知道不是「重點」，也是一個關鍵啊！

三、【因果相關】的一般連接詞

1. Because　因為…

You've been improving so slowly <u>because</u> you are in the wrong way.

You've been improving so slowly <u>because</u> you are in the wrong way.

您/一直進步/如此地/慢地，因為/您/在/錯誤的道路上。

因為您在錯誤的方向上，您才會進步的如此緩慢。

2. So　所以…

He studies systematically, <u>so</u> he hardly wastes his time.

He studies systematically, <u>so</u> he hardly wastes his time.

他/學習/有系統地，所以/他幾乎不/浪費/他的時間。

他有系統地在學習，所以他幾乎不會浪費時間。

3. Lest　以免⋯

You have to study English systematically <u>lest</u> you'll waste your time.

> You **have** to study English systematically <u>lest</u> <u>you'll waste your time</u>.
>
> 您/得要/<u>去學英文</u>/<u>有系統地</u>，<u>以免</u>/<u>您</u>/<u>浪費</u>/<u>您的時間</u>。

你得要有系統地學英文，以免浪費時間。

4. Although　雖然⋯

<u>Although</u> I'm not a teacher, it doesn't mean (that) I'm not qualified for writing a book to teach English.

> <u>Although</u> <u>I'm not a teacher</u>, it **doesn't mean** (that) I'm not qualified for writing a book to teach English.
>
> <u>雖然</u>/<u>我</u>/<u>不是</u>/<u>一個老師</u>，它/<u>不代表</u>/<u>我不是</u>/<u>有資格的</u>/<u>寫一本書</u>/<u>來教英文</u>。

雖然我不是老師，不代表我沒有資格寫本教英文的書。

5. Though　雖然⋯

It's still difficult for him to speak English like an American, <u>though</u> he's studied so hard.

> It's still difficult <u>for him</u> <u>to speak English like an American</u>, **<u>though</u>** he's studied so hard.
>
> 它/是/仍然/困難的/<u>對他來說</u>/<u>講英文</u>/<u>像一個美國人</u>，<u>雖然</u>/他/一直學習/如此地/努力的。

雖然一直很用功，他仍然很難像老外一樣講英文。

6. Unless⋯　除非

You can hardly speak English like an American <u>unless</u> you've studied all the rules out.

> You **can** hardly **speak** English like an American <u>unless</u> <u>you've studied all the rules out</u>.
>
> 您/能幾乎不說/英文/像一個美國人，<u>除非</u>/<u>您/已經學習</u>/<u>所有的規則</u>/<u>完</u>。

除非您把所有的規則學完，不然您不可能像老外一樣講英文。

7. Except　除了…

It is quite challenging for a Taiwanese to use English as Mr. Nobody <u>except</u> grew up in America.

It **is** quite challenging <u>for a Taiwanese to use English as Mr. Nobody</u> **except** grew up in America.

它/是/相當地/具挑戰的/對一個台灣人/去使用英文/像諾巴迪先生一樣，除了/長大/在美國。

對一個台灣人來說，英文要用得像諾巴迪先生一樣，是相當有難度的，除非在美國長大。

8. Plus　加…

I spent 10 hours studying a book - <u>plus</u> did it over again; it took me 20 hours to sharpen my English skill.

I **spent** 10 hours studying a book - **plus** did it over again, it **took** me 20 hours to sharpen my English skill.

我/花了/10個小時/讀1本書 - 加上/做/它/從頭到尾/再一次，它/花了/我/20小時/來增進我的英文能力。

我花了10個小時讀了2本書 - 加上從同到尾再讀一遍，我總共花了20小時，來增進自己的英文能力

9. Whereas　卻…

He still can't talk with an American comfortably, <u>whereas</u> he could recognize all vocabulary.

He **still can't talk** with an American comfortably, **whereas** he could recognize all vocabularies.

他/依然/無法交談/跟一個美國人/自在地，卻/他/認得/所有的單字。

他依然無法自在地跟老外交談，但他卻認得所有的單字。

10. As　因為…、當…

You won't ever waste your time again <u>as</u> you begin to study purposely.

You **won't ever waste** your time again **as** you begin to study purposely.

您/將不浪費/再次/您的時間/再度，因為(當)/您/開始/去學習/有目的地。

因為(當)你開始有目的地學習，你就再也不會浪費時間了。

一句一動

➤ It is quite challenging for a Taiwanese to use English as Mr. Nobody except grew up in America.

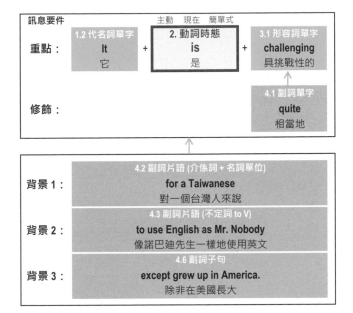

聽說讀寫英文，如果我們沒有辦法分辨什麼是「一句英文」的話，那一切都免談了。所有的規則和架構，全部都是為了遵循「一句一動」所產生出來的。

✓ He **grew up** in America. 他在美國長大。符合「一句一動」，這是【一句英文】。

✓ **Except** he grew up in American… 除了他在美國長大**以外**…。

　【一句英文】前面加了「一般連接詞」後，就降了一級，變成了「副詞子句」，用來當作
　另一個主要句子的「背景」，就不再是「一句英文」了。

✓ He has never particularly learned English except (he) grew up in America.
　除了在美國長大之外，他從未特別學過英文。符合「一句一動」，這是【一句英文】。

　Mr. Nobody 實在很不想寫下面這句話，因為中文字面上，就像一句屁話：

學會英文的第一件事，就是得知道【一句英文】是什麼！

四、【比較相關】的一般連接詞

只剩 2 個了

1. As　像…

Most people have the same problems in learning English <u>as</u> I did.

Most people **have** the same problems **in** learning English <u>as</u> <u>I did</u>.

大多數的人/**有**/一樣的問題/在學習英語，<u>像</u>/<u>我</u>/<u>以前有的</u>。

大多數的人在學習英語方面，都遇到和我以前一樣的問題。

I have never been <u>as</u> confident with the future of Taiwan <u>as</u> I am now.

I **have** never **been** <u>as</u> confident **with** the future of Taiwan <u>as</u> <u>I am now</u>.

我/從未/一直是/一樣地/有信心的/對台灣的未來，<u>像</u>/<u>我</u>/<u>是</u>/<u>現在</u>。

我從未像現在這樣，對台灣的未來充滿信心。

在現實世界中講英文，「As」這個單字，幾乎是無所不在。在台灣社會中學英文，幾乎沒有人，能夠像老外一樣地使用「As」。原因大概有以下幾點：

1. as 太短，字母太少，所以不會。
2. 99% 情況下，as 是用來當作「副詞單位 (單字、片語、子句)」。
3. 沒興趣知道「副詞」是什麼挖溝。
4. 除了「動詞時態」之外，**as 會用到英文所有的文法規則。**
5. 千萬不要跟「講中文的人」說，講一句話是有規則的。
6. 台客天生繼承的語言資產，就是沒有規則。
7. 老外天生繼承的語言資產，就是文法規則。
8. 人腦，想學就會。豬腦，會吃會睡。

As

有 3 種詞性，好多種中文意思，99.99% 的機率用來組織「副詞單位」

詞性	中文	例句	單位
adv. 副詞 修飾形容詞、副詞	一樣地	I am <u>as</u> tall as he is. (一樣地/高的)	副詞 單字
		He works <u>as</u> hard <u>as</u> possible. (一樣地/努力地)(一樣地/可能的)	
組織片語 **prep. 介係詞** 【介係詞片語】= 介係詞 + 名詞單位	像...	I am as tall <u>as him</u>. (像他一樣)	副詞 片語
		I have the same iphone <u>as hers</u>. (跟她的問題一樣)	
		The same service level <u>as Apple company</u> is hard to find. (像蘋果公司一樣的)服務水準	形容詞 片語
	身為...	<u>As a Taiwanese</u>, there are no rules in talking. (身為一個台灣人)	副詞 片語
組織子句 **conj. 連接詞** 【子句】= 連接詞 + 句子	因為... 當...	<u>As you don't have any rules in mind</u>, you aren't able to use "as". (當您腦中無規則)，您就沒有使用"as"的能力。	副詞 子句
	像...	I have the same iphone <u>as she is</u>. (像她有的一樣)	
		<u>As I said</u>, Chinese people don't like rules. (就像我說過的)	

2. Than　比…

I got an improvement in learning English much faster <u>than</u> I'd expected.

I got an improvement in learning English much faster than I'd expected.

我/得到/一個進步/在英文學習上/很多地/更快地，比/我/過去預期。

我在學英文上的進步，比我預期的快得多。

I have more confidence in the future of Taiwan <u>than</u> some people do.

I have more confidence in the future of Taiwan than some people do.

我/有/更多的信心/對台灣的未來，比起/某些人/有。

比起某些人，我對台灣的未來更有信心。

講英文會用的【than...】，就是俗稱的「比較級」。「比較級」的關鍵字和型態，如下：

【名詞】的比較級

關鍵字 / 型態	中文	範例	例句
more + 可數名詞	更多名詞	more books	I read more books <u>than before</u>.
more + 不可數名詞	更多名詞	more water	I drink more water <u>than him</u>.
fewer + 可數名詞	更少名詞	fewer books	I read fewer books <u>than I did</u>.
less + 不可數名詞	更少名詞	less water	I drink less water <u>than you do</u>.

【形容詞】的比較級

關鍵字 / 型態	中文	範例	例句
形容詞 ~ er	更形容詞	happier	I am happier <u>than anybody</u>.
more + 形容詞	更/形容詞	more effective	It is more effective <u>than mine</u>.
less + 形容詞 ~ er	更不/形容詞	less happier	I feel less happier <u>than I was</u>.
less + 形容詞	更不/形容詞	less effective	It is less effective <u>than I expected</u>.

【副詞】的比較級

關鍵字 / 型態	中文	範例	例句
more + 副詞 ~ er	更/副詞	more harder	I work more harder <u>than before</u>.
more + 副詞	更/副詞	more happily	I work more happily <u>than them</u>.
less + 副詞	更不/副詞	less effectively	It runs less effectively <u>than I thought</u>.

跟 as 一樣，**than 不只是「連接詞」，也是「介係詞」。**

詞性	中文	例句	單位
組織片語 **prep. 介係詞** 【介係詞片語】= 介係詞 + 名詞單位	比...	I am taller <u>than him</u>. (比他) She has smaller feet <u>than hers</u>. (比她的腳) Most people study English less efficiently <u>than me</u>. (比我) He is more interested in doing <u>than talking</u>. (比起打嘴砲)	副詞 片語
組織子句 **conj. 連接詞** 【子句】= 連接詞 + 句子	比...	You can do much more <u>than you thought</u>. (比您想的) I feel less dissapointed <u>than I expected</u>. (比我預期的)	副詞 子句

相較於其它的句子，「比較級」的表達架構，並沒有「比較」特別。其實根本完全一樣。

「比較級」is not special at all...!!!

「副詞...們」之間的關係，一定要搞清楚！！！

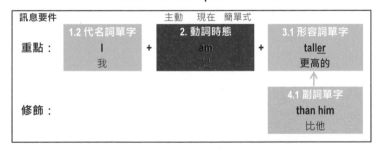

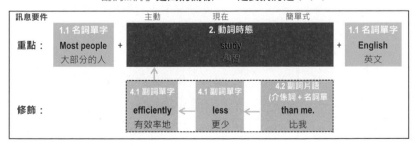

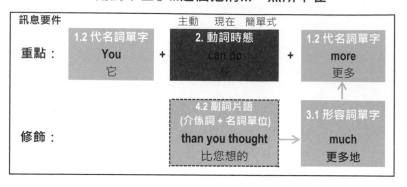

「副詞單位」...這個挖溝...，無所不在

以上就是英文中，所有 **1 個字**的「連接詞」的介紹與說明。表面上，這些英文的規則和架構，好像有點複雜。但實際上，上面所有的紅紅綠綠的「顏色」和「表格」，**全部都是下面這 2 句中文裡面的「畫面」。**

● 副詞：用來修飾**「動詞」**、「形容詞」、「副詞」，或**「整個句子」**，當作句子的「背景」。
● 形容詞：只能用來修飾「名詞」。英文這樣搞，到底是算「難」、還是算「簡單」？

五、【2 個字以上】的一般連接詞

一般連接詞
(2個字以上)

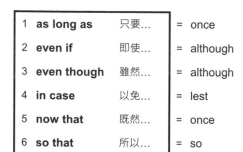

1	as long as	只要...	= once
2	even if	即使...	= although
3	even though	雖然...	= although
4	in case	以免...	= lest
5	now that	既然...	= once
6	so that	所以...	= so

英文中，常用的「連接詞組合」，大概就這幾個吧！它們跟一般 1 個字的「連接詞」，有什麼差別？

用用我們的豬腦袋，**當然沒有差別啊！**這一定要講清楚，不然炎黃子孫們會以為用的單字比較多，英文好像會比較厲害！舉例如下：

1. **Although** I'm not a teacher, it doesn't mean (that) I'm not qualified for writing a book to teach English. (1 個字的連接詞)
2. **Even though** I'm not a teacher, it doesn't mean (that) I'm not qualified for writing a book to teach English. (2 個字的連接詞)
3. **Even if** I'm not a teacher, it doesn't mean (that) I'm not qualified for writing a book to teach English. (2 個字的連接詞)

(雖然 / 儘管 / 即使) 我不是老師,這不代表我沒有資格寫一本教英文的書。

儘管這 3 句話,用了不一樣「長短」的連接詞,但訊息的內容和畫面,幾乎完全一樣。用 even though 或 even if,只是口氣比較「強烈」一點而已。再舉個例子:

1. You have to study English systematically **lest** you'll waste your time.
2. You have to study English systema tically **in case** you'll waste your time.

同樣的道理,這 2 句話雖然用了不一樣「長短」的連接詞,但訊息的內容和畫面,根本完全一樣。用 in case 的口氣,有比較「強烈」嗎?好像也沒什麼差別。

Mr. Nobody 學會英文 5、6 年了,沒印象有聽過、或看過有人用「lest...」來講英文,都是用「in case...」。Even though this is it, I still know how to use the word "lest". Because I know the rules of 連接詞。

所以,如果我遇到要講【怎樣又怎樣 ...,以免 ... 怎樣再怎樣的狀況時】,我需要那麼假掰地去用「lest」嗎??

嗯 ...... 如果時光可以倒流,有一個地方,我一定會用 lest。那就是聯考的「英文作文」,這樣可能會比較高分!

語言的最終目的,是用來傳遞訊息的,不是拿來裝模作樣的! Mr. Nobody 從前就是沒有這個觀念,所以要我寫篇作文,比下顆蛋還難。蛋!!

Chapter 4.3

關係代名詞：「子句」的關鍵字

英文**只有** 16 個「關係代名詞」，常用的只有 **6 個**，分別是 that, which, who, what, when, how。只要能夠像老外一樣地，用這 6 個「關係代名詞」講英文，效果大於認得 **600 萬**個其它的單字。因為老外平均每 6 秒，就會用到其中一個。

「可以獨立」成為單位的「單字」
老外也不可能全部都認得的單字

	單字種類	比例(%)	單字數量	常用字尾
2	名詞	50.0%	85,000	30
3	代名詞	0.0353%	60	
4	動詞	14.3%	24,286	5
5	助動詞	0.0088%	15	
6	形容詞	25.0%	42,500	20
7	副詞	10.6%	18,037	3
		99.9%	169,898	58

「無法獨立」成為單位的「單字」
像老外一樣講英文的關鍵字

	單字種類	比例(%)	單字數量	關鍵字
1	冠詞	0.0018%	3	名詞
8	介係詞	0.0353%	60	片語
9	連接詞	0.0141%	24	子句
10	關係代名詞	0.0094%	16	子句
		0.1%	103	

6 秒…是我亂掰的啦！總之就是「隨時隨地」都會用到的意思。「關係代名詞」的定義和用法，如下：

單字種類	定義
10 關係代名詞	「關係代名詞」的內涵，是「**代替**」**1 個句子的主詞、受詞、副詞、或是當作整個句子的連接詞**，將 1 個句子縮小成 1 個「子句」的單位。所以叫它關係代名詞。 依其內涵，「關係代名詞」本身無法單獨存在，後面一定要連接「句子」，組成「子句」，才會有意義。相反地，一個句子，前面加上「關係代名詞」後，「句子」的單位，就往下降一級，變成了「子句」。「子句」是英文句子中，最大的單位(子句 > 片語 > 單字)。

單字種類	用法
10 關係代名詞	**關係代名詞 + 句子 = 子句**。任何的「子句」，依照它在句子中的用途(重點、修飾、背景)，決定它是「名詞子句」、「形容詞子句」、或是「副詞子句」。 雖然英文的單位有大小之分(子句 > 片語 > 單字)，但相同詞性的單位，不論大小，用法完全一樣。

以下是**英文中**所有的「關係代名詞」：

	關係代名詞	中文	**代替**
1	that	X	所有東西

	關係代名詞	中文	**代替**
2	which	X	事、物
3	who	X	人
4	whom	X	人 (子句的受詞)
5	what	什麼…	什麼
6	when	何時…	何時、連接詞
7	where	哪裡…	哪裡
8	how	如何…	如何

	關係代名詞	中文	**代替**
9	why	為什麼…	為什麼

	關係代名詞	中文	**代替**
10	whichever	無論哪個…	連接詞
11	whoever	無論是誰…	連接詞
12	whomever	無論是誰…	連接詞
13	whatever	無論什麼…	連接詞
14	whenever	無論何時…	連接詞
15	wherever	無論何地…	連接詞
16	however	無論如何…	連接詞

基本上，講中文的人，看到了以上「定義」中的這段話

「關係代名詞」的內涵，為「代替」1 個句子的主詞、受詞、副詞、或是當作整個句子的連接詞，將 1 個句子縮小成 1 個「子句」的單位，所以才叫它「關係代名詞」。

肯定一點感覺都沒有…不！應該是連看都懶得看一眼。正常！

沒 fu 的原因很簡單，因為看不到文字裡面的「畫面」。看書遇到看不到畫面的文字，就要去找那段文字的畫面。如果找了半天，還是找不到，那就是本「爛書」、或是篇「廢文」、或是句「幹話」之類。以上那句話的畫面如下：

1. 「關係代名詞」代替句子的「主詞」

【範例 1】

句子 1：**The man** is a newcomer. 這個男人是新人。
子句 1：**who** is a newcomer (who 代替句子 1 的主詞，變成一個「子句」)

句子 2：**The man** came very early today. 這個男人今天很早來。
子句 2：**who** came very early today (who 代替句子 2 的主詞，變成一個「子句」)

因為句子 1 和句子 2 的主詞都是「The man」，意思是訊息的主題都是「這個男人」。如果把其中一個句子用來當作「形容詞子句」，修飾「The man」後，就可以將 2 句話整合成 1 句話，傳遞出完全一樣的訊息畫面。如下：

➤ The man **who** is a newcomer came very early today. 那個新人今天很早就來了。
➤ The man **who** came early today is a newcomer. 今天很早來的那個人，是新人。

that 是英文的萬用關係代名詞，將以上子句的關係代名詞 who，換成 that 也行。

【範例 2】

句子 1：I recently bought a car. 我最近買了一台車。
句子 2：**The car** is an electric car. 這是一台電動車。
子句：**which** is an electric car (which 代替句子 2 的主詞，變成一個「子句」)

2 句併成 1 句：I recently bought a car **which** is an electric car. 我最近買了一台電動車。
2 句併成 1 句：I recently bought a car **that** is an electric car. 我最近買了一台電動車。

that 是英文的萬用關係代名詞，將以上子句的關係代名詞 which，換成 that 也行。

2. 「關係代名詞」代替句子的「受詞」

【範例 1】

句子 1：I know the man. 我認識那個男人。
句子 2：John is talking with **the man**. 他正在跟那個男人講話。

子句步驟 1：**whom** he is talking with (whom 代替句子 2 的受詞，變成一個「子句」)
子句步驟 2：with **whom** he is talking (調整一下，把介係詞移到子句最前面)

2 句併成 1 句：I know the man with **whom** John is talking. 我認識現在跟他講話的那個男人。

　　以上是正統的說法或寫法，但是就算您說成或寫成下面這樣~

2 句併成 1 句：I know the man **whom** John is talking with. 我認識現在跟他講話的那個男人。

　傳達了完全一樣的訊息畫面，老外們一聽就知道您在表達什麼。因為「關鍵字 whom」背後的規則，決定了訊息的基本架構。

【範例 2】

句子 1：The book has changed my thought about English. 這本書改變了我對英文的看法。
句子 2：I recently read **a book**. 我最近讀了一本書。
子句：**which** I recently read (which 代替句子 2 的**受詞**，變成一個「子句」)

2 句併成 1 句：The book **which** I recently read has changed my thought about English.
2 句併成 1 句：The book **that** I recently read has changed my thought about English.
2 句併成 1 句：我最近讀的那本書改變了我對英文的看法。

　將以上子句的關係代名詞 which，換成 that，意思完全一樣。

【範例 3】

句子 1：I said **something**. 我說了**一些東西**。
子句：**what** I said 我說的**那些東西**。

what 代替句子 1 的「不定代名詞 something」，並同時具有連接詞的功能，「what + 句子 1」，可以成為一個「名詞子句」，用來當作句子的主詞或受詞，或是片語的受詞。

句子 2：What I said is very important. 我說的東西很重要。(what I said 當句子的主詞)
句子 3：He knows what I said. 他知道我說的東西。(當句子的受詞)
句子 4：He wants to know what I said. 他想知道我說了什麼。(當不定詞 to V 的受詞)
句子 5：He isn't satisfied with what I said. 他不滿意我說的東西。(當介係詞片語的受詞)

其他類似的關係代名詞，如 when, where, how，都可以這樣用。

句子 6：He knows when I'll leave. 他知道我何時離開。
句子 7：He knows where I want to go. 他知道我要去哪。
句子 8：He knows how I feel. 他知道我的感受如何。

【範例 4】

句子 1：He said **something** about me. 他說了一些關於我的事情。
子句：**whatever** he said about me…… 不管他說了什麼關於我的事情……然後呢？

句子 1 前面，加上「關係代名詞 whatever」後，就變成了一個「子句」。

句子 2：Whatever he said about me, I don't care.
句子 2：**不管他說了什麼關於我的事情**，我都不在乎。

3. 「關係代名詞」代替句子中的「副詞」

【範例 1】

句子 1：English is **very** easy. 英文是非常地簡單。
子句：**how** easy English is 英文是如何地簡單

　how 代替句子 1 的「副詞 very」，並同時具有連接詞的功能，「how + 句子 1」，可以成為一個「名詞子句」，用來當作句子的主詞或受詞。

句子 2：Most people don't know **how** easy English is. 大部分的人不知道英文有多簡單。

　這句話的架構如下：

訊息要件		主動　現在　簡單式		
重點：	**1.1 名詞單字** **Most people** 大部分的人	+	**2. 動詞時態** don't know 不知道	+	**1.5 名詞子句** **how easy English is.** 英文是如何地簡單

designed by freepik

4. 「關係代名詞子句」代替句子中的「副詞」

【範例 1】

句子 1：I am **that** happy. 我是<u>那樣地</u>開心。(這裡的 **that** 是副詞，修飾 happy)

　　「那樣地」開心，是在開心什麼？假設是在開心以下「句子 2」的事情。

句子 2：You've got your dream job. 您得到了自己夢想的工作。
子句：<u>**that** you've got your dream job</u> 您得到了自己夢想的工作。

　　that 變成連接詞的功能，【 that + 句子 2 】，變成了一個副詞子句，可以用來代替句子 1 的「副詞 that (那樣地)」。

2 句併成 1 句：I am happy <u>**that** you've got your dream job.</u>
2 句併成 1 句：I am **so** happy <u>**that** you've got your dream job.</u>
2 句併成 1 句：我 (很、非常、如此 ... 地) 高興您得到了您夢想的工作。

　　要不要多加一個 so，來加強開心的程度，隨我高興。搞不好我不是真心的為您開心，那我就懶得加個 so 了。很多英文書上，把「so...that... 很怎樣 ...，就怎樣 ...」、「too...to... 太怎樣 ... 就怎樣 ...」，寫得好像是一種「句型公式」。真他媽的耍白癡！這就是我們學英文的「悲劇」，因為連書上的東西都不見得是正確的⋯，那我們怎麼可能學得會。

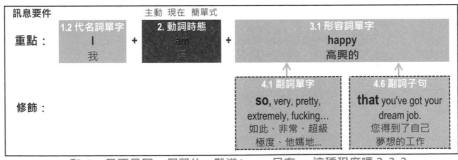

so 和 that 又不是同一個單位，難道 happy 只有 so 這種程度嗎？？？

5. 「關係代名詞」當作整個句子的「連接詞」

【範例 1】

句子 1：I was a kid. 我以前是一個小孩。

子句：**When** I was a kid...... 我小的時候 ...... 然後叻？

　　句子 1 前面，加上「關係代名詞 when」後，就變成了一個「子句」。

句子 2：**When** I was a kid, nobody had taught me how to study smartly.

句子 2：小時候，沒有人教過我如何聰明地讀書。

　　任何的對話內容，「時間」是一個既普遍、又重要的訊息「背景」。由 when 所組成的子句，跟上一章的【時間相關】的連接詞，所組成的子句，用法完全一樣 (如下句子 3)。【when + 句子】是英文中，最廣泛使用的「副詞子句」，用來當作主要句子的「時間背景」。

句子 3：**Since** I went to school, everybody had told me to study hard.

句子 3：自從我上學以來，所有人都叫我要用功讀書。

【範例 2】

句子 1：I can speak English. 我會說英文。

子句：**that** I can speak English 我會說英文。

句子 2：**That** I can speak English is why I'm here.

句子 2：我會在這裡，是因為我會說英文。(that 子句當作句子的主詞)

句子 3：My boss knows **(that)** I can speak English.

句子 3：My boss knows I can speak English. 我老闆知道我會講英文。

句子 3：我老闆知道我會講英文。(that 子句當作句子的受詞)

【that 子句】當句子的受詞時，that 可以省略

句子 4：I see most people in Taiwan study English in a completely wrong direction.
句子 4：I see (that) most people in Taiwan study English in a completely wrong direction.
句子 4：我看到大多數的台灣人在完全錯誤的方向上學英文。

【that 子句】當片語中的受詞時，that 可以省略

句子 5：I've kept **seeing** (that) people study English in a completely wrong direction.
句子 5：I've kept **seeing** people study English in a completely wrong direction.
句子 5：我一直看到人們在完全錯誤的方向上學英文。

　　因為英文「一句一動」的定律，所以老外一旦看到或聽到第 1 個「動詞時態」時，就會認定它是**主要句子**的「動詞時態」。當出現第 2 個「動詞時態」，且沒看到或聽到 that 時，很自然地就會認定是名詞子句裡面的「動詞時態」。因此，用「that 子句」當作「受詞」，that 可以省略。所以，

【that 子句】當句子的主詞時，that 就不能省略了

句子 2：That I can speak English is why I'm here. (O)
句子 2：我會在這裡，是因為我會說英文。
句子 2：I can speak English is why I'm here. (X)

　　如果將 that 省略，對方會搞不清楚到底這句話的「主詞」是「I」，還是「That I can speak English」。

　　一般來說，以上的這些說明，都是「關係代名詞」的原理。當我們真正要講英文的時候，還要再去想這些原理的話，天都黑了，人也走了。但是，如果不了解這些文法規則背後的設計原理，直接就跳到它們的「用法」上面，就會變得是在**「學英文」**，而不是在**「學講英文」**。照理講，一般人，只要看得懂中文，理應能夠控制自己的大腦，把中文的框架拋開。學了「關係代名詞」和「一般連接詞」後，理應就具備了用「子句」來**「講英文」**的能力。

英 文 4 單 位

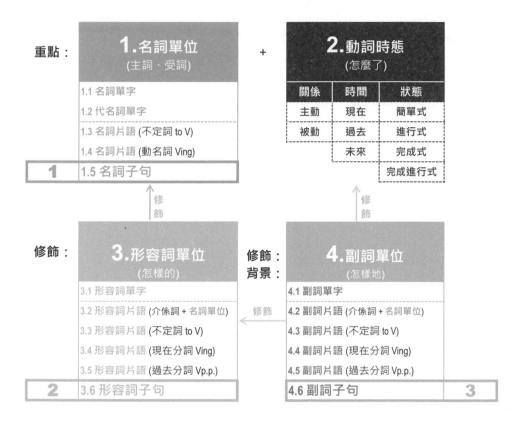

另外,在前面「關係代名詞的用法」的那個框框裡面,您會看到 2 段話,分別是:

1. 關係代名詞 + 句子 = 子句
2. 任何的「子句」,依照它在句子中的用途 (重點、修飾、背景),決定它是「名詞子句」、還是「形容詞子句」、或是「副詞子句」。

這 2 段話的「畫面」如下:

1. 關係代名詞 + 句子 = 子句

✦ That **+** I can speak English = **that I can speak English**
✦ When **+** I can speak English = **when I can speak English**

2. 任何的「子句」，依照它在句子中的用途（重點、修飾、背景），決定它是「名詞子句」、
　　還是「形容詞子句」、或是「副詞子句」。

　　重點：That I can speak English is necessary for my job. 名詞子句當句子的主詞。
　　　　　我會說英文 / 是 / 必要的 / 對我的工作 = 我會說英文，對我的工作來說，是必要的

　　重點：The job needs (that) I can speak English. 名詞子句當句子的受詞。
　　　　　這個工作 / 需要 / 我會說英文。

　　修飾：He was surprised to hear that I can speak English.
　　　　　名詞子句當「副詞片語 to know…」的受詞，副詞片語修飾「形容詞 surprised」。
　　　　　他 / 是 / 驚訝的 / 得知我會說英文 = 知道我會講英文，讓他很驚訝。

　　修飾：I'm so happy that I can speak English. 當副詞子句，修飾「形容詞 happy」。
　　　　　我 / 是 / 如此地 / 高興的 / 我會講英文 = 我超開心的，因為我會講英文。

　　修飾：I have a wish that I can speak English. 當形容詞子句，修飾「受詞 a wish」。
　　　　　我 / 有 / 一個願望 / 我會講英文的 = 我有一個願望，就是希望我會講英文。

　　修飾：The wish that I can speak English will come true undoubtedly.
　　　　　當形容詞子句，修飾「主詞 the wish」。
　　　　　這個願望 / 我會講英文的 / 將會來到 / 真實的 / 毫無疑問地
　　　　　= 我會講英文的願望一定會實現。

　　背景：「子句 that I can speak English」可以當「副詞子句」，修飾「形容詞 happy,
　　　　　surprised…」，但無法當作修飾整個句子的「背景」。Why???

　　　I can speak English. 我會說英文，是一句英文。That I can speak English.，that 沒有任
何意思，只有連接詞的功能，沒有明確的背景畫面（關於人、事、時、地、物）。「一般連接
詞」才會有「背景」的畫面，如 once, if, althogh, whether, as long as, ...，舉例如下：

- **Once** I can speak English,… 。 一旦我會說英文時，……然後叻……
- **If** I can speak English,… 。 如果我會說英文，……所以哩……
- **Although** I can speak English, … 。 雖然我會說英文，……
- **Whether** I can speak English **or not**,… 。 不管我會不會說英文，……
- **As long as** I can speak English, … 。 只要我會說英文時，……

背景： Once I can speak English, I guess (that) my mom will be happy to cry.

一旦我會說英文，我 / **猜** / 我媽 / 將會 / 開心的 / 去哭

= 一旦我會說英文，我猜我媽會高興得哭出來。

背景： If I can speak English, my mom will be happy to cry.

如果我會說英文，我媽 / **將會** / 開心的 / 去哭

= 如果我會說英文，我媽會高興得哭出來。

背景： Although I can speak English, I still need to work hard.

雖然我會說英文，我 / 還是 / **需要** / 去認真工作

= 雖然我會說英文，我還是得認真工作。

明白了所有的定義和用法後，理應能夠隨心所欲地運用所有的「關係代名詞」，就像老外一樣。

1. What I want to say is probably not what you want to hear.

我想說的 / 不是 / 或許地 / 您想聽的 = 我想說的，不見得是您想聽的。

2. Whenever you come, I'm welcomed.

無論何時您過來，我 / 是 / 歡迎的 = 您不管何時過來，我都歡迎。

3. I know why people speaking Chinese don't like to study grammar.

我 / 知道 / 為何 / 人們 / 講中文的 / 不喜歡 / 去學文法 = 我知道為何講中文的人不喜歡學文法。

4. The person whom I'm looking for hasn't shown up.

這個人 / 我正在找的 / 一直沒有出現 = 我在找的人一直還沒出現。

5. I am planning a program **that aims to shake the current market.**
   我 / 正在規劃 / 一個課程 / 目標要去撼動當前的市場
   ＝我正在規劃一個目標撼動當前市場的課程。

6. I live in Taiwan **where is known for its culture of kindness and generosity.**
   我 / 生活 / 在台灣 / 那裡以和善和慷慨的文化聞名 ＝ 我生活在以和善慷慨的文化聞名的台灣。
   Taiwan, **where is known for its culture of kindness and generosity,** is my hometown.
   台灣 / 以和善和慷慨的文化而聞名的，是 / 我的家鄉。

7. I have no idea **where he went yesterday.**
   Where he went yesterday, I have no idea.
   我 / 是 / 沒有想法 / 他昨天去哪 ＝ 我不知道他昨天去哪。

8. The author of the book is Mr. Nobody, **who was a loser before 30.**
   作者 / 這本書的 / 是 / 諾巴迪先生 /30 歲以前是個廢物的
   ＝這本書的作者是那個 30 歲以前是廢物的諾巴迪先生。

9. **How I speak English** is not by intuition.
   我如何講英文 / 不是 / 靠直覺 ＝ 我不是憑直覺講英文。

10. **However smoothly he speaks English,** it doesn't mean (that) he can teach you
    to be as good as him.
    無論他英文講得再好，它 / 不意謂 / 他能把您教得跟他一樣好
    ＝不管他英文講得再好，不代表他可以把您教得跟他一樣好。

　　英文的表達邏輯和架構，在「**一句一動**」的定律下，可以利用由動詞變型的「片語」、或各個一般連接詞、關係代名詞所組織而成的「子句」，這 2 種比「單字」更大的單位，堆疊出「層次分明」的訊息畫面。這些「片語」和「子句」的文法規則和表達方式，就是每個老外天生就繼承的語言資產 (花花綠綠的，有 4 種顏色)。

反觀我們的語言資產 ...，還是黑白電影 ...

1. What I want to say is probably not what you want to hear.
   我想說的，不見得是您想聽的。

2. Whenever you come, I'm welcomed.
   您不管何時過來，我都歡迎。

3. I know why people speaking Chinese don't like to study grammar.
   我知道為何講中文的人不喜歡學文法。

4. The person whom I'm looking for hasn't shown up.
   這個人 / 我正在找的 / 一直沒有出現 = 我在找的人一直還沒出現。

5. I am planning a program that aims to shake the current market.
   我正在規劃一個目標撼動當前市場的課程。

6. I live in Taiwan where is known for its culture of kindness and generosity.
   我生活在以和善慷慨的文化聞名的台灣。

7. I have no idea where he went yesterday.
   我不知道他昨天去哪。

8. The author of the book is Mr. Nobody, who was a loser before 30.
   這本書的作者是那個 30 歲以前是個廢物的諾巴迪先生。

9. How I speak English is not by intuition.
   我不是憑直覺講英文。

10. However smoothly he speaks English, it doesn't mean (that) he can teach you
    to be as good as him.
    不管他英文講得再好，不代表他可以把您教得跟他一樣好。

「可以獨立」成為單位的「單字」

老外也不可能全部都認得的單字

	單字種類	比例(%)	單字數量	常用字尾
2	名詞	50.0%	85,000	30
3	代名詞	0.0353%	60	
4	動詞	14.3%	24,286	5
5	助動詞	0.0088%	15	
6	形容詞	25.0%	42,500	20
7	副詞	10.6%	18,037	3
		99.9%	169,898	58

「無法獨立」成為單位的「單字」

像老外一樣講英文的關鍵字

	單字種類	比例(%)	單字數量	關鍵字
1	冠詞	0.0018%	3	名詞
8	介係詞	0.0353%	60	片語
9	連接詞	0.0141%	24	子句
10	關係代名詞	0.0094%	16	子句
		0.1%	103	

把「介係詞」留到最後，是有原因的。因為，如果…

1. 分不出「形容詞」單字，就沒辦法充分使用 of …等所有的「介係詞」，像老外一樣講英文。
2. 也認不出「副詞」單字，就更沒辦法充分使用 in…等 60 個「介係詞」，像老外一樣講英文。
3. 不確定「動名詞 Ving」在幹嘛，就不可能用 for…等所有的「介係詞」，像老外一樣講英文。
4. 以為「名詞子句」是中文…，就更不可能用 with…等 60 個「介係詞」，像老外一樣講英文。
5. 以上這 4 點，全部都跟這些短短的「介係詞」有關……。因為…

「介係詞」會用到英文所有的規則！！！

「介係詞」的定義，中文如下：

單字種類	定義
8 介係詞	**介係詞**的主要用途，是用來組織比「單字」再大一級的單位：片語。依此定義，介係詞本身無法單獨存在，**後面一定要加上**名詞單位，組成**「介係詞片語」**，才會有意義。 **相同的「介係詞片語」**，依照它在句子中的用途(只能當作修飾、背景)，決定它是形容詞片語，或是副詞片語，來表達「關於什麼人、事、時、地、物」的背景畫面。

「介係詞」的定義，畫面如下：

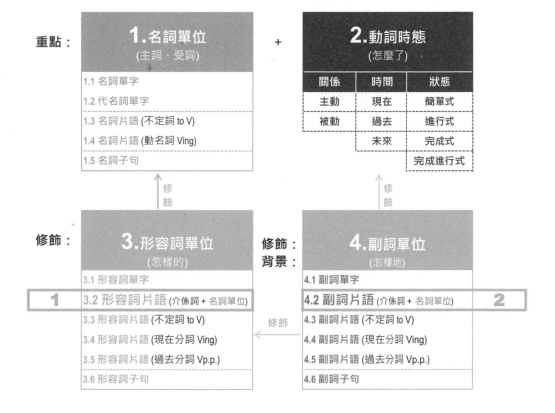

介係詞的用法，中文如下：

單字種類	用法
8 介係詞	介係詞 + 名詞單位 = 介係詞片語。可以有 4 種組合： **1. 介係詞 + 名詞單字** **2. 介係詞 + 代名詞單字** **3. 介係詞 + 動名詞片語** **4. 介係詞 + 名詞子句** 不管以上哪一種組合，依照該片語在句子中的用途(修飾、背景)，決定它是形容詞片語、還是副詞片語，來表達「關於什麼人、事、時、地、物」的背景畫面。雖然英文單位的大小(子句>片語>單字)，但相同詞性的單位，不論大小，用法完全一樣。

介係詞的用法，畫面如下：

「介係詞」的用途，是用來組成【介係詞片語】

一樣是【介係詞片語 in the morning】，依其在句子中的用途(修飾、背景)，決定它是【形容詞片語 in the morning】，還是【副詞片語 in the morning】。舉例如下：

- The weather in the morning was too cold. → 形容詞片語，修飾 the weather
  早上的天氣太冷了。

- I ate 2 eggs in the morning after swimming. → 副詞片語，當作整個句子的背景
  我早上游泳後，吃了 2 顆蛋 ＝ 我吃了 2 顆蛋 / 在早上 / 游泳後。

【介係詞片語】的型態和用途，畫面如下：

【介係詞片語】的 4 種型態

1 介係詞 + 1.1 名詞單字 = 3.2 形容詞片語 (介係詞 + 名詞單位) or 4.2 副詞片語 (介係詞 + 名詞單位)

2 介係詞 + 1.2 代名詞單字 = 3.2 形容詞片語 (介係詞 + 名詞單位) or 4.2 副詞片語 (介係詞 + 名詞單位)

介係詞不得相連 · 1.3 名詞片詞 (不定詞 to V)

3 介係詞 + 1.4 名詞片語 (動名詞 Ving) = 3.2 形容詞片語 (介係詞 + 名詞單位) or 4.2 副詞片語 (介係詞 + 名詞單位)

4 介係詞 + 1.5 名詞子句 = 3.2 形容詞片語 (介係詞 + 名詞單位) or 4.2 副詞片語 (介係詞 + 名詞單位)

【介係詞片語】型態 1

1 介係詞 + 1.1 名詞單字 = 3.2 形容詞片語 (介係詞 + 名詞單位) or 4.2 副詞片語 (介係詞 + 名詞單位)

➤ Something **in** this book is very different **from** others. (語言色盲…)
   Something **in** this book is very different **from** others. (非語言色盲)
   一些東西 / 這本書裡 / 是 / 非常地 / 不同的 / 跟其他的書
   = 這本書裡的一些東西，跟其他的書很不一樣。

➤ The durability **of** iPhones is better **than** Android phones.
   The durability **of** iPhones is better **than** Android phones.
   耐用性 / 愛瘋的 / 是 / 更好的 / 比安卓手機們 = 愛瘋比安卓手機更耐用。

➤ I had written a book **at my apartment** **for years**.
I had written a book **at my apartment** **for years**.
我 / 一直在寫 / 一本書 / 在我的公寓裡 / 好幾年
＝我在我的公寓裡，花了好多年寫了一本書。

➤ **Without** any doubt, something good must come **from** relentless hard work.
Without any doubt, something good must come **from relentless hard work**.
毫無疑問，事情 / 好的 / 一定來 / 從不懈的努力工作
＝毫無疑問，好事肯定來自努力工作。

■ Something must come.
有些事一定會來。...... 這已經是完整的 1 句英文了。

■ Something good must come.
好事一定會來。

■ Something good must come from hard work.
好事肯定來自努力工作。

■ Something good may come with good luck.
好事可能伴隨著好運。

■ Something lucky may come with consequences.
幸運的事可能會帶來一些後果。

■ Something unbelievable has come into reality in 2020.
一些難以置信的事，竟然在 2020 成為了現實。

　　Mr. Nobody 一直對胡亂定義「片語」相當有意見。以台灣的邏輯，come from 來自，come with 伴隨, come into 實現，這種叫做「片語」。**把它們用「中文的意思」綁成一掛，搞得「介係詞」好像永遠都要跟「動詞」綁在一起似的。**

問題是，come 本身就可以是一個獨立的「動詞時態」。而「from + 名詞單位」、「with + 名詞單位」、「in + 名詞單位」......，本身也可以是一個獨立的「形容詞片語」或「副詞片語」。如下：

■ The reward <u>from hard work</u> must be so sweet.
　努力工作所帶來的回報，肯定非常甜美。

■ I got this reward <u>with good luck</u>.
　我很幸運地得到了這個獎勵。

■ <u>In reality</u>, we need to face our weaknesses with courage.
　現實中，我們需要勇敢地面對自己的缺點。

意思是，偉大的台灣英語教學網紅名師大師師父法師 ...... 們，把 2 個分別是不同「單位」的部分，綁成同一個「單位」來教 ......

台灣片語：Something good may <u>come with</u> good luck.
　　　　　好事可能<u>伴隨</u>著好運。

英文單位：Something good **may come** <u>with good luck</u>.
　　　　　事情 / 好的 / 可能來 / <u>和好運一起</u>。

用「台灣片語 come with」能夠學會英文嗎？？？別鬧了！

【介係詞片語】型態 2

| 2 | 介係詞 | + | 1.2 代名詞單字 | = | 3.2 形容詞片語
(介係詞 + 名詞單位) | or | 4.2 副詞片語
(介係詞 + 名詞單位) |

➢ I am **on** it.
  I am **on it.**
  我 / 是 / 在這上面 = 我來處理。

➢ He is **over** there.
  He is **over there.**
  他 / 在 / 那裡正上方 = 他在那裡。

➢ I am happy **for** you.
  I am happy **for you.**
  我 / 是 / 高興的 / 為您 = 我為您高興。

➢ We can do it **by** ourselves.
  We can do it **by ourselves.**
  我們 / 能夠做 / 它 / 由我們自己 = 我們可以靠自己做到 (它)。

➢ Something in this book is very different **from** others.
  Something in this book is very different **from others.**
  一些東西 / 這本書裡 / 是 / 非常地 / 不同的 / 跟其他的書
  = 這本書裡的一些東西,跟其他的書很不一樣。

➢ I will call a meeting, **in** which we can further discuss the details of the deal.
  I will call a meeting, **in the meeting** we can further discuss the details of the deal.
  I will call a meeting, **in which** we can further discuss the details of the deal.
  我 / 會安排一場 / 會議,在會議中 / 我們 / 可以 (進一步) 討論 / 細節 / 這個交易
  = 我會安排一場會議,交易的細節在會議中再來進一步討論。

  用「關係代名詞 which」取代前面的受詞 meeting (事物)。目的只是不想讓同樣的字眼,在很近的距離內重複而已。所以,in which = in the meeting,這沒有什麼了不起的學問。

➢ We like <u>John</u> more, **for whom** we'll offer an opportunity to work abroad.

We like <u>John</u> more and offered an opportunity **for John** to work abroad.

We like <u>John</u> more, **for whom** we'll offer an opportunity to work abroad.

我們 / 喜歡 /John/ 更多，<u>為他</u> / 我們 / 將提供 / 一個機會 / 出國工作

= 我們更喜歡 John，我們會為他提供一個出國歷練的機會。

用「**關係代名詞 whom**」取代前面的受詞 John（人）。目的也是不想讓同樣的字眼，在很近的距離內重複而已。所以，for whom = for John，這哪有什麼了不起的學問。

【介係詞片語】型態 3

3	介係詞 +	1.4 名詞片語 (動名詞 Ving)	=	3.2 形容詞片語 (介係詞 + 名詞單位)	or	4.2 副詞片語 (介係詞 + 名詞單位)

➢ I'm not interested **in** working abroad.

I'm not interested **in working abroad**.

我 / 沒有 / 興趣的 / <u>對在國外工作</u> = 我對出國工作（在國外工作）沒什麼興趣。

- I'm not interested. 我沒興趣。...... 這已經是完整的「一句英文」了。
- I'm not very interested. 我沒什麼興趣。
- I'm not very interested **in this job**. 我對這工作沒什麼興趣。
- I'm not very interested **in working abroad**. 我對在國外工作沒什麼興趣。

英文是一個用「單位」堆疊成句子的語言，中文是一個用「文字」排列成句子的語言。因此，中文的英文書裡面，充斥著用「中文意思」來排列的句型，如：

be interested in... = 對 ... 有興趣

be aware of... = 知道 ...

be tired of... = 厭倦 ...

be satisfied with... = 滿意 ...

be informed of... = 被告知 ...

搞得好像 be interested 後面一定要加 in...，be aware 後面一定要加 of...。沒錯！雖然每個「形容詞，如 satisfied」後面，都有它們各自慣用的「介係詞，如 with」，來連接後面的訊息。但問題是，它們在「一句英文」裡，根本就不是「同一個單位」，硬把它們用「中文意思」綁在一起，弄出個「中文文法」來教英文，這樣只會讓大家永遠都分不出「英文單位」，如下：

中文文法：I'm not very <u>interested in</u> working abroad.
我對在國外工作沒什麼興趣。

英文單位：I'm not very interested <u>in working abroad.</u>
我 / 沒有 / 非常地 / 有興趣 / <u>對在國外工作</u>。

　　用「中文文法 be interested in...」，能夠像老外們一樣，用堆疊「英文單位」的方式，來講英文嗎？？？讓我們繼續看下去 ...

➤　I was once tired **of** doing this job.
　　I was once tired **of doing this job**
　　我 / 是 / 曾經 / 感到厭倦的 / <u>在做這個工作</u> = 我曾經對這工作感到厭倦。

➤　The experience **of** writing this book is quite extraordinary,even though it had made me so exhausted.
　　The experience **of writing this book** is quite extraordinary in my life,even though it had made me so exhausted.
　　這個經驗 / <u>寫這本書的</u> / 是 / 相當地 / 特別的 / 在我的人生中，雖然它讓我快累死了
　　= 雖然寫到快掛了，但寫這本書還是我人生中相當特別的經驗。

➤　During the pandemic, the chance **of** traveling abroad is pretty small.
　　During the pandemic, the chance **of traveling abroad** is pretty small.
　　疫情期間，機會 / <u>出國旅遊的</u> / 是 / 非常地 / 小的 = 疫情期間，幾乎不可能出國旅遊。

➤　The feeling **of** being able to go outside is so good.
　　The feeling **of being able to go outside** is so good.
　　這個感覺 / <u>能夠出門的</u> / 是 / 如此地 / 好的 = 能夠出們的感覺真的太好了。

【介係詞片語】型態 4

| 4 | 介係詞 | + | 1.5 名詞子句 | = | 3.2 形容詞片語
(介係詞 + 名詞單位) | or | 4.2 副詞片語
(介係詞 + 名詞單位) |

➤ The answer **to** what we've been looking for about learning English is here.

The answer to what we've been looking for about learning English is here.

這個答案 / 關於英文，我們一直在尋找的 / 在 / 這裡

＝關於英文，我們一直在尋的答案在這裡。

➤ I am aware **of** what you are thinking.

I am aware of what you are thinking.

我 / 是 / 知道的 / 您正在想什麼 ＝ 我知道您在想什麼。

➤ I am so grateful **for** what you did for me.

I am so grateful for what you did for me.

我 / 是 / 如此地 / 感激的 / 對您對我做的一切 ＝ 我對您對我做的一切，感到非常地感激。

➤ You probably won't be happy **with** what I'm going to say.

You probably won't be happy with what I'm going to say.

您 / 或許 / 將不會 / 高興的 / 對我將要說的話 ＝ 我要說的話，您可能不愛聽。

➤ I didn't get any specific pictures **from** what you just briefed.

I didn't get any specific pictures from what you just briefed.

我 / 得不到 / 任何具體的畫面 / 從您剛剛的報告 ＝ 我完全不知道您剛剛在報告什麼。

➤ People in the city weren't satisfied **with** what the mayor had performed.

People in the city weren't satisfied with what the mayor had performed.

人們 / 在這城市裡的 / 不是 / 滿意的 / 對市長一直以來的表現

＝市民對這個市長的表現不滿意。

以上，就是【介係詞片語】的 **4 種型態**的介紹與說明。同時也是從沒出國讀書過、也沒在國外長大的諾巴迪先生，能夠像老外一樣說英文的原因。

以下，是英文所有的 60 個「介係詞」：

1	about	關於...、大約...	11	as	身為...、像...	21	by	透過...、沿著...
2	above	在...之上	12	at	在...	22	despite	儘管...
3	across	橫越...	13	before	在...之前	23	down	往下...
4	after	在...之後	14	behind	在...後面	24	during	在...期間
5	against	反對...	15	below	在...之下	25	except	除...之外
6	along	沿著...	16	beneath	在...之下	26	for	為...、給...
7	alongside	沿著...	17	beside	在...旁邊	27	from	從...
8	amid	在...之中	18	besides	除...之外	28	in	在...之中
9	among	在...之中	19	between	兩者之間	29	inside	在...裡面
10	around	環繞...、大約...	20	beyond	超越...	30	into	進入...

31	like	像...	41	past	經過...	51	underneath	在...之下
32	near	接近...	42	per	每個...	52	unlike	不像...
33	of	...的	43	plus	加...	53	until	直到...
34	off	...分開	44	since	自從...	54	up	向上...
35	on	在...之上	45	than	比...	55	upon	在...之上
36	onto	在...之上	46	through	穿過...	56	versus (vs.)	對...
37	opposite	...對面	47	throughout	貫穿...	57	via	經過...
38	out	...之外	48	to	到...、向...	58	with	和...一起
39	outside	在...外面	49	toward(s)	朝向...	59	within	在...之內
40	over	在...之上	50	under	在...之下	60	without	沒有...

　　在老外們眼裡，**所有「介係詞」的定義和用法，是完全一樣的**。但是在講中文的人眼裡，因為在「字面上」，不同的介係詞有不同的「中文意思」，所以在「中文邏輯」的用法上，肯定是完全不一樣的。**英文邏輯的用法**是**文法的規則**、**中文邏輯的用法**是**文字的長相**。一樣都是「用法」，中外的「定義」是完全不一樣的。在這樣的前提下學英文，等於浪費生命。所以，在這樣的前提下教英文，放棄學英文的人絕對是理性明智的人。Furthermore，千萬不要，萬萬不可跟講中文的人說，什麼是「定義」...，「定義」是三小 ... 之類的廢話，只能說「例句」！！因為我們所繼承的語言資產，沒有「定義」這種東西。不能再靠北了！！回到英文的 60 個介係詞 ...

特別把【to】標記出來，肯定是有原因的

因為所有的介係詞裡面，只有 to 後面，可以加原型動詞 V，組成【不定詞片語 to V】。依照【不定詞 to V】在句子中的用途（重點、修飾、背景），可用來當作名詞片語、形容詞片語、或副詞片語。

其他 59 個介係詞後面，全部都不能加原型動詞 V，只能加名詞單位，組成【介係詞片語】。依照【介係詞片語】在句子中的用途（只能當作修飾或背景），決定其為形容詞片語、或副詞片語。所以，to 算是英文中的「介係詞之王」。

介係詞之王

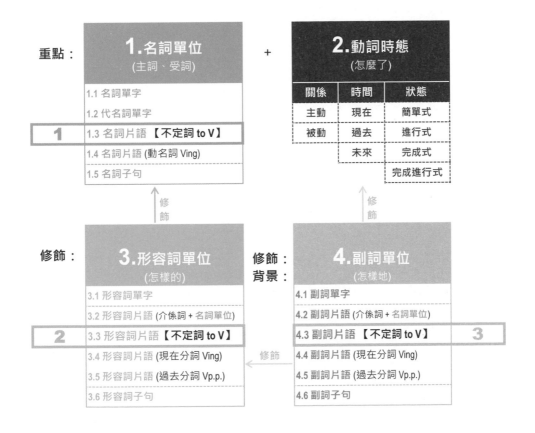

1.【不定詞 to V】當【不定詞 to V】、【不定詞 to V】或【不定詞 to V】

✓ **To be pragmatic**, you have **to choose the right way** **to study English**.
要務實的，您 / 要 / **去選擇正確的方法** / **來學英文**
＝務實一點，您必須選擇出正確的方法來學英文。

✓ The right way **to study English** seems never existed before
正確的方法 / **學英文的** / 似乎 / 不曾 / 存在的 / 之前 ＝學英文的正確方法似乎從未存在過。

2.【to + 名詞單位】當【介係詞片語】或【介係詞片語】

✓ The answer **to the question** is too easy.
這個答案 / **這個問題的** / 是 / 太 / 簡單的 ＝這問題的答案太簡單了。

✓ Don't be that close **to me.**
不要 / 那要地 / 接近的 / **對我** ＝別靠我這麼近。

✓ I've moved **to New Taipei City** for years.
我 / 已經移動 / **到新北市** / 好多年了 ＝我已經搬到新北市好多年了。

✓ He sent a message **to me** via Maggie.
他 / 傳了 / 一個訊息 / **給我** / 透過瑪姬 ＝他透過瑪姬傳了一個訊息給我。

3.【V + to】當片語動詞中的「介係詞」

✓ I **object to** doing anything with only gestures but nothing meaningful in there.
我 / **反對** / 做任何事 / 只有樣子 / 但沒有任何有意義的東西 / 在裡面 ＝我拒絕裝模作樣

✓ We **should listen to** something opposite us.
我們 / **應該聽** / 一些東西 / 跟我們相反的 ＝我們應該聽一些相反的意見。

✓ I **am looking forward to** seeing you..
我 / **期待著** / 見您 ＝我期待見到您。

「object to 反對 ...」、「listen to 聽 ...」、「look forward to 期待 ...」是英文中，極少數用到 to 的**「片語動詞」**。極少數的意思是，真的很少很少很少 ......。我的印象中，大概只有這 3 個，實在想不到第 4 個了 ......，「refer to 參考 ...」也是也是，絕對想不到第 5 個了。

「have to 必須 ...」、「move to 搬到 ...」、「come to 來到 ...」... 是**「台灣片語」**，是我們台灣人發明的片語，不是真正的片語，真正的片語是「片語動詞」，是上面那 4 個。

- He will move. 他會搬。...... 這已經是完整的**「一句英文」**了。
- He will move next week. 他下禮拜會搬。
- He will move **to our office** next week. 他下禮拜會搬進我們辦公室裡。

只要是**不同的單位**、或是**可以獨立存在的「動詞 move」**，就不應該說 move to 是**「片語動詞」**。

除非像是【動詞 + 副詞】，如 give up 放棄、get through 克服、turn on 打開，或【動詞 + 介係詞】，如 depend on 依靠、comply with 遵守、look into 調查，**這些「動詞 + 副詞或介係詞的單字組合」，組合出一個「特定」的意思後，才算是真正的「片語動詞」**。

只有「語言色盲」，才會傻傻地去背**「台灣片語」**。所以，別再亂背「片語」了！分得出「單位」，才是學會英文的關鍵！！

講中文的人絕對想不到，原來「to」竟然是英文中，功能最多的「介係詞之王」。講到了「介係詞之王 to」，就不得不講一下「介係詞小天王 of」。**「of」應該是英文中，使用頻率最高的「單字」**。

換句話說，由【of + 名詞單位】所組成的「介係詞片語」，是英文中使用頻率最高的「單位」。舉例如下：

| 1 | 介係詞 | + | 1.1 名詞單字 | = | 3.2 形容詞片語
(介係詞 + 名詞單位) | or | 4.2 副詞片語
(介係詞 + 名詞單位) |

➤ The beauty **of** Taiwan is people.
The beauty **of Taiwan** is people.
這個美 / 台灣的 / 是 / 人民＝台灣之美是人。

Taiwan's beauty is people. 換成「中文的表達順序」也行。
語言的最終目的，是傳遞訊息，只要符合規則，訊息一樣，就沒有對錯。

| 2 | 介係詞 | + | 1.2 代名詞單字 | = | 3.2 形容詞片語
(介係詞 + 名詞單位) | or | 4.2 副詞片語
(介係詞 + 名詞單位) |

➤ The thought **of** everyone is different.
The thought of everyone is different.
這個想法 / 每個人的 / 是 / 不一樣的＝每個人的想法都不一樣。

Everyone's thought is different. 同樣地，換成這樣說、或寫，也可以。

➤ The thought **of** everyone **for** using money is different.
The thought of everyone for using money is different.
這個想法 / 每個人的 / 對用錢的 / 是 / 不一樣的＝每個人對用錢的想法都不一樣。

Everyone's thought for using money is different.
還是一樣的，換成這樣說、或寫，也是 ok 的。

| 3 | 介係詞 | + | 1.4 名詞片語
(動名詞 Ving) | = | 3.2 形容詞片語
(介係詞 + 名詞單位) | or | 4.2 副詞片語
(介係詞 + 名詞單位) |

➤ The journey **of** writing this book had filled with frustration.
The journey of writing this book had filled with frustration.
這個旅程 / 寫這本書的 / 是充滿著 / 挫折＝寫這本書的旅程充滿了挫折。

用【of + 動名詞】的話，就沒辦法換成「中文的表達順序」了…。

4	介係詞	+	1.5 名詞子句	=	3.2 形容詞片語 (介係詞 + 名詞單位)	or	4.2 副詞片語 (介係詞 + 名詞單位)

➤ The point **of** <u>what I keep saying</u> is all focused on the 4 units of English.
The point of what I keep saying is all focused on the 4 units of English.
這個重點 / <u>我一直在說的</u> / 被 / 全部地 / 集中在 / 這 4 個單位 / 英文的
= 我一直在說的重點，全部都集中在英文的 4 個單位上。

同樣地，用【of + 名詞子句】的話，也沒辦法換成「中文的表達順序」…

以上是【of + 名詞子句】當作【形容詞子句】，用來修飾前面那個「名詞」的用法。依照「介係詞片語」的定義和用法，【of + 名詞子句】也可以當作【副詞子句】，用來修飾動詞、形容詞、副詞、或整個句子。舉例如下：

■ He **is** here. 他在這。
■ He **is** there. 他在那。
■ He **is** out. 他出來了、他出局了、他在外面 …。…… 這已經是完整的**「一句英文」**了。

英文是一種訊息堆疊的語言。我們可以再加一點「修飾」或「背景」，例如：

■ He **is** out of mind.
他 / 在 / <u>外面</u> / <u>腦袋裡</u> = 他瘋了。… 這句話的「架構」如下：

out 和【of + 名詞單位】不是同一個單位！！

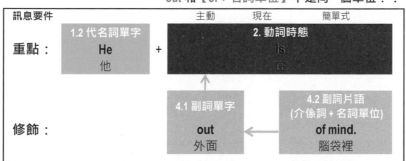

基本上，講中文的人連「副詞單字」是什麼鬼，都不見得知道了，更何況用「副詞片語」來修飾「副詞單字」。所以就再多發明了 1 個「**台灣片語：out of…用完了、沒有了、倒閉了…**」。台灣的英文老師們，真的蠻有才的，總能用 2 個「不同單位」的單字，整合出 1 個「中文意思」後，就說是「片語」，然後帶著大家繼續當個「語言色盲」。

■ He **is** out of the decision circle.
他 / 在 / 外面 / 決策圈裡 = 他不在決策圈裡面。

■ The company **was** out of business last month.
這個公司 / 是 / 出局 / 業務裡 / 上個月 = 這公司上個月倒閉了 = 上個月這公司掛了。

惟有了解「老外天生就繼承的語言資產」，才有可能像老外一樣講英文。我們偉大的英語教學者們，發明了一堆「**台灣片語**」，把**不同單位**的單字，依照「中文意思」給綁在一起。結果，台灣人所認知的「片語」，**絕大多數都違背了老外「語言資產」的架構**。

講到了「介係詞」，又談到了「中文意思」，又會遇到一個用中文的邏輯（字面），難以說明的地方。如下：

介係詞的「中文意思」都一樣，到底該怎麼用？

... 上方		... 下方		... 中間	
1 above	在...之上	6 below	在...之下	10 in	在...之中
2 over	在...之上	7 under	在...之下	11 into	進入...
3 on	在...之上	8 beneath	在...之下	12 inside	在...裡面
4 onto	在...之上	9 underneath	在...之下	13 amid	在...之中
5 upon	在...之上			14 among	在...之中
				15 within	在...之內
				16 between	兩者之間

透過 ...		經過 ...		反對 ...	
17 by	透過...、沿著...	20 past	經過...	22 against	反對...
18 through	穿過...	21 via	經過...	23 opposite	...對面
19 throughout	貫穿...				

中文翻譯一樣都是「…之上」、「…之下」…，到底有什麼差別？？說實在的，字典裡也沒告訴你有什麼差別。所以，代表它們可以交叉隨便使用嗎？為什麼老外一下用 above？一下又用 over？他們到底是怎麼選擇的？還是，他們真的是隨便交叉用的嗎？

這些「介係詞」，就中文的**「字面上」**，幾乎是看不出差別的。必須進入這些介係詞的**「畫面裡」**，才能看出一些「些微」的差別。老外在講話時，會依照要表達的「畫面」，去對應「單字」；不像我們講中文，是用「字面」，去對應「國字」。意思是，在老外的邏輯裡，above, over, on…這些單字裡面的「畫面」，是不太一樣的。只是翻譯成中文，「字面」上卻變成一樣了。

同樣的道理，在「字面上」，中文翻譯一樣是「在 ... 下方」、「在…之中」、「透過…」、「經過…」、「反對…」。但在「畫面裡」，都會有一點點差別。所以，老外選擇要用哪個「介係詞」不是看心情的，也不是憑感覺的，是依照不同的訊息「畫面」，來使用不同的「介係詞」。Mr. Nobody 把這些差別，大致整理如下：

【在…之上】

介係詞	的畫面	例句
above	相對上方 (實體)	The weather **will climb** <u>above 30 degrees</u> tomorrow. 明天氣溫將上升到<u>30度以上</u>。
	相對上方 (抽象)	The election result **is well** <u>above our expectations</u>. 選舉結果大幅<u>超過我們預期</u>。

介係詞	的畫面	例句
over	正上方 (實體)	She **is** <u>over there</u>. 她在<u>那(正上方)</u>。
	超過 (抽象)	This idea **is slightly** <u>over my imagination</u>. 這個主意有點<u>超過我的想像</u>。

介係詞	的畫面	例句
on	靜態	She **put** the files <u>on my table</u>. 她把檔案放到<u>我的桌上</u>了。 The burden <u>on youth people</u> **is so** heavy. <u>年輕人身上的</u>負擔很沉重。

介係詞	的畫面	例句
onto	動態	He **walked** confidently <u>onto the stage</u> for a speech. 他自信地走<u>上台</u>準備演講。 He **put** his hand <u>onto my shoulder</u>. 他把手放<u>到我的肩膀上</u>。

介係詞	的畫面	例句
upon	靜態	I **do** my job <u>upon the manual</u>. 我<u>按照手冊(上面)</u>做我的工作。
	動態	We **are moving** <u>upon the next topic</u>. 我們正在進入<u>下一個主題上面</u>。

　　以上 5 個「在 ... 之上」的介係詞，在「畫面」上，雖然有一些些微的差異，但就算我們全部都用 on，也沒差，只是表達得沒那麼精準而已。老外們在聽我們講英文時，對於用詞不太精準，其實不會太在意。

　　老外分辨亞洲人英文表達能力的關鍵在於「架構」，不在「用字」。只要能夠運用「介係詞片語」，來作為句子中的「修飾」或「背景」，他們就會覺得我們的英文好棒棒了，因為這是跟他們一樣的講話方式。

　　只是，既然都要學英文，花點時間和腦袋，一次把英文的表達邏輯搞清楚，以後就算用字不太精準，也不會沒有自信，因為真的沒差。**語言的最終目的是「傳遞訊息」**（用最簡單的單字），**不是「裝模作樣」**（故意用冷門的單字）。

　　後面的分類和比較，全部都是一樣的邏輯。

【在…之下】

介係詞	的畫面	例句
below	相對下方 (實體)	The weather **will drop** <u>below 10 degrees</u> tomorrow. 明天天氣將下降到<u>10度以下</u>。
	相對下方 (抽象)	The election result **is** <u>below our expectations</u>. 選舉結果<u>低於我們預期</u>。

介係詞	的畫面	例句
under	正下方 (實體)	The cats **are sleeping** <u>under the table</u>. 貓兒們在<u>桌子底下</u>睡覺。
	正下方 (抽象)	I **could work** <u>under pressure</u>. 我能<u>在壓力下</u>工作。

介係詞	的畫面	例句
beneath	貼著上方 (平面)	The picture <u>beneath the article</u> **shows** how bad the situation of Australia's wildfire is now. <u>文章下面的</u>照片可以看出澳洲野火的情況有多嚴重。
	貼著上方 (立體)	There **are** some bills <u>beneath the book</u>. 書下面有一些帳單。

介係詞	的畫面	例句
underneath	貼著上方 (立體)	He **found** a gun <u>underneath the chair</u>. 他<u>在椅子下面</u>發現一把槍。
		There **are** several MRT lines <u>underneath the city center</u>. <u>市中心底下</u>有好幾條捷運線。

【在…之中】

介係詞	的畫面	例句
in	在…之中 (anything)	We live in Taipei. 我們住在台北(裡)。 Freedom of speech is the primary value in our hearts. 言論自由是我們心中的主要價值。

介係詞	的畫面	例句
into	進入	The chairman picks him into the decision circle. 主席把他放進決策圈裡。
	轉為	Elon Musk has turned his imagination into reality. 馬斯克將他的想像變成現實。

介係詞	的畫面	例句
inside	在…裡面	There is nothing inside his head. 他腦袋裡什麼都沒有(草包)。

介係詞	的畫面	例句
amid	事物之中	His house locates amid the forest. 他的房子在森林裡。 He has been incredibly calm amid the controversy. 他在爭議之中，依然極度地冷靜。

介係詞	的畫面	例句
among	眾人之中	She is the best player among them. 她是他們之中最棒的選手。 Someone among us must say something true. 我們之中必須有人說真話。

介係詞	的畫面	例句
within	期間之內	Costco **provides** returned service <u>within 30 days</u> after purchase. 好市多在購買後的<u>30天內</u>提供退貨服務。
	範圍之內	She **completed** the mission <u>within a small budget</u>. 她<u>在很少的預算之內</u>把任務完成了。

介係詞	的畫面	例句
between	兩者之間	There **was** a history <u>between Taiwan and China</u>. <u>台灣和中國之間</u>有一段歷史。
		The relationship <u>between them</u> **is improving**. <u>他們之間的</u>關係正在改善中。

【透過】

介係詞	的畫面	例句
by	透過	I **go** to work <u>by car</u>. 我<u>開車</u>上班。
	沿著	I **will be** there <u>by 5</u>. 我<u>5點</u>到。
	被	John **was coached** well <u>by him</u>. 約翰<u>被他</u>訓練地很好 = 他把約翰教得很好。

介係詞	的畫面	例句
through	透過 (抽象)	I'd **sent** some messages to Elon Musk <u>through Twitter</u>. 我<u>透過推特</u>傳達一些訊息給馬斯克。
	穿過 (實體)	We **drove** <u>through the tunnel</u> to Yilan. 我們開車<u>穿過隧道</u>到宜蘭。

介係詞	的畫面	例句
throughout	自始至終	He **performed** so poorly <u>throughout the campaign</u>. 他<u>在整個競選過程中</u>，表現得爛透了。
	每個角落	The fake news **could spread** on FB <u>throughout the world</u>. 假新聞可以在臉書上<u>傳遍全世界</u>。

【 經過 】

介係詞	的畫面	例句
past	經過 (實際)	I drove <u>past your house</u> today. 我今天開車<u>經過</u>妳家。
	經過 (時間)	It is ten <u>past two</u>. 現在<u>(過)</u>2點10分。

介係詞	的畫面	例句
via 經過...	取道	Our wifi at home is <u>via cable TV</u> connecting to the internet. 我們家裡的wifi是<u>透過有線電視</u>連上網<u>的</u>。
		I flew to Berlin <u>via Dubai</u>. 我飛去柏林時，<u>在杜拜轉機</u>。

【 反對 】

介係詞	的畫面	例句
against	反對	He is always <u>against me</u>. 他總是<u>反對我</u>。
		The decision <u>against change</u> is unacceptable for me. <u>反對改變的</u>決定對我來說，是無法接受的。

介係詞	的畫面	例句
opposite	對面	He is sitting <u>opposite me</u>. 他就坐在<u>我對面</u>。
		His office is right <u>opposite mine</u>. 他的辦公室<u>就在我的正</u>對面。

【超越】

介係詞	的畫面	例句
beyond	超越	**What we can do is always** <u>beyond our limits</u>. 我們能做的永遠會<u>超過我們的極限</u>。

　　Beyond 是 Mr. Nobody 個人最喜歡的「介係詞」。基本上，beyond 和 over 或 above 的畫面幾乎差不多。所以，以上這個例句，就算改成 What we can do is always over our limit. 也沒差，訊息的畫面完全一樣。語言是用來「傳遞訊息」的，只要符合規則、畫面相符，愛用哪一個，自己高興就好。

　　另外，以下還有 **3 個大家耳熟能詳，而且簡單到不屑一顧的「介係詞」，同時也是「副詞」**，分別是 down, up, out。在日常生活中，**它們當「副詞」在用的比例是 99%，幾乎很少當「介係詞」在用**。但 99% 的亞洲人 (不只台灣)，只要看到「3 個字母左右」的單字，一律都說那是「介係詞」，就連寫英文書的人也是這樣，氣到 Mr. Nobody 乾脆自己來寫書。

　　如果連教英文的書裡面，「副詞」和「介係詞」都傻傻分不清楚，那就不可能正確地分辨出英文句子裡的「關鍵字」。分不出「關鍵字」，就沒辦法準確地拆解或組織英文句子中的「單位」。「單位」拆不準、組織不精準，就沒辦法像老外一樣地，聽說讀寫英文。最後，還是回到英語學習的災難之中，用「中文意思」的角度來學英文。

【介係詞的 down】

單字	詞性	例句
down 向下...	介係詞	**You will find** a 7-11 <u>down the road</u>. <u>順著這條路下去</u>，你會看到一家7-11。

【副詞的 down】

單字	詞性	例句
down 向下...	副詞	We better <u>put down</u> our pride. 我們最好<u>放下</u>我們的驕傲。 You <u>can write</u> it <u>down</u>. 你<u>可以寫下來</u>。

【介係詞的 up】

單字	詞性	例句
up 向上...	介係詞	There <u>is</u> a cabin <u>up the hill</u>. <u>山丘上</u>有一間小屋。

【副詞的 up】

單字	詞性	例句
up 向上...	副詞	Please <u>shut up</u>. 請<u>閉嘴</u>。 I <u>will hang</u> the picture <u>up</u>. 我<u>會</u>把照片<u>掛起來</u>。 The stock price <u>keeps</u> <u>going up</u>. 股價持續<u>上揚</u>中。 I <u>can't put up with</u> what he said. 我<u>無法忍受</u>他說的話。 I <u>came up with</u> an idea to write this book. 我<u>興起</u>寫這本書的念頭。

【介係詞的 out】

單字	詞性	例句
out ...之外	介係詞	He **walked** <u>out the door</u>. 他剛走<u>出門外</u>。

【副詞的 out】

單字	詞性	例句
out 外面、出去	副詞	The company **is almost** <u>out</u> of business. 這家公司/是/幾乎/<u>退出</u>/這個生意裡 = 這公司快掛了。
		He always **thinks** <u>out</u> of the box. 他/總是/想/<u>在外面</u>/盒子裡 = 他總能跳脫框架來思考。
		Please **get out**. 請<u>出去</u>。
		Please **get out** of my sight (room). 請<u>離開</u>我的視線(房間)。

單字	詞性	例句
out ...滿...	副詞	I **will figure** it <u>out</u>. 我<u>會</u>把它<u>搞清楚</u>。
		You **should check** it <u>out</u>. 妳<u>應該檢查</u>一下
		Please **fill out** the application form. 請<u>填好</u>申請表格。

以上是所有「1 個字」的「介係詞」的說明。

以下是所有「2 個單字以上」的「介係詞組合」的說明⋯

2 個字以上的【介係詞組合】，該怎麼用？

介係詞

2 個字的單字組合

1	according to	根據...
2	ahead of	在...之前
3	along with	伴隨...
4	because of	因為...
5	due to	由於...
6	instead of	代替...
7	next to	在...旁邊
8	owing to	由於...
9	prior to	在...之前
10	regardless of	不管...

介係詞

3 個字的單字組合

1	by means of	用...方法
2	in accordance with	根據...
3	in addition to	除了...
4	in charge of	負責...
5	in comparison with	跟...比較
6	in favor of	贊成...
7	in front of	在...前面
8	in spite of	儘管...
9	in terms of	在...方面
10	on behalf of	代表...

用法和 1 個字的「介係詞」，完全一樣！

➢ I always study the rules first **instead of** practicing aimlessly.
I always study the rules first **instead of practicing aimlessly**.
我 / 總是 / 研究 / 規則 / 先 / 代替盲目地練習 = 我總是先研究規則，而不是盲目練習。

➢ **In comparison with** others, I'll challenge what teachers teach if I can't be better than before.
In comparison with others, I'll challenge what teachers teach if I can't be better than before.
相較於其他人，我 / 會去挑戰 / 老師教的東西 / 如果我沒辦法變得比以前更好的話
= 相較於其他人，如果我有進步的話，我會去挑戰老師教的東西。

以上是所有「2 個單字以上」的「介係詞組合」的說明。

Chapter 3 + 4

英文，究竟需要多少「個」單字？

中文，只有 1 種單位，叫做「國字」。只有 2 個種類，叫做「繁體」和「簡體」。

英文，依「訊息功能」來分，有 4 種單位，分別是「名詞單位」、「動詞時態」、「形容詞單位」、「副詞單位」。依「單位大小」來分，有 3 種 Size，分別是「單字」、「片語」、「子句」。依「單字種類」來分，可分成 6 種「可以」獨立成為單位的單字、和 4 種「無法」獨立成為單位的單字。如果有人信誓旦旦地告訴您，學會英文，需要**幾百幾千幾萬**…「**個**」單字，那都是在講幹話，因為學會英文，只需要 10「**種**」單字。

學會英文，只需要會 10「種」單字

單字種類	比例(%)	單字數量	常用字尾		單字種類	比例(%)	單字數量	關鍵字
2 名詞	50.0%	85,000	30		1 冠詞	0.0018%	3	名詞
3 代名詞	0.0353%	60			8 介係詞	0.0353%	60	片語
4 動詞	14.3%	24,286	5		9 連接詞	0.0141%	24	子句
5 助動詞	0.0088%	15			10 關係代名詞	0.0094%	16	子句
6 形容詞	25.0%	42,500	20			**0.1%**	**103**	
7 副詞	10.6%	18,037	3					
	99.9%	169,898	58					

學會了這 10 種單字，就具備了組合「英文 4 個單位」的能力，就擁有了跟所有的老外一樣的「語言資產」。

英文 4 單位

英文的表達邏輯與架構

老外們天生所繼承的語言資產

所以，要學會英文，**重點不是在單字的「數量」，重點是在單字的「種類」。**

稍微有一點數理概念的人，一眼就能看出，「10 小時學會英文」絕對不是一句幹話，也不是一句聳動的行銷話術。任何人只要完全學會英文中 **0.1%**、共 **178 個**單字 (103+60+15)，就完成了學會英文所需要的 **6 種**單字了。其他 **4 種**單字，雖然有將近 17 萬個，但卻有 **58 個**常用字尾，讓我們一眼就能分辨出單字的種類 (詞性) 了。

因此，理論上，我們只需要具備【**178 個單字 + 58 個常用字尾**】，就能像老外一樣講英文了。但實際上，我們已經具備的單字，早就遠遠………超過這個數字了。我們只是不知道，表面上，老外是用「單字」在講話；但實際上，老外是用「單位」在講話。所以，想要學會英文，**重點不是在「單字」，重點是在「單位」。**

以英文最重要的單字 **that** 為例，如果我們把它視為「**1 個**」單字的話，那就拜拜了！天天拜拜也沒用。因為 **that** 是「**4 種**」詞性的單字，可以用來組成英文的「**3 種**」單位 (名詞、形容詞、副詞單位)。如下：

➢ 代名詞：<u>That</u> is a new book. 那是一本新書。

➢ 形容詞：<u>That</u> <u>book</u> seems good. 那本書好像不錯。

➢ 副詞：The book is not <u>**that**</u> good as people say. 這本書沒沒有大家說的這麼好。

➢ 代名詞：You know <u>that</u>. 您知道那個 (上面那句話)。

➢ **關係代名詞**：You know **that** the book is not that good as people say. (名詞子句，<u>這本書沒有大家講得那麼好</u>)

➢ 副詞：I am not <u>**that**</u> happy. 我沒<u>那麼地</u>開心。

➢ **關係副詞**：I am not happy **that** I've written this book for so long. (副詞子句，<u>這本書寫得太久了</u>不開心)

➢ **關係代名詞**：The book **that** keeps arguing the traditional way of English teaching is coming soon. (形容詞子句，<u>一直靠北傳統英語教學方式的書</u>) 快出版了。

「關係副詞」=「關係代名詞」。整體來說，**that** 應該算是「英文」這個語言的縮影。什麼是英文的「縮影」？？

1 個<u>單</u>字，多個<u>詞性</u>

這就是英文的縮影！

身為一個 10 小時學會英文的男人，最常翻閱字典查詢的「單字」，就是像 that 這種，具有**「多個詞性」**的單字，例如 **as, than, out, up, down, before, after, either, neither, once, much, more, so, hard, except……**。

1 個單字，最多有 4 種詞性。除了 that 之外，還有 either 和 neither…。舉例如下：

1. 連接詞：You can choose either my way or others.

您 / 可以選擇 / 我的或其他人的方式。

2. 形容詞：I never choose either side of them.

我 / 不曾 / 選擇 / 任何一方 / 他們的 = 我從不選邊站。

3. 代名詞：I won't choose either of them.

我 / 不會選 / 其中一個 / 他們的 = 我 2 個都不選。

4. 副詞：If you can't get something from this book, anybody can't either.

如果您無法從這本書裡，學到些東西，任何人 / 不能 / 也。

(either 算是用在否定句的 too)

換成 neither，也是完全一樣的用法。

1. 連接詞：You can choose neither my way nor others. (2 個都不選)

2. 形容詞：I choose neither side of them. (2 個都不選)

3. 代名詞：I will choose neither of them. (2 個都不選)

4. 副詞：If you can't get something from this book, neither can anybody. (別人也不行)

1 個單字最多有 4 種詞性。有 4 種詞性的單字，1 隻手就數得出來，上面已經有 3 個了。但 3 種或 2 種詞性以上的單字，一雙手腳就數不完了。再強調一次，能像老外一樣說英文的關鍵，不是要背很多單字，而是要會用很多詞性的單字。

3 種詞性以上的單字

如 all, both, after, before, much, more, enough, some,

most, little, less, each, any, like……

2 種詞性的單字

如 as, than, in, out, off, on, above, below, up, down, through, though, once,

so, except, many, several, few, hard, love, charge, drink……

　　我們只要能夠**像老外一樣地**使用以上這些**以為自己一定會**的單字，就足以說出一口「母語式英文」、「英式英文」、「正統英文」、「不是中式英文」......whatever 的英文了。意思是：如果瞧不起它們，就學不會英文。

　　只有完全地了解**「英文的表達邏輯和架構」**、和**「10 種單字的定義和用法」**，才能像老外一樣地用「單位」來講英文。只有會用「單位」來講英文，才有辦法像老外一樣地使用「多個詞性」的單字來講英文。

　　如果不是用「單位」來講英文，單單只是用單字的「中文意思」來講英文。理所當然地，只能勉強湊出一口「台式英文」，或是 …… 一抹「不會英文的微笑」。

Chapter 非官方

英文的 4 種句型

語言的目的是用來 – 傳遞訊息。訊息的要件有 3 個，分別是「重點」、「修飾」和「背景」。英文中，則歸納出 4 個單位，來表達任何訊息的這 3 個要件。這 2 句話和這張圖，在這本書裡，大概會出現個一萬遍吧！

英 文 4 單 位

訊息要件   關係 時間 狀態

重點：   **1.**名詞單位   **+**   **2.**動詞時態
           (主詞/受詞)   (怎麼了)

                 ↑ 修飾   ↑ 修飾

修飾：   **3.**形容詞單位   ← 修飾   **4.**副詞單位
           (怎樣的)   (怎樣地)

                 ↑ 修飾 整個句子

背景：   **4.**副詞單位
           (關於什麼人、事、時、地、物)

英文的表達邏輯與架構   老外們天生所繼承的語言資產

在老外們天生所繼承的語言資產中和英文的表達邏輯和架構之下，這世界上所有的英文，只會有 **4 種句型**！

英文的 4 種句型，如下：

英文 4 句型

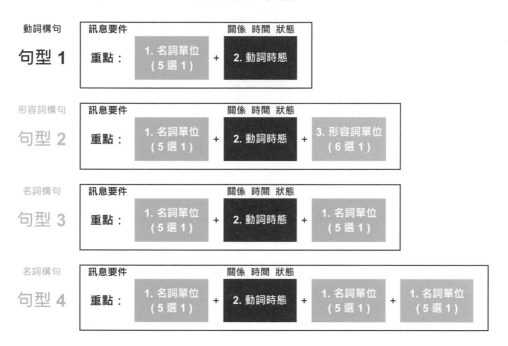

我們講中文的人，一定很難相信，地球上的每一句英文，一定都是以上 4 種句型其中之一，無一例外。原因很簡單，因為中文的表達，沒有明確的邏輯和架構，所以就沒有所謂的「句型」可言。

如果英文真的有 100、200、500、888⋯個以上的句型，像您在書店看到的那些書一樣的話，一個活到了 30 歲還是個 Loser 的 Mr. Nobody，有可能只花 10 個小時，就學會了英文？？然後還能出本書，來幹譙那些書亂寫嗎？？？？

接下來，只要花個 2 頁，把「句型 1」介紹完之後，您大概就會相信，這個世界上的英文，真的只有 4 種句型「而已」。

【句型 1】

動詞構句	訊息要件			關係 時間 狀態
句型 1	重點：	1. 名詞單位 (5 選 1)	+	2. 動詞時態

以下【句型 1】的例句，不論長短，全部都是完整的「一句英文」，能夠完整地表達「一個訊息」。

➤ I read. 我讀書 = 我有閱讀的習慣。(主動 / 現在 / 簡單式)

➤ He is coming. 他正過來 = 他在來的路上。(主動 / 現在 / 進行式)

➤ Peter is driving. 彼得正在開車。(主動 / 現在 / 進行式)

➤ The day will come. 那天終將到來。(主動 / 未來 / 簡單式)

➤ The problem must be fixed. 這個問題一定要解決。(被動 / 現在 / 簡單式)

➤ Mr. Jones has been promoted. 瓊斯先生升官了。(主動 / 現在 / 完成式)

➤ The new product is being produced. 新產品正在生產。(被動 / 現在 / 進行式)

➤ What I expect happened. 我期待的事發生了。(主動 / 過去 / 簡單式)

➤ Black lives matter. 黑人的生命重要 = 黑人的命也是命。(主動 / 現在 / 簡單式)

➤ Taiwan can help. 台灣能幫忙。(主動 / 現在 / 簡單式)

分類「英文句型」的關鍵，不在於「**單字**的數量」，是在於「**單位**的數量」，以及用什麼「單位」來架構一個訊息。英文，**只會就訊息的「重點」來作分類**，不會去看「修飾」和「背景」。因為「修飾」和「背景」不是一句英文的「必要條件」，訊息的「重點」才是的必要條件。

【句型 1】是用「動詞時態」來架構一個訊息。訊息的「重點」，落在「動詞時態」上面，因此叫做**動詞構句**。

不過，世界當然不會這麼單純，人類講話也不會那麼一板一眼。所以，以上 10 個例句中，「重點」的每個單位，都可以使用「修飾」單位，來加以修飾，讓訊息的內容更豐富。除此之外，在句子的前後，還可以加入「背景」單位，來修飾「整個句子」，讓訊息的畫面更立體。

所以，一個完整的英文句型架構，是以句子的必要條件：「重點」為根本，再視情況加入「修飾」和「背景」單位所組成。這段話的「畫面」如下：

英 文 4 句 型

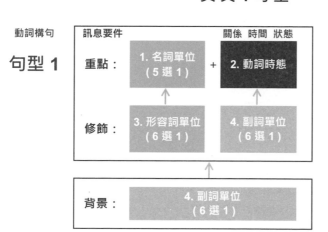

一句英文，「重點」的單位確立之後，**在符合文法規則的前提下**，下面各自要加多少個「修飾」、或「背景」都行。只要對方看得懂、聽得懂我們要表達的訊息，想怎麼加、就怎麼加，愛加多少，您爽就好。

不過，**西方的社會的邏輯是：Less is more. 少，即是多**。一個訊息中，不管加了多少的「修飾」和「背景」，整句話的「重點」還是一樣，不會有任何改變。以【句型 1】為例，就算我用了 3, 6, 9, 10 個單位，來表達一個訊息，訊息的「重點」永遠還是最上面的那 2 個單位，下面那 2, 4, 6, 8 個單位，全部刪掉，也不會改變這句話的意思。

以下，Mr. Nobody 以【Taiwan can help.】這個例句，來呈現以上這段話的「畫面」。

1. 訊息的「重點」，一句英文的必要條件
   Taiwan **can help.**

2. 加點「修飾」，用「副詞 substantially 實質地」修飾「動詞 can help」：
   Taiwan can **substantially** help.

3. 幫這句話加個「背景（關於什麼東西）」，用「副詞片語 in the… 在 IT 和公共衛生領域」：
   Taiwan can substantially help **in the IT and public sanitary fields.**

4. 再加個「背景（強調語氣）」，用「副詞單字 particular 特別地」修飾「副詞片語 in the…」：
   Taiwan can substantially help, **particularly** in the IT and public sanitary fields.

5. 再加點「修飾」，用「過去分詞片語 isolated… 被中國孤立的」修飾「Taiwan」：
   Taiwan **isolated by China** can substantially help, particularly in the IT and public sanitary fields.

6. 在「修飾」裡面，加個「背景（關於什麼地方）」，用「副詞單字 internationally 在國際上地」，包在整個「過去分詞片語」裡面：
   Taiwan isolated by China **internationally** can substantially help, particularly in the IT and public sanitary fields.

7. 在「修飾」裡面，再加個「背景（關於什麼時間）」，用「副詞片語 for years」，包在整個「過去分詞片語」裡面：
   Taiwan isolated by China internationally **for years** can substantially help, particularly in the IT and public sanitary fields.

8. 最後再加一個「背景（關於什麼人）」，修飾「整個句子」：
   As a member of the international community, Taiwan isolated by China nternationally for years **can** substantially help, particularly in the IT and public sanitary fields.
   身為一個成員／國際社會的，台灣／在國際上被中國孤立很多年的／能夠（實質地）幫忙，特別地／在資訊科技和公共衛生的領域。

最後的最後，把所有的顏色、和標記都還原，變回「語言色盲」，重寫一遍，就是一句看起來好棒棒、跟老外一樣、不是中式英文的「母語式英文」了。如下：

➢ **As a member of the international community, Taiwan isolated by China internationally . for years can substantially help, particularly in the IT and public sanitary fields.**
身為國際社會的一份子，在國際上被中國孤立很多年的台灣，能夠提供實質的幫助，特別是在資訊科技和公共衛生的領域裡。

這句話的「架構」，如下：

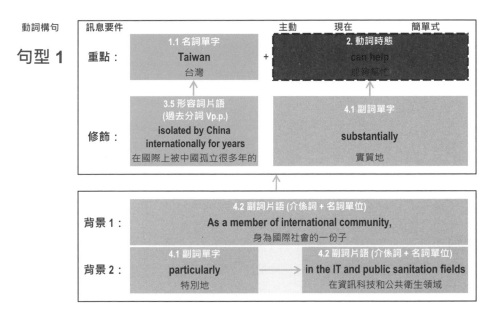

公咖漏漏騰，整句話的「重點」，還不就是：

動詞構句　訊息要件　　　　　　　　　　　主動　　現在　　簡單式

句型 **1**　重點：｜ 1.1 名詞單字 **Taiwan** 台灣 ｜＋｜ 2. 動詞時態 can help 能夠幫忙 ｜

如果您覺得只用 1 個單位「substantially 實質地」來修飾「can help」，太少、太弱、力道不夠、不夠厲害、沒有完全展現出台灣的貢獻…的話，那就再多加 3 個唄！

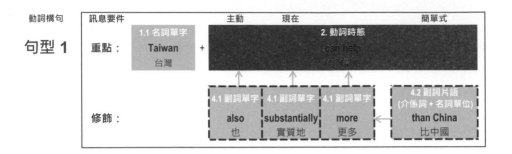

> Taiwan **can** <u>also</u> <u>substantially</u> **help** <u>more</u> <u>than China</u>.
> 台灣 / 能夠 (<u>也</u>)(<u>實質地</u>) 幫忙 (<u>更多</u>)(<u>比中國</u>) = 台灣也能提供比中國更多的幫助。

這樣夠力了吧！修飾多多，多多修飾，比較符合我們中華文化的風範：數大便，是美。是「數大，便是美！」。區分訊息的「單位」，是很重要的，不論中文、還是英文。

> Counting shit is a beauty. 數大便，是美。
> Abundance is a beauty. 數大，便是美。

講話的關鍵，永遠是訊息的「重點」夠不夠清晰明確。「單字」或「單位」的多寡，都不是「重點」。能夠有效地、快速地、正確地把訊息傳遞給對方，才是「重點」。就像 AI 人工智慧 , big data 大數據 , cloud computing 雲端運算 …whatever，完成一樣的指令，背後的程式，當然是寫得越短，越厲害。因為出錯的機率越低、速度也越快，講英文的道理是一樣的。因此，Mr. Nobody 有個感想：

講中文，像作畫，越多越好。

說英文，像編碼，越少越好。

【句型 2】

形容詞構句	訊息要件		關係 時間 狀態		
句型 2	重點：	1. 名詞單位 （5 選 1）	+	2. 動詞時態	+	3. 形容詞單位 （6 選 1）

「句型 2」最特別的地方在於：英文中，能用在「句型 2」的「動詞」，應該不超過 30 個，常用的，大概只有以下 15 個 (10 個連綴動詞、5 個感官動詞)，如下圖：

英文有 2 萬多個動詞

單字種類		單字數量
2	名詞	85,000
3	代名詞	60
4	動詞	**24,286**
5	助動詞	15
6	形容詞	42,500
7	副詞	18,037
	Totall:	169,898

只有這 **15 個**，可以用在【句型 2】

A. 連綴動詞			B. 感官動詞		
1	be	是	1	feel	感覺
2	become	變成	2	look	看起來
3	get	變得	3	smell	聞起來
4	go	變得	4	sound	聽起來
5	come	變成	5	taste	嚐起來
6	keep = stay	保持			
7	prove	證明			
8	remain	仍然			
9	seem	似乎			
10	turn	轉向			

換句話說~

◆ 24,286 個動詞中，只有右邊這 15 個動詞後面，**可以接**「形容詞」。

◆ 其他 24,271 個動詞後面，通通**不能接**「形容詞」。

不信您自己試試看。大大小小的英文考試，最愛考【句型 2】的「動詞時態」，尤其是 remain 和 become。舉例如下：

- ➤ I **got** tired. 我 / 變得 / 累的 = 我累了。
- ➤ What you said **is** right. 您說的 / 是 / 對的。
- ➤ She **remains** optimistic. 她 / 仍然 / 樂觀的 = 她依然樂觀。
- ➤ People **should stay** calm. 人們 / 應該保持 / 冷靜的 = 人們應該保持冷靜。
- ➤ Your dream **will come** true. 您的願望 / 將會變成 / 真實的 = 您的願望將會實現。
- ➤ The situation **turns** positive. 這個情況 / 轉向 / 正面的 = 情況轉趨正面。
- ➤ The audience **is going** crazy. 這些觀眾 / 正變得 / 瘋狂的 = 觀眾快瘋了。
- ➤ The method **proves** workable. 這個方法 / 證明 / 可行的 = 這個方法證實可行。
- ➤ Reading this book **seems** helpful. 讀這本書 / 似乎 / 有幫助的 = 讀這本書似乎有用。
- ➤ The reservation **becomes** available. 這個預訂 / 變得 / 可獲得的 = 開放訂位了。

　　講中文，分不清「～的」和「～地」是很正常的，因為在中文的口語上，不管是「～的」還是「～地」，一律會被省略，導致我們在先天上，就成為了「語言色盲」。因為我們從來就沒意識到，要去分辨一句話中的「單位」及「要件」。所以講起話來，才會零零落落，不輪轉。雖然如此，我們只要稍微留意一下，就能分出「～的」和「～地」了，其實也沒什麼難度可言。

　　另外，關於【句型 2】，很妙的一點是，如果我們把所有的**「動詞時態」**，全部都換成**「be 動詞」**，意思幾乎完全一樣。

- ➤ I **got / was** tired. 我累了。
- ➤ What you said **is** right. 您說的是對的。
- ➤ She **remains / is** optimistic. 她依然樂觀。
- ➤ People **should stay / be** calm. 人們應該保持冷靜。
- ➤ Your dream **will come / be** true. 您的願望將會實現。
- ➤ The situation **turns / is** positive. 情況轉趨正面。
- ➤ The audience **is going / being** crazy. 觀眾快瘋了。
- ➤ The method **proves / is** workable. 這個方法證實可行。
- ➤ Reading this book **seems / is** helpful. 讀這本書似乎有用。
- ➤ The reservation **becomes / is** available. 開放訂位了。

換成「be 動詞」後，訊息的「重點」還是一樣，只是「畫面」上的細節，有一點點差異而已。這說明了「be 動詞」為何是英文中，使用頻率最高的「動詞」的原因之一。

【句型 2】是用「形容詞單位」來架構一個訊息。訊息的「重點」，落在後面的「形容詞單位」上面，因此叫做形容詞構句。

同樣地，不管是哪一種句型，訊息「重點」的單位確立之後，**在符合文法規則的前提下**，下面各自要加多少個「修飾」、或「背景」都行。只要對方看得懂、聽得懂我們要表達的訊息，想加多少、就加多少，愛加什麼、就加什麼，任君選擇。以【Reading this book seems helpful.】這句話為例：

➢ **Based on the readers' feedback,** reading this unconventional book written by Mr. Nobody **seems** pretty helpful for learning English.
根據讀者的反應，讀這本非典型的書 / 諾巴迪先生寫的 / 似乎 / 蠻 有幫助的 / 對學英文來說 = 根據讀者的反應，讀這本由諾巴迪先生寫的，但不算正統的書，似乎對學英文，還蠻有幫助的。

這句話的架構如下：

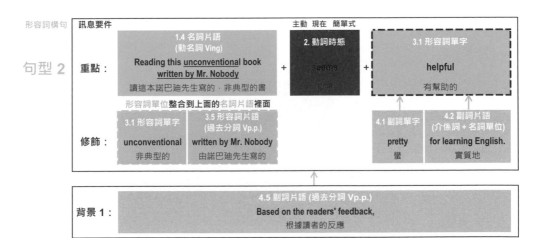

英文可以用無限的「修飾」和「背景」的單位，來堆疊訊息內容和畫面。但不管怎麼堆，訊息的「重點」都不會改變。所以，適度地使用「修飾」和「背景」就好，盡量不要反客為主。老外「絕對」不會跟我們一樣，用句子或單字的「長短」，來評斷一個人的英文能力。因此，一個完整【句型 2】的英文句子，**理論上**，它的架構應該是這樣：

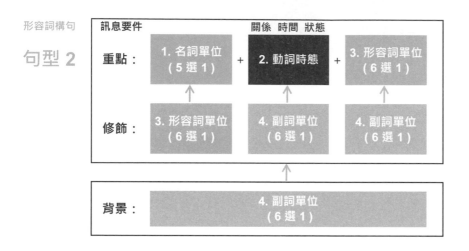

　　實際上，不論任何句型，訊息的**「重點」**，才是所有英文句子的**必要條件**，「修飾」和「背景」，要加不加、加多加少，都無所謂。重點是訊息的本身，要有內容和畫面。

【句型 3】

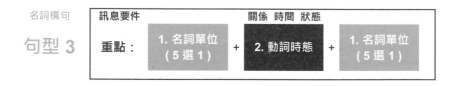

　　「句型 3」，算是英文中，使用頻率最高的句型。既然是使用頻率最高的句型，那就不廢話了，直接舉例說明。以下例句，都是一些我們日常生活中，常常出現、且稀鬆平常的對話。

- ➢ I love **you**. 我愛妳。
- ➢ I will quit **smoking**. 我 / 將會放棄 / 抽菸 = 我會戒菸。
- ➢ You know <u>that I love you</u>. 妳 / 知道 / 我愛妳。
- ➢ I decided <u>to write this book</u>. 我 / 決定 / 寫這本書。
- ➢ **Most people** have **an iPhone**. 大部分的人 / 有 / 一隻愛瘋。
- ➢ I didn't enjoy <u>writing this book</u>. 我 / 不喜歡 / 寫這本書。
- ➢ She knows <u>what I want to say</u>. 她 / 知道 / 我要說什麼。
- ➢ **Many people** apply for **this job**. 很多人 / 申請 / 這個工作。
- ➢ **People** want <u>to do something useful</u>. 人們 / 想 / 做有用的事。
- ➢ **The wrong direction** keeps <u>wasting your time</u>. 錯誤的方向 / 持續 / 浪費您的時間。

　　對我們講中文的人來說，一句英文裡面，如果所有的「單位」，都是「單字」的話，那就沒什麼問題。但生活中，絕大多數的時候，講英文需要用到比「單字」更大的「單位」，也就是「片語」和「子句」，才能完整地表達出一個訊息。

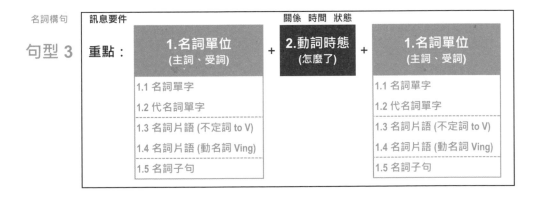

　　所以，如果用「單位」的角度來看【句型 3】，只看主詞和受詞就好，理論上，就有 25 種排列組合 (5*5)。但實際上，我們只要知道 5 種「名詞單位」怎麼用，需要的時候，再自行組合即可。【句型 3】是用「名詞**單位**」來架構一個訊息，不僅僅是用「名詞**單字**」而已。訊息的「重點」，相對落在受詞的「名詞**單位**」上面。因此叫做名詞構句。

　　同樣地，不管是哪一種句型，訊息「重點」的單位確立之後，**<u>在符合文法規則的前提下</u>**，下面各自要加多少個「修飾」、或「背景」都行。只要對方看得懂、聽得懂我們要表達的訊息，想加多少、就加多少，愛加什麼、就加什麼，你爽就好。以【The wrong direction keeps wasting your time.】這句話為例：

➢ **No matter how smart you are,** the wrong direction for learning English **certainly keeps** wasting your time.

不管您再怎麼聰明，錯誤的方向 / 學英文的 / 肯定地 / 持續 / 浪費您的時間 = 不管您再怎麼聰明，學英文錯誤的方向，肯定繼續浪費您的時間。

整句話的架構如下：

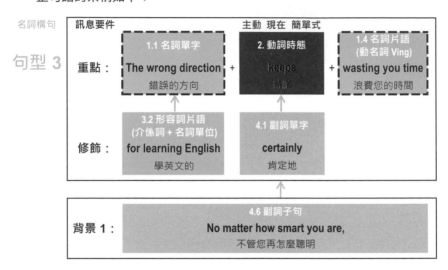

所以，一個完整「句型 3」的英文句子，理論上，它的架構會是這樣：

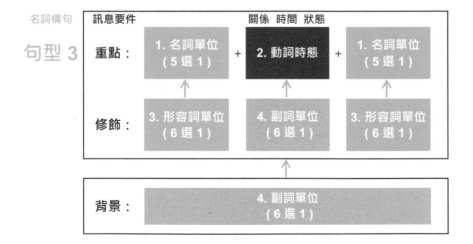

但**實際上**，只有訊息的「**重點**」，才是一個句子的**必要條件**。「修飾」和「背景」，要加不加、加多加少，依個人需求而定。重點是訊息的本身，要有內容和畫面，不然寫得再多再長，一樣是幹話。

【句型 4】

名詞構句

句型 4

訊息要件		關係 時間 狀態			
重點：	1. 名詞單位 (5 選 1)	+	2. 動詞時態	+	1. 名詞單位 (5 選 1)	+	1. 名詞單位 (5 選 1)

相較之下，【句型 4】算是英文中，使用頻率最低的句型。因為一個訊息中，用到 3 個主題 (主詞、2 個受詞) 的機率，相對比較低。大概只有在「主詞」和「前面那個受詞」之間，具有「授與關係」的時候，才會用到 ...... 雖然是白話文，怎麼感覺畫面還是很模糊。直接看例句好了：

➤ He gave me a job. 他 / 給 / 我 / 一個工作。

➤ Nobody will give me any money. 沒有人 / 將會給 / 我 / 任何金錢＝沒人會給我半毛錢。

➤ Preparing this project took them 3 months. 準備這個專案 / 花了 / 他們 /3 個月。

➤ Almost all teachers haven't told students why English needs grammar.
幾乎所有老師們 / 從來沒告訴 / 學生 / 為什麼英文需要文法。

➤ Doing the right things makes people (to) feel good.
做對的事 / 讓 / 人 / 感覺很好。使役動詞 make, help 後面接「不定詞 to V」，to 可以省略。

【句型 4】**也是**用「名詞單位」來架構一個訊息。而【句型 4】訊息的「重點」，則是平均地落在 2 個受詞的「名詞單位」上面。因此，也算是名詞構句。

只要是英文，都是一樣地，不管是哪一種句型，訊息「重點」的單位確立之後，**在符合文法規則的前提下**，下面各自要加多少個「修飾」、或「背景」都行，只要對方看得懂、聽得懂我們要表達的訊息，想加多少、就加多少，愛加什麼、就加什麼，任君選擇。

以【Nobody will give me any money.】這句話為例：

➢ Nobody in the world **will** very generously **give** <u>me</u> <u>any money</u> <u>for no reason</u> <u>unless I work hard to earn it.</u>
沒有人 / 這個世界上 / **將會**（非常地）（大方地）**給** / 我 / 任何金錢 / 為了沒有原因 / 除非我自己努力工作賺錢
= 除非我自己努力工作賺錢，這世界上不會有人這麼大方，無緣無故地給我半毛錢。

這句話的架構如下：

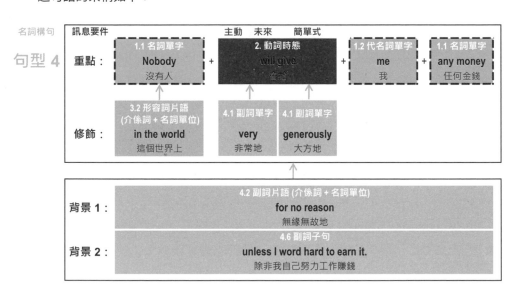

同樣地，一個完整【句型 4】的英文句子，**理論上**，它的架構是這樣：

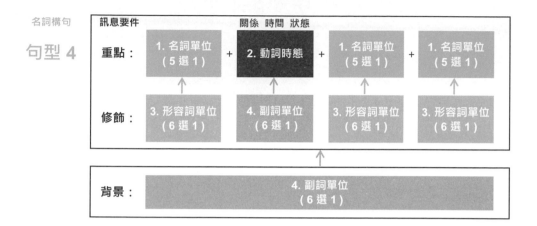

還是一樣地，**實際上**，只有訊息的「**重點**」，才是一個句子的**必要條件**。「修飾」和「背景」，要加不加、加多加少，依個人需求而定。訊息的本身，要有內容和畫面，才是學會如何像老外一樣講英文的關鍵。

相反地，華人社會中，英語教學的四大天王：「洋腔洋調」、「假鬼假怪」、「內容空洞」、「字面華麗」，反而是拖累大家學會英文的根源 ......。

以上就是「非官方」的英文 4 種句型的說明。為什麼是「非官方」？

因為是林北發明的。林北為什麼要這麼雞婆？？

因為「官方認證」的 5 大句型實在太爛了！！看下一章就知道 ...

Chapter 官方
英文的 5 大句型

【第 1 大句型】主詞 + 動詞

【第 2 大句型】主詞 + 動詞 + 主詞補語

【第 3 大句型】主詞 + 動詞 + 受詞

【第 4 大句型】主詞 + 動詞 + 受詞 1 + 受詞 2

【第 5 大句型】主詞 + 動詞 + 受詞 + 受詞補語

以上 5 種句型，是大部分教英文的書裡面所說的：【英文的 5 大句型】。既然大家都這麼說，那就代表這 5 種句型，應該算是「官方認證」的英文句型吧！

2014 年年底，Mr. Nobody 重新開始自修學英文時，看到了這 5 個「官方認證」的英文句型，內心其實**非常激動**。心想…原來世界上所有的英文句子，竟然只有這 5 種型態，也太簡單了吧！！！我只要學會這 5 大句型裡面所有的要件 (主詞、受詞、動詞、主詞補語和受詞補語)，不就學會英文了嗎？

理論上，這個推論，絕對不可能是錯的（是對的）。但實際操作上上，卻遇到了一大堆例外的狀況…。Mr. Nobody 始終無法在任何一本書裡，找到合乎邏輯、又有系統的解答。例如：

官方認證的【第 1 大句型】主詞 + 動詞

➢ As a member of the international community, **Taiwan** isolated by China internationally for years **can** substantially **help**, particularly in the IT and sanitary field.
身為國際社會的一份子，在國際上被中國孤立很多年的台灣，能夠提供實質的幫助，特別是在資訊科技和公共衛生的領域裡。

以「官方認證」的定義，「**Taiwan can help**.」一定是第 1 大句型：主詞 + 動詞，毫無疑問。然後呢？**其他的 21 個單字是什麼？結構是什麼？？用來幹什麼？？？** ... 通常這種時候，Mr. Nobody 在書上，只找得到 2 種方向的答案，分別是：

1. 其他的單字，是「英文」。
2. 用「中文意思」的角度，中翻英一下，就呼嚨過去了。

看到類似這種答案，心裡只有一個想法：難道我這輩子，只能用「中英對照」，這種既白癡、又不科學的方式來學英文嗎？還是，只有「第 1 大句型」才會出現這樣的狀況？搞不好「第 2345 大句型」，「單位」比較多一點，狀況應該就會改善了 ...... 嗎？

官方認證的【第 2 大句型】：主詞 + 動詞 + 主詞補語

➢ Based on the readers' feedback, **reading this unconventional book written by Mr.Nobody seems** pretty **helpful** for learning English.
根據讀者的反應，讀這本由諾巴迪先生寫的，但不算正統的書，似乎對學英文，還蠻有幫助的。

官方認證的【第 3 大句型】主詞 + 動詞 + 受詞

➤ No matter how smart you are, **the wrong direction** for learning English certainly **keeps wasting your time**.
不管您再怎麼聰明，學英文錯誤的方向，肯定繼續浪費您的時間。

官方認證的【第 4 大句型】主詞 + 動詞 + 受詞 1 + 受詞 2

➤ **Nobody** in the world **will** very generously **give** **me** **any money** for no reason unless I work hard to earn it.
除非我自己努力工作賺錢，這世界上不會有人這麼大方，無緣無故地給我半毛錢。

官方認證的【第 5 大句型】主詞 + 動詞 + 受詞 + 受詞補語

➤ Given the examples above, **those** we've been thinking about English **are** probably **the biggest obstacle for us to learn English.**
鑒於以上的例句，我們一直以來對英文的想法，可能是我們學英文最大的絆腳石。

　　顯然，狀況沒有好多少，還是一堆「單字」，無法包含在「官方認證」的 5 大句型中。不過，雖然這 5 大句型，顯得如此 …… 零零落落，當年 Mr. Nobody 還是靠這 5 大句型，跌跌撞撞地進入了英文的表達邏輯和架構中，進而學會了英文。

　　學會了英文之後，透過每天閱讀「真實世界裡」的英文 (如：美國企業的財報、華爾街日報或原文書籍 …… 等等)，漸漸地分析及排列出「完整」的英文表達邏輯和架構，進而得出了上一章「非官方」的 4 種句型。解答了所有「官方認證」的 5 大句型中，無法清楚解釋的「多餘的單字」。

　　依上一章「非官方」的定義，一個完整「英文句型」，**理論上**，它的架構會只有 4 種型態。透過以下比較，您可清楚了解「官方認證的 5 大句型」和「非官方認證的 4 種句型」之間的相同和不同之處：

官方認證的【第 1 大句型】主詞 + 動詞

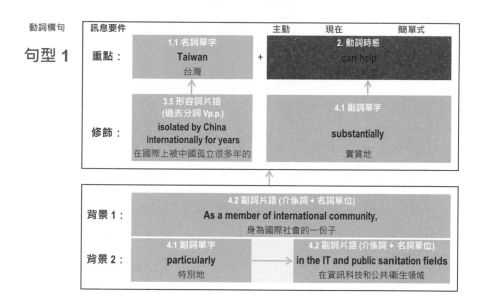

> As a member of the international community, <u>Taiwan</u> isolated by China internationally for years **can** substantially **help**, particularly in the IT and sanitary field.
> 身為一個成員 / 國際社會的，台灣 / 在國際上被中國孤立很多年的 / **能夠** (實質地) **幫忙**，
> 特別地 / 在資訊科技和公共衛生的領域。

非官方的【句型 1】 = 官方認證的【第 1 大句型】

> As a member of the international community, <u>Taiwan</u> isolated by China internationally for years **can** substantially **help**, particularly in the IT and sanitary field.
> 身為國際社會的一份子，在國際上被中國孤立很多年的台灣，能夠提供實質的幫助，
> 特別是在資訊科技和公共衛生的領域裡。

官方認證的【第 2 大句型】：主詞 + 動詞 + 主詞補語

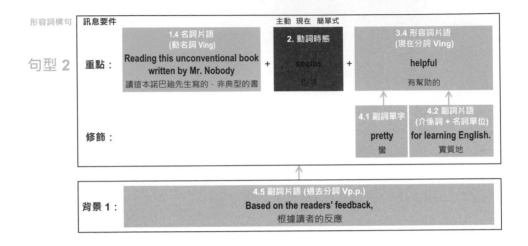

> Based on the readers' feedback, <u>**reading this unconventional book written by Mr. Nobody**</u> **seems** pretty <u>helpful</u> for learning English.
> **根據讀者的反應，**<u>讀這本非典型的書</u> / 諾巴迪先生寫的 / **似乎** / **蠻** / 有幫助的 / **對學英文來說**

非官方的【句型 2】 = 官方認證的【第 2 大句型】

> Based on the readers' feedback, <u>**reading this unconventional book written by Mr. Nobody**</u> **seems** pretty <u>**helpful**</u> for learning English.
> 根據讀者的反應，讀這本由諾巴迪先生寫的，但不算正統的書，似乎對學英文，還蠻有幫助的。

官方認證的【第 3 大句型】主詞 + 動詞 + 受詞

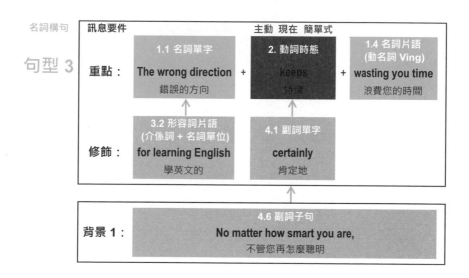

> No matter how smart you are, **the wrong direction** for learning English certainly **keeps** wasting your time.
>
> **不管您再怎麼聰明**，錯誤的方向 / 學英文的 / **肯定地** / **持續** / 浪費您的時間。

非官方的【句型 3】 = 官方認證的【第 3 大句型】

> No matter how smart you are, **the wrong direction** for learning English certainly **keeps wasting your time**.
>
> 不管您再怎麼聰明，學英文錯誤的方向，肯定繼續浪費您的時間。

官方認證的【第 4 大句型】主詞 + 動詞 + 受詞 1 + 受詞 2

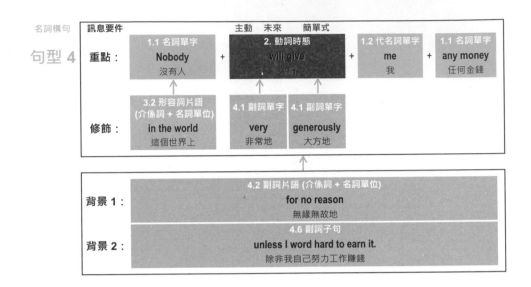

> <u>Nobody</u> in the world **will** very generously **give** <u>me</u> <u>any money</u> **for** no reason **unless** I work hard to earn it.
> 沒有人 / 這個世界上 / **將會**（非常地）（大方地）**給** / 我 / 任何金錢 / 為了沒有原因 / 除非我自己努力工作賺錢。

非官方的【句型 4】 = 官方認證的【第 4 大句型】

> **<u>Nobody</u>** in the world **will** very generously **give** <u>me</u> <u>any money</u> for no reason unless I work hard to earn it.
> 除非我自己努力工作賺錢，這世界上不會有人這麼大方，無緣無故地給我半毛錢。

以上這些比較，無疑地，還是回到了「語言色盲」上面，只是用了不同的角度（句型）來呈現而已。以下用 2 張簡單的圖表，就能說明上述一切：

圖表 1：　　　　　　　　　　　　　圖表 2：

訊息要件的說明	非官方的句型	vs.	官方的句型
重點：	有	vs.	有
修飾：	有	vs.	有時候，有
背景：	有	vs.	完全沒有

看懂「非官方」和「官方」的句型的差別之後，我們再來看看前面那句官方認證的【第 5 大句型：主詞＋動詞＋受詞＋受詞補語】的例句。如下：

官方認證的【第 5 大句型】主詞＋動詞＋受詞＋受詞補語

➤ Given the examples above, **those** we've been thinking about English **are** probably **the biggest obstacle that blocks us from learning English well**.
鑒於以上的例句，我們一直以來對英文的想法，可能是阻擋我們學會英文最大的絆腳石。

其實，這個句子的架構，根本跟官方認證的【第 3 大句型：主詞＋動詞＋受詞】是完全一樣的，如下：

➤ **Those** **are** **the biggest obstacle**.
那些 / 是 / 最大的絆腳石。
＝主詞 / 動詞 / 受詞

所以，意思是…

非官方的【句型 3】 ＝ 官方認證的【第 3 大句型】
&
非官方的【句型 3】 ＝ 官方認證的【第 5 大句型】

　　搞得好像很複雜似的，Mr. Nobody 在講解這些東西的時候，內心也是萬般感慨。把簡單的事情變複雜，真的是我們炎黃子孫們的強項。明明就是同樣的架構，加個「零件 (受詞補語)」而已，就硬要再生一種句型出來。

不過加個修飾而已，就變成了官方認證的【第 5 大句型】

名詞構句	訊息要件		主動　現在　簡單式	
句型 3	重點：	**1.2 代名詞單字** **Those** 那些想法	**＋** **2. 動詞時態** **are** 是 **＋**	**1.4 名詞片語** **(動名詞 Ving)** **the biggest obstacle** 最大的障礙(絆腳石)
	修飾：			**受詞補語** **that blocks us from learning English well.** 阻擋我們學會英文的

如果再多加 2 個零件 (修飾) 呢？

如果再加 2 個修飾呢？　【官方】當作沒看到...

名詞構句	訊息要件		主動　現在　簡單式	
句型 3	重點：	**1.2 代名詞單字** **Those** 那些想法	**＋** **2. 動詞時態** **are** 是 **＋**	**1.4 名詞片語** **(動名詞 Ving)** **the biggest obstacle** 最大的障礙(絆腳石)
	修飾：	**3.6 形容詞子句** **(that) we've been thinking about English** 我們一直認為英文是...	**4.1 副詞單字** **probably** 可能地	**受詞補語** **that blocks us from learning English well.** 阻擋我們學會英文的

還是官方認證的【第 5 大句型】啊！修飾「those」、「are」的東西，官方都不用跟大家解釋一下，「we've been thinking...」、「probably」是句子 (訊息) 裡面的什麼鬼嗎？

如果用講中文的角度，當然不用解釋！因為語言就是一種「添糞」！！！看得懂就看得懂，看不懂就是天份不夠 ... 之類的屁話。按照這樣的邏輯，同樣一句話，如果有本事再加個「背景」的話，那豈不就是天才了！！！

如果再加個背景呢？　那就是【官方認證】的天才了...

透過以上的解釋，如果還不知道 **「英文和中文的差別」** 在哪的話，可能需要去看個醫生了。檢查一下視力、或智力 ...。

總結以上，不論任何句型，訊息的 **「重點」**，才是所有英文句子的 **必要條件**。「修飾」和「背景」，要加不加、加多加少，依個人需求而定。重點是訊息的本身，要有內容和畫面，才是學會如何像老外一樣講英文的關鍵。

在這本書之前，要學會英文，您只有唯一的選擇：【官方認證】的 5 大句型。
這本書出了之後，想學會英文，您多了一個選擇：【非官方】的 4 種句型。

要選哪一個？　還是都不選？？　**永遠選老外？？？？**

老實說 ...，關我他媽個屁事！

我的任務已經完成了。台灣人學會英文最重要，加油！！

任何人都能學到這本書裡的東西，去做超越這本書的事情。

Anyone can learn something from the book to do something beyond the book.

Part 3
整 合

Chapter 5

4 個步驟：像老外一樣說英文

【步驟 1】了解英文的表達邏輯和架構

英文 4 單位

英文的表達邏輯與架構

訊息要件

重點：

1. **名詞單位**
(主詞/受詞)

+

關係　時間　狀態

2. **動詞時態**
(怎麼了)

↑ 修飾

↑ 修飾

修飾：

3. **形容詞單位**
(怎樣的)

← 修飾

4. **副詞單位**
(怎樣地)

↑ 修飾
整個句子

背景：

4. **副詞單位**
(關於什麼人、事、時、地、物)

老外們天生所繼承的語言資產

　　表面上，英文跟中文一樣，是由很多的「單字」，連結成一句英文。但實際上，英文是由 4 個「單位」，去組織一個訊息的 3 個要件後，再連結成一句英文。了解英文的表達邏輯和架構，才能夠真正地進入英文的世界。

【步驟 2】了解 10 種單字的「定義」，學會 10 種單字的「用法」

學會英文，只需要 10【種】單字

	單字種類	比例(%)	單字數量	常用字尾		單字種類	比例(%)	單字數量	關鍵字
2	名詞	50.0%	85,000	30	1	冠詞	0.0018%	3	名詞
3	代名詞	0.0353%	60		8	介係詞	0.0353%	60	片語
4	動詞	14.3%	24,286	5	9	連接詞	0.0141%	24	子句
5	助動詞	0.0088%	15		10	關係代名詞	0.0094%	16	子句
6	形容詞	25.0%	42,500	20			**0.1%**	**103**	
7	副詞	10.6%	18,037	3					
		99.9%	169,898	**58**					

用「英文單字」的角度來學英文，絕對是英語學習的「災難」。

用「中文意思」的角度來學英文，肯定是學習英語的「悲劇」。

　　知道 10 種英文單字的定義和用法，就有組織英文 4 單位的能力。能夠組織英文 4 單位，就能像老外一樣講英文。

　　學會使用上圖右邊這 103 個，用來組織英文 4 單位的「關鍵字」的效果，遠大於盲目累積左邊 100,000 個「英文單字」的「中文意思」。因為真實世界裡的英文，使用「片語」和「子句」來表達訊息的頻率，大概跟呼吸沒什麼兩樣。

【步驟 3】使用英文的 10 種單字，組織「英文 4 單位」

重點：

1.名詞單位
(主詞、受詞)

1.1 名詞單字

1.2 代名詞單字

1.3 名詞片語 (不定詞 to V)

1.4 名詞片語 (動名詞 Ving)

1.5 名詞子句

＋

2.動詞時態
(怎麼了)

關係	時間	狀態
主動	現在	簡單式
被動	過去	進行式
	未來	完成式
		完成進行式

修飾：

3.形容詞單位
(怎樣的)

3.1 形容詞單字

3.2 形容詞片語 (介係詞 + 名詞單位)

3.3 形容詞片語 (不定詞 to V)

3.4 形容詞片語 (現在分詞 Ving)

3.5 形容詞片語 (過去分詞 Vp.p.)

3.6 形容詞子句

修飾：
背景：

4.副詞單位
(怎樣地)

4.1 副詞單字

4.2 副詞片語 (介係詞 + 名詞單位)

4.3 副詞片語 (不定詞 to V)

4.4 副詞片語 (現在分詞 Ving)

4.5 副詞片語 (過去分詞 Vp.p.)

4.6 副詞子句

同一種「單位」的意思是，**「定義」**和**「用法」完全一樣**，只是**「大小」不一樣而已**（單字、片語、子句）。

【步驟 4】使用「英文 4 單位」，組合成「英文 4 句型」

英文 4 句型

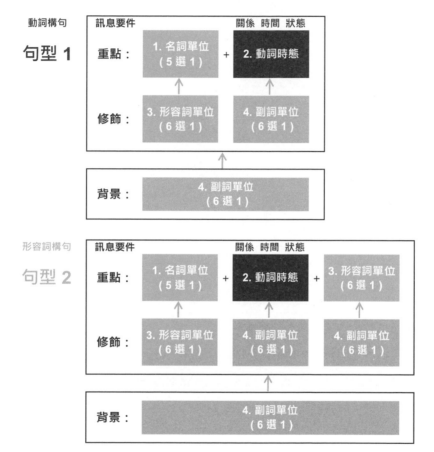

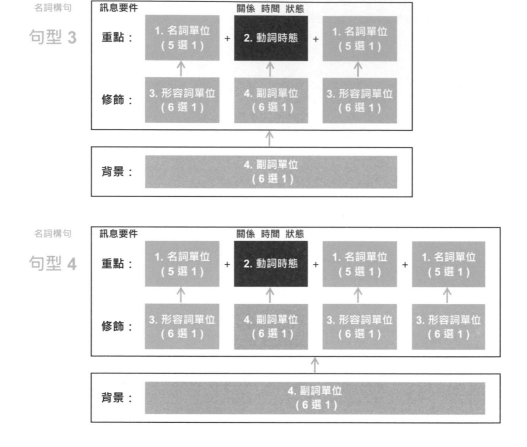

有些台灣人花了很多年,不管是在國外長大、出國留學、認真讀書 ...,不知不覺地、東拼西湊地、莫名其妙地 ... 學會了以上的 4 個步驟,進而能夠像老外一樣講英文。但是,永遠也說不出個所以然來,自己到底是怎樣學會英文的??

儘管 Mr. Nobody 是在台北長大、沒錢出國留學、大學還被二一兩次 ...,只要拋開框架,依然能夠分析整理出以上的 4 個步驟,然後像老外一樣講英文。最重要的是,還寫出個所以然來,說明自己是如何學會英文的。**連我都做得到,您怎麼可能做不到! ...... 才 4 個步驟而已,又不是 40 個!!**

Chapter 6

動詞時態：「時間點」或「時間軸」

如同「Chapter 3.5 動詞」的章節所說，英文的「動詞時態」，是用來表達一句英文「訊息畫面」中的 3 個象限：

2.動詞時態 (怎麼了)		
關係	時間	狀態
主動	現在	簡單式
被動	過去	進行式
	未來	完成式
		完成進行式

● **關係**：主動、被動

● **時間**：現在、過去、未來

● **狀態**：簡單、進行、完成、完成進行

依此 3 個象限，理論上，英文總共會有 24 種【動詞時態】，如下：

24 種【動詞時態】的公式

	【主動】	現在	過去	未來
時間點	簡單	現在式 V(s)	過去式 V(ed)	will V
時間點	進行	be Ving	be Ving	will be Ving
時間軸	完成	have Vp.p.	had Vp.p.	will have Vp.p.
時間軸	完成進行	have been Ving	had been Ving	will have been Ving

	【被動】	現在	過去	未來
時間點	簡單	be Vp.p.	be Vp.p.	will be Vp.p.
時間點	進行	be being Vp.p.	be being Vp.p.	will be being Vp.p.
時間軸	完成	have been Vp.p.	had been Vp.p.	will have been Vp.p.
時間軸	完成進行	have been being Vp.p.	had been being Vp.p.	will have been being Vp.p.

世界上任何一個人，不管**有意識**、還是**無意識**，所講的任何一句英文，都會在這 24 個「動詞時態」裡面，選 1 個來表達「訊息畫面」裡的主被動關係、時間、和狀態。就算是上帝講英文，也得選擇「動詞時態」。

簡單來說，每講一句英文，**至少**要選擇一次「動詞時態」，如果有用到子句，還得再選。意思是，對老外們來說，選擇「動詞時態」講英文，就像呼吸一樣。雖然有 24 種，這麼多 …

既然如此。那麼照理講，「動詞時態」的選擇，應該像呼吸一樣地簡單。就算有 24 種，真的很多 …

沒錯！**選擇「動詞時態」，確實像呼吸一樣簡單！**只要掌握當中的「關鍵」即可。選擇「動詞時態」的關鍵，在於選擇**每句話的【狀態】**。如下圖：

選擇的關鍵，在於...

2.動詞時態 (怎麼了)		
關係	時間	狀態
主動	現在	簡單式
被動	過去	進行式
	未來	完成式
		完成進行式

只要是人，「主被動關係」和「時間」的選擇，都能像呼吸一樣地完成。但是在選擇「狀態」時，對講中文的人來說，就有一定的難度了。原因很簡單，因為講中文的人，會**慣性**地迷失在文字的**「字面」**上，**忘記**要進入文字的**「畫面」**裡。一旦拋開這個「慣性」，「記得」進入訊息的畫面，就能跟老外一樣，完成以下這 2 個關鍵的選擇：

✦ 關鍵選擇 1：訊息的畫面是「時間點」，還是「時間軸」？

您要表達哪一種「畫面」？

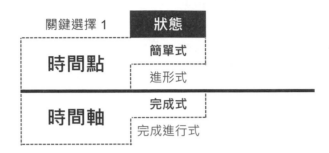

　　講英文的第一件事，就是選擇這句話的**「畫面」**，是在**「時間點」**上，還是在**「時間軸」**中。相同的一句話，如果沒有特別要強調「時間軸」的畫面時，那用「簡單式」就好了。如果想要強調「時間軸」的畫面，那就用「完成式」，就這麼簡單。舉例如下：

時間點　　　　　　　　　　　強調 **時間軸**

現在簡單式	I **am** here.	現在完成式	I **have been** here for a while.
	我在這裡。		我在這裡一會兒了。
過去簡單式	I **was** there.	過去完成式	I **had been** there before he came back.
	我之前在那裡。		他回來之前，我一直在那裡。
未來簡單式	I **will be** there.	未來完成式	I **will have been** here over 2 hours by 10.
	我將會在那裡。		到10點，我就在這裡等了超過2個小時了。

如果我們要表達的訊息，沒有要強調「進行中」的畫面的話，那「動詞時態」的選擇，到此就完成了。相反地，如果**還**想要強調「進行中」的畫面的話，表達「時間點」的「簡單式」，就要改成「進行式」；表達「時間軸」的「完成式」，就要換成「完成進行式」，就那麼簡單。剩下的就是套公式而已，選擇的流程如下：

✦ 關鍵選擇 2：還想要強調「進行中」的畫面？

「畫面」需要強調「進行中」？

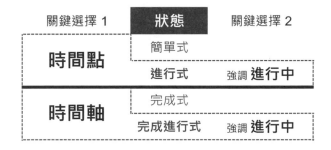

舉例如下：

強調 進行中	時間點	強調 進行中	強調 時間軸
現在 進行式	I am working. 我正在工作。	現在 完成進行式	I have been working for over 10 hours. 我已經工作超過10個小時了。
過去 進行式	I was working when he called me. 他打給我的時候，我正在工作。	過去 完成進行式	I had been working all night until I finished it. 我熬了整個通霄，才把事情做完。
未來 進行式	I will be working if you come by 10. 如果您10點過來的話，我還在上班。	未來 完成進行式	I will have been working over 10 hours if the cases still keep coming. 如果案子還是一直進來的話，我就要連續工作超過10個小時了。

以上的 2 個「關鍵選擇」，就是老外們在講一句英文時，腦袋裡的流程。每講一句話，就要做一次，久而久之，就像呼吸一樣了。以上的例句，全部都是「主動式」的關係，全部換成「被動式」也行，訊息的畫面是完全一樣的，因為訊息的「狀態」是完全一樣的。為了不要搞得太複雜，所以先用「主動式」舉例就好。各個時態的「被動式」，後面的章節會再舉例說明。

通常，「完成式」在一般文法書上的說明是，表達「從過去…到…現在或未來」的狀態…。這樣的說明，其實就是「時間軸」的畫面。它們只是從未告訴大家，英文的「完成式」和「簡單式」之間的關係…。所以，搞得大家既不會用「完成式」，也瞧不起「簡單式」，遇到英文腦袋就一片空白。

其實，「簡單式」和「完成式」根本就是完全平行、平等的東西。所有的老外們，講的每一句話，都要從中 2 選 1，就像「氧氣」跟「二氧化碳」，缺了任何一個，誰都活不了。

所以，如果我們要表達的訊息，沒有「時間軸」的畫面，卻刻意地去「練習」用「完成式」來講英文，那就是一種白癡的行為。這種「智障行為」，就是我們台灣，偉大的英語教學的縮影。同樣的道理，在「進行式」和「完成進行式」上面，也是一樣的。

總結以上，相信您已經知道，為什麼我們台灣人的英文能力，會這麼爛、爛到爆的原因了。不管如何，那都是過去的事了。展望未來，如果我們要像老外一樣講英文，腦袋中**處理「訊息畫面」、選擇「動詞時態」**的流程，就得跟老外一樣。如下：

老外們選擇【動詞時態】的流程

關鍵選擇 1	狀態	關鍵選擇 2
時間點	簡單式	
	進行式	強調 **進行中**
時間軸	完成式	
	完成進行式	強調 **進行中**

另外，在表達「時間軸」或「進行中」的畫面時，往往會運用到「背景：副詞單位」，來「強調或補充」這 2 種畫面中的細節，「證明」這個訊息是「時間軸」或「進行中」的畫面，才使用「完成式」或「進行式」。不然的話，用「簡單式」就好了。

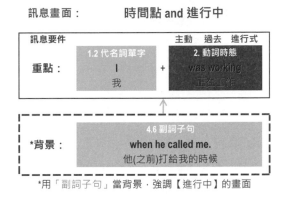

訊息畫面： 時間點 and 進行中

訊息要件		主動 過去 進行式
重點：	**1.2 代名詞單字** I 我	**+** **2. 動詞時態** was working 正在工作

	4.6 副詞子句
*背景：	**when he called me.** 他(之前)打給我的時候

*用「副詞子句」當背景，強調【進行中】的畫面

訊息畫面： 時間軸 and 進行中

訊息要件		主動 未來 完成進行式
重點：	**1.2 代名詞單字** I 我	**+** **2. 動詞時態** will have been working 將會一直工作

	4.2 副詞片語 (介係詞 + 名詞單位)
*背景 1：	**over 10 hours** 超過10個小時
	4.6 副詞子句
**背景 2：	**if the cases still keep coming.** 如果案子還是一直進來的話

*用「副詞片語」當背景，強調【時間軸】的畫面

**用「副詞子句」當背景，強調【進行中】的畫面

Mr. Nobody 要表達的是，英文所有的文法規則，全部都是「環環相扣」的。

每一個規則，都他媽的超級簡單！

每一個規則，都可能隨時會用到！

每一個規則，都他媽的被看不起！

每一句英文，都他媽的不知道可能會用到哪一個他媽的超級簡單的規則！

Chapter 6.1

「時間點」的動詞時態

在英文的規則中，如果我們要表達的訊息畫面，是發生在某個特定、或不特定的**「時間點」**上時，會用**「簡單式」**當作這個訊息的【動詞時態】。

另外，如果我們要表達的訊息，<u>不旦</u>發生在某個特定、或不特定的**「時間點」**上，同時<u>還要強調</u>**「進行中」**的畫面時，會用**「進行式」**當作這個訊息的【動詞時態】。

時　間　點

2. 動詞時態
(怎麼了)

關係	時間	狀態
✔主動	✔現在	簡單式
✔被動	✔過去	進行式
	✔未來	~~完成式~~
		~~完成進行式~~

依照【動詞時態】的規則，不管是主動、還是被動，不管是現在、過去、未來，<u>**所有的**</u>「簡單式」和「進行式」，都是用來表達「時間點」的畫面。

以此規則，英文中的【動詞時態】，<u>不分「主 / 被動關係」</u>，因為時空畫面一致，總共有 6 種時態（如下），用來表達**「時間點」**的訊息畫面。

1. 現在簡單式	3. 過去簡單式	5. 未來簡單式
【時間點】	【時間點】	【時間點】
2. 現在進行式	4. 過去進行式	6. 未來進行式
【時間點 + 進行中】	【時間點 + 進行中】	【時間點 + 進行中】

　　以上 6 種時態，各自會有 2 個公式，用來區分同一個時態的「主 / 被動關係」。因此，總共 12 個「動詞時態」的公式，用來表達所有「時間點」的訊息畫面。如下：

◆ 主動關係

6 種表達主動關係、時間點、或進行中的【動詞時態】

	【主動】	現在	過去	未來
時間點	簡單	現在式 V(s)	過去式 V(ed)	will V
	進行	be Ving	be Ving	will be Ving
時間軸	完成	have Vp.p.	had Vp.p.	will have Vp.p.
	完成進行	have been Ving	had been Ving	will have been Ving

◆ 被動關係

6 種表達被動關係、時間點、或進行中的【動詞時態】

	【被動】	現在	過去	未來
時間點	簡單	be Vp.p.	be Vp.p.	will be Vp.p.
	進行	be being Vp.p.	be being Vp.p.	will be being Vp.p.
時間軸	完成	have been Vp.p.	had been Vp.p.	will have been Vp.p.
	完成進行	have been being Vp.p.	had been being Vp.p.	will have been being Vp.p.

　　後面的章節，將一一說明這 12 個【動詞時態】，如何用來表達「時間點」的訊息畫面。

Chapter 6.1.1

現在簡單式

【現在簡單式】的公式：

	【主動】	現在	過去	未來
時間點	簡單	現在式 V(s)	過去式 V(ed)	will V
	進行	be Ving	be Ving	will be Ving

	【被動】	現在	過去	未來
時間點	簡單	be Vp.p.	be Vp.p.	will be Vp.p.
	進行	be being Vp.p.	be being Vp.p.	will be being Vp.p.

【現在簡單式】的定義及說明：

　　英文的「現在簡單式」，中文的字面上看起來既簡單又即時，大家可能想像不到，「現在簡單式」是英文所有時態中，最特別的一個。英文的「現在簡單式」，除了是指「現在這個時間點」上的狀態之外，**更常用到的是，泛指「所有時間點」上的畫面**，通常用在陳述事實、現象、習慣、規律、定律…之類一致性的畫面，所以**「現在簡單式」這個時態，所代表的畫面和用法，會有 2 個。**

【現在簡單式】的畫面 1：

現在簡單式 1 　　現在 + 時間點

不管任何的時態，「主動」和「被動」關係的畫面是一樣的。例句如下：

➤ （主動）我**在**這裡。
I **am** here.

➤ （主動）她**在**那裡。
She **is** there.

➤ （主動）John 現在**在**家裡。
John **is** at home now.

➤ （主動）我**需要**幫忙。
I **need** help.

➤ （主動）我**有**一些關於學英文的問題。
I **have** some questions about English learning.

　　按照「現在簡單式」字面上的理解，大概是以上這樣。不過，在現實生活中，更常用到的「現在簡單式」，是以下這樣：

【現在簡單式】的畫面 2：

現在簡單式 2　　泛指「所有的時間點」

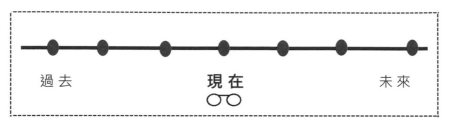

不管任何的時態，「主動」和「被動」關係的畫面是一樣的。例句如下：

➢ 事實：(主動) 他在教書＝他 / **教**。
　He **teaches**.

➢ 習慣：(主動) 她有閱讀的習慣＝她 / **閱讀**。
　She **reads**.

➢ 規律：(主動) 她每天**煮飯**。
　She **cooks** every day.

➢ 規律：(被動) John 每週二教他英文＝他 / **被教** / 英文 / 被 John/ 每週二。
　He **is taught** English by John every Tuesday.

➢ 事實：(主動) 她很漂亮＝她 / **是** / 非常地 / 漂亮的。
　She **is** so beautiful.

➢ 事實：(被動) **聽說**他最近會辭職。聽說＝被說
　It **is said** that he will resign recently.

➢ 事實：(被動) 馬克先生<u>以</u>直接投資高收益債券<u>聞名</u>。聞名 = 被知道
   Mr. Mark **is known** for directly investing high yield bonds.

➢ 定律：(主動) 誠實嘴上說得容易，做得難 = 行為誠實的 / <u>是</u> / 多地 / 更難的 / 比人們說的。
   Being honest **is** much harder than people say.

以上的句子，**都不是單指現在這個時間點上的畫面，而是泛指所有時間點上的畫面**，這就是「現在簡單式」在日常生活中，最常用到的講話方式。

英文所有的【動詞時態】，只有「現在簡單式」有 2 種畫面，其他的時態都只有 1 種畫面。
所以才會說，「現在簡單式」字面上看起來，雖然既簡單又即時，但畫面裡，卻是英文所有時態中，最特別的一個「動詞時態」。

Chapter 6.1.2

現在進行式

【現在進行式】的公式：

【主動】		現在	過去	未來
時間點	簡單	現在式 V(s)	過去式 V(ed)	will V
	進行	**be Ving**	be Ving	will be Ving

【被動】		現在	過去	未來
時間點	簡單	be Vp.p.	be Vp.p.	will be Vp.p.
	進行	**be being Vp.p.**	be being Vp.p.	will be being Vp.p.

【現在簡單式】的定義及說明：

強調在 **「現在這個時間點」** 上，某個動作或事情正在 **「進行中」** 的畫面。

【現在簡單式】時態的畫面：

現在進行式　　現在 + 時間點 + 強調進行中

不管任何的時態，「主動」和「被動」關係的畫面是一樣的。例句如下：

➤ （主動）他**正在教** John 英文
He **is teaching** John English.

➤ （被動）他正在教 John 英文＝John/ **正在被教** / 英文 / 被他。
John **is being taught** English by him.

➤ （主動）我**正在看**這則公告。
I **am reading** the announcement.

➤ （被動）蘋果的舊產品目前在印度生產＝舊產品 / 蘋果的 / **正在被生產** / 在印度。
The old products of Apple **are being made** in India.

➤ （主動）我們正在建立一個可以讓人們有效學習英文的系統＝我們 / **正在建立** / 一個系統 / 幫助人們有效地學英文。
We **are building** a system to help people learn English with effectiveness.

　　「現在進行式」和「現在簡單式」唯一的差別，只在於是否要強調「進行中」的畫面。如果沒有的話，麻煩請用「現在簡單式」即可。不要亂用耍帥，這樣不帥。

Chapter 6.1.3

過去簡單式

【過去簡單式】的公式：

【主動】		現在	過去	未來
時間點	簡單	現在式 V(s)	過去式 V(ed)	will V
	進行	be Ving	be Ving	will be Ving

【被動】		現在	過去	未來
時間點	簡單	be Vp.p.	be Vp.p.	will be Vp.p.
	進行	be being Vp.p.	be being Vp.p.	will be being Vp.p.

【過去簡單式】的定義及說明：

指**過去**的某個「特定」或「不特定」的**時間點**，發生過的事情。

【過去簡單式】時態的畫面：

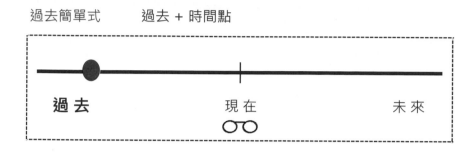

不管任何的時態，「主動」和「被動」關係的畫面是一樣的。例句如下：

➤ （主動）他昨天**在**那。
   He **was** there yesterday.

➤ （主動）他昨天**教** John 英文。
   He **taught** John English yesterday.

➤ （被動）John 之前教他英文 ＝ 他 / **被教** / 英文 / 被 John/ 之前。
   He **was taught** English by John before.

➤ （主動）他曾經**有**台特斯拉。
   He once **had** a Tesla. ---------- 現在沒有了

➤ （主動）他以前**教**經濟學。
   He **taught** Economics. ----------- 現在沒教了

如果您既沒有要強調「時間軸」、也沒有強調「進行中」的畫面時，麻煩請用「簡單式」就好了。一切依「自己」想要表達的畫面為準，不是以老師亂教的為準。

Chapter 6.1.4

過去進行式

【過去進行式】的公式：

【主動】		現在	過去	未來
時間點	簡單	現在式 V(s)	過去式 V(ed)	will V
	進行	be Ving	**be Ving**	will be Ving

【被動】		現在	過去	未來
時間點	簡單	be Vp.p.	be Vp.p.	will be Vp.p.
	進行	be being Vp.p.	**be being Vp.p.**	will be being Vp.p.

【過去進行式】的定義及說明：

強調在**過去**某個**時間點**，某個動作或事情正在**「進行中」**的畫面。

【過去進行式】時態的畫面：

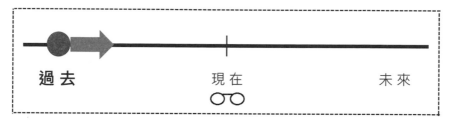

過去進行式　　過去 + 時間點 + 強調進行中

不管任何的時態，「主動」和「被動」關係的畫面是一樣的。例句如下：

➤ （主動）我回來的時候，他<u>正在教</u> John 英文。
He **was teaching** John English when I came back.

同樣的訊息，「主詞」和「受詞」互換就變成被動關係。

➤ （被動）我回來的時候，他正在教 John 英文＝ John <u>正在被教</u>他英文。
John **was being taught** English <u>by him</u> when I came back.

使用「過去進行式」的目的在於，想要強調**「進行中」**的畫面。如果沒有，那用「過去簡單式」就好了，一切依「自己」想要表達的畫面為準。

另外，如果沒有利用【副詞子句 when I came back】當作句子的背景，**說明一下是「過去的時間點」**，只說 He was teaching John English. 的話。訊息畫面就很奇怪，老外第一個反應會是 when？不然幹嘛用 was teaching…。至少也用個「副詞單字」，提供一個大概的「時間點」，例如：

另外，如果沒有利用【副詞子句 when I came back】當作句子的背景，**說明一下是「過去的時間點」**，只說 He was teaching John English. 的話。訊息畫面就很奇怪，老外第一個反應會是when？不然幹嘛用was teaching…。至少也用個「副詞單字」，提供一個大概的「時間點」，例如：

（主動）當時他正在教 John 英文＝他 / <u>正在教</u> /John/ 英文 / <u>那時</u>。
He <u>**was teaching**</u> John English <u>then</u>.

「那時」管他是「何時」。總之「那時」一定是**「過去」**的某個「時間點」或「時間軸」。如果我只要強調「進行中」的畫面，沒有要表達「時間軸」的狀態，那用「過去進行式」就好了。不需要裝厲害、耍猴戲、脫褲子放屁，去用「過去完成進行式」。

現實生活中，大部分的【動詞時態】，**都需要用到【副詞單位】，來表明【時間的背景】**。再舉 1 個簡單的例子，如下：

（主動）他打給我的時候，我正在跟 John 吃午餐＝我 / <u>正在吃</u> / 午餐 / 和 John/ <u>當他打給我時</u>。
I <u>**was having**</u> lunch with John <u>when he called me</u>.

這是為何 Mr. Nobody 一再強調的，學英文，如果不懂【副詞單位】的意義和用法，永遠不可能像老外一樣說英文。相反地，學英文，如果弄懂【副詞單位】的意義和用法，隨便都可以像老外一樣說英文。

英文所有的「動詞時態」都很單純，各自有其代表的「畫面」。只要全部都搞清楚了，就不會再為了用而用，而是需要用到的時候再用，就好了。

Chapter 6.1.5

未來簡單式

【未來簡單式】的公式：

【主動】		現在	過去	未來
時間點	簡單	現在式 V(s)	過去式 V(ed)	**will V**
	進行	be Ving	be Ving	will be Ving

【被動】		現在	過去	未來
時間點	簡單	be Vp.p.	be Vp.p.	**will be Vp.p.**
	進行	be being Vp.p.	be being Vp.p.	will be being Vp.p.

【未來簡單式】的定義及說明：

指**未來**的某個「特定」或「不特定」的**時間點**，將會發生的事情。

【未來簡單式】時態的畫面：

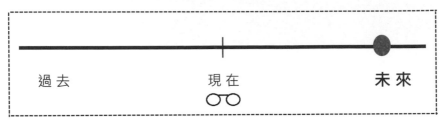

不管任何的時態，「主動」和「被動」關係的畫面是一樣的。例句如下：

➢ (主動) 他**會**回來。
   He **will be** back.

➢ (主動) 他明天**要教** John 英文。
   He **will teach** John English tomorrow.

➢ (被動) John 明天會給教他英文＝他 / **會被教** / 英文 / 被 John/ 明天。
   He **will be taught** English **by John** tomorrow.

➢ (主動) 他**會做**那件事。
   He **will do** that thing.

大家一定都學過另一種【未來簡單式：be going to V】。沒錯！這也是某種程度的未來式，如果用上面的例句，改成這個方式表達，看看是不是一樣的「畫面」：

➢ (主動) 他明天**要教** John 英文：He **is going to teach** John English (tomorrow).

➢ (主動) 他**要去做**那件事：He **is going to do** that thing.

進入文字的畫面裡，可以看到一些些微的差別，【be going to V】所表達的畫面，是現在「**立刻馬上**」要去做的畫面。只是因為還沒做，所以給它冠上「未來式」的定義。

意思是，如果他是「明天」才要去教 John 英文的話，用 be going to teach tomorrow，就有點怪怪的。雖然如此，老外還是能夠理解這個訊息的畫面。因為老外天生就會進入語言的「畫面」裡，不會像講中文的人一樣，天生就執著在文字的「字面」上。

語言是用來傳遞訊息的，只要在規則之下，就沒有所謂的對錯可言，差別只在於訊息傳遞的有效性和即時性而已。通常，老外如果覺得不太清楚，就會多問一下，來確認訊息的內容，是否跟他們認知的一樣，不會沒事就給別人的英文能力打分數。

整合一下以上的內容，Mr. Nobody 認為【be going to V】要表達的畫面，是介於「現在進行式」和「未來簡單式」之間，如下：

● **現在進行式**：He **is doing** that thing. 他<u>正在做</u>那件事。（已經在做了）
● **be going to V**：He **is going to do** that thing. 他<u>要去做</u>那件事。（正要去做）
● **未來進行式**：He **will do** that thing. 他<u>會做</u>那件事。（未來不知道什麼時候會做）

一字排開後就能感受到，這 3 句話的畫面雖然很接近，但還是有點不太一樣。

所以，Mr. Nobody 並不認為【be going to V】算是「未來式」。因為不論在時間點上、時態的公式上和畫面上，【be going to V】幾乎都跟「現在進行式」一模一樣。

Whatever, 如果您現在想要表達「立馬要幹嘛」的話，那說【be going to V】就對了。

Chapter 6.1.6

未來進行式

【未來進行式】的公式：

	【主動】	現在	過去	未來
時間點	簡單	現在式 V(s)	過去式 V(ed)	will V
	進行	be Ving	be Ving	**will be Ving**

	【被動】	現在	過去	未來
時間點	簡單	be Vp.p.	be Vp.p.	will be Vp.p.
	進行	be being Vp.p.	be being Vp.p.	**will be being Vp.p.**

【未來進行式】的定義及說明：

強調在**未來**某個**時間點**，某個動作或事情將會「**進行中**」的畫面。

【未來進行式】時態的畫面：

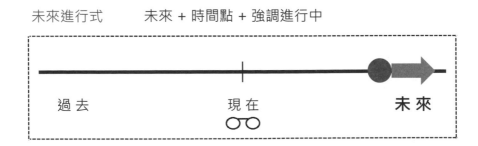

不管任何的時態，「主動」和「被動」關係的畫面是一樣的。例句如下：

➤ （主動）<u>如果我五點回來</u>，那時他<u>**正在幫**</u> John <u>上</u>英文<u>課</u>。
He **will be teaching** John English if I come back at 5.

「未來進行式」跟「過去進行式」一樣，通常也會利用【副詞子句 if I come back at 5】來當作句子的背景。**說明一下「未來的某個時間點」**，什麼事情正在進行中。而主詞和受詞的角色互換，就變成被動關係：

➤ （被動）<u>如果我五點回來</u>，那時他正在幫 John 上英文課＝John/ <u>**正在被**</u> / 他教
John **will be being taught** English by him if I come back at 5.

理論上，可以有「未來進行式」的被動時態。**但實際上**，正常人不太會這樣講話，尤其是老外，因為畫面很奇怪，直接用主動式就好了。所以，「(被動) 未來進行式」這個時態，在 Mr. Nobody 的印象中，幾乎不曾在任何英文的報章雜誌上看到過。既然這樣，那考試**絕對不會考**，它只是理論上存在而已。

基本上，現實生活中，連「(主動) 未來進行式」，都非常非常非常少用到。因為未來的事情都不確定了，更何況是未來的「某個時間點」(不管特定、不特定)，正在幹什麼事情，這個機率又更小了。

不過，管它常不常用，「未來式」跟「過去式」的規則一模一樣，只是畫面和公式不一樣而已，加減記起來，也不會佔據多少的腦容量。如果將來，您真的想強調未來的「某個時間點」，正在幹嘛、或正在被幹嘛的話，再拿出來用就好了。

以上就是所有關於「時間點」的動詞時態，也就是所有的「簡單式」和「進行式」的畫面。接下來，就要進入英文【動詞時態】的重頭戲了，那就是表達「時間軸」的「完成式」和「完成進行式」。

Chapter 6.2

「時間軸」的動詞時態

在英文的規則中，如果我們要表達的訊息畫面，是發生在某個特定、或不特定的**「時間軸」**上時，會用**「完成式」**當作這個訊息的【動詞時態】。

另外，如果我們要表達的訊息，<u>不旦</u>發生在某個特定、或不特定的**「時間軸」**上，同時<u>還要強調</u>**「進行中」**的畫面時，會用**「完成進行式」**當作這個訊息的【動詞時態】。

時　間　軸

2.動詞時態 (怎麼了)		
關係	時間	狀態
✔主動	✔現在	~~簡單式~~
✔被動	✔過去	~~進行式~~
	✔未來	完成式
		完成進行式

依照【動詞時態】的規則，不管是主動、還是被動，不管是現在、過去、未來，**<u>所有的</u>「完成式」和「完成進行式」，都是用來表達「時間軸」的畫面。**

以此規則，英文中的【動詞時態】，<u>不分「主 / 被動關係」</u>，因為時空畫面一致，總共有 6 種時態 (如下)，用來表達**「時間軸」**的訊息畫面。

1. 現在完成式	3. 過去完成式	5. 未來完成簡單式
【時間軸】	【時間軸】	【時間軸】
2. 現在完成進行式	4. 過去完成進行式	6. 未來完成進行式
【時間軸 + 進行中】	【時間軸 + 進行中】	【時間軸 + 進行中】

以上 6 種時態，各自會有 2 個公式，用來區分同一個時態的「主 / 被動關係」。因此，總共 12 個「動詞時態」的公式，用來表達所有「時間軸」的訊息畫面。如下：

◆ 主動關係

6 種表達主動關係、時間軸、或進行中的【動詞時態】

	【主動】	現在	過去	未來
時間點	簡單	現在式 V(s)	過去式 V(ed)	will V
	進行	be Ving	be Ving	will be Ving
時間軸	完成	have Vp.p.	had Vp.p.	will have Vp.p.
	完成進行	have been Ving	had been Ving	will have been Ving

◆ 被動關係

6 種表達被動關係、時間軸、或進行中的【動詞時態】

	【被動】	現在	過去	未來
時間點	簡單	be Vp.p.	be Vp.p.	will be Vp.p.
	進行	be being Vp.p.	be being Vp.p.	will be being Vp.p.
時間軸	完成	have been Vp.p.	had been Vp.p.	will have been Vp.p.
	完成進行	have been being Vp.p.	had been being Vp.p.	will have been being Vp.p.

後面的章節，將一一說明這 12 個【動詞時態】，如何用來表達「時間軸」的訊息畫面。

Chapter 6.2.1

現在完成式

【現在完成式】的公式：

【主動】		現在	過去	未來
時間軸	完成	**have Vp.p.**	had Vp.p.	will have Vp.p.
	完成進行	have been Ving	had been Ving	will have been Ving

【被動】		現在	過去	未來
時間軸	完成	**have been Vp.p.**	had been Vp.p.	will have been Vp.p.
	完成進行	have been being Vp.p.	had been being Vp.p.	will have been being Vp.p.

【現在完成式】的定義及說明：

表達從過去到現在為止的「時間軸」中，某個動作 (動詞) 的狀態。

「時間軸」的期間長短不限，「動作」發生與否不限，「動作」發生的次數不限，「動作」的連續與否也不限，重點在於強調動作是在 **「時間軸」裡面**，而不是在「時間點」上面。這個動作，可能從沒發生過 never(到現在為止)、可能已經發生了 already(到現在為止)、可能持續發生很多年 for many years(到現在為止)、也可能發生很多次 for many times(到現在為止)..... 諸如此類。

【現在完成式】時態的畫面：

現在完成式　　　到現在為止 + 時間軸

過 去　　　　　　　現 在　　　　　未 來

不管任何的時態，「主動」和「被動」關係的畫面是一樣的。例句如下：

時間軸中，動作的次數不拘

0, 1, 2, 3, …300次, ……不拘

過 去　　　　　　　現 在　　　　　未 來

A. 強調動作發生在**「時間軸」**中，動作發生與否、發生次數都沒有限制

➤ （主動）他**沒有教**過 John 英文。
He has not taught John English.

➤ （被動）他**沒有教**過 John 英文 = John 從沒**被**他**教過**英文。
John has never been taught English by him.

➤ 他**教過** John 2 次英文。
He has taught John English twice.

➤ 他曾經**教過** John 英文 1 次。
He has ever taught John English once.

老外們用「完成式」來講英文的用意，是在強調「時間軸」的「畫面」。所以，不論動作的次數、和時間的長短，都不是使用「完成式」的重點。重點只在「時間軸」而已。

B. 強調動作發生在**「時間軸」**中，時間軸的長短，沒有任何限制，就算只有 0.1 秒，也可以算是一個「時間軸」

時間<u>軸</u>中，<u>時間的長短</u>也不拘

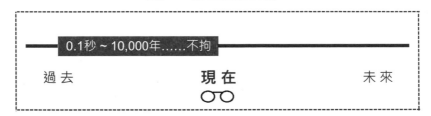

➤ （主動）我從來<u>沒有</u>這樣想<u>過</u>0.1 秒鐘。
I <u>have</u> never <u>had</u> that thought for 0.1 seconds.

➤ （主動）他教 John 英文 1 年了。
He <u>has taught</u> John English for a year.

➤ （被動）他教 John 英文 1 年了 = John 被他教英文 1 年了。
John <u>has been taught</u> English <u>by him</u> <u>for a year</u>.

➤ （主動）他做這份工作大概 3 個月了。
He <u>has done</u> this job for about 3 months.

➤ （主動）她維持 5 點起床這個習慣很久了。
She **<u>has kept</u>** the routine to get up at 5 <u>for a very long time</u>.

　　所以，重點是強調「時間軸」的畫面，不管時間的長短，一樣可以使用「完成式」。

以上的例句，不管期間的長短、動作的次數、動作是否連續，全部都是**到現在為止**的「時間軸」的畫面。不管是中文，還是英文，區分「時間點」和「時間軸」的字眼，是完全一樣的。在英文中，這些字眼，被通常被歸類為訊息中的「背景：關於什麼時間」，用「副詞單位」來表達。

　　但在中文中，這些字眼，就只是「國字」而已。對母語是中文的人來說，這些字眼都是理所當然的，沒有任何特別之處。但對老外來說，這些「副詞單位」的字眼，就像驅動程式裡面，用來分辨「點」和「軸」的程式碼。如以下例句：

● （時間點）現在簡單式：我現在在日本　I am in Japan now.
● （時間點）過去簡單式：當時我人在日本　I was in Japan then.

■ （時間軸）現在完成式：我在日本好多年了　I have been in Japan for many years.
■ （時間軸）現在完成式：我去過日本好多次　I have been to Japan many times.

　　「副詞單位：現在、當時、好多年了、好多次…」提供了「時間點」或「時間軸」的訊息，決定了同一個**動詞** be，該用哪一種**「動詞時態」**。

　　使用「副詞單位」搭配「動詞時態」，來表達時間點/軸的「背景」，是老外講話的一種文化。所謂文化，是一種生活方式，跟呼吸一樣的講話方式。老外的日常生活中，最常用到的「時間副詞」，如下表：

「副詞單位」可提供時間點或時間軸的畫面

單字	完成式		現在簡單式		過去簡單式	
	ever	曾經	always	總是	... ago	(多久)以前
	never	不曾	sometimes	有時	last ...	上一個(時間點)
	already	已經	usually	通常	yesterday	昨天
	yet	還沒	often	時常	once	曾經
	once, twice	次數	every...	每...	before	之前
	3456... times	次數	now	現在	just	剛剛
	since	自從	still	仍然		
	ever since	自從某時到現在	right now	就是現在		
	so far	到目前為止				

片語	since then	自從那時	拍謝！實在有點想不到有什麼片語是「所有時間點」的畫面		at (sometime)	在(過去某個時間點)
	in (a peroid)	在(一個期間)中			on (someday)	在(過去某一天)
	for (a period)	持續(一段期間)				
	from (sometime)	從(某個時間點)				
	by (sometime)	到(某個時間點)				

子句	since...	自從(某個時間點)	when...	做...的時候	when...	當(過去某個時間點)
			as...	當...的時候	until...	直到(過去某個時間點)
					before...	...之前

　　以上只是一個大致的分類，不一定哪一個副詞，就只能用在什麼時態…。語言，是沒有標準答案的。但是，英文的規則，也就是英文文法，是有標準答案的。所有的老外、ABC、狗咬豬、加阿滴…，講到英文文法，嘴巴上，個個都說不要不要，但身體上，個個都是整齊畫一。

　　原則上，關於動詞時態，您只要抓到**區分訊息的畫面**，是「時間點」、還是「**時間軸**」這個關鍵，加上知道「副詞單位」的「一切」後，自然能夠舉一反三、伸縮自如，說出一口像老外一樣的英文。

【動詞時態】的選擇

選擇 1：時間點 or 時間軸

選擇 2：強調進行中？

Chapter 6.2.2

現在完成進行式

【現在完成進行式】的公式：

時間軸	【主動】	現在	過去	未來
	完成	**have Vp.p.**	had Vp.p.	will have Vp.p.
	完成進行	have been Ving	had been Ving	will have been Ving

時間軸	【被動】	現在	過去	未來
	完成	**have been Vp.p.**	had been Vp.p.	will have been Vp.p.
	完成進行	have been being Vp.p.	had been being Vp.p.	will have been being Vp.p.

【現在完成進行式】的定義及說明：

　　表達從過去到現在為止的「時間軸」中，某個動作 (動詞) 的狀態，並強調「進行中」的畫面。簡單來說，

現在完成式 + 強調「進行中」 = 現在完成進行式

　　只要是「完成式」系列的「動詞時態」，重點都在「時間軸」的畫面。因此，動作發生的次數、和時間軸的長短，都沒有限制。很顯然地，如果要強調「進行中」的畫面，那動作的次數，絕對不可能是 0。

【現在完成進行式】的畫面：

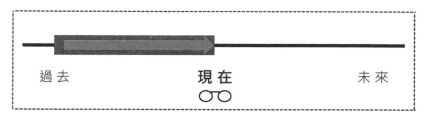

現在完成進行式　到現在為止 + 時間軸 + 強調進行中

過去　　　　　　　　**現在**　　　　　　　未來

不管任何的時態，「主動」和「被動」關係的畫面是一樣的。例句如下：

➤ （主動）他**教** John 英文超過 2 個小時了。
He has been teaching John English for over 2 hours.

（被動）John 在上英文課，已經超過兩個小時了 = John **被教**英文超過 2 個小時了。
John has been being taught English in his class for over 2 hours.

➤

這 2 句話（嚴格來說，是同一句話），用中文講起來，怎麼看都很奇怪，因為我們不會這樣講中文。相反地，這 2 句話，用英文講起來，怎麼看都很自然，因為老外就是這樣講英文。差別在哪？

差別在**「字面」**和**「畫面」**。老外是用「畫面」在講話，我們是用「字面」在講話。 所以，我們要用「畫面」的角度，去區分不同的「動詞時態」，而不是用「字面」的角度。舉例如下：

■ **現在完成進行式**：<u>這幾個月來</u>，我<u>一直想</u>去買台特斯拉。

I **<u>have been thinking about</u>** having a Tesla **<u>for months</u>**.

現在：用「現在」的角度，所以「到現在為止」。
完成：「這幾個月來」是一個「時間軸」。
進行：「一直想」，強調「進行中」。

■ **現在完成式**：我<u>好幾次</u>**想要**去買一台特斯拉。

I **<u>have thought about</u>** having a Tesla **<u>several times</u>**.

現在：用「現在」的角度，所以「到現在為止」。
完成：「好幾次」需要一個「時間軸」才能完成。
進行：沒有想要強調「進行中」的畫面。

● **現在進行式**：我<u>想</u>去買一台特斯拉。

I **<u>am thinking about</u>** having a Tesla.

時間點：現在，或所有的「時間點」，沒有想要強調「時間軸」。
進行：假設是在閒聊，強調「進行中」的畫面，因為現在正在想這件事。

● **現在簡單式**：我<u>想</u>去買一台特斯拉。

I **<u>have</u>** a thought to buy a Tesla.

時間點：有這個想法，代表所有的「時間點」都成立，那就用「現在簡單式」。

　　只要能夠拋開中文字面的框架，進入訊息的「畫面」裡，不只是講英文，連講中文，都會變得更加輕鬆寫意。

【動詞時態】的選擇

Option 1： ● or ▬▬▬

Option 2： ➜ ？

Chapter 6.2.3

過去完成式

【過去完成式】的公式：

【主動】		現在	過去	未來
時間軸	完成	have Vp.p.	**had Vp.p.**	will have Vp.p.
	完成進行	have been Ving	had been Ving	will have been Ving

【被動】		現在	過去	未來
時間軸	完成	have been Vp.p.	**had been Vp.p.**	will have been Vp.p.
	完成進行	have been being Vp.p.	had been being Vp.p.	will have been being Vp.p.

【過去完成式】的定義及說明：

表達從過去 (A) 到過去某個時間點 (B) 為止的「時間軸」中，某個動作（動詞）的狀態。

「時間軸」的期間長短不限，「動作」發生與否不限，「動作」發生的次數不限，「動作」的連續與否也不限，重點在於**強調動作是在「時間軸」裡面**，而不是在「時間點」上面。

【過去完成式】的畫面：

過去完成式　　到過去某個時間點(B)為止 + 時間軸

過去(A)　　　　過去(B)　　現 在　　　　　　　未 來

不管任何的時態，「主動」和「被動」關係的畫面是一樣的。例句如下：

➤ （主動）他**之前教** John 英文，<u>直到他搬去了 LA</u>。
He <u>had taught</u> John English <u>until he moved to LA</u>.

➤ （被動）他**之前教** John 英文 = John**之前被他教**英文，<u>直到他搬去了 LA</u>。
John <u>had been taught</u> English by him <u>until he moved to LA</u>.

「過去完成式」之所以叫「過去」，是因為**「時間軸」**到**「過去的某個時間點」**為止。通常我們會用一個「副詞子句」當作句子的「背景：關於什麼時間」，來明確地表達「過去的那個時間點」。既然如此，那這個【副詞子句 until he **moved** to LA】裡面的「動詞時態」，就一定是【**過去簡單式 moved**】。

不過，這並不代表「過去完成式」非得一定要背個「副詞子句」才行。只要有辦法表達到「過去為止」的畫面，都可以用「過去完成式」。例如：

➤ （主動）他**之前教** John 英文，<u>一直到上個月為止</u>。
He <u>had taught</u> John English <u>until last month</u>. (使用<u>副詞片語</u>，表達到過去為止的畫面)

➤ （主動）他<u>上個月</u>**教過** John 英文。
He <u>had taught</u> John English <u>last month</u>. (使用<u>副詞單字</u>，表達到過去為止的畫面)

使用「完成式」的目的，是為了強調「時間軸」的畫面。如果沒有這個需求，麻煩請用「簡單式」就好了。如下：

➢ （主動）他<u>上個月</u>**有教** John 英文。
He <u>taught</u> John English <u>last month</u>.

所以，以下這段話，對我們這些講中文的人，講一萬次都不夠。

語言，永遠沒有標準答案，重點是「我們要表達的畫面是什麼…」。

如果您的腦袋裡是「時間點」的畫面，結果您用了「時間軸」的動詞時態來講英文。請問，除了您自己，鬼才知道您用錯了「動詞時態」。這樣的結果是什麼？

「言不及義」且無法將真正的訊息，準確地傳達給對方。「言不及義」的結果，通常是「雞同鴨講」，無法「達到目的」，就這樣而已。這世界上永遠不會有人知道，您到底要什麼？？如果您用錯了「動詞時態」…

以上就是「過去完成式」的原理。不管任何東西，把原理搞清楚，便能舉一反三、行遍天下。以「過去完成式」來說，因為它多了一個需要表達到「過去為止」的「背景」，造就了它，成為各大英文考試的「必考題型」。考題大概會像下面這樣：

(　) He ————— John English until he moved to LA.

1. have taught
2. taught
3. teaches
4. had taught

(　) He had taught John English until he ————— to LA.

1. moved
2. had moved
3. moves
4. is moving

只要您了解了「英文的表達邏輯和架構」（如下）、和「所有規則的原理」（都超簡單）。基本上，所有的題目都會像「過去完成式」一樣，通通都是「送分題」。

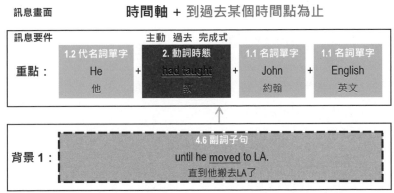

用「副詞子句」來表達這句話的「時間軸」是在「過去」的背景

Chapter 6.2.4

過去完成進行式

【過去完成進行式】的公式：

【主動】		現在	過去	未來
時間軸	完成	have Vp.p.	had Vp.p.	will have Vp.p.
	完成進行	have been Ving	**had been Ving**	will have been Ving

【被動】		現在	過去	未來
時間軸	完成	have been Vp.p.	had been Vp.p.	will have been Vp.p.
	完成進行	have been being Vp.p.	**had been being Vp.p.**	will have been being Vp.p.

【過去完成進行式】的定義及說明：

　　表達從**過去 (A) 到過去某個時間點 (B)** 為止的「**時間軸**」中，某個動作 (動詞) 的狀態，並**強調「進行中」**的畫面。簡單來說，

過去完成式 + 強調「進行中」= 過去完成進行式

【過去完成進行式】的畫面：

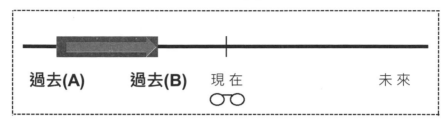

過去完成進行式　到過去某個時間點(B)為止 + 時間軸 + 強調進行中

不管任何的時態，「主動」和「被動」關係的畫面是一樣的。例句如下：

➤ （主動）我回來之前，他**一直在教** John 英文。
He had been teaching John English before I came back.

➤ （被動）我回來之前，他一直在教 John 英文 = John **一直在被他教**英文。
John had been being taught English by him before I came back.

　　跟「過去完成式」一樣，「過去完成進行式」之所以叫「過去」，是因為「時間軸」是到「過去的某個時間點」為止。所以，我們也會用一個「副詞子句」當作句子的「背景：關於什麼時間」，來明確地表達「過去的那個時間點」。一如往常，那這個【副詞子句 before I came back】裡面的「動詞時態」，就一定是【過去簡單式】。

　　基本上，在現實生活中，不會有人用「被動關係」的角度，來表達任何「完成進行式」的畫面。以上的例句、之前的「現在完成進行式」或之後的「未來完成進行式」的被動語態，只能算是「理論上」的存在。意思是：老外不會這樣講話！

　　原因很簡單！因為「主動」的「完成進行式」，既要強調「時間軸」、又要強調「進行中」，訊息的畫面已經夠複雜了，再加個「被動關係」進去，不只畫面很錯亂，時態的公式要再多1 個單字，誰還聽得懂到底再講什麼啊！

老外講英文的邏輯是：「少，即是多」。所以，連「主動」的「過去完成進行式」，用到的機率都不到 1%，更何況是「被動」的「過去完成進行式」。

雖然如此，「主動」的【現在完成進行式】，在生活中，倒是常常用到。因為是以「現在」的角度，來強調「時間軸」和「進行中」的畫面。

誰會沒事回頭去用「過去」的角度、或是未卜先知用「未來」的角度，來強調「時間軸」加「進行中」的畫面。都已經是過去的事了，是不是「進行中」的畫面，很重要嗎？同樣的邏輯，誰能確定一直到「未來」的某個當下，會是「進行中」的畫面 ...。所以，講話有必要怎麼複雜嗎？就算需要！您有這個能力表達清楚嗎？就算有！別人有這個閒工夫把它聽進去嗎？？？

以上這些都是說話的常理，不是什麼厲害的整理。語言，是用來傳遞訊息的，不是用來花拳繡腿的。還是再多寫一個例子好了，比較有安全感。如下：

➢ （主動）**在我決定奮戰到底前，我曾經想過10 秒鐘放棄繼續寫這本書。**
I **had been thinking** about quitting this writing for 10 seconds before I decided to fight to the end.

如果不要強調「進行中」的畫面，換成「過去完成式」看看，如下：

➢ （主動）**在我決定奮戰到底前，我曾經想過10 秒鐘放棄繼續寫這本書。**
I **had thought** about quitting this writing for 10 seconds before I decided to fight to the end.

2 個句子，不同的「動詞時態」，訊息的畫面幾乎完全一樣。再則，站在常理的角度，都是過去的事了，根本沒必要再強調這 10 秒鐘是「進行中」的畫面。除非 ... 想假掰一下 ...

【動詞時態】 的畫面

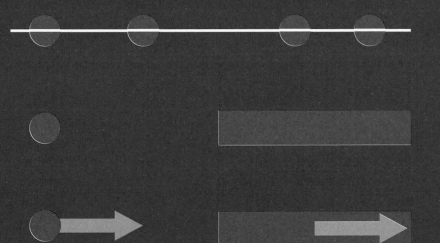

Chapter 6.2.5

未來完成式

【未來完成式】的公式：

	【主動】	現在	過去	未來
時間軸	完成	have Vp.p.	had Vp.p.	**will have Vp.p.**
	完成進行	have been Ving	had been Ving	will have been Ving

	【被動】	現在	過去	未來
時間軸	完成	have been Vp.p.	had been Vp.p.	**will have been Vp.p.**
	完成進行	have been being Vp.p.	had been being Vp.p.	will have been being Vp.p.

【未來完成式】的定義及說明：

表達**到未來某個時間點 (A) 為止的「時間軸」中**，某個動作 (動詞) 的狀態。「時間軸」的期間長短不限，「動作」發生與否不限，「動作」發生的次數不限，「動作」的連續與否也不限，重點在於**強調**動作是**在「時間軸」裡面**，而不是在「時間點」上面。

【未來完成式】的畫面：

未來完成式　　到未來某個時間點(A)為止 + 時間軸

過　去　　　　　　　　現　在　　　　未　來(A)

不管任何的時態，「主動」和「被動」關係的畫面是一樣的。例句如下：

➤ （主動）他會一直教 John 英文，<u>直到他搬去了 LA</u>。
He <u>will have taught</u> John English <u>until he moves to LA</u>.

➤ （被動）他會一直教 John 英文 = John **會一直給**他**教**英文，<u>直到他搬去了 LA</u>。
John <u>will have been taught</u> English by him <u>until he moves to LA</u>.

　　「未來完成式」之所以叫「未來」，是因為「時間軸」到「未來的某個時間點」為止。通常，我們會用一個「副詞子句」當作句子的「背景：關於什麼時間」，來明確地表達「未來的那個時間點」。雖然如此，這個表達**「未來時間點」**的【副詞子句 until he **moves** to LA】裡面的「動詞時態」，卻是**「現在簡單式」**，不是「未來簡單式」。原因很簡單，如下：

➤ **未來完成式**：他會一直教 John 英文，<u>直到他搬去了 LA</u>。
He <u>**will have taught**</u> John English <u>until he **moves** to LA</u>. ------------ **(O)**
He <u>**will have taught**</u> John English <u>until he **will move** to LA</u>. --------- **(X)**

原因 1：「主要句子」和「副詞子句」都用「未來式 will + V」，難以一眼看出訊息的「層次」。

原因 2：「現在簡單式」可以代表泛指「所有的時間點」的訊息畫面。既然是「所有的 ...」，
　　　　當然包括「未來的時間點」。

　　英文是一個非常重視表現「層次」的語言，不是為了「假掰」，而是為了「效率」。同樣的狀況，用在「時間點」的訊息畫面上，也是一樣的規則。如下：

● **未來簡單式：**如果他從 LA 回來，他**會教** John 英文。
　He will teach John English if he comes back from LA.

● **未來簡單式：**會議結束時，他會打給 John。
　I will call John when the meeting is over.

　　相較於前面的例句，這 2 個訊息都**沒有要強調「時間軸」的畫面**。所以，**用「未來簡單式」就夠了。**

　　一如往常地，只要類似這種具有「層次」的表達規則，如同前面的「過去完成式」，一向都是英文考試的「必考題」。老實說，如果是我出題，不考這些東西，要考什麼？知道規則的人，就送分給他。沒興趣知道的人，就等下輩子吧！

Chapter 6.2.6

未來完成進行式

【未來完成進行式】的公式：

【主動】		現在	過去	未來
時間軸	完成	have Vp.p.	had Vp.p.	will have Vp.p.
	完成進行	have been Ving	had been Ving	**will have been Ving**

【被動】		現在	過去	未來
時間軸	完成	have been Vp.p.	had been Vp.p.	will have been Vp.p.
	完成進行	have been being Vp.p.	had been being Vp.p.	**will have been being Vp.p.**

【未來完成進行式】的定義及說明：

　　表達**到未來某個時間點 (A) 為止**的「時間軸」中，某個動作 (動詞) 的狀態，並**強調「進行中」**的畫面。簡單來說，

未來完成式 + 強調「進行中」= 未來完成進行式

【未來完成進行式】的畫面：

未來完成進行式　到未來某個時間點(A)為止 + 時間軸 + 強調進行中

過去　　　　　　　　現在　　　　　　未來(A)

不管任何的時態，「主動」和「被動」關係的畫面是一樣的。例句如下：

➤ （主動）<u>到 11 點</u>，他**教** John 英文<u>就超過 2 個小時了</u>。…… 還沒到 11 點
He will have been teaching John English <u>for over 2 hours</u> <u>by 11</u>.

➤ （被動）<u>到 11 點</u>，John **被教**英文<u>在他的課堂上</u> / <u>就超過 2 個小時了</u>。
John will have been being taught English <u>in his class</u> <u>for over 2 hours</u> <u>by 11</u>.

　　基本上，「未來完成進行式」，不論「主動」、還是「被動」，都算是「理論上」存在的「動詞時態」。實際上，**老外根本不會用到這個時態來講話！**原因在前面「過去完成進行式」裡面講過了，這裡就不再贅述，翻回去看看就知道了。不過，換個角度來解釋，以上這個例句，用「現在完成進行式」來表達，一樣可以呈現出相同的訊息畫面。如下：

■ **現在完成進行式：**他**已經教** John 英文<u>快 2 個小時了</u>。
He **has been teaching** John English <u>for almost 2 hours</u>.

■ **現在完成進行式：**他**教**John 英文<u>已經超過 2 個小時了</u>。
He **has been teaching** John English <u>for over 2 hours</u>.

一樣是強調「時間軸」和「進行中」的訊息畫面，用「現在完成進行式」就可以做到了，幹嘛還要用到「未來完成進行式」？為了多寫 1 個單字，句子看起來比較長嗎？

　　這是英文，不是中文，不需要「數大便是美」。

　　以上是英文所有「動詞時態」的介紹，結論是：

重點在「畫面」，不是在「字面」！

進入文字的「畫面」裡，一切就簡單自然了！

designed by freepik

Chapter 7

名詞單位：開口說英文，有幾種選擇？

台灣有很多阿貓、阿狗、阿高、阿低、名師…在教英文。這麼多大師…，能夠開口像老外一樣講英文的台灣人，還是寥寥可數。為什麼？

因為英文很難、大師很強、我們很笨？
還是英文不難、大師不強、我們不笨？

這本書從頭到尾的目的，是要證明給您看，這個世界上，所有的英文句子，是所有的英文句子，只有以下 4 種句型：

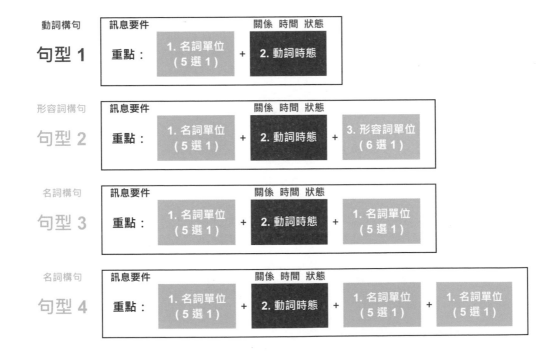

不管您相不相信、知不知道、承不承認，英文從古至今、從頭到腳、從左到右，每一句話、每個句子，絕對都是以上這 4 種句型之一。用我們講中文的思維，來看這個事實，可以歸納出以下 2 個問題：

這個世界上，有哪一句中文，會想到用「什麼單位」來開口？

這個世界上，有哪一句英文，不用是用「名詞單位」來開口？

1. 名詞單位
（5 選 1）

這 2 個問題，凸顯大家講英文的時候，會嗯嗯啊啊、難以開口的原因。講中文時，開口是沒有任何思考和選擇的。但講英文時（不管有無意識），開口一定要做一次「5 選 1」。

1. 名詞單位
(主詞、受詞)

1.1 名詞單字
1.2 代名詞單字
1.3 名詞片語 (不定詞 to V)
1.4 名詞片語 (動名詞 Ving)
1.5 名詞子句

意思是，所有的老外，所講的每一句英文，開頭一定是以上這 5 個選項其中之一，連上帝都不例外。這就是為什麼，一個 35 歲土生土長的台客，能夠只花了 10 個小時，看完了一本爛爛的英文文法書後，就能像老外一樣地講英文的原因。原來老外們開口講英文，永遠都是在 5 選 1！！這也太簡單了吧！！身為一個分析師，永遠只有一個目標，就是證明自己的研究，然後去達到目的，進而改變世界 ... 之類。達到這個目標的過程如下：

以下有 40 句中文，除了最後 4 句以外，其他全部都是前面的章節，用來解釋各種英文「文法規則」的例句。請問一下，要「開口」說出這 40 句日常生活中，再「平凡也不過」的中文，有幾種選擇？

1. 能夠說英文的快樂，是難以言喻的。
2. 好奇是一切的開始。
3. 言論自由是人們基本的權利。
4. 每個人對用錢的想法都不一樣。
5. 疫情期間，幾乎不可能出國旅遊。
6. 能夠出門的感覺真的太好了。
7. 我一直在說的重點，全部都集中在英文的 4 個單位上。
8. 達成目標的首要原則，是設定一個合理的目標。
9. 關於英文，我們一直在尋的答案在這裡。
10. 根據我的研究，大部分的台灣人，學英文的方向是錯的。
11. 比起憑直覺做事的人，用科學的方法做事的人具有更大的影響力，不論在任何地方。
12. 被米其林推薦的餐廳，肯定會出名。

在中文的世界裡，「如何開口」這個問題，根本就不存在，因為無從選擇！！

1. 每個人都有可能被任何人取代。
2. 這本書裡的一些東西，讓我很驚訝。
3. 我很好奇，這本書的一些觀點是否正確。
4. 任何人都能學到這本書裡的東西，去做超越這本書的事情。
5. 好事肯定來自努力工作。
6. 一些難以置信的事，竟然在 2020 成為了現實。
7. 老實說，我非常不喜歡寫作。
8. 關於這個議題，我們需要做更進一步的討論。

1. 做比說大聲多了。

2. 做一個好人不容易。

3. 盡可能地準備好是必要的 。

4. 在會議中，把重要的東西記下來，是有幫助的。

5. 被指派去做這個專案，是我的榮幸。

6. 寫一本書是我的目標。

在老外們的世界裡，「開口」說英文，永遠只有 5 種選擇！

1. 勇於做自己，並不容易。

2. 寫一本書，是很累的。

3. 對我來說，放棄不是個選項。

4. 經營一個事業不容易。

5. 閱讀才是我最喜歡的事。

6. 裝好人一定很累。

7. 設定一個合理的目標，是達到目標的基本原則。

8. 被他告知實情讓我有點驚訝。

在我們的世界裡，「開口」說中文，永遠有無限…種選擇！

1. 我不是憑直覺講英文。

2. 我想說的，不見得是您想聽的。

3. 不管您相不相信前面所有的東西，都不關我的事。

4. 不知道這些東西，您再怎麼用功學英文，都沒用。

5. 您接受這本書的程度，取決於您多想學會英文。

6. 我想要的是，讓您能像老外一樣講英文。

　　相反地，以上 40 個完全一樣的訊息內容，換成用英文來表達，開口的選擇，永遠只有以下 5 種「名詞單位」。

【選擇 1】名詞單字

1. 能夠說英文的快樂，是難以言喻的。

2. 好奇是一切的開始。

3. 言論自由是人們基本的權利。

4. 每個人對用錢的想法都不一樣。

5. 疫情期間，幾乎不可能出國旅遊＝出國旅遊的可能性非常低。

6. 能夠出門的感覺真的太好了。

7. 我一直在說的重點，全部都集中在英文的 4 個單位上。

8. 達成目標的首要原則，是設定一個合理的目標。

9. 關於英文，我們一直在尋的答案在這裡。

10. 根據我的研究，大部分的台灣人，學英文的方向是錯的。

11. 比起憑直覺做事的人，用科學的方法做事的人具有更大的影響力，不論在任何地方。

12. 被米其林推薦的餐廳，肯定會出名。

1. The happiness of being able to speak English is so hard to explain.

2. Curiosity is what everything begins.

3. Free speech is the fundamental right of people.

4. The thought of everyone for using money is different.

5. During the pandemic, the possibility of traveling abroad is pretty small.

6. The feeling of being able to go outside is so good.

7. The point of what I keep saying is all focused on the 4 units of English.

8. The first principle to achieve a goal is to set a reasonable one.

9. The answer to what we've been looking for about learning English is here.

10. Based on my research, most people in Taiwan study English in the wrong direction.

11. People who do things with science could create much more powerful influences anywhere than those with intuition.

12. The restaurant recommended by Michelin will naturally become a famous one.

【選擇 2】代名詞單字

1. 每個人都有可能被任何人取代。
2. 這本書裡的一些東西，讓我很驚訝。
3. 我很好奇，這本書的一些觀點是否正確。
4. 任何人都能學到這本書裡的東西，去做超越這本書的事情。
5. 好事肯定來自努力工作。
6. 一些難以置信的事，竟然在 2020 成為了現實。
7. 老實說，我非常不喜歡寫作。
8. 關於這個議題，我們需要做更進一步的討論。

1. Everyone would possibly be replaced by anyone.
2. Something in this book surprises me.
3. I'm curious whether some perspectives in this book are correct or not.
4. Anyone can learn something in the book to do something beyond the book.
5. Something good must come from hard work.
6. Something unbelievable had come into reality in 2020.
7. Honestly, I don't enjoy writing pretty much.
8. Regarding this issue, we need to have further discussion.

　　英文是一種「堆疊」的語言。訊息的「背景：副詞單位」，可放在「句首」或「句尾」，如 Honestly, Regarding this issue, 和 During the pandemic。它們都不是一句英文的「必要條件」，全部刪掉，也不會改變整句話的訊息內容。

　　所以，「副詞單位」不算是「一句英文」的第一個單位。

【選擇 3】 不定詞片語 to V

1. 做比說大聲多了。
2. 做一個好人不容易。
3. 盡可能地準備好是必要的 。
4. 在會議中，把重要的東西記下來，是有幫助的。
5. 被指派去做這個專案，是我的榮幸。
6. 寫一本書是我的目標。

1. To do is much louder than to say.
2. To be a good man is not easy.
3. To prepare as well as possible is necessary.
4. To write something important down in the meeting will be helpful.
5. To be assigned to do the project is my honor.
6. To write a book is my goal.

【選擇 4】 動名詞片語 Ving

1. 勇於做自己，並不容易。
2. 寫一本書，是很累的。
3. 對我來說，放棄不是個選項。
4. 經營一個事業不容易。
5. 閱讀才是我最喜歡的事。
6. 裝好人一定很累。
7. 設定一個合理的目標，是達到目標的基本原則。
8. 被他告知實情讓我有點驚訝。

1. Being yourself with courage isn't easy.
2. Writing a book is so tired.
3. Giving up isn't an option for me.
4. Running a business is not easy.

5. **Reading** is what I like to do most.

6. **Pretending a good man** must be very tired.

7. **Setting a reasonable goal** is a fundamental principle to achieve it.

8. **Being told the truth by him** was a little shocking for me.

【選擇 5】名詞子句

1. 我不是憑直覺講英文 = 我如何講英文，不是靠直覺。

2. 我想說的，不見得是您想聽的。

3. 不管您相不相信前面所有的東西，都不關我的事。

4. 不知道這些東西，您再怎麼用功學英文，都沒用。

5. 您接受這本書的程度，取決於您多想學會英文。

6. 我想要的是，讓您能像老外一樣講英文。

1. **How I speak English** is not by intuition.

2. **What I want to say** is probably not what you want to hear.

3. **Whether you believe all of it ahead** is not my business.

4. Without knowing these things, **how much hard you study English** will be useless.

5. **How much you accept the book** depends on how eager you want to learn English well.

6. **What I want** is to make you can speak English like an American.

如果用「**單位**」的角度來**看中文**，就能找出 1 個「名詞單位 (5 選 1)」，來開口說英文。

如果用「**單字**」的角度來**看中文**，就算找出所有對應中文的英文單字，也很難開得了口，噴出一句英文來。

這就是所謂「中文的框架」。因為沒有「邏輯和架構」，所以焦點永遠離不開「單字」。

因此，只要我們能夠拋開中文的框架，打開心胸，去累積那些簡單到不行的英文規則 (片語、子句 ...)，把它們對應到中文後，再反推回英文，自然就能豁然開朗。然後再隨便上個網，看看真實世界的英文，對照一下這本書裡面的規則，反覆操作個幾次，您就能感受到學會英文的威力了！

同樣的規則，用在英文句子的「受詞」上，是完全一樣的。就算是【句型 4】，一個句子有 2 個「受詞」。每個「受詞」都跟「主詞」一樣，各有 5 個選擇，可以自由組合，一切依每個人各自想要表達的訊息畫面為準。舉例如下：

➤ **I could use what I discovered to change the world.**
我可以利用我發現的東西來改變世界。

➤ I could use what I discovered to change the world.
我 / 可以利用 / 我發現的東西 / 來改變世界。

這句話的架構如下：

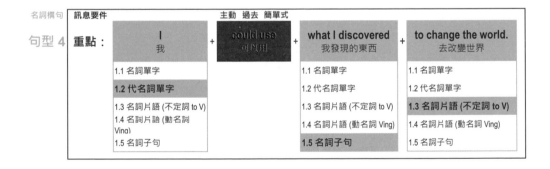

1. 不管如何，開口講英文，永遠只有這 5 種選擇，只怕您不接受而已。

2. 在「英文 4 單位 + 4 句型」的架構之下，任何組合都有可能。只要知道每個單位的選項，便可自由發揮，不需預設立場。

　　這句話出自於「A man for all markets」這本書，作者 Edward O. Thorp 的自序當中。學會了這些我講中文的人看不起的文法之後，閱讀一下真實世界中的英文，便可證實英文真的比想像中的規矩簡單。

　　訊息的內容，才是重點。文字的表面，沒有意義。

　　結論：開口說英文，我只有 5 種選擇。所以，**我只花 10 個小時**學會英文。

Compared with speaking Chinese, there are only 5 options **to start speaking English.**
跟說中文相比，開口說英文的選擇，只有 5 個。

~ **Mr. Nobody**

Chapter 8

形容詞單位：修飾一個人，有幾種選擇？

不管是中文、還是英文，以下都是在「修飾」一個人：

「修飾」一個人

特別的人	被選上的人	這本書的作者
團隊裡的人	會被刷掉的人	叫做諾巴迪先生的分析師
可愛的小傢伙	做這個工作的人	曾經是個廢物的諾巴迪先生
	被約翰通知結果的人	
	選擇做這個工作的人	
	會被選去做這個工作的人	
	迫不及待接這個工作的人	
	無法在高張力的環境下工作的人	

站在「中文」的角度，「修飾」一個人，有幾種選擇？

站在「講中文」的角度，不要的一直跟我說修飾修飾修飾，我他媽要學英文！

站在「英文單字」的角度，「修飾」一個人，大概有 6,000,000 個左右的選擇。

站在「講英文」的角度，「修飾」一個人，只有 6 個選擇 (如下圖)。

老外是用「單位」在講英文，不是用「單字」在講英文，已經講了 6 百萬遍了。

重點：

1. 名詞單位
(主詞、受詞)

1.1 名詞單字
1.2 代名詞單字

1.3 名詞片語 (不定詞 to V)
1.4 名詞片語 (動名詞 Ving)
1.5 名詞子句

修
飾

修飾：

3. 形容詞單位
(怎樣的)

3.1 形容詞單字
3.2 形容詞片語 (介係詞 + 名詞單位)
3.3 形容詞片語 (不定詞 to V)
3.4 形容詞片語 (現在分詞 Ving)
3.5 形容詞片語 (過去分詞 Vp.p.)
3.6 形容詞子句

「一個人」一定是「名詞單位」，不管是「名詞」、還是「代名詞」。

「形容詞單位」唯一的功能，就是修飾「名詞單位」。所以，不管要用「短的 (可愛的…)」來修飾這個人，還是用「長的 (沒有意願在高張力的環境下工作的…)」去修飾那個人。

總之，如果您要講的是英文，那永遠只有左邊這 6 種選擇。就算是耶穌，也是只有這 6 種。

以下的例句，會把前一頁那 10 幾種人，用以上這 6 種選擇，一一表達出來：

【選擇 1】形容詞單字

➢ **A cute body** has been looking at you.
一個可愛的小傢伙一直盯著你。(這是用「單字」的角度看英文)

A cute body has been looking at you. 「形容詞」整合進【主詞：名詞單字】
一個可愛的小傢伙 / 一直盯著 / 你。(要用「單位」的角度看英文)

The kid is so **cute**.
這小鬼真可愛。

➢ I want to find someone special to do this job.
我想要找個特別的人，來做這個工作。

I want to find someone special to do this job.「形容詞」整合進【受詞：名詞片語 to V】
我想要 / 找個特別的人 / 來做這個工作。

【選擇 2】形容詞片語 　【介係詞片語＝介係詞＋名詞單位】

➢ People in this team are all selected by me.
這個團隊裡的人，都是我自己挑的。

➢ He is under my command to take this job.
他在我的命令下接下這個工作。
＝他 / 是 / 在我們命令下 / 去接這個工作。
＝用【句型 2】來表達「他是我管轄下的人」。這句話的架構如下：

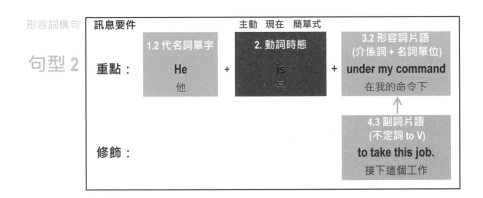

　　英文的文法規則，全部都環環相扣。因此，利用最簡單的英文單字，便能表達一個立體的訊息畫面。

【選擇 3】不定詞片語 to V

➤ **Someone to be chosen to do this job** must be tough enough.
  會被選去做這個工作的人，一定要夠強悍。

➤ **People to be wiped** are those not able to work in a high-intensified environment.
  會被刷掉的人，是那些無法在高張力的環境下工作的人。這句話的架構如下：

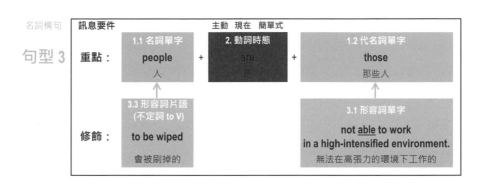

　　「副詞單字 not」和「副詞片語 to work in a high-intensified environment」，都是用來修飾「形容詞單字 able」。全部整合起來後，成為一個「形容詞單字」的詞組（如上），視為句子中的 1 個「形容詞單位 not able to work in a high-intensified environment」。這和「the cute body 可愛的小傢伙」，將「形容詞 cute」整合進「名詞單字」裡，視為 1 個單位的邏輯，是完全一樣的。

【選擇 4】現在分詞片語 Ving

➤ **People choosing to do this job** can deal with pressure more moderately than others.
  選擇做這個工作的人，相較於其他人，更能妥善地面對壓力。

➤ I know **some people doing this job**.
  我認識一些做這個工作的人。

【選擇 5】 過去分詞片語 Vp.p.　（被動）

➤ **People selected** will join the training camp next month.
被選上的人將要參加下個月的訓練營。

➤ **People called by John** are not selected.
被約翰叫到的人，都沒被選上。

中文的表達順序，一定是**先作**修飾，**再講**重點

英文的表達順序，一定是**先講**重點，**再作**修飾，當用到形容詞片語或子句時。

【選擇 6】 形容詞子句

➤ **Mr. Nobody,** who was once a loser, wrote a book to teach people how to learn English well in 10 hours.
曾經是個廢物的諾巴迪先生，寫了一本教大家如何在 10 小時學會英文的書。

這句話的架構如下：

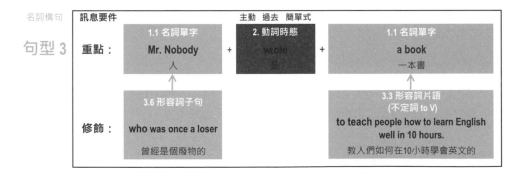

➤ The author of this book is a financial analyst called Mr. Nobody.
這本書的作者，是一個叫做諾巴迪先生的分析師。

➤ The author of this book is a financial analyst who is called Mr. Nobody.
這本書的作者，是一個叫做諾巴迪先生的分析師。

以上就是英文在修飾「一個人」時的 6 **種選擇。**

同理可證，修飾「一件事」、「一個東西」或⋯⋯等任何的「名詞單位」時，也都只有這 6 種選擇。

因此，將這 6 種「形容詞單位」帶入英文僅有的 4 種句型中，就呈現了一個簡單又明顯的「堆疊」架構，如下：

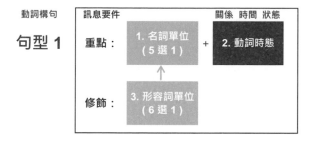

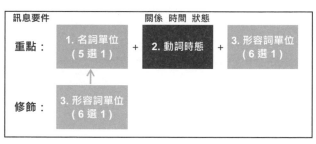

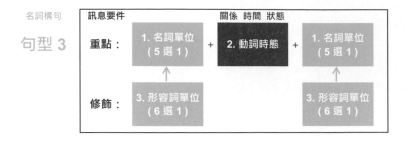

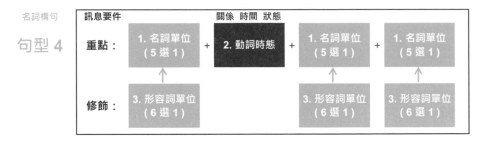

回到上一章的 40 個例句，如果把所有用來修飾「名詞單位」的「形容詞單位」，全部標記出來後，所有訊息的結構，將會更加的明顯，如下：

1. 能夠說英文的快樂，是難以言喻的。

2. 好奇是一切的開始。

3. 言論自由是人們基本的權利。

4. 每個人對用錢的想法都不一樣。

5. 疫情期間，幾乎不可能出國旅遊 = 出國旅遊的可能性非常低。

6. 能夠出門的感覺真的太好了。

7. 我一直在說的重點，全部都集中在英文的 4 個單位上。

8. 達成目標的首要原則，是設定一個合理的目標。

9. 關於英文，我們一直在尋的答案在這裡。

10. 根據我的研究，大部分的台灣人，學英文的方向是錯的 = 往錯誤的方向學英文。

11. 比起憑直覺做事的人，用科學的方法做事的人具有更大的影響力，不論在任何地方。

12. 被米其林推薦的餐廳，肯定會出名 = 自然會變成一家有名的餐廳。

1. **The happiness** of being able to speak English is so **hard** to explain.

2. **Curiosity** is **what everything begins**.

3. **Free speech** is **the fundamental right of people**.

4. **The thought of everyone for using money** is **different**.

5. During the pandemic, **the possibility of traveling abroad** is pretty **small**.

6. **The feeling of being able to go outside** is so **good**.

7. **The point of what I keep saying** is all focused on **the 4 units of English**.

8. **The first principle to achieve a goal** is **to set a reasonable one**.

9. **The answer to what we've been looking for about learning English** is here.

10. Based on my research, **most people in Taiwan** study **English** in the wrong direction.

11. **People who do things with science** could create much more **powerful influences** anywhere than those with intuition.

12. **The restaurant recommended by Michelin** will naturally become **a famous one**.

您或許發現到，英文會使用**超級大量的**「介係詞片語」，來堆疊一個訊息的畫面。例如：

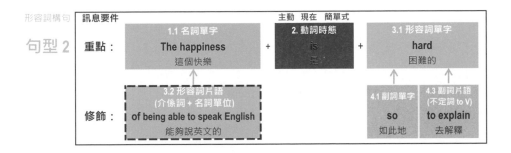

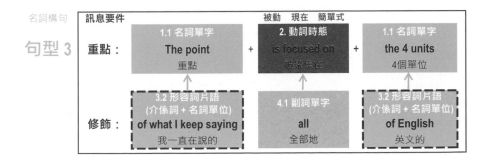

看到這，稍微有點邏輯能力的人，應該都看得出來，字母最少的「介係詞 of ...」才是英文的「關鍵字」。因為一看到「介係詞」，八九不離十就是「介係詞片語」，只要是「介係詞片語」，一定是「修飾詞」。意思是，只要看到「介係詞」，就知道後面一串肉粽 (介係詞片語)，不是會訊息的「重點」，就算刪掉、不看也沒差。

　　一句英文，一個訊息，只要能夠分辨出「重點」和「修飾」的要件，阿公阿嬤都能學會英文。所以，再去看看市面上那些號稱自己最強、最屌、最犀利的「英文關鍵字」的書⋯，根本就是在耍寶！林北就被騙過好幾次，看了也沒變強、變屌、變犀利⋯，看了只有讓英文離我更遠。因為那是完全錯誤的方向！！好！繼續~

1. 每個人都有可能被任何人取代。
2. 這本書裡的一些東西，讓我很驚訝。
3. 我很好奇，這本書的一些觀點是否正確。
4. 任何人都能學到這本書裡的東西，去做超越這本書的事情。
5. 好事肯定來自於努力工作。
6. 一些難以置信的事，竟然在 2020 成為了現實。
7. 老實說，我非常不喜歡寫作。
8. 關於這個議題，我們需要做更進一步的討論。

1. Everyone would possibly be replaced by anyone.
2. Something in this book surprises me.
3. I'm curious whether some perspectives in this book are correct or not.
4. Anyone can learn something in the book to do something beyond the book.
5. Something good must come from hard work.
6. Something unbelievable had come into reality in 2020.
7. Honestly, I don't enjoy writing pretty much.
8. Regarding this issue, we need to have further discussion.

理論上，所有的「形容詞單位」可以修飾所有的「名詞單位」。不過實務上，「形容詞單位」常常會整合到「名詞片語」或「名詞子句」裡面。如下：

重點：	**1.**名詞單位 (主詞、受詞)
	1.1 名詞單字
	1.2 代名詞單字
	1.3 名詞片語 (不定詞 to V)
	1.4 名詞片語 (動名詞 Ving)
	1.5 名詞子句

理論上	↑ 修飾

修飾：	**3.**形容詞單位 (怎樣的)
	3.1 形容詞單字
	3.2 形容詞片語 (介係詞 + 名詞單位)
	3.3 形容詞片語 (不定詞 to V)
	3.4 形容詞片語 (現在分詞 Ving)
	3.5 形容詞片語 (過去分詞 Vp.p.)
	3.6 形容詞子句

重點：	**1.**名詞單位 (主詞、受詞)
	1.1 名詞單字
	1.2 代名詞單字
	1.3 名詞片語 (不定詞 to V)
	1.4 名詞片語 (動名詞 Ving)
	1.5 名詞子句

實務上	↑ 整合進 「名詞片語、子句」

修飾：	**3.**形容詞單位 (怎樣的)
	3.1 形容詞單字
	3.2 形容詞片語 (介係詞 + 名詞單位)
	3.3 形容詞片語 (不定詞 to V)
	3.4 形容詞片語 (現在分詞 Ving)
	3.5 形容詞片語 (過去分詞 Vp.p.)
	3.6 形容詞子句

以前面的第 4 個例句為例，「修飾單位：形容詞片語」整合到「名詞片語」裡面，整句話的架構如下：

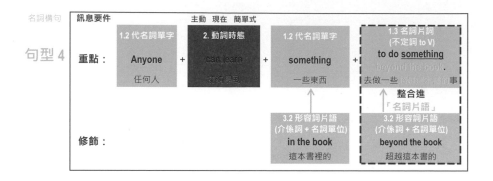

簡單來說，**所有的**「形容詞單位」，**都只能用來修飾**「名詞單字、代名詞單字」。但「形容詞單位」伴隨著「名詞單字、代名詞單字」，**可以整合在**「所有的片語和子句」**當中**。例如前面的第 3 個例句：

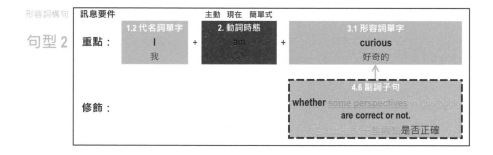

幾乎所有的「片語」和「子句」，都會用到「名詞單字、代名詞單字」。因此，只要有「名詞單字、代名詞單字」出現的地方，都可以用 6 種「形容詞單位」來加以修飾，堆疊訊息的內容和畫面，不論是在「片語」或「子句」裡面，都一樣。

英文這種表達的邏輯和架構，就叫做「環環相扣」，只要缺一角，一定是跛腳。相反地，只要「一口氣」全部學起來，就能像老外一樣講英文了。

　　以上就是「形容詞單位」所有的規則了。了解以上這些規則之後，再看看剩下的句子，就顯得輕鬆寫意多了。

1. 做比說大聲多了。
2. 做一個好人不容易。
3. 盡可能地準備好是必要的。
4. 在會議中，把重要的東西記下來，是有幫助的。
5. 被指派去做這個專案，是我的榮幸。
6. 寫一本書是我的目標。

1. To do is much louder than to say.
2. To be a good man is not easy.
3. To prepare as well as possible is necessary.
4. To write something important down in the meeting will be helpful.
5. To be assigned to do the project is my honor.
6. To write a book is my goal.

1. 勇於做自己，並不容易。
2. 寫一本書，是很累的。
3. 對我來說，放棄不是個選項。
4. 經營一個事業不容易。
5. 閱讀才是我最喜歡的事。
6. 裝好人一定很累。
7. 設定一個合理的目標，是達到目標的基本原則。
8. 被他告知實情讓我有點驚訝。

（英文在下一頁。）

（中文在上一頁。）

1. Being yourself with courage isn't easy.

2. Writing a book is so tired.

3. Giving up isn't an option for me.

4. Running a business is not easy.

5. Reading is what I like to do most.

6. Pretending a good man must be very tired.

7. Setting a reasonable goal is a fundamental principle to achieve it.

8. Being told the truth by him was a little shocking for me.

1. 我不是憑直覺講英文 = 我如何講英文，不是靠直覺。

2. 我想說的，不見得是您想聽的。

3. 不管您相不相信前面所有的東西，都不關我的事。

4. 不知道這些東西，您再怎麼用功學英文，都沒用。

5. 您接受這本書的程度，取決於您多想學會英文。

6. 我想要的是，讓您能像老外一樣講英文。

1. How I speak English is not by intuition.

2. What I want to say is <u>probably</u> not what you want to hear.

3. Whether you believe all of it ahead is not my business.

4. <u>Without knowing these things</u>, how much hard you study English will be useless.

5. How much you accept the book depends on how eager you want to learn English well.

6. What I want is to make you can speak English like an American.

剩下還沒變色的，肯定就是「副詞單位」了。因為英文只有「4 個單位」而已。

Chapter 9

副詞單位：修飾一句話，有幾種選擇？

在老外天生繼承的語言資產中，「副詞單位」可以用來修飾一句話，當作一句話的「背景：關於什麼人、事、時、地、物」。「副詞單位」跟「形容詞單位」一樣，一共有 6 種型態。所以，講英文，修飾一句話，會有 6 種選擇。除此之外，「副詞單位」還可以用來修飾「動詞時態」、「形容詞單位」、和「副詞單位」自己本身，一共有 4 個功能。如下圖：

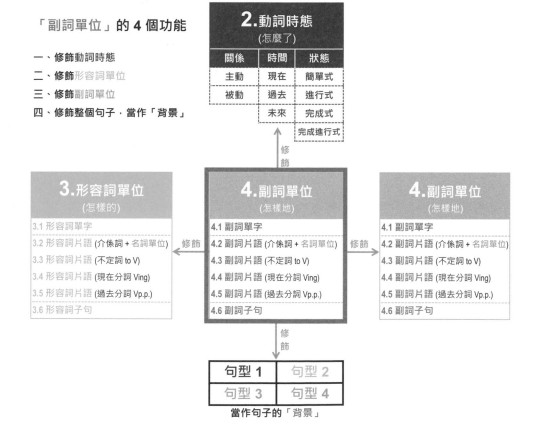

「副詞單位」的 4 個功能

一、修飾動詞時態
二、修飾形容詞單位
三、修飾副詞單位
四、修飾整個句子，當作「背景」

2. 動詞時態
(怎麼了)

關係	時間	狀態
主動	現在	簡單式
被動	過去	進行式
	未來	完成式
		完成進行式

修飾

3. 形容詞單位
(怎樣的)

3.1 形容詞單字
3.2 形容詞片語 (介係詞 + 名詞單位)
3.3 形容詞片語 (不定詞 to V)
3.4 形容詞片語 (現在分詞 Ving)
3.5 形容詞片語 (過去分詞 Vp.p.)
3.6 形容詞子句

修飾

4. 副詞單位
(怎樣地)

4.1 副詞單字
4.2 副詞片語 (介係詞 + 名詞單位)
4.3 副詞片語 (不定詞 to V)
4.4 副詞片語 (現在分詞 Ving)
4.5 副詞片語 (過去分詞 Vp.p.)
4.6 副詞子句

修飾

4. 副詞單位
(怎樣地)

4.1 副詞單字
4.2 副詞片語 (介係詞 + 名詞單位)
4.3 副詞片語 (不定詞 to V)
4.4 副詞片語 (現在分詞 Ving)
4.5 副詞片語 (過去分詞 Vp.p.)
4.6 副詞子句

修飾

句型 1	句型 2
句型 3	句型 4

當作句子的「背景」

英文中的「修飾單位」只有 2 種，就是「形容詞單位」和「副詞單位」。

「形容詞單位」只有修飾「名詞單位」唯一一個功能。
「副詞單位」，則負責修飾「名詞單位<u>以外</u>」所有的「單位」。

意思是，把「副詞單位」放進「英文 4 句型」後 (如下)，您會發現，「副詞單位」在英文中、在老外的日常生活中，幾乎是無所不在。

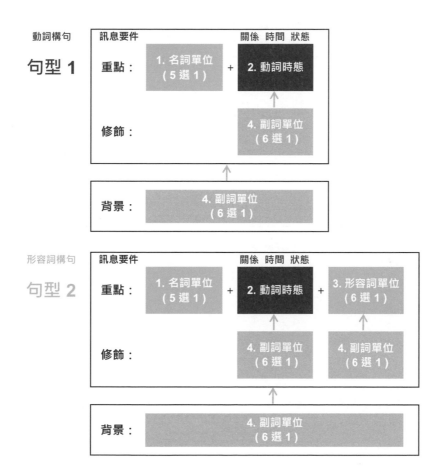

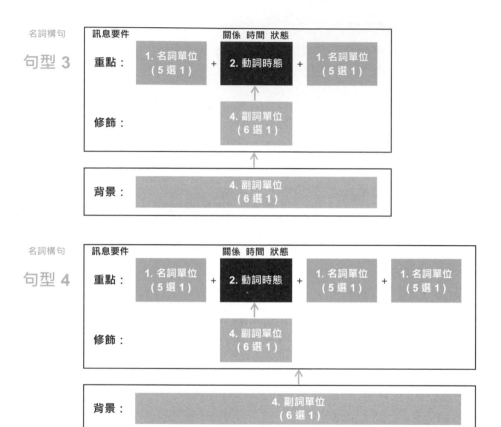

同樣地，再度回到前 2 章的 40 個例句，所有**還沒「變色」的地方**，都是平常我們根本不會注意到「副詞單位」，如下：

1. 能夠說英文的快樂，是非常難以言喻的。
2. 好奇是一切的開始。
3. 言論自由是人們基本的權利。
4. 每個人對用錢的想法都不一樣。
5. 疫情期間，出國旅遊的可能性是非常低 = 幾乎不可能出國旅遊。
6. 能夠出門的感覺真的太好了。
7. 我一直在說的重點，全部都集中在英文的 4 個單位上。
8. 達成目標的首要原則，是設定一個合理的目標。
9. 關於英文，我們一直在尋的答案在這裡。
10. 根據我的研究，大部分的台灣人，往錯誤的方向學英文 = 學英文的方向是錯的。
11. 比起憑直覺做事的人，用科學的方法做事的人具有更大的影響力，不論在任何地方。
12. 被米其林推薦的餐廳，自然會變成一家有名的餐廳 = 肯定會出名。

1. The happiness of being able to speak English is <u>so</u> hard to explain.
2. Curiosity is what everything begins.
3. Free speech is the fundamental right of people.
4. The thought of everyone for using money is different.
5. <u>During the pandemic</u>, the possibility of traveling abroad is <u>pretty</u> small.
6. The feeling of being able to go outside is <u>so</u> good.
7. The point of what I keep saying is <u>all</u> focused on the 4 units of English.
8. The first principle to achieve a goal is to set a reasonable one.
9. The answer to what we've been looking for about learning English is <u>here</u>.
10. <u>Based on my research</u>, most people in Taiwan study English <u>in the wrong direction</u>.
11. People who do things with science could create <u>much more</u> powerful influences <u>anywhere</u> <u>than those with intuition</u>.
12. The restaurant recommended by Michelin will <u>naturally</u> become a famous one.

1. 每個人都有可能被任何人取代。
2. 這本書裡的一些東西，讓我很驚訝。
3. 我很好奇，這本書的一些觀點是否正確。
4. 任何人都能學到這本書裡的東西，去做超越這本書的事情。
5. 好事肯定來自於努力工作。
6. 一些難以置信的事，發生了成為現實在 2020 = 竟然在 2020 成為了現實。
7. 老實說，我非常不喜歡寫作。
8. 關於這個議題，我們需要做更進一步的討論。

1. Everyone would <u>possibly</u> be replaced <u>by anyone</u>.
2. Something in this book surprises me.
3. I'm curious <u>whether some perspectives in this book are correct or not</u>.
4. Anyone can learn something in the book <u>to do something</u> beyond the book.
5. Something good must come <u>from hard work</u>.
6. Something unbelievable had come <u>into reality</u> <u>in 2020</u>.
7. <u>Honestly</u>, I don't enjoy writing <u>pretty much</u>.
8. <u>Regarding this issue</u>, we need <u>to have</u> further discussion.

1. 做比說是大聲多了。
2. 做一個好人是不容易的。
3. 盡可能地準備好是必要的 。
4. 在會議中，把重要的東西記下來，是有幫助的。
5. 被指派去做這個專案，是我的榮幸。
6. 寫一本書是我的目標。

1. To do is <u>much</u> louder <u>than to say</u>.
2. To be a good man is not easy.
3. To prepare as well as possible is necessary.
4. To write something important down in the meeting will be helpful.
5. To be assigned to do the project is my honor.
6. To write a book is my goal.

➢ **盡可能地準備好**是必要的 。

To prepare as well as possible is necessary.

這樣表達的方法是，將【副詞單位：as well as possible 盡可能地】整合進【名詞片語 to V：To prepare as well as possible】，用來修飾不定詞片語 to V 的動詞 prepare。

1. 勇於做自己，是不容易的。
2. 寫一本書，是很累的。
3. **對我來說**，放棄不是個選項。
4. 經營一個事業不容易。
5. 閱讀**才是**我最喜歡的事。
6. 裝好人一定很累。
7. 設定一個合理的目標，**是**達到目標的基本原則。
8. 被他告知實情**是讓我有點**驚訝。

1. Being yourself with courage isn't easy.
2. Writing a book is **so** tired.
3. Giving up isn't an option **for me**.
4. Running a business is **not** easy.
5. Reading is what I like to do most.
6. Pretending a good man **must be very** tired.
7. Setting a reasonable goal **is** a fundamental principle to achieve it.
8. Being told the truth by him **was a little** shocking **for me**.

1. 我如何講英文，不是靠直覺 = 我不是憑直覺講英文。
2. 我想說的，或許不是您想聽的 = 不見得是您想聽的。
3. 不管您相不相信前面所有的東西，都不關我的事。
4. 不知道這些東西，您再怎麼用功學英文，都是沒用的。
5. 您接受這本書的程度，取決於您多想學會英文。
6. 我想要的是，讓您能像老外一樣講英文。

1. How I speak English is not by intuition.
2. What I want to say is **probably** not what you want to hear.
3. Whether you believe all of it ahead is not my business.
4. **Without knowing these things,** how much hard you study English will be useless.
5. How much you accept the book depends on how eager you want to learn English well.
6. What I want is to make you can speak English like an American.

　　以上就是英文「無所不在」的「副詞單位」。如果用「中翻英」的角度來，看英文的話，幾乎很難感受到「它們」的存在。

　　但是，如果我們用「英翻中」的角度，來看英文的話，那就很難忽視到「它們」的存在了。

　　以下，我們來一一地檢視，以上所有使用到的「副詞單位」，分別用在哪裡？並依此，一次把所有「副詞單位」的功能，一一走過一遍後，您就會更明顯地感受到，英文不過就只是一直在用這 6 種選擇，來堆疊訊息的內容和畫面而已。

【功能 1】修飾動詞（時態）

選擇 1：副詞單字

➤ The answer to what we've been looking for about learning English **is** **here**.
關於英文，我們一直在尋的答案**在這裡**。

➤ The restaurant recommended by Michelin **will** **naturally** **become** a famous one.
被米其林推薦的餐廳，肯定會出名＝**自然會變成**一家有名的餐廳。

➤ Everyone **would** **possibly** **be replaced** by anyone.
每個人**都有可能被**任何人**取代**。

➤ Honestly, I **don't enjoy** writing **pretty much**.
老實說，我**非常不喜歡**寫作。

➤ What I want to say **is** **probably** **not** what you want to hear.
我想說的，不見得是您想聽的＝**可能不是**您想聽的。

選擇 2：副詞片語（介係詞片語＝介係詞＋名詞單位）

➤ Everyone **will** possibly **be replaced** **by anyone**.
每個人都有可能**被任何人取代**。

再加碼 2 個例句：

➤ I never **read** **by random**.
我從不 / 隨機**閱讀**。

➤ I always **read** **for a specific purpose**.
我總是 / 有特定目的地**讀書**。

選擇 3：不定詞 to V
選擇 4：現在分詞片語 Ving（主動）
選擇 5：過去分詞片語 Vp.p.（被動）
選擇 6：副詞子句

　　理論上，所有的「副詞單位 (6 個選擇)」都可以用來修飾「動詞 (時態)」。但實際上，我們大概只能用到前面這 2 個選擇，沒辦法用「不定詞 to V」、「現在分詞片語 Ving」、「過去分詞 Vp.p.」、和「副詞子句」來修飾「動詞時態」。原因很簡單，因為「動詞時態」後面接「不定詞 to V」、「現在分詞片語 Ving」、或「子句」時，它們通常會是「名詞單位」，當作訊息的「重點」，不是用來修飾「動詞時態」的。例如：

➢　I **know** <u>what you are thinking</u>. 我知道您在想什麼。
➢　I **want** <u>to know what you are thinking</u>. 我想知道您在想什麼。
➢　I **enjoy** <u>thinking big</u>. 我喜歡做白日夢。

　　「動詞時態」後面接「片語」或「子句」，通常是句子的「受詞：名詞單位」，很難用來當作「副詞單位」，修飾「動詞時態」。不過，這也不代表絕對不行，如果您辦得到，然後別人又能準確地接收到，您想要傳達的訊息內容和畫面，那就是對的。

　　語言，是用來傳遞訊息的。所以，語言，沒有標準答案。講英文，只要符合英文文法的規則，愛怎麼講，就怎麼講，只要別人聽得懂，完全沒有任何限制。

【功能 2】修飾形容詞單位

選擇 1：副詞單字

➤ The happiness of being able to speak English is **so hard** to explain.
能夠說英文的快樂，是<u>如此地難</u>以言喻<u>的</u>。

➤ During the pandemic, the possibility of traveling abroad is **pretty small**.
疫情期間，幾乎不可能出國旅遊＝出國旅遊的可能性是<u>非常低的</u>。

➤ To do is **much louder** than to say.
做比說大聲多了＝去做是 / <u>更</u> / <u>大聲的</u> / 比去說。

➤ Pretending a good man must be **so tired**.
裝好人一定<u>很累</u>。

➤ Being told the truth by him was **a little shocking** for me.
被他告知實情讓我有點驚訝＝是有 / <u>一點</u> / <u>驚訝的</u> / 讓我。

【Chapter 3.4 副詞】的章節裡面，有更多相關的例句 ......。

選擇 2：副詞片語 （介係詞片語＝介係詞＋名詞單位）

➤ To do is much **louder than to say**.
做比說大聲多了＝去做是 / 更 / <u>大聲的</u> / <u>比去說</u>。

➤ Being told the truth by him was a little **shocking for me**.
被他告知實情讓我有點驚訝＝是有 / 一點 / <u>驚訝的</u> / <u>讓我</u>。

【Chapter 4.4 介係詞】的章節裡面，有更多相關的例句 ......。

選擇 3：不定詞 to V

➤ The happiness of being able to speak English is so <u>hard</u> **to explain**.
能夠說英文的快樂，是如此<u>難以言喻的</u>。

加碼 1 個例句：

➤ I am <u>happy</u> **to do this job**.
我很樂意去做這個工作 = 我 / 是 / <u>開心的</u> / <u>去做這個工作</u>。

【Chapter 3.5.1 動詞的變型】的章節裡面，有更多相關的例句 ......。

選擇 4：現在分詞片語 Ving（主動）
選擇 5：過去分詞片語 Vp.p.（被動）

　　同樣地，理論上，所有的「副詞單位」都可以用來修飾「形容詞單位」。但實際上，我們很少直接用「現在分詞片語 Ving」和「過去分詞 Vp.p.」來修飾「形容詞單位」。原因一樣，因為可能會跟其他的「單位」相衝突，或是比較表達不出一個「明確的」訊息畫面。同樣地，這不代表絕對不行，如果您辦得到，然後別人又能聽得懂您在講啥，那就是對的。

選擇 6：副詞子句

➤ I'm <u>curious</u> **whether some perspectives in this book are right or not**.
我是<u>好奇的</u> / <u>這本書裡的一些觀點是否正確</u>。

加碼 1 個例句：

➤ I am so <u>happy</u> **that you have read this book**.
我很開心您看了這本書 = 我 / 是 / <u>如此地</u> / <u>開心的</u> / <u>您看了這本書</u>。

【Chapter 3.3 形容詞】和【Chapter 4.3 連接詞】的章節裡面，有更多相關的例句 ......。

【功能 3】 修飾副詞單位

<u>選擇 1：副詞單字</u>

➢ Honestly, I don't enjoy writing **pretty** **much**.
老實說，我 (非常) 非常**不喜歡**寫作。

➢ People who do things with science could create **much** **more** powerful influences anywhere than those with intuition.
比起憑直覺做事的人，用科學的方法做事的人具有 (很多) 更大的影響力，不論在任何地方。

形容詞 powerful 修飾名詞 influences、副詞 more 修飾形容詞 powerful、**副詞 much**
再修飾副詞 more

People who do things with science could create **much more powerful influences** anywhere than those with intuition. (用了一大堆修飾詞，終究只是 1 個「名詞單位」而已)

加碼 8 個例句：

1. You <u>have done</u> <u>well</u>. 你做得好。
2. You have done <u>very</u> <u>well</u>. 你做得非常好。
3. You have done <u>exceptionally</u> <u>well</u>. 你做得非常非常好 (獨一無二地好)。
4. You have done <u>tremendously</u> <u>well</u>. 你做得非常非常非常好 (無與倫比地好)。
5. You have done <u>incredibly</u> <u>well</u>. 你做得非常非常地好 (不可思議地好)。
6. You have done <u>slightly</u> <u>well</u>. 你做得還可以 (輕微地好)。
7. You have done <u>a little</u> <u>well</u>. 你做得還可以 (一點點好)。
8. You have done <u>just</u> <u>well</u>. 你做得還可以 (剛好而已)。

「副詞」是老外在口語上，主要用來加強「程度」的修飾詞 (如上)。沒有人會這麼智障，照著每個副詞單字的中文意思，去翻譯以上這些「副詞**修飾**副詞」的句子。

所以，如果不知道「副詞**修飾**副詞」的意義和畫面，這些簡單到理所當然的「英文句子」，平常肯定地是講不出來的。【Chapter 3.4 副詞】的章節裡面，還有更多相關的例句 ......。

選擇 2：副詞片語 （介係詞片語 = 介係詞 + 名詞單位）

➤ People who do things with science **could create** much **more** powerful influences anywhere **than those with intuition**.
比起憑直覺做事的人，用科學的方法做事的人具有<u>更大的影響力</u>，不論在任何地方。

「副詞片語 <u>than those</u> 比起那些人」修飾「副詞單字 more 更⋯」。
「副詞片語 <u>than those with intuition</u> 比起那些憑直覺的人」修飾「副詞單字 more 更⋯」

　　只要有「名詞單字」出現的地方，後面就可以加上「形容詞單位」加以修飾。哪怕這個「名詞單字」是在任何的片語、子句裡面，都可以不斷地往上堆疊訊息的內容和畫面。像下面這個例句，就再多堆了一層的修飾。

➤ Without any doubt, I have much **more** confidence **than those with solid backgrounds given by their family**.
毫無疑問地，<u>比起那些擁有可觀家庭背景的人們</u>，我絕對肯定一定更有自信。
(用了一大堆修飾詞，終究只是 1 個「副詞片語」而已)

Without any doubt, I have much more confidence than <u>those</u> with solid backgrounds given by their family.
形容詞片語 with solid backgrounds 擁有可觀背景的 修飾 代名詞 those 那些人
過去分詞片語 given by their family 來自於家庭的 修飾 名詞 backgrounds 背景

選擇 3：不定詞 to V
選擇 4：現在分詞片語 Ving （主動）
選擇 5：過去分詞片語 Vp.p.（被動）
選擇 6：副詞子句

　　又來了，理論上，所有的「副詞單位」都可以用來修飾「副詞單位」。但實際上，我們幾乎不會用以上 4 種選擇，來修飾「副詞單位」。原因一樣，因為可能會跟其他的「單位」相衝突，或是比較表達不出一個「明確的」訊息畫面。同樣地，但這不代表絕對不行，如果您辦得到，然後別人又能準確地接收到您表達的訊息內容和畫面，那就是對的。

【功能 4】修飾**整個句子**，當作句子的「**背景**」

選擇 1：副詞單字

➤ **Honestly**, I don't enjoy writing pretty much.
老實說，我非常不喜歡寫作。

➤ People who do things with science **could create** much more powerful influences **anywhere** than those with intuition.
比起憑直覺做事的人，用科學的方法做事的人具有更大的影響力，**不論在任何地方**。

【Chapter 3.4 副詞】的章節裡面，有更多相關的例句 ......。

選擇 2：副詞片語 （介係詞片語＝介係詞＋名詞單位）

➤ **During the pandemic**, the possibility of traveling abroad **is** pretty little.
疫情期間，幾乎不可能出國旅遊。

➤ Based on my research, most people in Taiwan **study** English **in the wrong direction**.
根據我的研究，大部分的台灣人，往錯誤的方向學英文＝學英文的方向是錯的。

➤ **Without knowing these things**, how much hard you study English **will be** useless.
不知道這些東西，您再怎麼用功學英文，都是沒用的。

【Chapter 4.4 介係詞】的章節裡面，有更多相關的例句 ......。

選擇 3：不定詞 to V

想不到前面的 40 個例句裡面，竟然沒有半個，是用「不定詞 to V」來修飾「句子」的例句。那就代表，在日常生活中，比較少這樣講話。雖然如此，還是舉 2 個例子好了：

➢ **To do this job**, you **have** to be careful.
  去做這個工作，您務必要小心。

➢ **To figure out something essential,** what we need **is** logic, not talent.
  把事情的根本弄清楚，我們需要的是邏輯，不是天份。

選擇 4：現在分詞片語 Ving（主動）

➢ **Regarding this issue**, we **need** to have further discussion.
  關於這個議題，我們需要做更進一步的討論。

➢ **Recalling how I'd learned English before**, that **was** ridiculous.
  回想起自己以前如何學英文，那真的是在搞笑

選擇 5：過去分詞片語 V.p.p（被動）

➢ **Based on my research**, most people in Taiwan **study** English in the wrong direction.
  根據我的研究，大部分的台灣人，往錯誤的方向學英文＝學英文的方向是錯的。

➢ **Provided with my perspective in this book**, I **wish** to change something about English learning in Taiwan.
  本書提供了我的觀點，希望能夠改變一些台灣英語學習的的現況。

以上 3 種選擇，【Chapter 3.5.1 動詞的變型】的章節裡面，有更多相關的例句 ......。

選擇 6：副詞子句

　　為了不要讓例句寫得太長，前面那 40 個例句沒有使用「副詞子句」來當作句子的「背景」。雖然如此，那完全不代表，老外們在日常生活中，比較少這樣講話。他們超級常用「副詞子句」來當作「主要句子」的「背景」，就像下面這樣：

➤ **Even though you haven't read this book**, no one **can stop** you from reading it except yourself.
<u>儘管您還沒有讀過這本書</u>，但除了您之外，沒有人能阻止您閱讀這本書。

✓ **No one can stop** you from reading it except yourself. 這才是**「主要句子」**，是整句話的「重點」。

✓ <u>Even though you haven't read this book</u>, 這只是**「副詞子句」**，是訊息的「背景」。
千萬不要反客為主。

　　【Chapter 4.3 連接詞】的章節裡面，使用「一般連接詞，不論是 1 個單字、或是 2 個單字以上的連接詞組合，如 although, before, once, even though, as long as…等」所組織的子句，全部都是「副詞子句」，用來當作句子的「背景」。

　　最後，英文所有的單位，全部都可以整合在「片語」和「子句」中。「無所不在」的「副詞單位」當然也不例外。如下：

【副詞單位】整合在【片語】中

➤ **Being** yourself with courage isn't easy. 整合在「動名詞片語 Ving」中
Being yourself with courage isn't easy. 終究還是 1 個「名詞單位」
勇於做自己，並不容易。

➤ **Being told** the truth by him was a little shocking for me.
➤ Being told the truth by him was a little shocking for me.
被他告知實情讓我有點驚訝。

➤ **To write** something important **down** in the meeting will be helpful.
To write something important down in the meeting will be helpful.
在會議中，把重要的東西記下來，是有幫助的。

➤ What I want is **to make** you can speak English like an American.
What I want is to make you can speak English like an American.
我想要的，是讓您能像老外一樣講英文。

【副詞單位】整合在【子句】中

➤ He was teaching John English **when I came home (at night)**.
He was teaching John English **when I came home**. 修飾詞就算刪掉也沒差
我（晚上）到家時，他正在教約翰英文。

➤ After I could use clauses (to speak English), I started speaking English like an American.
After I could use clauses, I started speaking English like an American. 修飾詞就算刪掉也沒差
我會用子句（講英文）之後，我開始可以像老外一樣地講英文了。

以上就是英文中「**無所不在**」的「**副詞單位**」，所有的功能和選擇的說明。或許，以上的說明，讓您看起來既繁瑣又複雜。但是，一旦您將英文所有的文法規則，放進「非官方的句型架構」中，一切就簡單明瞭了。

➢ Based on my research, most people in Taiwan have studied English in the wrong direction. 根據我的研究，大部份的台灣人一直是在錯誤的方向中學英文。

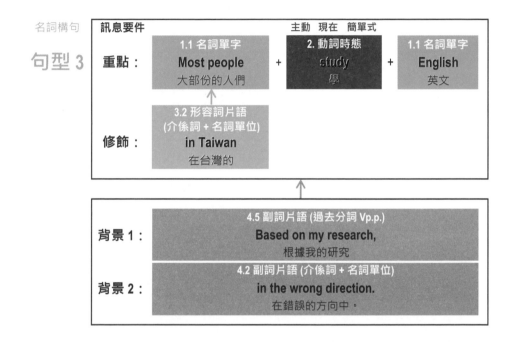

Chapter 9+

所謂的「假設句」

　　所謂的「假設句」，一定肯定絕對是一個訊息的「背景」，不是「重點」。邏輯很簡單，既然是假設，那就不是事實。不是事實，那就不會是「重點」。所謂的「假設句句型」，一定是以下 2 種組合其中之一：

1. 副詞子句，**主要句子**。

2. 主要子句 + 副詞子句。

　　2 種順序，在老外耳裡都一樣。重點是：「假設句」**一定是**「副詞子句」，用來修飾「主要句子」，當作訊息的「背景」就對了。「假設句」大致上，可分為以下 **4 種情境**：

【情境 1】 假設未來 ... (*現在式*) ，然後未來 ... (*未來式*)

➤ If I *finish* the book, I *will sleep* for three days in a row.
（假設未來）**如果我完成這本書，**（然後未來）**我會連續睡個 3 天 3 夜。**

➤ If he *do* that, I *will fight* back.
（假設未來）**如果他這樣做，**（然後未來）**我會反擊。**

以上的情境，不管是「假設 ......」、還是「然後 ......」，都是「未來」的事。但是

【假設未來：副詞子句】 的「動詞時態」是 ***「現在式」***。

【然後未來：主要句子】 的「動詞時態」是 ***「未來式」***。

因為事有***先後之分***，如果 2 個都用「未來式」，就無法分辨出事情的***先後順序***。所以才會做出這樣的設計，讓人透過「動詞時態」，就能快速了解訊息的內容和畫面。所以，用「現在式」的「副詞子句」發生的時間點，一定在「未來式」那件事前面。上頁例句 1. 的架構如下：

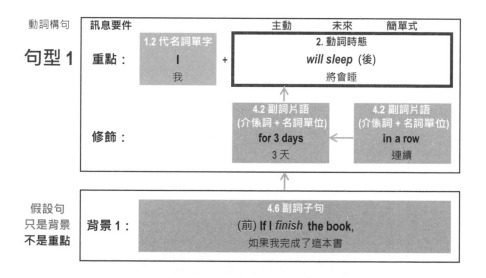

簡單來說，**老外是透過「主要句子」和「副詞子句」的【動詞時態】，來<u>表達</u>或<u>分辨</u>訊息（一句話、一句英文）的先後次序。**

可惜的是，**我們的中文，沒有這種功能。**

【情境 2】 假設過去 / 非事實 ... (過去式) ，然後就能 ... (助動詞 + V)

➤ **If I *were* you, I *wouldn't do* that.**

（假設過去）**如果我是你**（我不是），（然後就能）**我不會這樣做。**

➤ **If I *had* the authority, I *could make* something different.**

（假設過去）**如果我有權力的話**（我沒有），（然後就能）**我就能改變一些事情。**

跟「情境 1」完全一樣的邏輯，不管假設的情境，是過去、還是未來（現在，不需要假設），都會透過不同的【動詞時態】，來表達訊息的**先後順序**。

基本上，不管是哪一種情境的「假設句」，句型的結構都是一樣的，「假設句」永遠只是句子的「背景」而已，不是訊息的「重點」。以上第 1 個例句的結構如下：

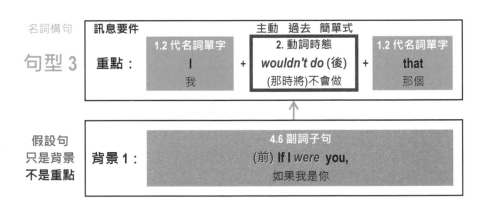

【情境 3】 假設過去 / 事實相反 ... *(過去完成式)* ， 然後現在 ... *(助動詞 + V)*

➢ If someone *had taught* me English like that, **I** *could speak* English now.
（假設過去）**如果以前有人這樣教我英文**（事實沒人），（現在就能）**我現在就會說英文了。**

➢ If he *had taken* some medicine yesterday, **he** *would be* fine now.
（假設過去）**如果他昨天有吃藥的話**（事實沒有），（現在就能）**現在就沒事了。**

　　跟「情境 1 和 2」完全一樣的邏輯，不管假設的情境，是過去、還是未來，都會透過不同的【動詞時態】，來表達訊息的**先後順序**。「假設句」只是句子的「背景」，不是訊息的「重點」，不要反客為主（心思都放在 if⋯上面）。以上第 2 句的結構如下：

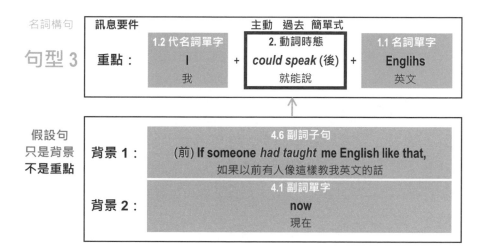

【情境 4】 假設過去 ... *(過去完成式)* ， 然後過去 ... *(助動詞 + 現在完成式)*

如果「假設過去…」跟事實相反，那「然後過去」就一定也跟事實相反。不是嗎？

➤ If I *had read* this book, I *could have gone* to a better college.
(假設過去) **如果我以前有讀過這本書** (事實相反)，(然後過去) **我就能考上更好的大學。**

➤ If I *had had* a chance to do it again, I *might have made* a different choice.
(假設過去) **如果我能從來一次的話** (事實相反)，(然後過去) **我可能會做出不一樣的選擇。**

　　跟「情境 1、2、和 3」完全一樣的邏輯，不管假設的情境，是過去、還是未來，都會透過不同的【動詞時態】，來表達訊息的**先後順序**。最重要的是，「假設句」只是句子的「背景」，不是訊息的「重點」。以上第 2 句的結構如下：

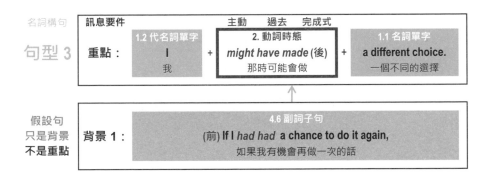

以上，就是所謂的不是重點的「假設句」的說明。

以下，是所謂的「假設句」4 種情境，簡單的整理：

假設句	副詞子句	主要子句
情境 1 動詞時態	假設未來 現在式	然後未來... 未來式
情境 2 動詞時態	假設過去(不是事實) 過去式	然後就能... 助動詞 + V
情境 3 動詞時態	假設過去(事實相反) 過去完成式	然後現在... 助動詞 + V + now
情境 4 動詞時態	假設過去(事實相反) 過去完成式	然後過去... 助動詞 + 現在完成式

　　基本上，這種講話的「方式」和「邏輯」，中文不是沒有，只是我們從來不會這樣去了解一個訊息的結構。相反地，這卻是所有老外天生就繼承的語言資產。不過，只要進入文字背後的「訊息畫面」裡，自然就能了解它們設計的「邏輯精神」。「假設句」有以下 **4 個精神**：

1. 「假設句」永遠不會是訊息的重點。因為要嘛不是事實，要嘛就是與事實相反。既然都不是事實，然後怎樣 ...，又能怎樣！
2. 「假設句」會使用不同的【動詞時態】，來表達訊息畫面的**先後順序**。
3. 「假設句」是「副詞子句」，當作句子的「背景」，不是訊息的「重點」。所以，千萬不要對一個老是愛講「假設句」的人認真！
4. 以上所有的例句，全部都可以把「逗點」去掉，然後再把「背景：假設句」移到句尾，換成老外的表達順序：先講重點，再作修飾或背景。例如：**I wouldn't do that** if I were you.

Chapter 8 + 9

只有「修飾」，才有「比較」

　　沒有「修飾」，就無從「比較」。所謂的「比較級」，其實只是用「副詞單位」，來表達訊息「修飾的程度」。舉例如下：

【原級】 相同的程度

I read a book. 我讀過一本書。

I read <u>the same book</u> **as him**. 我跟他讀過同一本書。

I read <u>the same book</u> **as he did**. 我跟他讀過同一本書。

I read <u>many books</u>. 我讀過很多書。

I read **as** <u>many books</u> **as him**. 我跟他讀過一樣多的書。

I read **as** <u>many books</u> **as he did**. 我跟他讀過一樣多的書。

I feel good. 我很好。

I feel **as** good **as him**. 我跟他一樣好。

I feel **as** good **as he does**. 我跟他一樣好。

I **work**. 我有在工作。

I **work** <u>efficiently</u>. 我工作有效率。

I **work** **as** <u>efficiently</u> **as him**. 我工作跟他一樣有效率。

I **work** **as** <u>efficiently</u> **as he can**. 我工作跟他一樣有效率。

【比較級】更高的程度

I read <u>many books</u>. 我讀很多書。

I read <u>more books</u> **than him**. 我讀的書比他多。

I read <u>more books</u> **than he did**. 我讀的書比他多。

I read <u>far</u> more books **than him**. 我讀的書比他多得多。

I read <u>much</u> more books **than he did**. 我讀的書比他多很多。

I feel <u>better</u>. 我好多了。

I feel <u>better</u> **than him**. 我的狀況比他好。

I feel <u>better</u> **than he does**. 我的狀況比他好。

I am <u>healthy</u>. 我是健康的。

I am <u>healthier</u> **than before**. 我比以前健康。

I am <u>healthier</u> **than I was**. 我比以前健康。

He **reads**. 他有在閱讀

He **reads** <u>widely</u>. 他廣泛閱讀。

He **reads** <u>more</u> <u>widely</u>. 他閱讀的範圍更廣了。

He **reads** <u>more</u> <u>widely</u> **than anybody**. 他閱讀的範圍比任何人都廣泛。

He **reads** <u>more</u> <u>widely</u> **than me**. 他閱讀的範圍比我廣泛。

He **reads** <u>more</u> <u>widely</u> **than I can**. 他閱讀的範圍比我廣泛。

He **reads** <u>much</u> <u>more</u> <u>widely</u> **than I do**. 他閱讀的範圍比我廣泛多了。

　　如果把 <u>widely</u> 全部換成 <u>broadly</u>、或是 <u>comprehensively</u>，雖然字面上不一樣，但訊息的畫面是完全一樣的。意思是，不管我們用以上哪一個單字，對老外們來說，是完全一樣的。

【最高級】 最高的程度

That is a book. 那是一本書。

That is a useful book. 那是一本有用的書。

That is a useful book for learning English. 那是一本對學英文有用的書。

That is the **most** useful book for learning English. 那是一本對學英文最有用的書。

That is the **most** useful book that I've ever read about learning English. 那本是我讀過對學英文最有用的書。

同樣地，把 useful 全部換成 productive，意思完全一樣，翻譯也完全一樣，在老外眼裡還是一樣，只有在迷戀字面的人眼裡不一樣。

He is talented. 他有天分。

He is **so** talented. 他很有天分。

He is **the most** talented **in our team**. 他是我們團隊中，最有天分的。

有些「副詞單位」的「副詞單字」，是 2 個字的單字組合，組合起來的，如 the most, the more, kind of, sort of…。它們的用法跟單一的「副詞單字」完全一樣。

He **drives** fast. 他開車很快。

He **drives** extremely fast. 他開車超級快。

He **drives** fastest among us. 他是我們之中開車最快的。

She **does** things systematically. 她做事有系統。

She **does** things very systematically. 她做事非常有系統。

She **does** things the most systematically in the company. 他是公司裡做事最有系統的人。

He **reads** broadly. 他廣泛閱讀。

He **reads** the most broadly in our class. 他閱讀的範圍是我們班上最廣泛的。

常理上，當**我們在形容任何的人、事、物是「最高等級的」的時候，我們必須畫一個「範圍」出來**。例如「在我們之中」、「在公司裡」、「在我們班上」……。

不管這個範圍是大是小，總之，在一個範圍裡面，才有所謂的「比較」。有了「比較」，才會有所謂的「最厲害」的存在。這其實是「常理」，不是「英文」。而**這個範圍**，在英文句子裡，就是訊息的「背景：關於什麼人、事、時、地、物」，也就是無所不在的「副詞單位」。這就是「英文」，不是「常理」了。以下，將以上 3 種比較級別，各抓 2 個句子出來，套進【英文 4 句型】來看看：

【原級例句】 相同的程度

➢ I read the same book **as he did**. 我跟他讀過同一本書。

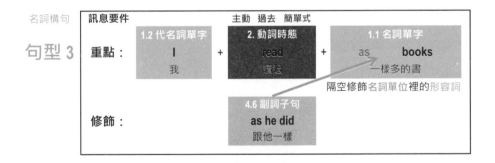

「as 一樣、像」可以當作「副詞」、「介係詞」和「連接詞」。

這個句子裡有 2 個 as，一個是**「連接詞」**，用來組織「副詞子句 as he did」，隔空修飾「名詞單位」裡面的「數量形容詞 many」；另一個是「副詞」，也是用來修飾「數量形容詞 many」。

➢ I **work** <u>as</u> <u>efficiently</u> <u>as him</u>. 我工作跟他一樣有效率。

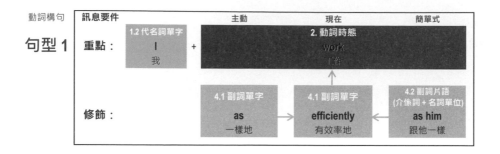

　　這個句子裡的 as，一個是「副詞」，用來修飾「副詞 efficiently」。另一個是「**介係詞**」，用來組織「副詞片語 as him」，也是修飾「副詞 efficiently」。一共有 3 個「副詞單位」，加起來就是「<u>as efficiently as him</u> 一樣 / 有效率地 / 像他 = 像他一樣有效率」。

【比較級例句】更高的程度

➢ I read <u>much</u> <u>more</u> books <u>than he did</u>. 我讀的書比他多很多。

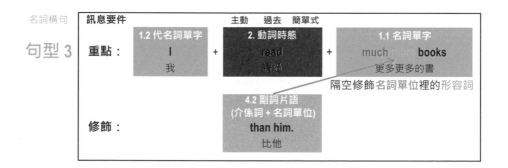

　　「than 比…」可以當作「介係詞」和「連接詞」。這個句子裡的 than 是「**介係詞**」，用來組織「副詞片語 than him」，隔空修飾「名詞單位」裡面的「形容詞 more」。

➤ He **reads** <u>much more widely</u> <u>than I do</u>. 他閱讀的範圍比我廣泛多了。

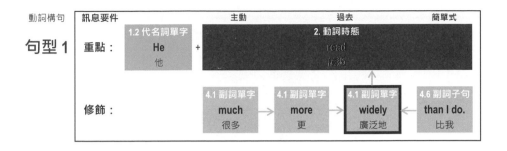

這個句子裡的 than 是**「連接詞」**，用來組織「副詞子句 than I do」，修飾「副詞 widely」。把這個句子的架構攤開來以後，您是否會覺得，堆疊這麼多的「修飾詞」，好像顯得很多餘。老外的邏輯是「少，即是多」，不是「數大便，是美」。講話用到「修飾詞」，絕對是必要的，但千萬記得，適度使用就好。「修飾」太多，會顯得「賣弄」！

【最高級例句】 最高的程度

➤ He is <u>the most talented</u> <u>in our team</u>. 他是我們團隊中，<u>最</u>有天分的。

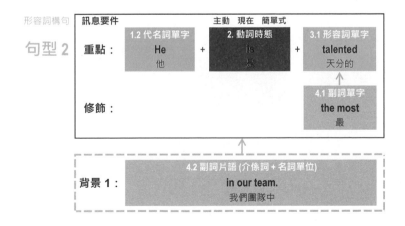

一定要有「範圍(我們團隊中)」，才有「最高級」的。沒有範圍，就沒有最高級。意思是，英文只要講到最高級，一定會給一個範圍，不論是<u>具體的</u>範圍、或是<u>抽象的</u>範圍。舉例如下：

➤ He **reads** the most broadly in our class. 他閱讀的範圍是我們班上最廣泛的。

➤ That is the **most** useful book for learning English. 那是一本對學英文<u>最</u>有用的書。

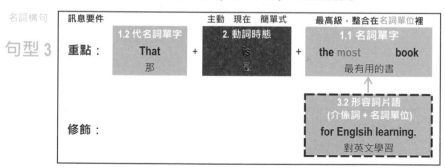

以上，就是所謂的「比較級」的說明。關鍵只有短短八個字：

只有修飾，才有比較

　　所有的「比較級」，全部都只是在堆疊訊息「修飾的程度」，全部都不是訊息的「重點」。不管是說英文也好、講中文也罷，千萬不要「反客為主」，把不是「重點」的東西，當作「重點」看待；把真正是「重點」的東西，當作「俗辣」對待。

The more you know, the better you do.
You know more, you do better.
知道越多，做得越好。

The most you know, the most you earn.
You know the most; you earn the most.
知道最多，得到最多。

~ Everybody says so.

Chapter 10

第二大迷思：「字面」和「畫面」

有一天，Mr. Nobody 在家看電視時，無意間轉到了一個于美人和浩子主持的節目，有點像「大學生了沒」，那種一堆人排排坐的談話性節目。那天台上的來賓，全部都是「會講中文的年輕老外」。一轉到時，正好就聽到于美人問那堆老外們：

「多此一舉」的英文要怎麼講？

看著 2 位主持人跟那堆「會講中文的老外們」東拉西扯了一會兒，始終沒聽到答案，Mr. Nobody 就懶得再看下去了。因為我的腦袋裡，已經有答案了。在那節目之前，Mr. Nobody 從來沒學過、也沒聽過、或看過「多此一舉」的英文？為什麼可以在 3 秒之內，就能夠確定自己知道「多此一舉」的英文該怎麼說？

一切的關鍵就在：

「字面」和「畫面」

以「多此一舉」為例：

● 站在「字面」的角度：

「多」「此」「一」「舉」各自的「英文單字」是什麼？全部找出來，然後組起來，就是英文的「多此一舉」了嗎？還是要分成「多」、「此一舉」？又或是「多此」、「一舉」？這就是「以中文為母語」的人，對語言的運轉模式。

● 站在「畫面」的角度：

只要把「多此一舉」這個中文訊息的「畫面」，轉換成用<u>英文能夠表達的中文</u>，再翻譯成英文，就完成了。以 Mr. Nobody 的理解，「多此一舉」＝「做沒有必要的事情」。同樣是「中文」，這 2 種說法的「畫面」是完全一樣的，那就代表是一樣的「訊息」。所以，把「做沒有必要的事情」翻成英文「Do something not necessary」，就是「多此一舉」的英文了。

以象形文字為母語的人，遇到文字或語言，永遠難以擺脫停留在「字面」的習慣。這個習慣，阻斷了大家走進文字訊息裡的「畫面」。語言的最終目的，是用來傳遞訊息的，**不同的語言，用不同的「字面」，可以傳遞出相同的「畫面」**，如下圖：

「不同的」文字「字面」	「相同的」訊息「畫面」
多此一舉 ≠ 做沒有必要的事情 ≠ Do something not necessary	多此一舉 ＝ 做沒有必要的事情 ＝ Do something not necessary

這個世界上，沒有幾個老外，**看得懂「多此一舉」的中文「字面」**。相反地，這個世界上，所有的老外，**都聽得懂「多此一舉」的訊息「畫面」**。停留在「字面」上，或在「字面」上斟酌，是以「象形文字」為母語的人，天生的習慣，但卻是學習「拼音文字」的英文，最大的障礙。

除此之外，就算學會了「多此一舉」的英文，在日常生活中，我們該如何的使用「多此一舉」來講英文？這是我們在學英文時，另一個**「絕對不會去想到」的問題**。　比方說，「多此一舉」，究竟是「一句話」？還是一個「名詞單位」？還是「形容詞單位」？還是「副詞單位」？不管是哪一個，總之，絕對不會是「動詞時態」就對了。舉例如下：

◆　**一句話**（一句一動）
中文：多此一舉。(現在簡單式)
英文：Do something not necessary.

中文：他總是多此一舉。(現在簡單式)
英文：He always does something not necessary.

中文：你這樣是多此一舉。(現在進行式)
英文：You are doing something not necessary.

◆　**名詞單位**
中文：多此一舉對事情一點幫助都沒有。(動名詞、不定詞)
英文：Doing something not necessary doesn't help things at all.
英文：To do something not necessary doesn't help things at all.

◆　**形容詞單位**
中文：他這個人總是多此一舉。(形容詞子句)
英文：He is a man who always does something not necessary.

◆　**副詞單位**
中文：多此一舉，浪費時間和體力。(不定詞、現在分詞片語)
英文：To do something not necessary like this, that will waste your time and energy.
英文：Doing something not necessary like this, that's wasting your time and energy.

這就是為什麼于美人和浩子的那個節目，Mr. Nobody 懶得看下去的原因。老外會講中文，很厲害，這是肯定的，但老外永遠不可能理解台灣人的腦袋裡，在處理「語言」和「文字」上，永遠是隨興飄移的，毫無明確的「邏輯與架構」。而在他們的世界裡，天生就繼承了下面這個語言資產：

「多此一舉」 可以是 **一句話**　　　　　　　　**「多此一舉」** 也可以是 **一個「單位」**

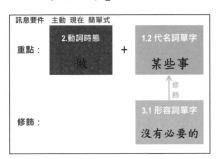
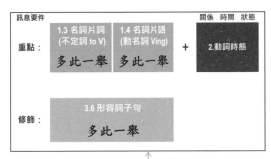

基本上，**在老外的認知裡，只要是地球人，理應就是照著這樣的「邏輯與架構」在講話。**天曉得，友善可愛、渴望能夠流利說英文的台灣鄉親們，壓根就沒有老外們的這些語言資產。所以，看待任何的「文字」和「語言」，永遠只有平鋪直敘 ... 如下：

◆ 多此一舉。
◆ 他總是多此一舉。
◆ 你這樣是多此一舉。
◆ 多此一舉對事情一點幫助都沒有。
◆ 他這個人總是多此一舉。
◆ 多此一舉，浪費時間和體力。

最後一個問題，難道這個世界上，「多此一舉」只有「Do something not necessary.」這唯一的說法嗎？？

當然不是！大家隨便上網 Google 一下「多此一舉 英文」，至少會看到以下幾種說法：

1. 多此一舉：Bring owl to Athens. 帶貓頭鷹到雅典，貓頭鷹是雅典娜的象徵 (吉祥物)。
2. 多此一舉：Make unnecessary move. 做沒有必要的動作。
3. 多此一舉：Reinvent the wheel. 重新發明輪子。

基本上，以上 3 種說法背後的意義和畫面，都是在「做沒有必要的事情」。**語言從來就沒有所謂的「標準答案」**，只要能夠「準確地」表達出自己腦袋中的訊息，並「有效地」傳遞出去，那就是「對的」，不論「型式」、不拘「字面」。

任何講中文的人，只要釐清了對英文的 2 大迷思：

第一大迷思：「單字」和「單位」
第二大迷思：「字面」和「畫面」

並學會了所有「Part 1 的觀念」和「Part 2 的技術」後，理應可以舉一反三，用英文講出腦袋裡所有的中文，例如：

✦ Do something not necessary. 做沒有必要的事，可以用來表達**「多此一舉」**。
✦ Do something necessary. 做必要的事，或許可以表達**「為所當為」**。
✦ Do something (that) I have to do. 換成這樣表達**「為所當為」**的畫面，看起來更為貼切。
✦ Do something useless. 做沒用的事，肯定不會有結果，可以引申為**「徒勞無功」**。
✦ Do something without any results. 做事沒有結果，直接就是**「徒勞無功」**的畫面。

只要認知正確、建立觀念、技術完備，除了【動詞時態】的公式和畫面之外，學英文根本就不需死背，自然能夠利用最簡單的單字和架構，像老外一樣講英文。最後，再舉一個例子，證明 Mr. Nobody 不是在唬爛。這個例子是知名電影「天菜大廚 Burnt」片尾的一句對白。

這部電影，簡單來說，就是一個米其林的星級廚師，年少輕狂時搞砸了一切，身敗名裂後，東山再起的故事。電影的尾聲，在他得知米其林的評審，再度造訪他掌廚的餐廳時，他對大家說了一句英文，底下的中文字幕，翻譯成「一如往常」。

他說：We do what we do.，用中文直接翻譯是：我們做我們平常做的。訊息的**「畫面」**，跟中文的**「一如往常」**一模一樣。但英文的「字面」上，既沒有中文的「一」、「如」，也沒有「往」、「常」，只有英文文法裡的「代名詞 we」、「現在簡單式 do」、和「名詞子句 what we do」這 3 個「單位」。如下：

中文：一如往常

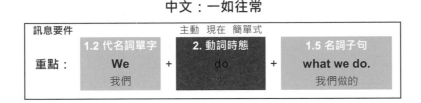

同樣的邏輯，

✦ We do what we do.「我們做我們平常做的」，中文可以被翻譯成**「一如往常」**。

✦ We do what we never do.「我們做我們從不做的」，中文不就可以翻譯成**「求新求變」**。

中文：求新求變

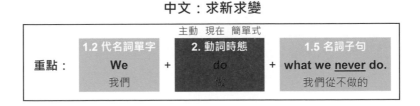

只要訊息的「畫面」是一樣的，有何不可？語言的最終目的，是用來傳遞訊息的，不是用來被「字面」綁架的。這是任何以中文為母語的人，都應該打破的迷思。

講中文的人，總是迷失在文字的「字面」上。

The picture on words **is where people speaking Chinese always get lost.**

講英文的人，永遠專注在文字的「畫面」裡。

The picture in words **is what people speaking English always focus on.**

~ Mr. Nobody

準備起飛吧！

Ready to soar!!

Part 4

應用

Chapter Taiwan
世界早就看見台灣

➤ 我一直認為，既然學會英文了，那就該看看真實世界裡的英文，了解一下老外們的想法。
I always think that I should read some English stuff in the real world to understand what the west people think since I can use English.

2014 年年底，我學會了英文。因為上面這個想法，加上工作上的需要，我開始訂閱「華爾街日報 Wall Street Journal」。至今超過 6 年的時間裡，我看過上千則大大小小的新聞 (in English)，內容的範圍包含財經、科技、政治、國際、經濟 ......，以及各式各樣的專題報導。反正，每天有什麼頭條新聞，點開來看看就對了。

透過這樣的閱讀，確實讓我看到了「老外們」看事情的「角度」，以及所謂的「新聞」，該有的「程度」。不過，更重要的是，透過這樣的閱讀，幫助我在工作上，能夠更有把握地做出決定，進而能夠更有效地達成各方的目的 (客戶、組織、自己)。簡單來說，就是看得更廣更深，決定就會做得更快更準，工作就會變得比以前輕鬆，賺的錢，也會比以前更多，這樣夠簡單了吧！

時至今日，讓我印象深刻、或是讓我大開眼界的報導，不勝枚舉。但這當中的絕大多數，都不見得跟大多數的讀者有關。如果硬把它們抓出來，跟各位分享，不管是哪一種主題，都顯得有些曲高和寡。

基於這個考量，只剩一種主題，肯定所有台灣人有關。那就是：台灣！

以下這篇報導，是 2016/1/17 華爾街日報「頭版」的新聞之一。報導的前一天，是 2016 年台灣總統大選。

Taiwan's Shy Tsai Thrust Into Spotlight as First Female President

The 59-year-old former law professor is known to shun confrontation but is a tough negotiator

Democratic Progressive Party (DPP) Chairperson and presidential candidate Tsai Ing-wen waves to her supporters after her election victory at party headquarters in Taipei.
PHOTO: DAMIR SAGOLJ/REUTERS

By Jeremy Page and Jenny W. Hsu
Jan. 17, 2016 5:24 am ET

當年，Mr. Nobody 看到這篇報導時，當下的第一個想法是：世界不是已經看見台灣了嗎！？幹嘛…還一直吵著要讓世界看見台灣？！

既然在真實的世界裡，世界早就看見台灣了，那不管我們學會英文了沒，好歹也該了解一下，世界是如何看待台灣的吧！

Mr. Nobody 當年看了這篇文章之後，對於內容的廣度和深度、及其中立的立場，感到相當震撼。整篇報導總共約「30 幾句」英文，寫到了台灣和中國，海峽兩岸對峙的歷史背景、蔡英文總統的個性和背景（單身、養 2 隻貓、空心菜、富家女…都有提到）、2016 勝選的關鍵、2012 敗選的原因、太陽花事件、以及 90 年代的兩國論…。

➤ 有時候，我不禁懷疑，有些報導中提到的事情，搞不好連我們自己台灣人，都不見得知道 ...。
Sometimes I **can't stop** wondering that even some of our people probably don't know something reported in this article ever happened in Taiwan.

以下附上整篇報導的原文及翻譯，供您詳閱。

1. 建議可以先看中文，了解一下老外看台灣的角度。
2. 已將每一句英文的「**重點**」，字體加粗，其他的都只是「修飾」和「背景」。

Taiwan's Shy Tsai Thrust Into Spotlight as First Female President
The 59-year-old former law professor is known to shun confrontation but is a tough negotiator
台灣靦腆的蔡（英文）穿進鎂光燈中，成為首位女性總統
這位 59 歲的前法律教授以迴避對抗聞名，但是個強捍的協調者

Taiwan's first female president, Tsai Ing-wen, **takes a novel approach** to politics on an island renowned for its legislative brawls and fiery standoffs with Beijing.
台灣的首位女性總統，蔡英文，在台灣的政治上採取一個新穎的做法。台灣，一個與北京有主權爭議和激烈對峙而聞名的島嶼。

The 59-year-old former law professor, who won a landslide election victory on Saturday, **shuns confrontation, listens rather than lectures, and is happiest** poring over policy details, say(said) people who know her.
這位 59 歲的前法律系教授，在週六的總統大選，贏得壓倒性的勝利，認識她的人，這麼形容她：迴避對抗（避免衝突），傾聽勝於說教，最喜歡鑽研政策的細節。

Even so, in over two decades in politics and government, **they say she has proven to be a tough negotiator**, having shepherded Taiwan's entry to the World Trade Organization, and **she's a passionate believer** in Taiwan's democracy as its defining feature -- rather than its divisive relations with China, which sees the island as its territory.
即使這樣，在超過 20 年的政治和公務生涯，他們說蔡英文證明了自己是個強捍的協調者，過去帶領台灣進入 WTO（世界貿易組織），另外，她對於自己定義的台灣民主，是一個懷抱熱忱的信仰者。她認為台灣是一個主權獨立的國家，和中國（視台灣為其領土）不是處於一個分裂的關係（一個中國）。

Her quiet pragmatism struck a chord with voters, winning the presidency and helping secure a legislative majority for her Democratic Progressive Party, or DPP, which espouses independence from the mainland.

她安靜的實用主義，引起了選民的共鳴，讓她當選了總統，並為她所屬的民進黨，拿下國會的多數，民進黨為擁護台灣獨立於中國之外的政黨。

The presidential nominee for Taiwan's pro-independence opposition **defeated rival Eric Chu**, of the ruling Chinese Nationalist Party, or Kuomintang, in Saturday's election. **The KMT also lost control of the legislature** for the first time.

這位親獨立的反對黨總統候選人，在週六的選舉，打敗了執政黨國民黨候選人朱立倫。國民黨第一次失去了國會的控制（多數）。

She now faces the task of balancing the expectations of independence-minded supporters while trying to maintain stable relations with Beijing and **reassure Washington**, Taiwan's most important security partner.

她現在要面對的工作，是平衡支持獨立的選民的期待，同時試著維持與北京的穩定關係，並讓台灣最重要的國防夥伴－「華盛頓（美國）」放心（她不會宣布獨立）。

She must also deliver on a campaign pledge **to revitalize a flagging economy** that is inextricably linked to China's - **a link** her supporters say has benefited the mainland while drawing jobs and investment from Taiwan.

她也必須要實現競選承諾，振興低迷、但卻與中國密不可分的經濟。她的支持者認為台灣與中國的連結，讓中國受惠，吸走了台灣的工作機會和投資機會。

Most important, **she is already under pressure** from Beijing to devise a mutually acceptable formula for defining relations between Taiwan, where Nationalist forces fled in 1949 after defeat by the Communists in a civil war, and China, which seeks Taiwan's reunification as a legacy of that conflict.

最重要的是，她已經在北京的壓力之下，要提出一個共同可以接受的說法，來定義台灣（國民黨在 1949 年的國共內戰，被中國共產黨打敗後，被迫逃到台灣）和中國（尋求統一台灣，為這個分裂，畫下的完美收場）之間的關係。

"**She has a much more pragmatic style** of governance" than previous Taiwan leaders, **said William Stanton**, who headed the American Institute in Taiwan, the de facto U.S. embassy, for four years until 2012.

前美國在台協會會長 (實際上的駐台大使)William Stanton(四年任期至 2012 年) 說道：相較於歷任總統，她具有更實際的治理風格。

She's got clear values, clear views on things that should be done in a democracy and in Taiwan," he said. "But **she's going to be on the firing line and it's going to be a very busy, very challenging period** for her."

她對哪些事，應該在民主中、和台灣這片土地上完成，有清楚的價值和視野。但她將要站上火線，未來將會有一段相當忙碌和挑戰的日子等著她。

Asked which foreign leaders she admired during a U.S. visit in June, **Ms. Tsai cited German Chancellor Angela Merkel. Associates say Ms. Tsai has a similar non-confrontational leadership style and no-frills demeanor.**

六月訪美的時候，記者問蔡英文欣賞哪些外國的領袖，她說了德國總理 – 安琪拉、梅克爾。
助理們說，蔡總統有類似梅克爾的非對抗的 (柔性的) 領導風格，和不做作的行為舉止。

Still, even **some** of her strongest supporters **admit that Ms. Tsai**, who is unmarried and lives with two cats, **isn't a natural politician**.

一直以來，即使是一些她最死忠的支持者都承認，沒結婚、養兩隻貓的蔡總統不是一個天生的政治人物。

"**She's shy. She's not particularly good** with people," said Charles Huang, one of her economic advisers. "**Most politicians get into politics** because of a quest for power. **She got into politics** because she feels obligated to change the culture of politics in Taiwan."

一位以前她的經濟顧問 – 黃先生說：她是靦腆的，她不太善於與人相處。多數的政治人物是因為對權力的追求而投入政治。她投入政治，是因為她覺得有義務去改變台灣的政治文化。

In a 2011 autobiography, **Ms. Tsai said she was the kind of person** who stuck to the sidewall when walking, to avoid others. "**I am a scholar**, and **I don't like to draw attention**," she wrote.

在 2011 年的自傳中，蔡總統說，她是那種走路會緊貼著牆邊，去避開別人的人。她寫到：我是一個學者，我不喜歡去吸引別人注意。

Her reserved manner and political instincts have been a problem in the past, **supporters concede. Political opponents called her "morning glory" - a hollowed-stem vegetable** -- suggesting she lacked substance when she dodged questions.

支持者承認，在過去，她內斂的行為和政治直覺一直是個問題。政治對手叫她「空心菜」- 一種莖是空心的蔬菜，認為她缺乏實質的東西（沒有料），當她在閃避問題的時候。

In debates, **she can be too professorial. She is more comfortable speaking Mandarin Chinese** than the Taiwanese dialect that's favored by many DPP supporters. In her first presidential bid in 2012, **she didn't connect with young voters or women.**

在辯論的時候，她會表現得太學者了。她講國語，比講民進黨支持者比較喜歡的台語，顯得更自在。在 2012 年，她第一次競選總統時，她並沒有跟年輕選民和女性取得連結。

Her studious patience, however, **helped her bounce back** to forge Saturday's win, in which she took 56% of the vote. **Her closest rival**, the ruling Kuomintang candidate, Eric Chu, **received 31%.**

然而，她好學的耐性，幫助了她從上次的敗選中反彈，進而打造了週六的勝選，在這場選舉中，她得到了 56% 的選票。票數與她最接近的對手，國民黨候選人朱立倫得到 31% 的選票。

Ms. Tsai declined to be interviewed for this article. At her victory rally **she acknowledged that some supporters criticized her** for being unemotional. Then **she gave in** to the moment.

蔡總統（拒絕）婉拒這篇文章的專訪。在她的勝選晚會上，她當場承認，一些支持者對她太過沒有情緒的批評。於是，她就把情緒帶進了那個當下。

"If everyone is really happy, then **give one loud cheer** for Taiwan," she said. "Together **we've done a great thing** for Taiwan. **This is what I feel** in my heart right now."

她說：如果大家真的很開心，那就給台灣一個大聲的加油。我們一起為台灣，完成了一件偉大的事情。這是我現在內心的感受。

Born to relatively wealthy parents in southern Taiwan, **she left the island** to study law at Cornell University and the London School of Economics. **She entered government service** as an official in the early 1990s taking various posts: negotiating Taiwan's WTO entry, serving on the National Security Council and overseeing relations with Beijing.

出生在南台灣相對富裕的家庭，她離開台灣，到康乃爾大學和倫敦政經學院學法律。她在 90 年代初期，進入政府機關服務，擔任過不同的職務：包括協調台灣加入 WTO，服務於國家安全委員會，負責監督台灣與北京之間的關係。

She only formally entered politics in 2004 when she joined the DPP, after having served for four years in the administration of Chen Shui-bian, Taiwan's first DPP president.

在服務於陳水扁（台灣第一位民進黨的總統）政府的第一個任期的四年 (2000 ~ 2004) 之後。她 2004 年加入民進黨時，才算正式地踏進政治圈。

"Tsai is an atypical DPP politician because she isn't from the grass roots," said one person who has worked with her closely but declined to be identified. **"She is reversing the trend** by being a government official first, then going on the streets to ask for votes."

一位曾經在蔡英文身邊工作過，但不願署名的人士說：蔡英文是一個非典型的民進黨政治人物，因為她不是從草根出身。她正在逆轉一個（過去的）趨勢，先當公務人員之後，才上街爭取選票（不是先參加選舉，再進政府當官，如柯 P）。

In her first major election campaign -- the 2012 race for president against Ma Ying-jeou, the KMT incumbent -- **she failed to win over business leaders**, who were interested in smooth ties with China. **A mission** to Washington meant to reassure U.S. officials she wouldn't add to tensions in the region also **failed** because she declined to answer specific questions about her plans.

2012 年她的第一次總統大選，對上當時的現任總統馬英九，她輸在無法贏得當時傾向與中國維持順暢連結的經濟領袖們的支持。而對美國的任務 - 要讓美國放心她不會在亞太區增添緊張局勢，也是失敗的，因為她拒絕去回答關於這些具體的問題，她的計畫是什麼。

After her defeat, **Ms. Tsai set** about building a network of young activists, working on her campaign skills, and reaching out to business leaders. When she returned to the U.S. last June, **she was better prepared**, say people who met her then.

在她那次失敗之後，蔡英文開始架設年輕支持者的網路，加強她的選戰技巧，和廣泛地接觸經濟領袖們。當她六月再次回到美國時，她做足了準備，一個當時與她見面的人這麼說道。

"**She took a totally different atypical** this time round," said Bonnie Glaser of the Center for Strategic and International Studies. "**She answered tough questions** privately. **There were even exchanges** of written material. **She'd done a lot of homework** personally."

這一回合，她採取一個完全不同的非典型做法，策略暨國際研究中心的 Bonnie Glaser 這麼說。她私下回答了一些困難的問題時，甚至交換了一些書面資料，她自己做了很多功課。

A turning point in her political fortunes **came** in 2014, when student protesters occupied parliament to oppose a trade deal with China.

她的政治命運中的轉淚點，於 2014 年到來，當學生抗議者佔領立法院，反對一個跟中國的經濟協定（服貿協定）。

Ms. Tsai backed the so-called Sunflower Movement, tapping into a wellspring of concern among the young about Beijing's political influence, and about closer economic ties taking jobs to the mainland.

蔡女士支持這個事件，當時叫做「太陽花運動」，打進了年輕人疑慮的源頭 - 關於北京（對台灣）的政治影響力，和更緊密的經濟連結會把工作機會（台灣的）移到大陸。

One of her biggest challenges, analysts say, **will be to negotiate with Beijing** while maintaining the support of independence activists in her party and the young voters who rallied behind her.

分析師說道，她最大的挑戰之一，將是要去跟北京溝通，同時還要維繫黨內獨派人士和年輕選民的支持。

She has to win the trust of Chinese leaders and officials who recall that she drafted the "two states theory" — suggesting Taiwan was already independent — for President Lee Teng-hui in the 1990s. **That was part of a period of tensions** that saw China accelerate a military buildup and threaten that Taiwan independence would mean war.

她必須贏得中國領導人及中國官方的信任，那些人還記得她在 90 年代時期，幫李登輝總統起草的「兩國論」- 說台灣其實已經是獨立的了。這是導致當時那段兩岸軍事緊張時期（1995 閏八月）的部份原因，當時看到中共集結了部隊，並威脅只要「台灣獨立」，就是代表戰爭。

"It's up to her to find a formulation on cross-Strait ties that's acceptable to the mainland," said Li Zhenguang, a professor at Beijing Union University's Institute of Taiwan Studies. "As long as she doesn't make clear her position, then **the mainland can't trust her**."

找出一個中國可以接受的兩岸相處模式，將取決於她。一個北京大學台灣研究機構的李姓教授這麼說。只要她不弄清楚她的定位，那中國就不會信任她。

以上是 2016 年，WSJ 對當年台灣的總統大選，所做的專題報導。

語言的最終目的，是用來「傳遞訊息」。不管是中文、還是英文，既然傳遞的是一模一樣的訊息，沒有道理用英文傳遞，就代表比較厲害。重點是訊息的內容，不是形式。以下 Mr. Nobody 將從這篇報導中，分類出 10 個主題，並各自挑出 1~2 句不論從訊息的「內容」上，或是從英文的「用法」上，都值得與讀者分享的句子。將這些句子拆解之後，您就能清楚地看出，老外是如何利用語言的「4 個單位」，來架構訊息的「3 個要件」，最後組合成英文的「4 種句型」，無一例外。

標題	**台灣第一位女性總統**

主題	1. 世界認識的台灣	6. 空心菜
	2. 台灣與中國的歷史	7. 不太會講台語
	3. 蔡英文的個性	8. 2012 落選的原因
	4. 蔡英文的背景	9. 2014 太陽花事件
	5. 2016 勝選的關鍵	10. 90年代的兩國論

標題：台灣第一位女性總統

原文： **Taiwan's Shy Tsai Thrust Into Spotlight** as First Female President.

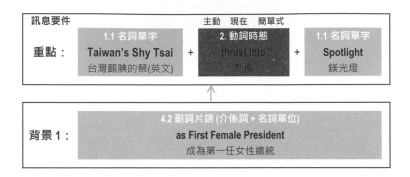

✓ 老外用 shy 來形容蔡英文總統。

原文： **The 59-year-old former law professor is known to shun confrontation but is a tough negotiator.**

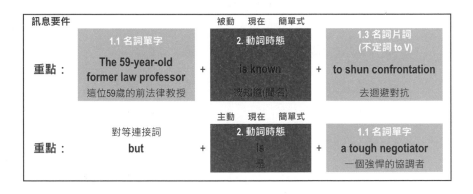

✓ 這句話表達了，蔡英文在老外眼裡的行事風格。

1. 世界認識的台灣

原文：Taiwan's first female president, Tsai Ing-wen, takes a novel approach to politics
on an island renowned for its legislative brawls and fiery standoffs with Beijing.

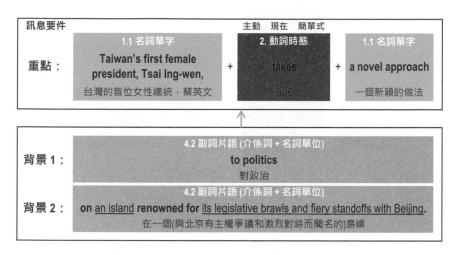

✓ 英文是一個大量使用「單位」來堆疊「訊息畫面」的語言。不管在哪個「單位」裡面，所有「名詞單字」的後面，都可以加入「形容詞單位」來加以修飾，組成一個更大的「單位」，讓訊息的內容更加完整，如「背景2：副詞片語」。

✓ 一旦可以分辨出英文的「單位」，就算看到沒見過的、或不熟悉的「單字」，也能透過上下文，猜出大概的意思。看到介係詞片語、和單字字尾，就知道 legislature 和 fiery 是「形容詞」，用來修飾「名詞」brawls 和 standoffs。

2. 台灣和中國的歷史

原文：**She is** already **under pressure** from Beijing to devise a mutually acceptable formula for defining relations between Taiwan, where Nationalist forces fled in 1949 after defeat by the Communists in a civil war, and China, which seeks Taiwan's reunification as a legacy of that conflict.

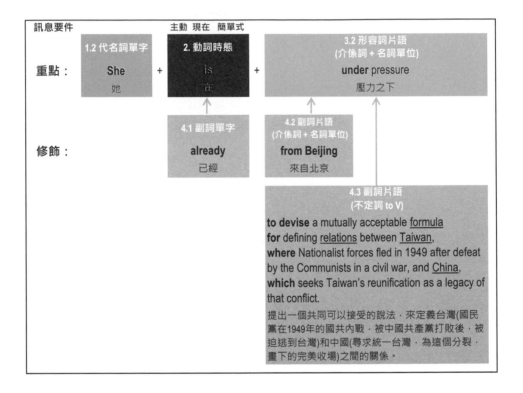

✓ 英文的「一舉一動」，一定要符合「一句一動」。所以，就算這段英文很 ... 長，它還是「一句英文」。不過，這是「幾句中文」？

✓ 用中文的表達順序：她已經在北京的壓力之下，要提出一個共同可以接受的說法，來定義台灣（國民黨在 1949 年的國共內戰，被中國共產黨打敗後，被迫逃到台灣）和中國（尋求統一台灣，為這個分裂，畫下的完美收場）之間的關係。

✓ 同樣地，不管在哪個「單位」裡面，所有「名詞單字」的後面，都可以加入「形容詞單位」來加以修飾，組成一個更大的「單位」，讓訊息的內容更加完整。

修飾：	4.3 副詞片語 (不定詞 to V)	設計一個共同可以接受的<u>方程式</u> **to devise** a mutually acceptable <u>formula</u>
	3.2 形容詞片語 (介係詞 + 名詞單位)	來定義<u>關係</u>的(方程式) **for** defining <u>relations</u>
	3.2 形容詞片語 (介係詞 + 名詞單位)	<u>台灣</u>和<u>中國</u>之間的(關係) **between** <u>Taiwan</u> and <u>China</u>
	3.6 形容詞子句	國民黨在1949年的國共內戰，被中國共產黨打敗後，被迫逃到的(台灣) <u>Taiwan</u>, **where** Nationalist forces fled in 1949 after defeat by the Communists in a civil war,
	3.6 形容詞子句	尋求統一台灣，為這個分裂，畫下的完美收場的(中國) and <u>China</u>, **which** seeks Taiwan's reunification as a legacy of that conflict.

✓ Generally, 日常生活中的對話，不會堆疊這麼多「修飾」單位。這樣的表達方式，只會用在「書寫」上。口語上，會把無關緊要的「修飾」全部拿掉，只留下「重點」即可。

✓ 「動詞 flee」是「逃跑」的畫面，動詞三態為 flee, fled, fled。

✓ 「動詞 defeat」是「擊敗」的意思，動詞三態為 defeat, defeat, defeat。

3. 蔡英文的個性

原文：**The 59-year-old former law professor**, who won a landslide election victory on Saturday, **shuns confrontation, (she) listens rather than lectures, and is happiest** poring over policy details.

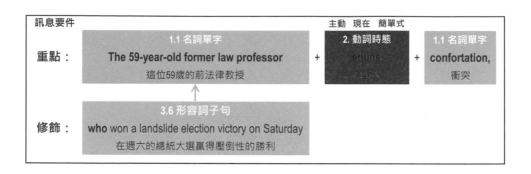

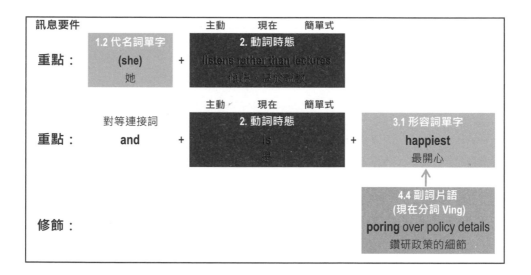

✓ She **listens**. 她會傾聽。這是一個完整的句子。She **lectures**. 她會說教。這也是一個完整的句子。lecture 是動詞，跟 teach 是差不多意思，比較正式一點而已。

✓ 【rather than... 甚於 ...、而不是 ...】在這句話裡，是一個 2 個字的「對等連接詞」詞組，用法等於 and, or...，可以直接連接 2 個「詞性相同」的單位。舉例一下：

We always practices listening rather than reading. **我們總是練習**聽力，而不是閱讀。

✓ 【rather 寧願】是副詞，可以用來修飾動詞 ...。再舉例一下：

I **rather** read. 我寧願**閱讀**。這是一個完整的句子。再加一個【背景（副詞子句）：than practice listening】進去，變成：**I rather read** than practice listening. 跟練習聽力相比，我寧願閱讀。

✓ 「pore」這個單字的意思和畫面，是「毛細孔」，「詞性」是名詞。但在這句話裡面，記者把它拿來當「動詞」來用，over policy details 是「介係詞片語」，畫面是「在政策的細節上面」，**pore** over policy details 要表達的畫面是「用看著毛細孔的方式」來看政策的細節。Mr. Nobody 就把它翻譯成「鑽研政策的細節」。這是老外表達文化的一種，叫做「metaphor」，中文是「象徵、隱喻」的意思。背後的關鍵是「畫面」，舉個例子：

✦ **Book** 原本是名詞，改成動詞，就變成「預約」，背後的畫面是「把名字寫到書裡面」。
   I have booked a table for you. 我幫你訂位了。

✦ 「**Pepper** 胡椒粉」原本是名詞，改成動詞，就變成「灑」，背後是「灑胡椒粉」的畫面。
   She had peppered questions on me in the meeting yesterday. 她昨天在會議中瘋狂地丟問題給我。

✓ **Happy** 是形容詞。「副詞單位」有 6 種選擇，可以用來修飾形容詞。既然作者要用「**pore over policy details**」來修飾「**happy**」，那就只剩 2 個選擇了：「現在分詞片語 Ving」or「過去分詞片語 Vp.p」。很明顯地，「鑽研」是「人」的動作，所以是「主動」，要選【現在分詞片語 **poring** over policy details】。

✦ 一般程度：**She is happy** poring over policy details. 喜歡鑽研 ...
✦ 比較程度：**She is happier** poring over policy details than talking shit.
             跟喇賽比，更喜歡鑽研 ...
✦ 最高程度：**She is the happiest** poring over policy details. 最喜歡鑽研 ...

原文：Even so, in over two decades in politics and government, **they say she has proven to be a tough negotiator**, having shepherded Taiwan's entry to the WTO.

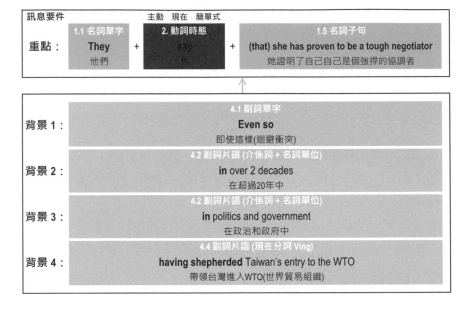

✓ 又出現一個用來「metaphor 象徵、隱喻」的說法。「shepherd」原本的意思是「牧羊人」，詞性是「名詞」。這裡把它用來當「動詞」，來表達蔡英文以前「帶領」台灣進入 WTO 的畫面。「shepherd」意思，跟「lead」沒什麼差別，只是畫面比較鮮明而已。老外是架構「畫面」的邏輯來講話，從不會在「字面」上咬文嚼字，這是英文的表達文化。

✦ 現在分詞片語：<u>Shepherding</u> <u>Taiwan's entry to WTO</u>, she has proven to be a tough negotiator.

✦ 現在分詞片語：<u>Shepherding</u> <u>Taiwan into WTO</u>, she has proven to be a tough negotiator.

✦ 現在分詞片語：<u>Leading</u> <u>Taiwan entering WTO</u>, she has proven to be a tough negotiator.

在符合文法規則的前提下，可以使用各種不同的字眼，傳遞相同的訊息畫面。另外，

✦ 現在分詞片語：<u>Having shepherded</u> <u>Taiwan's entry to WTO</u>, she has proven to be a tough negotiator.

✦ 現在分詞片語：<u>Having led</u> <u>Taiwan entering WTO</u>, she has proven to be a tough negotiator.

將「現在分詞片語」換成「完成式」的講法，目的只是要強調 2 個畫面：

1. 時間軸：蔡英文花了「一段時間」，才談成加入 WTO 的工作。
2. 已完成：台灣已經加入 WTO 了

原文：Born to relatively wealthy parents in southern Taiwan, **she left the island** to study
law at Cornell University and the London School of Economics.

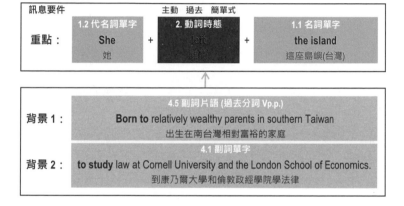

✓ 「動詞 bear」是「忍受、承受」的意思，動詞三態為 (bear, bore, born)。

✦ **（主動）現在簡單式：**<u>I can bear</u> the leg injure on the field. 我可以忍受腳傷上場比賽。
✦ **（主動）過去簡單式：**He <u>bore</u> the pressure of working with me before.
　　　　　　　　　　　他以前承受過跟我一起工作的壓力。
✦ **（被動）過去簡單式：**She <u>was born</u> in 1955. 她出生於 1955 年。

　　出生，是「被媽媽忍受」生出來，自己不能生自己，所以是「被動」時態。所以，用「中文意思」去教、去記「born to...」是「出生於 ...」，100% 是英語學習的災難和悲劇。任何的「動詞」，都可以「變型」成其他的單位，用來當作句子中各種訊息的「要件」。

✦ <u>Bearing the pressure of working with me for years</u>, **he decided to leave.**
　當作「背景」：忍受了多年跟我一起工作的壓力，他決定離開。
✦ **You don't need** <u>to bear the pressure of working with me</u>.
　當作「重點 - 受詞」：你沒有必要承受跟我一起工作的壓力。

5. 2016 勝選的關鍵

原文：Her quiet pragmatism struck a chord with voters, winning the presidency and
helping secure a legislative majority for her Democratic Progressive Party, or DPP,
which espouses independence from the mainland.

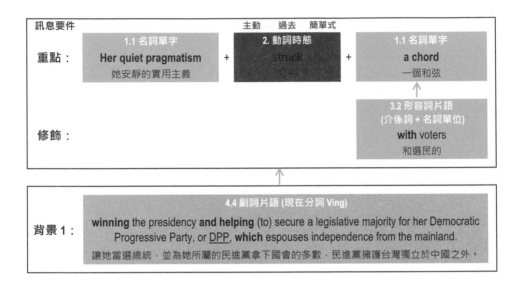

✓ Struck 是「動詞 strike 打擊」的過去式，動詞三態為 (strike, struck, struck)。「Strike a chord
打到一個和弦」，又是「metaphor 象徵、隱喻」，表達「得到共鳴」的畫面。

✓ 英文，就是不斷地用「形容詞單位」來修飾「名詞單字」，來堆疊一個又一個訊息的「畫面」，
不管是包在哪一種「單位」裡面。在老外的表達習慣中，包在「背景：副詞單位」的頻率最高。

✓ Mr. Nobody 從來沒有看過「espouse 擁護」這個單字。但前後「單位」看一下，民進黨「怎麼了」
獨立於中國，不用猜也知道，一定是「動詞：支持或主張…之類」的意思。

6. 空心菜

原文：Her reserved manner and political instincts have been a problem in the past.

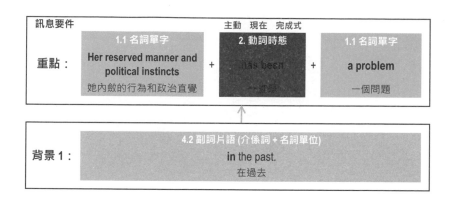

原文：Political opponents called her "morning glory" - a hollowed-stem vegetable — suggesting she lacked substance when she dodged questions.

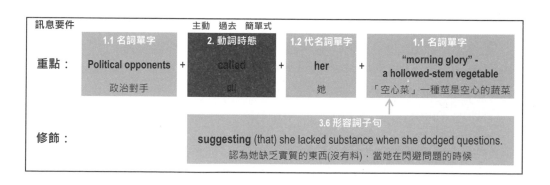

✓ 看到這篇報導之前，我當然不知道「morning glory」是「空心菜」。我有必要知道嗎？知道有比較厲害嗎？前後單位看一下，政敵叫她「什麼」，是「一種 (什麼的) 蔬菜」，自然就會聯想到「空心菜」了。所以，學英文的第一大迷思，絕對是「單字」和「單位」。

7. 不太會講台語

原文：She is more comfortable speaking Mandarin Chinese than the Taiwanese dialect that's favored by many DPP supporters.

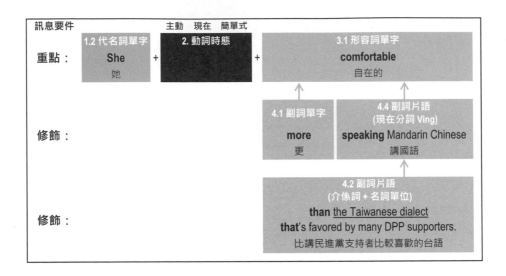

✓ 「Mandarin Chinese」是「國語」，「Taiwanese dialect」是「台灣的方言」，就是「台語」。

✓ 連 WSJ，都知道民進黨的支持者，比較喜歡講台語。到底是世界看不見台灣，還是我們看不見世界？

8. 2012 落選的原因

原文：In her first major election campaign — the 2012 race for president against Ma Ying-jeou, the KMT incumbent — **she failed to win over business leaders**, who were interested in smooth ties with China.

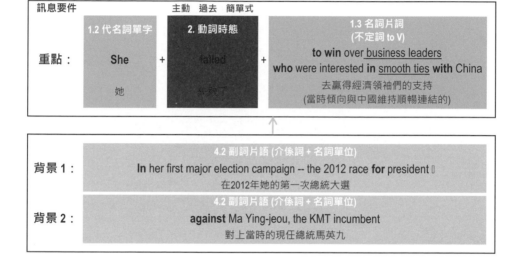

✓ 馬前總統出現了！

✓ 這句話提到了，「當時 2012」台灣的企業主，大都支持立場親中的「國民黨」，所以當時蔡英文敗選。

原文：A mission to Washington meant to reassure U.S. officials she wouldn't add to tensions in the region also **failed** because she declined to answer specific questions about her plans.

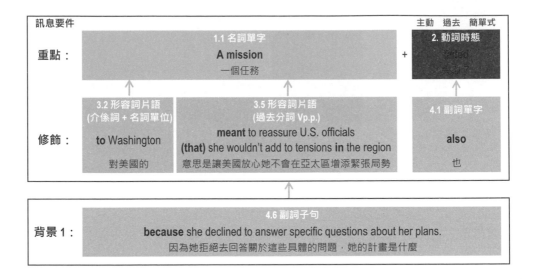

✓ 這句英文，總共有 6 個「單位」、29 個「單字」。

結果「重點」只有「A mission failed. 任務失敗了」這 3 個單字。

✓ Mr. Nobody 隨便看 2 眼，就能從頭到尾講出來。只要看到訊息的「畫面」，加上記住每個單位的「第 1 個單字」，也就是那個單位的「關鍵字 a, failed, to, meant, also, because...」，就差不多搞定了。不是 Mr. Nobody 英文很強，而是英文本身的「邏輯」和「架構」太強，跟我一點屁關係都沒有。

9. 2014 太陽花事件

原文：Ms. Tsai backed the so-called Sunflower Movement, tapping into a wellspring of concern among the young about Beijing's political influence, and about closer economic ties taking jobs to the mainland.

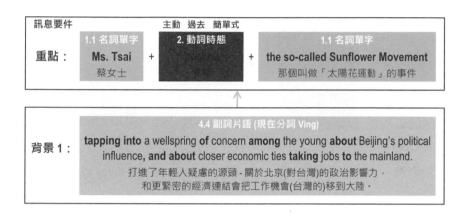

✓ 還是一樣，不管在哪個「單位」裡面，所有「名詞單字」的後面，都可以加入「形容詞單位」來加以修飾，組成一個更大的「單位」，讓訊息的內容更加完整。

✓ 語言的最終目的，是用來傳遞訊息的，和接收訊息的；不是拿來「學英文」的，更不是拿來「裝模作樣」的。我們要的是「用英文來接收訊息」，不是要「用英文來學英文」。跟老外學英文，大概就像是「用英文來學英文」，常常忘記「語言的本質」是什麼 ...。

10. 90 年代的兩國論

原文：She has to win the trust of Chinese leaders and officials who recall that she drafted the "two states theory" — suggesting Taiwan was already independent — for President Lee Teng-hui in the 1990s.

✓ 這段話，是 WSJ 的記者，轉述一個北京某個大學教授的話。Mr. Nobody 個人覺得 ......。不過，身為一個理性的讀者，需要的是，各種角度的觀點。所以，就算不認同，也是要了解一下。

✓ 90 年代，李前總統發表了著名的「兩國論」談話。當時讓中國超不爽，佈署了上千發飛彈對準台灣。看了這篇報導才知道，原來是蔡英文幫他起草的，難怪人家說他們倆「情同父女」。

原文：**That was part of a period of tensions** that saw China accelerate a military buildup and threaten that Taiwan independence would mean war. - 中國威脅「台灣獨立」，就是代表戰爭。

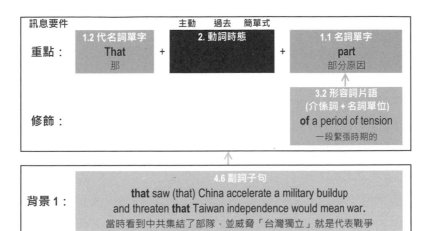

✓ 如今回想起來，李登輝前總統的能力和風格，算是日式（務實）和美式（利益）的綜合體。講求實力和結果，沒在跟人廢話那些仁義道德。就算當時某些的媒體，都說他很壞，他也沒在鳥。在他的領導之下，當時的台灣人民，幾乎沒有感受到任何實質的緊張感。出社會後，聽了當時在澎湖當兵的大哥說，那時部隊裡的氣氛非常緊張，真的很像要開打了，跟民間的氛圍，完全不一樣。

✓ 美國人也很清楚，一旦台灣宣佈獨立，就代表給了中國「武力犯台」的理由。全世界都知道，對中國人來說，最重要的就是：面子。有面子，什麼都好說！沒面子，跟你拼全家！

　　以上就是 Mr. Nobody 對這篇華爾街日報的報導，所做的說明及一些個人的見解。這些說明和見解，Mr. Nobody 是用「內容」的角度，不是用「英文」的角度，來看待「真實世界」中的英文、和台灣。不管您認同與否，都是我的自由。語言的最終目的，是傳遞訊息，不是學英文，更不是沒頭沒腦、洋腔洋調、裝模作樣 ...。**另外，藉由這篇「老外出版」的報導來證明，全世界的英文，絕對都在以上「Part 1 ～ 3」的範圍裡面，無一例外。**

以下的結論，是 Mr. Nobody 寫完這一章後的感想：

1. 英文的「一舉一動」，一定要符合「一句一動」。
2. 每個「單位」的「第 1 個單字」，就是英文的「關鍵字」。
3. 英文一切的規則和應用，都是依照「10 種單字」的定義和用法出發。
4. 英文的一切，絕對不是依照「單字」的「中文意思」出發。
5. 將英文拆成「單位」之後，任何講中文的人，都能看得懂「華爾街日報」... 等。
6. 單就「單字」和「字面」的角度來看英文，英文超級難！
   改用「單位」和「畫面」的角度來看英文，英文超簡單！
7. 以上每一句英文，都在英文的「4 個單位」和「4 種句型」的範圍裡面。
8. 看「真實的」英文，才能有效地練習英文的「4 個單位」和「4 種句型」。
9. 每天看一看老外寫的東西，才會真正了解老外是如何講話，才能像老外一樣講英文。
10. 看「真實的」英文，才能有效地累積「單字量」，如 espouse 擁護、morning glory 空心菜、 Mandarin Chinese 國語、Taiwan dialect 台語 ...。

有自信的人，會去「看見別人」。

沒自信的人，才會「要別人看見自己」。

People with confidence can see other people.

People without confidence need to be seen by other people.

~ Mr. Nobody

Chapter Training
簡單的事做到完美

　　Mr. Nobody 有一次偶然地在車站的電梯裡，看到了一段英文（如下圖），蠻適合在這裡跟大家分享的…

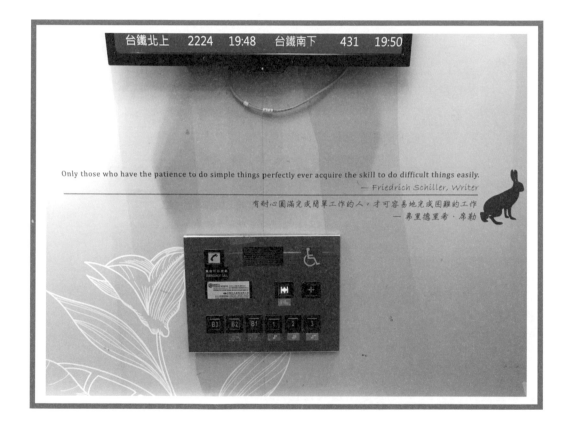

> Only **those** who have the patience to do simple things perfectly ever **acquire** the **skill** to do difficult things easily.

~ Friedrich Schiller, writer

這句話的架構如下:

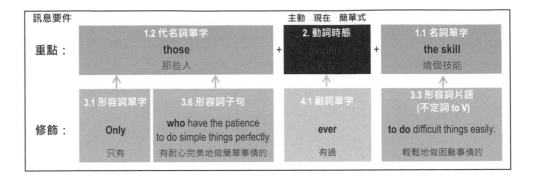

這位作家 - 席勒 Schiller 要表達的「訊息畫面」是:

> 只有**那些**「有耐心把<u>簡單的事</u>做到完美的」人,
>
> 才會**得到**「輕鬆地做困難的事的」技能。

在一個 35 歲,花了 10 個小時,就「學會英文」的 Mr. Nobody 眼中,所謂「簡單的事」,只有 2 件,分別是:

1. 學會分辨<u>訊息</u>的 3 個要件,不論任何語言。

2. 學會運用<u>英文</u>的 4 個單位,沒有任何理由。

Mr. Nobody 只是專注地,把這 2 件「簡單的事」做到完美。然後,就學會英文了。

做人最白癡的一件事，是深怕別人覺得自己做的事，不夠「困難」。

做人最重要的一件事，是去分辨和確認什麼「簡單的事」，才是真正「必要的事」。如此才會有誘因、有動力，耐心地、毫無懸念地把那些「簡單且必要的事」做到完美。進而得到能夠輕鬆處理任何「困難的事」的能力。

人的行為，會選擇往哪個方向，一切都跟「認知」有關，跟「智商」無關。

結論是：只要把英文最基本的觀念【老外天生就繼承的語言資產】，和最根本的技術【英文 4 單位的文法規則】，這 2 件「簡單的事」整合起來，然後做到完美。任何人都能像老外一樣講英文。

總括來說，真正的自信是源自於「了解英文」，不是「會說英文」。

All in all, true confidence comes from what you know about English, not by how you talk in English.

~ Mr. Nobody

Chapter End

Somebody

Dear fellows,

　　如果您「從頭看到這裡」，您肯定已經「學會英文」了。或是，若您「從頭翻到這裡」，您肯定已經看到自己「學會英文的路」了。剩下的只是「再看一遍」或「多練習一下」而已。

　　如果您靠您自己的力量學會了英文，那您肯定已經擁有了「真正的自信」和「被討厭的勇氣」了。

　　如果您擁有了「真正的自信」和「被討厭的勇氣」，您肯定可以「跟任何人都聊得來」。

　　如果您可以「跟任何人都聊得來」，您應該已經「不再需要」跟任何人都聊得來了。

Because you are already **somebody** of yourself.

Thanks for your reading,

Mr. Nobody

國家圖書館出版品預行編目資料

英文 4 單位／Mr. Nobody 著. 一初版.一臺中
市：白象文化事業有限公司，2022.03
　　面；　公分
ISBN 978-626-7105-16-0（平裝）

1. CST：英語 2. CST：學習方法
805.1　　　　　　　　　　110022658

英文 4 單位

作　　者　Mr. Nobody

校　　對　Mr. Nobody、郭曉璇

發 行 人　張輝潭

出版發行　白象文化事業有限公司

　　　　　412台中市大里區科技路1號8樓之2（台中軟體園區）

　　　　　出版專線：（04）2496-5995　　傳真：（04）2496-9901

　　　　　401台中市東區和平街228巷44號（經銷部）

　　　　　購書專線：（04）2220-8589　　傳真：（04）2220-8505

出版編印　林榮威、陳逸儒、黃麗穎、水邊、陳婷婷、李婕

設計創意　張禮南、何佳諠

經銷推廣　李莉吟、莊博亞、劉育姍、李如玉

經紀企劃　張輝潭、徐錦淳、廖書湘、黃姿虹

營運管理　林金郎、曾千熏

印　　刷　華傑印刷有限公司

初版一刷　2022 年 3 月

定　　價　1000 元